PATRICIA HIGHSMITH
Ripley debaixo d'água

PATRICIA HIGHSMITH
Ripley debaixo d'água

TRADUÇÃO DE **JOSÉ FRANCISCO BOTELHO**

VOLUME 5

Copyright © 1993 by Diogenes Verlag AG Zürich
Primeira publicação em 1991.
Todos os direitos reservados.

TÍTULO ORIGINAL
Ripley Under Water

COPIDESQUE
Gabriela Peres

REVISÃO
Eduardo Carneiro
Paula Vivian

PROJETO GRÁFICO E DIAGRAMAÇÃO
Henrique Diniz

IMAGEM DE CAPA
Michel Casarramona
Copyright © 2024 Diogenes Verlag AG Zurique, Suíça
Todos os direitos reservados.

CIP-BRASIL. CATALOGAÇÃO NA PUBLICAÇÃO
SINDICATO NACIONAL DOS EDITORES DE LIVROS, RJ

H541r

    Highsmith, Patricia, 1921-1995
      Ripley debaixo d'água / Patricia Highsmith ; tradução José Francisco Botelho. - 1. ed. - Rio de Janeiro : Intrínseca, 2025.
      21 cm.   (Ripley ; 5)

    Tradução de: Ripley under water
    Sequência de: O garoto que seguiu Ripley
    ISBN 978-85-510-1262-8

    1. Ficção americana. I. Botelho, José Francisco. II. Título. III. Série.

25-97123.0   CDD: 813
                       CDU: 82-3(73)

Gabriela Faray Ferreira Lopes - Bibliotecária - CRB-7/6643

[2025]
Todos os direitos desta edição reservados à
EDITORA INTRÍNSECA LTDA.
Av. das Américas, 500, bloco 12, sala 303
22640-904 – Barra da Tijuca
Rio de Janeiro – RJ
Tel./Fax: (21) 3206-7400
www.intrinseca.com.br

Aos mortos e moribundos na Intifada e entre os curdos, aos que lutam contra a opressão em qualquer terra e se levantam não apenas para serem contados, mas também para serem fuzilados.

1

Tom estava no bar-tabacaria de Georges e Marie com uma xícara quase cheia de *espresso* na mão. Já havia pagado a conta, e os dois maços de Marlboro comprados para Heloise se avolumavam no bolso do paletó. De pé, assistia a alguém arriscar a sorte em uma máquina de fliperama.

No jogo, um motociclista cartunesco se precipitava em direção ao fundo da tela, e a ilusão de velocidade era proporcionada por duas cercas que se projetavam para a frente, a cada lado da estrada. O jogador manipulava um volante pela metade, às vezes fazendo o motociclista dar uma guinada para ultrapassar um carro mais lento, ou saltar feito um cavalo por cima de uma cerca que surgia de repente no meio do caminho. Se o motociclista (o jogador) não saltasse a tempo, um impacto silencioso e uma estrela negra e dourada apareciam para indicar a batida, e esse era o fim do motociclista e do jogo.

Tom observara muitas partidas naquela máquina (a mais popular do recinto), mas nunca havia jogado uma. Por algum motivo, não tinha vontade.

— *Non, non!* — ressoou a voz de Marie atrás do balcão, mais alta do que o normal, contestando a opinião de algum freguês, provavelmente sobre política. Ela e o marido eram esquerdistas inveterados. — *Ecoutez, Mitterrand...*

Ocorreu a Ripley, no entanto, que Georges e Marie não gostavam do influxo de imigrantes vindos da África do Norte.

— *Eh, Marie! Deux pastis!*

Era o gordo Georges, com o avental branco um tanto sujo sobre a camisa e as calças, a servir às poucas mesas, nas quais pessoas bebiam e às vezes comiam batatas fritas e ovos cozidos.

A vitrola automática tocava um velho chá-chá-chá.

Uma silenciosa estrela negra e dourada! Os espectadores soltaram um grunhido de compaixão. Morto. Fim de jogo. A tela exibiu a muda e insistente mensagem: INSIRA MOEDAS INSIRA MOEDAS INSIRA MOEDAS. O trabalhador de calça jeans apalpou os bolsos em obediência, inseriu mais moedas e o jogo recomeçou, com o motociclista novo em folha, voando para o fundo da estrada, pronto para o que viesse, desviando-se com destreza de um tonel que surgiu na pista antes de saltar sobre o primeiro obstáculo. O homem no console estava concentrado, determinado a fazer o motociclista alcançar o objetivo.

Tom se pôs a pensar em Heloise, na viagem dela a Marrocos. Queria conhecer Tânger, Casablanca, talvez Marraquexe. E Tom concordara em lhe fazer companhia. Afinal, não era um daqueles cruzeiros aventurosos que exigiam visitas ao hospital para tomar vacinas, e era apropriado que Tom, como marido, a acompanhasse em alguns dos passeios. Heloise tinha duas ou três inspirações por ano e nem sempre as realizava. Tom, no entanto, não estava com vontade de viajar. Era início de agosto, Marrocos estaria escaldante, e nessa época do ano ele adorava apreciar as peônias e dálias que cultivava, gostava muito de colher uma ou duas flores frescas para adornar a sala de estar, quase todos os dias. Era afeiçoado ao jardim que mantinha e simpatizava com Henri, o faz-tudo que o ajudava com as tarefas mais árduas, um gigante quando se tratava de força física, embora não fosse o homem adequado a certos trabalhos.

Além do mais, havia a Dupla Estranha, como Tom passara a se referir aos dois. Não tinha certeza se eram casados, e isso obviamente não importava. Tinha a impressão de que rondavam aquela área, de olho nele. Talvez fossem inofensivos, mas como ter certeza? Tom os notara pela primeira vez cerca de um mês antes, em Fontainebleau, quando certa tarde fazia compras com Heloise: um homem e uma mulher com ar de americanos, na casa dos 30, que caminharam na direção dele com aquele olhar que Tom conhecia muito bem, como se soubessem quem ele era, talvez até mesmo o nome, Tom Ripley. Já observara aquela mesma expressão em alguns aeroportos, mas, além de raro, não acontecia havia um tempo. Era uma ocorrência esperada quando se tinha o rosto estampado no jornal, supunha ele, mas fazia anos que não aparecia em nenhuma manchete, disso tinha certeza. A última vez fora durante o caso Murchison, e isso fora cinco anos antes — Murchison, cujo sangue ainda manchava a adega de Tom, que sempre o atribuía ao vinho, caso alguém reparasse.

Na verdade, era uma mistura de vinho e sangue, lembrou-se, pois Murchison fora acertado na cabeça com uma garrafa de tinto Margaux, brandida por Tom.

Bem, quanto à Dupla Estranha. *Blam*, fez a motocicleta. Tom obrigou-se a desviar os olhos da tela e foi até o balcão para entregar a xícara vazia.

O homem da Dupla Estranha tinha cabelo preto e liso e usava óculos de armação escura de aro redondo, enquanto a mulher ostentava cabelo castanho-claro, rosto esguio e olhos cinzentos ou castanho-esverdeados. Era o homem quem o encarava, com um sorriso vago e vazio. Tom teve a sensação de que já vira o sujeito antes, em algum aeroporto como Heathrow ou Charles de Gaulle, com aquela mesma expressão que parecia dizer *seu rosto não me é estranho*. Não era nada hostil, mas Tom não gostava nem um pouco.

Em outra ocasião, Tom avistara os dois em um carro que avançava lentamente pela rua principal de Villeperce ao meio-dia, bem quando ele saía da padaria com uma baguete (devia ter sido na folga de Madame Annette, ou talvez estivesse ocupada preparando o almoço), e mais uma vez percebeu que o observavam. Villeperce era uma cidade pequena, situada a vários quilômetros de Fontainebleau. O que a Dupla Estranha viera fazer ali?

Tanto Marie, com aquele grande sorriso avermelhado, quanto Georges, já quase careca, estavam atrás do balcão quando Tom se aproximou para depositar o pires e a xícara.

— *Merci et bonne nuit*, Marie, Georges! — exclamou com um sorriso.

— *Bon soir*, Monsieur Riplí! — respondeu Georges, abanando uma das mãos enquanto a outra servia Calvados.

— *Merci*, Monsieur, *à bientôt!* — despediu-se Marie.

Tom estava quase chegando à porta quando o homem da Dupla Estranha entrou, com óculos redondos e tudo, aparentemente desacompanhado.

— Sr. Ripley? — chamou, e novamente os lábios rosados exibiam um sorriso. — Boa noite.

— Boa noite — respondeu Ripley, sem se deter.

— Nós... minha esposa e eu... por acaso aceitaria um drinque?

— Obrigado, estou de saída.

— Outro dia, quem sabe. Alugamos uma casa em Villeperce. Naquela direção. — Apontou vagamente para o norte, e o sorriso se escancarou, revelando dentes quadrados. — Seremos vizinhos, pelo visto.

Tom precisou recuar para o interior do bar, pois duas outras pessoas vinham entrando.

— Meu nome é Pritchard. David Pritchard. Sou aluno do instituto de negócios de Fontainebleau, INSEAD. Tenho certeza de que o conhece. Enfim, alugamos uma casa branca, de dois andares, com jardim e um laguinho. Foi por causa do lago, aliás, que nos apaixonamos pelo sobrado... a água, os reflexos no teto.

Ele deu um risinho.

— Imagino — disse Tom, na tentativa de soar um tanto simpático. Já tinha passado pela porta.

— Vou lhe telefonar qualquer dia desses. Minha esposa se chama Janice.

Tom conseguiu esboçar um sorriso conforme assentia.

— Sim, ótimo. Fico no aguardo. Boa noite.

— Não tem muitos americanos por aqui! — gritou o incansável David Pritchard enquanto Tom se afastava.

O Sr. Pritchard logo descobriria a dificuldade que teria para encontrar o número de Belle Ombre, pensava Tom, pois ele e Heloise tinham conseguido evitar a lista telefônica. Quase tão alto quanto Tom e um pouco mais corpulento, o tal David Pritchard tinha um ar meio obtuso, mas parecia perigoso, ponderava ele a caminho de casa. Seria algum tipo de agente da polícia remexendo velhos arquivos? Um detetive particular contratado para quê, para quem, na verdade? Tom não conseguia pensar em nenhum inimigo em atividade. "Falso" era o termo que mais se adequava a David Pritchard, a seu ver: sorriso falso, gentileza falsa, talvez uma história falsa sobre o tal curso na escola de negócios. Aquela instituição de ensino poderia ser uma fachada, na verdade, tão óbvia que Tom considerou a possibilidade de Pritchard ser mesmo aluno de lá. Ou talvez não fossem marido e mulher, mas uma dupla de agentes da CIA. Por qual motivo os Estados Unidos estariam no encalço dele, ponderava Tom. Não podia ser o imposto de renda, porque isso estava em ordem. Murchison? Não, o caso estava resolvido. Ou fora abandonado. Murchison e seu cadáver haviam desaparecido. Dickie Greenleaf? Dificilmente. Christopher Greenleaf, primo de Dickie, vez ou outra lhe enviava cartões-postais, inclusive um fora enviado de Alice Springs, no ano anterior. Se não lhe falhava a memória, a essa altura Christopher era engenheiro civil, estava casado e trabalhava em Rochester, Nova York. Tom mantinha relações cordiais até mesmo com Herbert, pai de Dickie. Ao menos, costumavam enviar cartões natalinos um ao outro.

À medida que se aproximava da grande árvore em frente a Belle Ombre, cujos galhos se debruçavam sobre a rua, Tom sentiu uma melhora no ânimo. Por que deveria se preocupar? Empurrou um dos grandes portões, apenas o bastante para se esgueirar, depois o fechou com delicadeza para evitar o barulho, fechou o cadeado e passou o longo ferrolho.

Reeves Minot. Tom se deteve de repente e sentiu os sapatos escorregarem no cascalho do pátio. Estava prestes a embarcar em outro trabalho de receptação para Reeves, que havia lhe telefonado uns dias antes. Com frequência, Tom jurava jamais fazer outro serviço do tipo, mas no fim sempre cedia. Seria porque gostava de conhecer gente nova? Soltou uma risadinha breve, quase inaudível, e seguiu andando em direção à porta da frente, com o passo leve característico que mal agitava o cascalho.

As luzes estavam acesas na sala de estar e a porta da frente continuava destrancada, como Tom a deixara quarenta e cinco minutos antes. Após entrar, trancou a porta. Heloise estava sentada no sofá, examinando uma revista, provavelmente um artigo sobre a África do Norte, imaginava Tom.

— Alô, *chéri*, Reeves telefonou — informou Heloise, erguendo os olhos e lançando os cabelos louros para trás dos ombros com um meneio da cabeça. — Tom, por acaso...

— Sim. Pegue!

Sorrindo, Tom atirou o primeiro maço de cigarros e depois o segundo. Heloise apanhou o primeiro, mas o segundo bateu na blusa azul que ela vestia.

— Sobre Reeves, o que se passa? *Repassant*, passando a ferro, *bügelnd*?

— Ah, Tome, pare com isso! — disse Heloise, e acendeu o isqueiro. No fundo ela gostava dos trocadilhos dele, sabia Tom, embora jamais admitisse e raramente se permitisse um sorriso. — Ele vai telefonar de novo, talvez não esta noite.

— Alguém... bem...

Tom se interrompeu, pois Reeves jamais dava detalhes a Heloise, e ela sempre se dizia desinteressada quanto às atividades dos dois. Era mais seguro: quanto menos ela soubesse, melhor, achava Tom. E quem poderia dizer que não era verdade?

— Amanhã vamos comprar as passagens para Marrocos, não é, Tom?

Ela aconchegara os pés descalços no sofá amarelo, como um gatinho indolente, e o fitava calmamente com os olhos cor de lavanda.

— S-sim. Certo — concordou, lembrando-se de que havia prometido. — Primeiro, vamos de avião a Tânger.

— *Oui, chéri*, e continuamos dali. Casablanca, claro.

— Claro — repetiu Tom. — Certo, querida, vamos comprar as passagens amanhã, em Fontainebleau.

Sempre iam à mesma agência de turismo, pois lá conheciam os funcionários. Tom hesitou, depois decidiu continuar de uma vez:

— Querida, você se lembra daquela dupla... o casal com jeito americano que vimos em Fontainebleau certo dia, na calçada? Vinham em nossa direção, e depois eu disse que pareciam estar olhando para nós, lembra-se? Homem de cabelo preto, de óculos?

— Acho que... sim. Por quê?

Estava nítido que ela se lembrava, sim.

— Porque ele acabou de falar comigo no bar-tabacaria — respondeu Tom e, ainda de pé, desabotoou o paletó e meteu as mãos nos bolsos das calças. — Não gosto dele.

— Lembro-me da mulher que estava com ele, de cabelo mais claro. Americanos, não?

— Ele é, com certeza. Bem... os dois alugaram uma casa aqui em Villeperce. Sabe aquela casa onde...

— *Vraiment?* Villeperce?

— *Oui, ma chère!* A casa em que a água do lago se reflete no teto da sala de estar, lembra?

Ele e Heloise haviam se maravilhado com o reflexo oval que se movia como água no teto branco.

— Sim, sim. Eu me lembro da casa. Dois andares, branca, com uma lareira não tão bonita. Não fica muito longe da casa dos Grais, certo? Algum conhecido nosso já pensou em comprar o sobrado.

— Sim. Isso mesmo.

Um americano, conhecido de um conhecido, estivera procurando uma casa no interior, não muito afastada de Paris, e pedira aos dois que o acompanhassem enquanto visitava algumas casas nas vizinhanças. Não comprara nada, ao menos não nas proximidades de Villeperce. Isso acontecera havia mais de um ano.

— Bem, vou direto ao ponto: o sujeito de cabelo escuro quer bancar o vizinho amigável, e não estou interessado. Só porque falamos inglês, ou americanês, *ho-ho*! Ao que parece, ele está vinculado ao INSEAD, aquele instituto grande perto de Fontainebleau. Mas como ele sabe meu nome? E por que está tão interessado?

Para não parecer muito preocupado, sentou-se calmamente. Ficou de frente para Heloise, acomodado na poltrona reta, com a mesinha de centro entre ambos.

— David e Janice Pritchard, é como se chamam. Se conseguirem nos telefonar, nós... responderemos com educação, mas vamos dizer que estamos ocupados. Certo, querida?

— Claro, Tome.

— E caso se atrevam a tocar a campainha, não vamos deixá-los entrar. Vou avisar Madame Annette, pode ter certeza.

Uma nuvem de preocupação turvou a face geralmente despreocupada de Heloise.

— O que há de errado com eles?

A simplicidade da pergunta o fez sorrir.

— Tenho uma sensação... — começou a dizer e hesitou. Em geral não compartilhava as intuições com Heloise, mas dessa vez lhe pareceu uma forma de protegê-la. — Não me parecem normais — acrescentou e desviou o olhar para o tapete. O que significava "ser normal"? Não saberia responder a essa pergunta. — Tenho a sensação de que não são casados.

— Bem... e daí?

Tom riu e se esticou para apanhar o maço azul de Gitanes na mesinha, e em seguida acendeu um cigarro com o isqueiro Dunhill de Heloise.

— Tem razão, querida. Mas por que andam me vigiando? Não lhe contei que vi o mesmo homem, creio, talvez a mulher também, de olho em mim em um aeroporto, não faz muito tempo?

— Não, não me contou — respondeu Heloise.

Ele sorriu.

— Esta não é a primeira vez que antipatizamos com alguém. Não tem problema.

Tom se levantou, rodeou a mesinha e puxou a mão oferecida por Heloise, depois a ajudou a ficar de pé. Abraçou-a, fechou os olhos e desfrutou a fragrância do cabelo e da pele dela.

— Eu te amo. Quero que fique segura.

Ela riu. O abraço se desfez.

— Belle Ombre parece *muito* segura.

— Aqueles dois não vão pôr os pés aqui.

2

No dia seguinte, Tom e Heloise foram a Fontainebleau comprar as passagens, que eram da Royal Air Maroc, embora houvessem pedido para viajar pela Air France.

— São duas companhias muito próximas — alegou a jovem da agência, uma funcionária nova, até onde Tom sabia. — Hotel Minzah, quarto de casal, três noites?

— Isso mesmo, hotel Minzah — concordou Tom em francês. Poderiam ficar mais um ou dois dias, se estivesse divertido. Diziam que o Minzah era o melhor hotel disponível em Tânger.

Heloise tinha ido a uma loja nas redondezas para comprar xampu. Durante o longo tempo que a atendente levou para preencher as passagens, Tom flagrou-se relanceando o olhar para a porta, com os pensamentos voltados para David Pritchard. No entanto, não esperava que o sujeito entrasse na agência. Afinal, ele e a esposa estavam ocupados arrumando a casa alugada, não?

— Já esteve em Marrocos, Monsieur Ripley? — perguntou a moça, sorrindo ao erguer os olhos e enfiar a passagem no grande envelope.

Apesar de não saber qual era o interesse da mulher no assunto, Tom retribuiu o sorriso com educação.

— Não, mas estou ansioso para conhecer.

— A passagem de volta está com data aberta. Assim, caso se apaixonem pelo país, podem ficar mais um pouco.

Ela lhe entregou o envelope com a segunda passagem.
Tom já havia assinado o cheque.
— Certo. Obrigado, Mademoiselle!
— *Bon voyage!*
— *Merci!*

Tom se dirigiu à porta, que era ladeada por duas paredes com cartazes coloridos — Taiti, um oceano azul, um pequeno veleiro e, sim, o cartaz que sempre o fazia sorrir, ao menos por dentro: Phuket, uma ilha na costa da Tailândia, pelo que Tom recordava, e já se dera ao trabalho de pesquisar. O cartaz também mostrava um mar azul, uma praia amarelada, uma palmeira debruçada sobre a água, recurvada por anos de vento. Não se avistava viva alma ali. "Teve um dia ruim, ou um ano ruim? Phuket!" poderia ser uma boa chamada, pensava Tom, o tipo de isca perfeita para atrair bandos de turistas.

Como Heloise dissera que o esperaria na loja, Tom saiu da agência e virou à esquerda na calçada. O estabelecimento ficava do outro lado da igreja de Saint-Pierre.

Tom poderia ter praguejado, mas em vez disso mordeu a língua, pois ali, bem em frente, caminhando em direção a ele, vinham David Pritchard e sua… concubina? Tom os viu primeiro, em meio ao crescente fluxo de pedestres (era meio-dia, hora do almoço), mas, em segundos, a Dupla Estranha o avistou. Ele desviou o rosto, fixando o olhar em algum ponto mais adiante, e se arrependeu por ter deixado o envelope com a passagem na mão direita, bem à vista. Será que os dois perceberiam? Será que passariam de carro por Belle Ombre e explorariam a travessa lateral depois de confirmar que Tom não estava lá? Ou essas eram apenas preocupações excessivas, absurdas? Tom apertou o passo para cobrir os últimos metros até as vitrines douradas da Mon Luxe. Antes de atravessar a porta, parou e espiou para ver se a dupla ainda o encarava ou mesmo se havia entrado na agência de turismo. Nada o surpreenderia. Um pouco acima da multidão, avistou a nuca de Pritchard, bem como os ombros largos cobertos pelo blazer azul. Aparentemente, a Dupla Estranha decidira passar direto pela agência de turismo.

Tom adentrou a atmosfera perfumada da Mon Luxe, onde Heloise conversava com uma velha conhecida cujo nome ele esquecera.

— Alô, Tome! *Françoise, tu te rappelles?* Amiga dos Berthelin.

Tom não se lembrava, mas fingiu que sim. Não tinha importância. Heloise já comprara o que queria. E assim partiram, após dizer *au revoir* a Françoise, que, segundo Heloise, estudava em Paris e também conhecia os Grais. Antoine e Agnès Grais eram velhos amigos e vizinhos, residindo mais ao norte de Villeperce.

— Parece preocupado, *mon cher* — comentou Heloise. — Tudo certo com as passagens?

— Acho que sim. Hotel reservado — disse Tom, batendo no bolso esquerdo do paletó, volumoso com as passagens. — Vamos almoçar no Aigle Noir?

— Ah, *oui!* — concordou Heloise, contente. — Certeza.

Era o que haviam planejado. Tom adorava ouvir a esposa dizer "certeza" com sotaque francês, por isso deixara de lhe apontar que o certo seria responder "com certeza".

Almoçaram no terraço, à luz do sol. Os garçons e o *maître* os conheciam, sabiam que Heloise gostava de Blanc de Blanc, filé de linguado, luz solar e salada, provavelmente de endívias. Conversaram sobre coisas agradáveis: verão, bolsas de couro marroquinas. Talvez uma bilha de latão ou cobre? Por que não? Um passeio de camelo? A cabeça de Tom girava. Já montara um camelo certa vez, ou tinha sido um elefante, no zoológico? Não lhe agradava a sensação de ser içado subitamente a vários metros do chão (para onde voltaria de forma violenta, se perdesse o equilíbrio). As mulheres adoravam. Será que eram masoquistas? Isso fazia algum sentido? O parto, uma tolerância estoica à dor? Será que as peças se encaixavam? Tom mordeu o lábio inferior.

— Está nervoso, Tome.

Ela pronunciava "nerrvoso".

— Não — rebateu ele, enfático.

E obrigou-se a aparentar calma durante o restante da refeição e no trajeto de carro até a casa.

Em cerca de duas semanas, partiriam rumo a Tânger. Um rapaz chamado Pascal, amigo de Henri, o faz-tudo, iria com eles até o aeroporto e levaria o carro de volta a Villeperce. Pascal já lhes prestara esse serviço antes.

Tom foi ao jardim arrancar ervas daninhas, usando a pá e também as próprias mãos. Tinha vestido uma calça jeans e os sapatos de couro impermeáveis de que tanto gostava. Colocou o mato no saco plástico destinado ao adubo e em seguida começou a arrancar as flores murchas. Nesse momento, Madame Annette o chamou das portas-janelas, nos fundos do terraço.

— Monsieur Tome? *Téléphone, s'il vous plaît.*

— *Merci!*

Fechou as podadeiras enquanto andava, deixou-as no terraço e atendeu ao telefone no vestíbulo.

— Alô?

— Alô, aqui é... Você é o Tom? — perguntou uma voz de rapaz jovem.

— Sim.

— Estou telefonando de Washington, capital. Eu sou...

Nesse ponto houve um ruído de interferência, algo semelhante a um *blubluuu*, como se o telefone estivesse debaixo d'água.

— Quem está falando? — quis saber Tom, sem conseguir entender nada. — Espere um pouco, sim? Vou atender em outro telefone.

Madame Annette estava com o aspirador ligado perto da mesa de jantar, a uma distância suficiente para a maioria dos telefonemas, mas não para aquele.

Tom atendeu ao telefone no quarto, no andar de cima.

— Alô, estou de volta.

— Aqui é Dickie Greenleaf — revelou a voz do jovem. — Lembra-se de mim?

Uma risadinha.

Tom teve um impulso de desligar, mas logo passou.

— Claro, claro. Onde você está?

— Washington, capital, como eu disse.

A voz se tornara uma espécie de falsete.

O farsante estava exagerando, na opinião de Tom. Seria uma mulher?

— Interessante. Foi a passeio?

— Bem... após minha experiência debaixo d'água, como talvez se lembre... não estou em condições físicas apropriadas para *passear*. — Um riso falsamente alegre. — Eu fui... fui...

Houve uma interrupção, a linha quase caiu, depois veio um estalo e a voz prosseguiu:

— ... fui encontrado e ressuscitado. Como pode ver. Ha-ha. Como esquecer os bons e velhos tempos, não é, Tom?

— De fato, impossível esquecer — respondeu Tom.

— Agora estou em uma cadeira de rodas — continuou a voz. — Dano irreversível...

Mais ruído na linha, um estampido, como se alguém houvesse derrubado um par de tesouras ou algo maior.

— A cadeira de rodas caiu? — perguntou Tom.

— Ha-ha! — Uma pausa. — Não. Como eu ia dizendo — prosseguiu a voz adolescente, com serenidade —, dano irreversível no sistema nervoso autônomo.

— Entendo — disse Tom, educado. — É bom ter notícias suas.

— Sei onde você *mora* — declarou a voz juvenil, tornando-se mais aguda na última palavra.

— Imagino que sim, tendo em vista que me telefonou — respondeu Tom. — Eu lhe desejo boa saúde... uma ótima recuperação.

— É bom que deseje! Adeus, Tom.

O interlocutor desligou às pressas, talvez para cortar uma risadinha irreprimível.

Ora, ora, pensou Tom, percebendo que o coração batia mais rápido que o normal. Seria raiva? Surpresa? Não poderia ser medo, disso sabia. O que lhe viera à mente era que a voz poderia pertencer à companheira de David Pritchard. Quem mais poderia ser? Não lhe ocorria mais ninguém.

Que trote infeliz, grotesco. Mentalmente mórbido, achava Tom, o velho clichê. Mas quem seria? E por quê? Teria mesmo sido uma ligação internacional ou era puro fingimento? Tom não tinha certeza. Dickie Greenleaf. O início dos problemas. O primeiro homem que havia matado e o único que se arrependera de matar, na verdade. O único crime do qual tinha remorso. Dickie Greenleaf, um americano abastado (para os parâmetros da época) que vivia em Mongibello, no litoral italiano, tornara-se um amigo e o recebera com hospitalidade, e Tom o respeitara e o admirara, talvez até demais. Dickie se voltara contra Tom, causando-lhe rancor, e sem planejar muito pegara um remo e o matara certa tarde, quando estavam juntos em um pequeno barco. Morto? Claro que Dickie estava morto, e assim estivera por muitos anos! Tom amarrara uma pedra no corpo dele e o empurrara para fora do barco, e o cadáver havia afundado e... bem, em todos esses anos, Dickie não viera à tona, então por que viria a essa altura?

De testa franzida, Tom caminhou lentamente pela sala, sem tirar os olhos do carpete. Percebeu que estava um pouco nauseado e respirou fundo. Não, Dickie Greenleaf estava morto (de toda forma, aquela voz não se parecia com a do sujeito), e era verdade que ele próprio havia usado as roupas, os sapatos e o passaporte de Dickie, mas fora um arranjo temporário e logo cessara. O testamento informal de Dickie, escrito por Tom, passara por todas as inspeções necessárias. Sendo assim, quem ousava reviver aquele assunto? Quem tinha conhecimento ou interesse para bisbilhotar a antiga relação dele com Dickie Greenleaf?

Tom teve que se render à náusea. Quando se convencia de que iria vomitar, era inútil resistir. Já havia acontecido antes. Tom se debruçou no vaso. Felizmente, só expeliu um pouco de líquido, mas o estômago continuou dolorido por alguns segundos. Puxou a descarga, depois escovou os dentes em frente à pia.

Para o inferno com esses desgraçados, pensou. Tinha a sensação de que houvera duas pessoas do outro lado da linha, não que ambas falassem, mas uma falava e a outra escutava, daí os risos.

Tom desceu as escadas para desligar o telefone e se deparou com Madame Annette na sala de estar, munida de um vaso de dálias, cuja água provavelmente havia trocado. Ela enxugou o fundo do vaso com um pano antes de devolvê-lo ao aparador.

— Vou sair por meia hora, Madame — avisou Tom em francês. — Caso alguém telefone.

— *Oui,* Monsieur Tome — respondeu ela, e voltou às atividades.

A mulher trabalhava com Tom e Heloise havia muitos anos. O quarto e o banheiro dela ficavam à esquerda da entrada de Belle Ombre, e ela possuía um aparelho de rádio e um televisor exclusivos. A cozinha também era domínio dela, conectada aos aposentos por um pequeno corredor. Era de estirpe normanda, com olhos azul-claros e pálpebras que pesavam nos cantos. Tom e Heloise a amavam, pois ela os amava, ou parecia amar. Tinha duas grandes amigas na cidade, Madames Geneviève e Marie-Louise, ambas também governantas, e as três alternavam as noites de folga na casa de uma ou de outra para assistir aos programas de tevê.

Tom pegou as podadeiras no terraço e as guardou na caixa de madeira reservada a esses itens, que jazia em um canto. Era mais conveniente usar a caixa do que percorrer todo o caminho até a estufa nos fundos do jardim, bem à direita. Apanhou o paletó de algodão no armarinho da frente e se certificou de que a carteira de motorista se encontrava no bolso, embora pretendesse fazer um trajeto curto. Os franceses gostavam de fazer blitz no trânsito, ocasião em que usavam policiais forasteiros e, portanto, impiedosos. Onde estava Heloise? Talvez no quarto dela, separando roupas para a viagem? Que sorte Heloise não ter atendido ao telefonema daqueles canalhas! Certamente não atendera, do contrário, teria ido logo ao quarto dele, confusa, para fazer perguntas. Por sua vez, Heloise nunca tinha sido bisbilhoteira, e os assuntos de Tom não a interessavam. Se percebia que um telefonema era para ele, desligava de imediato, não às pressas, mas como se mal pensasse no assunto.

Heloise ouvira falar sobre o desaparecimento de Dickie Greenleaf e até escutara o rumor de que Tom era (ou tinha sido) um dos suspeitos, disso ele tinha certeza. Ela, porém, jamais fizera qualquer comentário ou pergunta. Claro, os dois precisavam minimizar as atividades suspeitas de Tom e as frequentes viagens que ele fazia por motivos inexplicáveis, de modo a aplacar o pai de Heloise, Jacques Plisson. O sogro era um fabricante de produtos farmacêuticos, e a casa dos Ripley dependia parcialmente da generosa pensão que ele dava para a única filha. Arlène, mãe de Heloise, era ainda mais reticente que a filha em relação aos negócios de Tom. Mulher elegante e esguia, parecia se esforçar para ser tolerante com os mais jovens e gostava de dar conselhos a Heloise, ou a qualquer pessoa, sobre cuidados com a mobília e, acima de tudo, economia doméstica.

Esses detalhes cruzavam a mente de Tom enquanto ele dirigia pelo centro da cidade a uma velocidade moderada. Eram quase cinco da tarde. Por ser sexta-feira, Antoine Grais poderia estar em casa, raciocinava ele, mas talvez não, se tivesse passado o dia em Paris. Era arquiteto e tinha dois filhos adolescentes com a esposa, Agnès. A casa alugada por David Pritchard ficava atrás da residência dos Grais, e por isso Tom dobrou à direita em certa rua de Villeperce: podia dizer que estava de passagem para dizer alô aos Grais ou algo do gênero. Já havia atravessado a reconfortante rua principal, com a agência dos Correios, o açougue, a padaria e o bar-tabacaria, que constituía, basicamente, a totalidade de Villeperce.

Lá estava a casa dos Grais, quase escondida atrás de uma bela alameda de nogueiras. Era uma construção arredondada, com a forma de um torreão militar, quase encoberta por uma bela camada de roseiras. Havia ainda uma garagem, e Tom reparou no portão fechado, sinal de que Antoine ainda não havia retornado do fim de semana e Agnès estava fazendo compras, talvez acompanhada dos filhos.

E lá estava a casa branca, não a primeira, mas a segunda residência à vista através da alameda, na margem esquerda da rua. Tom engatou a segunda marcha. O pavimento de macadame, pelo qual dois carros poderiam passar lado a lado, sem aperto, estava deserto. Havia poucas casas ali, na zona norte de Villeperce, e o terreno mais parecia um descampado do que terra cultivada.

Se o telefonema recebido havia pouco tinha mesmo vindo dos Pritchard, então lhe parecia provável que ainda estivessem em casa. Tom poderia ao menos averiguar se estavam tomando sol nas espreguiçadeiras junto ao laguinho, o qual devia ser visível a quem estava na rua. Entre a rua e a casa branca estendia-se um gramado verde malcuidado e uma trilha de lajotas corria da rampa à escadinha do alpendre, perto do lago. Grande parte do terreno ficava atrás da casa, pelo que Tom se recordava.

De repente ouviu risadas, certamente de mulher, talvez misturadas a um riso masculino. E, sim, o som vinha das redondezas do lago, entre Tom e a casa, uma área quase oculta por uma sebe e algumas árvores. Em seguida avistou o lago, viu cintilações de sol na superfície e pensou distinguir duas figuras deitadas na grama, mas não teve certeza. Uma figura masculina se ergueu, de calções vermelhos.

Tom acelerou. Sim, tinha noventa por cento de certeza de que aquele era David em pessoa.

Será que os Pritchard reconheceriam o carro dele, o Renault marrom?

— Sr. Ripley? — chamou uma voz, distante, mas nítida.

Tom seguiu dirigindo na mesma velocidade, como se não tivesse escutado.

Mas que chateação, pensou. Logo pegou o próximo desvio à esquerda e adentrou outra ruazinha com três ou quatro casas de um lado, terrenos cultivados do outro. Esse era o caminho de volta ao centro da cidade, mas Tom dobrara à esquerda em uma rua perpendicular à dos Grais para assim se aproximar novamente da casa arredondada. Manteve a velocidade de passeio.

Avistou a perua branca dos Grais na rampa. Não gostava de aparecer sem telefonar, mas talvez a notícia sobre os novos vizinhos justificasse a quebra de etiqueta. Agnès Grais descarregava duas sacolas de compras do carro quando Tom apareceu.

— Oi, Agnès. Quer ajuda?

— Viria a calhar! Olá, Tom.

Ele apanhou ambas as sacolas, enquanto Agnès tirava mais coisas do porta-malas.

Antoine acabava de levar um engradado de água mineral para a cozinha, enquanto os dois adolescentes haviam aberto uma grande garrafa de Coca-Cola.

— Salve, Antoine! — cumprimentou Tom. — Estava de passagem e resolvi dar um oi. Dia bonito, não acha?

— Com certeza — concordou o homem em sua voz de barítono, que, aos ouvidos de Tom, fazia o francês parecer russo.

Estava de bermuda, meias, tênis e uma camisa de um tom esverdeado que Tom achava especialmente desagradável. Tinha cabelos pretos, levemente ondulados, e estava sempre com uns quilos a mais.

— Alguma novidade?

— Quase nada — respondeu Tom, largando as sacolas no piso.

Sylvie, filha dos Grais, começara a desempacotar as compras com destreza.

Tom recusou a oferta de um copo de refrigerante ou uma taça de vinho. Imaginava que Antoine em breve fosse ligar o cortador de grama, movido a benzina em vez de eletricidade. Era um homem diligente, acima de tudo, tanto no escritório parisiense quanto ali em Villeperce.

— Como andam seus inquilinos em Cannes neste verão?

Estavam ainda parados na ampla cozinha.

A família Grais tinha uma *villa* em Cannes ou nas redondezas, jamais visitada por Tom, e eles a alugavam em julho e agosto, quando os valores estavam mais altos.

— Pagaram adiantado, mas foi um depósito por telefone — contou Antoine, dando de ombros. — Acho que... está tudo bem.

— Ficaram sabendo dos novos vizinhos? — questionou Tom, e apontou na direção da casa branca. — Um casal de americanos, acho... ou talvez vocês já os conheçam? Não sei há quanto tempo estão aqui.

— Hum, não — respondeu Antoine, puxando da memória. — Não é a casa ao lado, é?

— Não, a próxima. A grandona.

— Ah, a que está à venda!

— Ou para alugar. Acho que a alugaram. O nome dele é David Pritchard. Está com a esposa. Ou...

— Americanos — repetiu Agnès, pensativa. Havia escutado a última parte da conversa e, quase sem pausa, guardou uma alface no compartimento inferior da geladeira. — Você os conheceu?

— Não. Ele... — Tom resolveu continuar. — O homem falou comigo no bar-tabacaria. Talvez tenha descoberto que sou americano. Achei melhor falar com vocês.

— Os dois têm filhos? — quis saber Antoine, ressabiado, pois gostava de paz e sossego.

— Não que eu saiba. Diria que não.
— E falam francês? — perguntou Agnès.
Tom sorriu.
— Não sei ao certo.

Se não falassem, imaginava Tom, os Grais não teriam interesse em conhecer os dois e os tratariam com desprezo. Antoine Grais queria a França para os franceses, mesmo que os forasteiros só estivessem ali por uma temporada e não tivessem feito nada além de alugar uma casa.

Conversaram sobre outros assuntos: a nova caixa de adubo que Antoine pretendia montar no fim de semana, acompanhada de um kit que estava no automóvel. Antoine estava se saindo bem como arquiteto em Paris e havia contratado um aprendiz que começaria a trabalhar em setembro. Claro, o homem não tiraria férias em agosto, mesmo que ficasse sozinho no escritório. Tom cogitou contar aos Grais sobre a viagem a Marrocos com Heloise, mas decidiu reter a informação. Por quê?, perguntou-se. Será que ele próprio havia decidido não ir, mesmo de forma inconsciente? De todo modo, ainda teria tempo de telefonar aos Grais e informá-los, como bom vizinho, de que ele e Heloise iriam se ausentar por talvez duas ou três semanas.

Ao se despedir, após convites mútuos para taças de vinho e xícaras de café, Tom suspeitou de que, ao falar dos Pritchard para os Grais, a intenção tinha sido a de proteger a si mesmo. Afinal, aquele telefonema, supostamente de Dickie Greenleaf, não fora uma ameaça? Com certeza.

Enquanto Tom se afastava de carro, os filhos dos Grais, Sylvie e Edouard, chutavam uma bola de futebol no gramado da frente, para um lado e para outro. O garoto lhe acenou em despedida.

3

Chegando em casa, Tom encontrou Heloise na sala de estar. Tinha um ar inquieto.

— *Chéri...* um telefonema — disse ela.

— De quem? — perguntou Tom, sentindo uma desagradável pontada de medo.

— De um homem... disse que se chamava Diqui Granelef e estava ligando de Washington...

— *Washington?* — Tom estava preocupado com a inquietação de Heloise. — Greenleaf... é absurdo, querida. Uma brincadeira de mau gosto.

Ela franziu a testa.

— Mas por que essa... *brrincadeirra?* — perguntou, o sotaque voltando com força total. — Você sabe?

Tom se empertigou. Era o defensor da esposa e também de Belle Ombre.

— Não, não sei. Mas foi feita por... alguém. Não imagino quem. O que a pessoa disse?

— Primeiro, queria falar com você. Depois disse algo... sobre estar em uma *fauteuil roulant...* cadeira de rodas?

— Sim, querida.

— Por causa de um acidente que ele sofreu e você presenciou. Na água...

Tom meneou a cabeça.

— É uma brincadeira sádica, minha querida. Alguém quis se passar por Dickie, mas ele tirou a própria vida... anos atrás. Talvez na água. Jamais encontraram o corpo.

— Sim, eu sei. Foi o que você me disse.

— Não fui só eu quem disse — argumentou Tom, calmamente. — Foi todo mundo. A polícia. O corpo nunca foi encontrado. E ele deixou um testamento. Poucas semanas antes de desaparecer, pelo que me lembro.

Tom acreditava piamente no que dizia, embora ele próprio tivesse forjado o testamento.

— Enfim, eu não estava junto, querida. Isso foi há muitos anos, na Itália... quando ele desapareceu.

— Eu sei, Tome. Mas por que essa... pessoa decidiu nos atormentar?

Tom enfiou as mãos nos bolsos da calça.

— Uma brincadeira idiota. Algumas pessoas ficam... empolgadas com esse tipo de coisa, entende? Sinto muito que ele tenha nosso telefone. Que tipo de voz era?

— Soava jovem — respondeu Heloise, e parecia escolher as palavras com cuidado. — Não era uma voz muito grossa. Americano. A ligação não estava muito boa.

— Ligou mesmo dos Estados Unidos? — questionou Tom, sem acreditar.

— *Mais oui* — disse Heloise, pragmática.

Ele esboçou um sorriso.

— Acho melhor esquecermos essa história. Se acontecer de novo e eu estiver aqui, é só me passar o telefone, querida. Se eu não estiver aqui, você deve aparentar calma, como se não acreditasse nas palavras do sujeito. Depois, desligue. Entendeu?

— Ah, sim — concordou Heloise, como se tivesse mesmo entendido.

— Esse tipo de gente *quer* perturbar os outros. É o que lhes dá prazer.

Heloise se acomodou no canto que elegera como favorito no sofá, a ponta virada para a porta-janela.

— Onde você estava agora há pouco?

— Fui dar uma volta de carro. Um passeio pela cidade.

Tom fazia esse tipo de passeio cerca de duas vezes por semana, usando um dos carros do casal, geralmente o Renault marrom, e sempre aproveitava para fazer algo útil no caminho, como encher o tanque no supermercado perto de Moret ou revisar os pneus.

— Reparei que Antoine tinha voltado de Paris para o fim de semana, então passei por lá para dar um oi. Estavam descarregando as compras. Eu lhes contei sobre os novos vizinhos, os Pritchard.

— Vizinhos?

— Moram bem perto. Meio quilômetro, talvez? — Tom riu. — Agnès perguntou se falam francês. Se não falarem, estão fora da lista de Antoine, entende? Eu respondi que não sei.

— E o que Antoine achou de nossa viagem à *Afrique du Nord*? — perguntou Heloise, sorrindo. — Ex-tra-va-gan-te?

E começou a rir. A pronúncia dela fazia a palavra parecer muito cara.

— Para dizer a verdade, ainda não lhes contei. Se Antoine fizer algum comentário sobre os gastos, vou frisar como as coisas por lá são baratas. Os hotéis, por exemplo.

Tom andou até as portas-janelas. Queria vaguear um pouco pelos domínios dele, olhar as ervas plantadas, a triunfante e ondulante salsinha, a deliciosa e robusta rúcula. Talvez cortasse um pouquinho dessa última para pôr na salada à noite.

— Não vai fazer nada quanto a esse telefonema, Tome?

Heloise exibia o ligeiro ar amuado de uma criança que exige respostas.

Tom não se importava, porque atrás das palavras dela não havia um cérebro de criança, e o ar infantil talvez se devesse ao longo cabelo loiro jogado sobre a testa.

— Nada, eu acho — respondeu Tom. — Informar a polícia? Absurdo.

Sabia que Heloise estava ciente de como era difícil convencer a polícia a investigar telefonemas "irritantes" ou pornográficos (jamais haviam recebido esse tipo de ligação). Era preciso preencher formulários e aceitar a instalação de um aparelho de monitoramento, que, claro, também monitoraria todas as outras chamadas. Tom jamais passara por essa chateação, nem pretendia.

— Estão telefonando dos Estados Unidos — acrescentou. — Vão acabar se cansando.

Olhou para as portas-janelas entreabertas e decidiu passar reto por elas antes de se dirigir aos domínios de Madame Annette, a cozinha, localizada no canto esquerdo da casa. As narinas dele foram saudadas pelo aroma complexo de uma sopa de legumes.

Madame Annette, que trajava um avental azul-escuro e um vestido de bolinhas azuis e brancas, levava algo ao forno.

— Boa noite, Madame!

— Monsieur Tome! *Bon soir.*

— E qual será o prato principal da ceia?

— *Noisettes de veau.* Mas não muito grandes, porque a noite está quente.

— É verdade. O cheiro está divino. Apesar do calor, estou com bastante apetite. Madame Annette, quero que se sinta à vontade para receber suas amigas aqui quando eu e minha esposa estivermos viajando. Madame Heloise lhe disse alguma coisa?

— Ah, *oui*! Sobre sua viagem a Marrocos! Claro. Tudo será como sempre foi, Monsieur Tome.

— Mas... bem. Não deixe de convidar Madame Geneviève e... a outra amiga?

— Marie-Louise — esclareceu Madame Annette.

— Sim, isso. Uma noite para ver tevê, até jantar. Podem pegar um vinho da adega.

— Ah, Monsieur! Jantar! — exclamou a mulher, como se aquilo fosse um excesso. — Um chazinho nos basta.

— Chá e bolo, então. Você será a dona da casa por um tempo. A menos, claro, que prefira passar um fim de semana com sua irmã em Lyon. Madame Clusot... podemos pedir que ela regue as plantas dentro de casa.

Madame Clusot era mais jovem e fazia o que Tom chamava de faxina pesada na casa uma vez por semana: os banheiros e os pisos.

— Hum...

Madame Annette fingiu ponderar, mas Tom sentiu que ela preferia ficar em Belle Ombre, pois era agosto, época em que os proprietários geralmente saíam de férias e deixavam os empregados livres, a menos que os levassem junto.

— Acho que não, Monsieur Tome, *merci quand même*. Acho que prefiro ficar aqui.

— Como desejar.

Tom brindou-a com um sorriso e saiu pela porta de serviço, para o gramado lateral.

Em frente estendia-se a trilha, parcialmente oculta atrás de uma alameda de pereiras e macieiras e uma fila de arbustos agrestes. Por aquela via sem pavimento, ele certa vez havia carregado Murchison em um carrinho de mão, para enterrá-lo temporariamente. Às vezes algum fazendeiro dirigia um trator por aquela mesma trilha, a caminho das ruas principais de Villeperce, ou então aparecia do nada, empurrando uma carriola cheia de esterco de cavalo ou feixes de gravetos para combustível. A estradinha não pertencia a ninguém.

Tom seguiu até a horta de verduras de que ele próprio cuidava, perto da estufa, onde pegou um longo par de tesouras e cortou uma porção de rúculas e alguns raminhos de salsa.

Belle Ombre era tão bonita vista da frente quanto dos fundos: dois ângulos arredondados com janelas salientes no térreo e no segundo andar, ou primeiro andar, como os europeus diziam. As pedras, de um castanho-rosado pareciam tão inexpugnáveis quanto a muralha de um castelo, embora a aparência da casa fosse suavizada pelas folhas avermelhadas de uma trepadeira, pelas flores dos arbustos e por alguns vasos de plantas perto das paredes. Ocorreu a Tom que, antes da viagem, seria melhor entrar em contato com Henri, o Gigante. O sujeito não tinha telefone, mas Georges e Marie podiam lhe transmitir o recado. Morava com a mãe em uma viela atrás da rua principal de Villeperce e, embora não fosse muito ágil nem esperto, tinha uma força incomum.

Bem, Henri também tinha a altura certa, pouco mais de um metro e noventa, pelos cálculos de Tom. De súbito, Tom flagrou-se a imaginar Henri como defensor de Belle Ombre, rechaçando um ataque. Ridículo! Que tipo de ataque poderia acontecer? E por parte de quem?

Conforme caminhava em direção às portas-janelas, Tom se perguntava quais seriam as ocupações diárias de David Pritchard. De fato dirigia todas as manhãs até Fontainebleau? E quando retornava? E a tal Janice ou Janis, aquela mocinha graciosa com jeito de elfo? O que ela fazia para se divertir ao longo do dia? Será que pintava? Escrevia?

Será que ele devia aparecer por lá sem aviso (a menos, claro, que descobrisse o número de telefone deles), levando um buquê de dálias e peônias, como um bom vizinho? O pensamento logo perdeu a atratividade. Aqueles dois o deixariam entediado. E ele próprio estaria agindo como um bisbilhoteiro.

Não, nada disso. Tom decidiu permanecer firme. Passaria o tempo lendo mais sobre Marrocos, Tânger ou qualquer lugar que Heloise decidisse visitar, aprontaria as câmeras fotográficas e deixaria Belle Ombre preparada para ao menos duas semanas sem os donos.

E foi exatamente o que fez: em Fontainebleau, comprou um par de bermudas azul-escuras e uma camisa branca, que não amarrotava, de mangas compridas, pois nem Tom nem Heloise gostavam de camisas de manga curta. Às vezes, Heloise ia almoçar com os pais em Chantilly, sozinha no Mercedes, como de hábito, e Tom supunha que ela aproveitasse parte do dia para fazer compras, pois quase sempre voltava com pelo menos seis sacolas de lojas variadas. Tom quase nunca ia aos almoços semanais, porque almoços o entediavam e, além disso, sabia que o sogro mal e mal o tolerava e estava ciente de que alguns dos negócios do genro eram escusos. *Bem, e qual negócio não é escuso?*, pensava Tom com frequência. O próprio Plisson por acaso não sonegava impostos? Heloise certa vez deixara escapar (não que isso a incomodasse) que o pai tinha uma conta secreta em Luxemburgo. Tom também tinha, e o dinheiro lá depositado vinha da empresa de materiais artísticos Derwatt, e até mesmo das vendas e revendas de pinturas e desenhos de Derwatt em Londres. Essa atividade estava cada vez menor, claro, pois Bernard Tufts, que havia falsificado obras de Derwatt por pelo menos meia década, morrera anos antes, um suicídio.

De qualquer forma, quem no mundo era completamente imaculado?

Tom se perguntava se a desconfiança de Plisson vinha do fato de não saber *tudo* a respeito do genro. Uma coisa boa sobre Plisson era que nem ele nem a esposa, Arlène, pressionavam a filha para que lhes desse um neto. Tom, claro, já tocara nesse assunto delicado com Heloise, em particular: ela não tinha vontade de ter filhos. A ideia de ter um bebê não a enojava, apenas não tinha desejo de ser mãe. E os anos haviam se passado. Tom não se importava. Não tinha pais a quem extasiar com a notícia do abençoado acontecimento, pois haviam morrido afogados no porto de Boston, Massachusetts, quando ele ainda era pequeno, e depois fora adotado por tia Dottie, a parente sovina, também da região. De qualquer forma, Tom sentia que Heloise era feliz com ele, ou pelo menos estava satisfeita, do contrário já teria reclamado — ou, na verdade, já teria ido embora. Heloise era voluntariosa. E Jacques, aquele velho careca, devia notar a felicidade da filha e a morada altamente respeitável do casal em Villeperce. Os Plisson apareciam para jantar uma vez ao ano, talvez. As visitas exclusivas de Arlène Plisson eram um pouco mais frequentes e certamente mais agradáveis.

Por vários dias, Tom ficou sem pensar na Dupla Estranha, exceto de forma fugaz, até que, certo sábado, o correio das nove e meia trouxe um envelope quadrado, endereçado em uma caligrafia desconhecida que logo o desagradou: maiúsculas balofas e um círculo em vez do ponto sobre o "i". Parecia-lhe pretensioso e estúpido. Como estava endereçado a Madame e Monsieur Tom, abriu o envelope antes de qualquer outra correspondência. Naquele momento, Heloise tomava banho no andar de cima.

```
Caros Sr. e Sra. Ripley,

Ficaríamos muito felizes se aceitassem nos-
so convite para beber algo no sábado (amanhã).
Poderiam vir por volta das seis da tarde? Sei
que está em cima da hora, e se não for conve-
niente para vocês, podemos sugerir outra data.
    Estamos ansiosos para conhecer os dois!

    Janice e David Pritchard

    No verso, um mapa para mostrar onde estamos.
Tel.: 424-6434
```

Tom virou a folha e observou o esboço da rua principal de Villeperce e a rua transversal, na qual estavam assinaladas as casas dos Pritchard e dos Grais, além de uma casa menor e vazia entre ambas.

E lá vamos nós, pensou Tom, tamborilando os dedos contra a carta. O convite era para aquele dia. Estava bastante curioso para ir, com certeza. Quanto mais soubesse a respeito de um possível inimigo, melhor, mas não queria levar Heloise junto. Teria que inventar alguma desculpa para despistar a esposa. Antes, porém, seria necessário confirmar a visita, mas não no correio das nove e quarenta.

Abriu o restante das cartas, exceto um envelope destinado a Heloise, em uma caligrafia que Tom acreditou ser de Noëlle Hassler, uma boa amiga da esposa que vivia em Paris. Não havia nada interessante: um extrato bancário de Manny Hanny, em Nova York, onde Tom tinha uma conta corrente, e uma remessa promocional da *Fortune 500*, que por alguma razão o considerava abastado o suficiente para se interessar por uma revista sobre investimentos e ações. Tom deixava essa decisão (onde investir) a cargo do contador, Pierre Solway, também contratado de Jacques Plisson, por intermédio do qual o havia conhecido. Às vezes Solway tinha boas ideias. Esse tipo de trabalho, se era que podia se chamar de trabalho, entediava Tom, mas não Heloise (lidar com dinheiro, ou ao menos ter interesse pelo assunto, era algo que talvez estivesse no sangue dela), e ela estava sempre disposta a pedir a opinião do pai antes de tomar alguma decisão financeira com o marido.

Henri, o Gigante, deveria chegar às onze daquela manhã, e embora nem sempre diferençasse sábado de quinta-feira, o sujeito às vezes conseguia chegar uns dois minutos após as onze. Como de hábito, usava um macacão azul desbotado, com alças antiquadas, e um chapéu de palha com aba larga, que poderia ser descrito como esfrangalhado. Tinha barba marrom-avermelhada, que às vezes podava com tesoura, um jeito fácil de evitar a navalha de barbear. Van Gogh teria adorado um Henri como modelo, pensava Tom com frequência. Era curioso imaginar que, naqueles dias, um retrato de Henri, pintado por Van Gogh em pastel, poderia custar, e certamente custaria, uns 30 milhões de dólares, dos quais Van Gogh não receberia um mísero tostão, claro.

Tom se concentrou e começou a explicar a Henri exatamente o que precisava ser feito durante as duas ou três semanas em que estaria ausente. O adubo composto. Henri poderia revirá-lo de tempos em tempos, por favor? Tom havia adquirido uma composteira metálica, que chegava à altura do próprio peito, com pouco menos de um metro de diâmetro, e uma portinhola que podia ser aberta por um pino de metal.

Enquanto ele andava atrás do faz-tudo em direção à estufa, ainda dando instruções, dessa vez sobre o novo borrifador de rosas (será que o homem estava escutando?), Henri pegou um forcado, tão logo entrou no recinto, e atacou o adubo composto. Era tão alto e forte que Tom não se atreveu a impedir a cena. Henri sabia como lidar com adubo, pois entendia sua utilidade.

— *Oui*, Monsieur — murmurava Henri de vez em quando, com voz mansa.

— E... bem, já mencionei as roseiras. Por enquanto, não têm manchas. Agora... só para embelezar o jardim... a fileira de loureiros... com os podadores.

Ao contrário dele, Henri quase não precisava usar a escada para podar o topo das árvores. Tom deixava que as copas crescessem de qualquer jeito, para cima, pois achatar as pontas daria a impressão de uma sebe muito formal.

Com inveja, Tom o observou empurrar a portinhola da composteira com a mão esquerda, enquanto usava a direita para puxar, com o forcado, uma porção de adubo escuro, de ótima aparência, que estava acumulada no fundo.

— Ah, ótimo! *Très bien!*

Sempre que Tom tentava empurrar a cesta, ela parecia enraizada no solo.

— *C'est vraiment bon* — confirmou Henri.

Depois passaram às mudas e a alguns gerânios na estufa. Deveriam ser regados. Henri andava para lá e para cá, ruidosamente, sobre o piso de lajotas, assentindo com a cabeça para indicar que entendia as instruções. Sabia onde ficava a chave da estufa, escondida debaixo de uma pedra, atrás da construção. Tom só a trancava quando ele e Heloise se ausentavam da casa principal. Até os sapatos marrons gastos de Henri pareciam artefatos dos tempos de Van Gogh, com solas de quase dois centímetros e meio e canos que chegavam acima dos tornozelos. Seriam herança de família? Henri era um anacronismo ambulante.

— Vamos ficar fora por pelo menos duas semanas — avisou Tom —, mas Madame Annette vai estar aqui durante todo o tempo.

Mais alguns detalhes, e enfim considerou que Henri já estava a par de tudo. Um pouco de dinheiro cairia bem, por isso puxou a carteira do bolso traseiro e deu ao faz-tudo duas notas de 100 francos.

— Isso aqui é para começar, Henri. E mantenha contato.

Estava pronto para voltar a entrar em casa, mas o sujeito não dava sinais de ir embora. Era sempre assim: ele ficava perambulando entre as sebes, apanhando um graveto caído ou atirando uma pedra em um canto, até que ia embora sem dizer nada.

— *Au revoir*, Henri!

Tom se virou e partiu em direção à casa. Deu uma olhada para trás: aparentemente, Henri estava prestes a dar outra pancada no adubo com o forcado, ou algo assim.

Por fim, subiu as escadas, lavou as mãos no banheiro e relaxou na poltrona, com um par de folhetos sobre Marrocos. As dez ou doze fotografias mostravam um mosaico azul no interior de uma mesquita, cinco canhões alinhados na beira de um penhasco, um mercado com vários panos em cores vivas, uma turista loira com um biquíni diminuto estendendo uma canga cor-de-rosa na areia amarela. O mapa de Tânger, na página seguinte, era esquemático e claro, em tons variados de azul, a praia em amarelo e o porto representado por duas curvas que se estendiam, de forma protetora, para dentro do Mediterrâneo ou do estreito de Gibraltar. Tom procurou a rue de la Liberté, onde ficava o hotel Minzah, e parecia ficar perto do Grand Socco, ou grande mercado.

O telefone ao lado da cama tocou.

— Eu atendo! — gritou Tom para Heloise, que estava no andar de baixo, praticando Schubert na espineta. — Alô?

— Oi, Tom. Aqui é Reeves — disse Reeves Minot, e a ligação estava boa.

— Está em Hamburgo?

— Claro que sim. Acho que... bem, Heloise deve ter comentado que telefonei.

— Sim, comentou. Está tudo bem?

— Tudo, sim — respondeu Reeves com voz calma e tranquilizadora. — É só que... quero lhe enviar uma remessa pequena, do tamanho de uma fita cassete. Na verdade...

É uma fita cassete, pensou Tom.

— E não é um explosivo — continuou Reeves. — Se puder guardar o objeto por uns cinco dias e depois enviá-lo ao endereço anexo ao envelope que vou mandar...

Tom hesitou, um pouco incomodado, mas sabendo que iria ceder, pois Reeves lhe fizera alguns favores quando necessário — um passaporte novo para alguém, abrigo para a noite no próprio apartamento. O homem fazia favores rapidamente e sem cobrar nada.

— Eu estaria disposto, meu velho, mas Heloise e eu partimos para Tânger em alguns dias, e dali vamos seguir viajando.

— Tânger! Ótimo! Vai dar tempo, se eu enviar uma carta expressa. Talvez chegue a sua casa amanhã. Sem problemas. Vou despachar a remessa hoje mesmo. Depois você reenvia o pacote... de onde quer que esteja, daqui a quatro ou cinco dias.

Tom supunha que ainda estariam em Tânger.

— Certo, Reeves. A princípio... — começou a dizer Tom, e sem nem perceber havia abaixado a voz, como se alguém pudesse entreouvir a conversa, embora Heloise ainda estivesse à espineta. — Vou enviar de Tânger. Confia nos Correios de lá? Ouvi dizer que são um tanto lentos.

Reeves soltou uma risada seca, que Tom conhecia bem.

— Não estou enviando *Os versos satânicos*... não desta vez. Por favor, Tom.

— Tudo bem... O que é, exatamente?

— Não vou dizer. Ainda não. Pesa menos de trinta gramas.

Desligaram poucos segundos depois. Tom se perguntava se o destinatário deveria remeter o pacote a outro intermediário. Reeves sempre acalentara a teoria, talvez criada por ele mesmo, de que quanto mais um objeto passasse de mão em mão, maior seria a segurança do negócio. O homem era um atravessador, essencialmente, e adorava o trabalho. Atravessador, que bela palavra. Na verdade, agir como um atravessador tinha um charme de faz de conta para Reeves, assim como o jogo de esconde-esconde encantava as crianças. Tom precisava admitir que, até aquele momento, Reeves Minot fora bem-sucedido. Trabalhava sozinho, ao menos, vivia sozinho em um apartamento próprio em Altona, no qual sobrevivera a um atentado a bomba, além de ter escapado ileso de qual fosse o ataque que lhe deixara uma cicatriz de dez centímetros na bochecha direita.

De volta aos folhetos e, em seguida, Casablanca. Havia uns dez panfletos em cima da cama. Tom pensou na chegada da carta expressa. Estava certo de que não precisaria assinar nada, uma vez que Reeves não gostava de fazer remessas registradas, portanto qualquer pessoa na casa poderia receber a encomenda.

Então, às seis daquela tarde, iria ao coquetel na casa dos Pritchard. Já passava das onze da manhã, e ainda era necessário confirmar a presença. O que diria a Heloise? Não queria que ela soubesse sobre a visita porque, primeiro, não queria levá-la junto, e segundo, para complicar as coisas, também não queria lhe explicar que o desejo dele era protegê-la e mantê-la longe daquela dupla excêntrica.

Tom desceu as escadas com a intenção de dar uma volta no gramado, ou talvez pedir um café a Madame Annette, se ela estivesse na cozinha.

Heloise se levantou, em frente à espineta, e espreguiçou-se.

— *Chéri*, Noëlle telefonou enquanto você conversava com Henri. Ela gostaria de vir jantar hoje e talvez passar a noite. Tudo bem?

— Claro que sim, minha querida. Certamente.

Não era a primeira vez, pensou Tom, que Noëlle Hassler telefonava e convidava a si mesma para uma visita. Era uma pessoa agradável, e ele nada tinha contra a moça.

— Espero que tenha concordado — acrescentou.

— Ah, sim, concordei. *La pauvre...* — Heloise começou a rir. — Um certo homem... Noëlle jamais deveria ter levado o sujeito a sério! Não a tratava bem.

Deu no pé, supôs Tom.

— Então ela está deprimida?

— Oh, não muito, e não por muito tempo. Ela está evitando dirigir, então vou buscá-la em Fontainebleau. Na estação.

— A que horas?

— Pelas sete. Vou checar os horários.

Tom ficou aliviado, ao menos um pouco. Resolveu dizer a verdade.

— Esta manhã, acredite se quiser, recebemos um convite dos Pritchard... sabe, o casal de americanos. Gostariam que tomássemos um drinque com eles por volta das seis, hoje à noite. Por acaso se importa se eu for sozinho, só para descobrir mais a respeito daqueles dois?

— Nãããoo — respondeu Heloise, parecendo mais uma adolescente do que uma balzaquiana. — Por que me importaria? Você estará de volta para o jantar?

Tom sorriu.

— Com certeza.

4

Tom acabou decidindo colher três dálias e levar as flores para os Pritchard. Ao meio-dia, havia confirmado a visita pelo telefone, e a voz de Janice soara alegre. Tom avisara que iria sozinho, porque a esposa havia combinado de buscar uma amiga na estação por volta do mesmo horário.

Assim, pouco depois das seis, o Renault marrom de Tom subiu pela rampa dos Pritchard. O sol não terminara de se pôr, e ainda estava um pouco abafado. Tom usava um paletó leve, calças e camisa sem gravata.

— Ah, Sr. Ripley, bem-vindo! — exclamou Janice Pritchard, de pé no alpendre.

— Boa noite — disse Tom, sorrindo, antes de entregar as dálias vermelhas. — Colhi as flores agorinha mesmo, no meu jardim.

— Oh, que adorável! Vou pegar um vaso. Entre, por favor. David!

Tom adentrou o pequeno vestíbulo que levava a uma sala de estar quadrangular da qual se recordava. A lareira, quase feia, permanecia inalterada. A moldura de madeira estava pintada de branco, com um desastroso remate roxo. Ele tinha a sensação de uma falsa rusticidade em toda a mobília, exceto o sofá e a poltrona, e então David Pritchard entrou, enxugando as mãos em um pano de prato. Estava sem paletó.

— Boa noite, Sr. Ripley! Bem-vindo. Estou dando duro nos canapés.

Janice soltou um risinho condescendente. Era mais magra do que Tom imaginara, e usava calça de algodão azul-clara e blusa vermelha e preta, com mangas longas e babados no pescoço e nos punhos. Os cabelos, castanho-claros, tinham um tom amarelo-alaranjado bastante agradável e estavam cortados curtos, de modo que lhe envolviam o rosto em um halo fofo.

— Bem, o que você gostaria de beber? — perguntou David, observando Tom polidamente através dos óculos de armação preta.

— Temos de tudo... provavelmente — disse Janice.

— Hum... gim-tônica? — respondeu Tom.

— É para já. Por que não mostra a casa ao Sr. Ripley, querida? — sugeriu David.

— Claro. Se ele quiser.

Janice inclinou a cabeça esguia com um jeito élfico em que Tom já havia reparado outras vezes. O gesto fazia com que os olhos dela mirassem de través, o que era vagamente perturbador.

Deram uma olhada na sala de jantar, atrás da sala de estar (a cozinha ficava à esquerda), e lá Tom deparou-se com uma enorme mesa cercada de cadeiras de espaldar alto, com assentos que pareciam tão desconfortáveis quanto bancos de igreja. A mobília confirmava a impressão que ele tivera de que a residência era decorada por uma série de horrendas antiguidades fabricadas anteontem. As escadas ficavam ao lado da pomposa lareira, e ele subiu com Janice, que falava o tempo inteiro.

Dois quartos, um banheiro, e era isso. Por todos os lados, via-se papel de parede com um modesto padrão floral. Um quadro no corredor, também com temática floral, como os que são vistos em quartos de hotel.

— A casa é alugada? — questionou Tom conforme desciam as escadas.

— Ah, sim. Não temos certeza se queremos morar aqui. Ou *nesta* casa... mas olhe o reflexo *agora*! Deixamos as venezianas abertas para você enxergar.

— Sim, uma beleza!

Das escadas, quase no nível do teto, era possível vislumbrar as formas cinzentas e brancas que o laguinho desenhava no gramado.

— Claro, quando o vento sopra, a coisa fica ainda mais... *vívida*! — exclamou Janice, com uma risadinha aguda.

— E vocês mesmos compraram a mobília?

— S-sim. Mas alguns móveis são emprestados... pelos donos da casa. O conjunto na sala de jantar, por exemplo. Pesado demais para o meu gosto.

Tom não teceu comentários.

David Pritchard tinha acomodado os coquetéis na mesa de centro, outra antiguidade falsa e corpulenta. Os canapés consistiam em pedaços de queijo derretido, trespassados por palitos. Também havia azeitonas recheadas.

Tom sentou-se na poltrona e ambos os Pritchard se acomodaram no sofá, o qual, como a poltrona, estava coberto por uma espécie de algodão grosso com desenhos floridos, um dos itens menos ofensivos da casa.

— Saúde! — brindou David, já sem avental, erguendo o copo. — Aos nossos novos vizinhos!

— Saúde — ecoou Tom, e sorveu um gole.

— É uma pena que sua esposa não tenha vindo — comentou David.

— Uma pena mesmo. Outra hora, talvez. O que estão achando de... o que você cursa no INSEAD, mesmo? — perguntou Tom.

— Estou estudando marketing. Todos os aspectos. Marketing e métodos de avaliar resultados.

David Pritchard tinha um jeito claro e direto de falar.

— Todos os *aspectos*! — repetiu Janice, e riu de novo, com nervosismo. Bebia algo rosado que Tom supôs ser kir, uma beberagem suave feita à base de vinho branco.

— As aulas são em francês? — quis saber Tom.

— Francês e inglês. Meu francês não é tão ruim. Mas bem que eu podia me esforçar mais um pouco — acrescentou, pois falava com o erre duro. — Um treinamento em marketing abre várias oportunidades de trabalho.

— De que parte dos Estados Unidos vocês são?

— Bedford, Indiana. Depois trabalhei em Chicago. Sempre na área de vendas.

Tom acreditava apenas em parte.

Janice Pritchard se remexia no assento. Tinha mãos esguias, unhas pintadas de rosa-claro, com boa manicure. Usava um anel com um pequeno diamante, que tinha mais jeito de aliança de namoro do que anel de noivado.

— E você, Sra. Pritchard — começou Tom, com voz simpática. — Também é do Meio-Oeste?

— Não, sou natural de Washington, capital, mas morei no Kansas e em Ohio e...

Hesitou, como uma menininha que esquecera as falas, e passou a fitar as próprias mãos, que tremiam suavemente sobre os joelhos.

— E *viveu* e *sofreu* e *viveu*...

O tom de David Pritchard era apenas em parte bem-humorado, e ele observava Janice com certa frieza.

Tom se sentiu surpreso. Por acaso aqueles dois estiveram brigando?

— Eu *não* toquei no assunto — defendeu-se Janice. — O Sr. Ripley perguntou de onde eu...

Os ombros largos de Pritchard se viraram na direção da mulher.

— *Não precisava* entrar em detalhes. Precisava?

Janice parecia encurralada, emudecida, embora tentasse sorrir, e lançou a Tom uma rápida olhadela que parecia dizer: *Não dê bola, isso não é nada, me desculpe.*

— Mas você gosta de fazer isso, não gosta? — continuou Pritchard.

— De entrar em detalhes? Não entendo como...

— Ora, qual é o *problema*? — interveio Tom, sorrindo. — Perguntei a Janice de onde ela vem.

— Ah, obrigado por me chamar de Janice, Sr. Ripley!

Dessa vez, Tom teve que rir. Esperava que o riso desanuviasse o clima.

— Viu só, David? — perguntou Janice.

David a encarou em silêncio, mas pelo menos havia se recostado nas almofadas do sofá.

Tom bebericou o drinque, que estava bom, e puxou os cigarros do bolso do paletó.

— Pretendem viajar este mês?

Janice olhou para David.

— Não — respondeu Pritchard. — Não, ainda temos que desempacotar uns livros. Ainda há várias caixas na garagem.

Tom tinha visto duas estantes, uma no andar de cima e outra no de baixo, ambas vazias, exceto por uns poucos livros de capa mole.

— Nem todos os nossos livros estão aqui — explicou Janice. — Há alguns...

— Tenho certeza de que o Sr. Ripley não quer saber onde estão nossos livros, Janice... nem nossos lençóis de inverno — interrompeu David.

Tom queria saber, mas não disse nada.

— E você, Sr. Ripley? — continuou David. — Vai viajar neste verão... com sua adorável esposa? Eu a vi uma vez, de longe.

— Não — respondeu Tom, um tanto pensativo, como se ele e Heloise ainda pudessem mudar de ideia. — Não nos desagrada a ideia de ficar em casa este ano.

— Nossos... a maioria de nossos livros está em Londres — contou Janice, empertigada no assento, olhando para Tom. — Temos um pequeno apartamento lá... para os lados de Brixton.

David Pritchard lançou um olhar azedo para a esposa. Depois prendeu o fôlego e disse a Tom:

— Sim, sim. E acredito que temos alguns conhecidos em comum. Cynthia Gradnor?

Tom reconheceu o nome logo de cara: era a noiva do falecido Bernard Tufts. Embora amasse Bernard, tinha se separado ao descobrir que fora ele o responsável por falsificar obras de Derwatt.

— Cynthia — repetiu Tom, como se vasculhasse a memória.

— Ela conhece o pessoal da Galeria Buckmaster — acrescentou David. — Ao menos é o que diz.

Naquele instante, Tom não teria passado incólume por um detector de mentiras, pois as palpitações do coração dele aceleraram.

— Ah, sim. Aquela moça loira... bem, tem cabelo claro, eu acho.

Quanto Cynthia havia contado aos Pritchard, perguntava-se Tom, e por que ela teria revelado *qualquer coisa* a esses dois chatos? Não era do tipo tagarela, e os Pritchard estavam algumas escalas abaixo do nível social dela. Se Cynthia quisesse prejudicar ou arruinar Tom, poderia ter feito isso anos antes. E, claro, poderia ter revelado tudo sobre as falsificações, mas não o fizera.

— Talvez esteja mais familiarizado com o pessoal da Galeria Buckmaster em Londres — comentou David.

— Mais familiarizado?

— Sim, mais do que conhece Cynthia.

— Na verdade, não conheço nenhum deles. Fui à galeria algumas vezes. Gosto da arte de Derwatt. Quem não gosta? — sorriu Tom. — Essa galeria é especializada no artista.

— Comprou alguns por lá?

— Alguns? — repetiu Tom, rindo. — Com o preço atual das obras de Derwatt? Tenho dois quadros, comprados quando não eram tão caros. Até os coloquei no seguro.

Vários segundos de silêncio. Pritchard talvez estivesse planejando o próximo passo. Ocorreu a Tom que Janice poderia ter imitado Dickie ao telefone. A voz dela tinha amplitude, indo de tons esganiçados, quando falava alto, a bastante graves, quando falava baixo. Estaria certa a suspeita levantada de que os Pritchard haviam se informado tanto quanto possível sobre o passado de Tom Ripley (por meio de arquivos de jornais e conversas com pessoas como Cynthia Gradnor), apenas para se divertirem à custa dele, atormentando-o e talvez forçando-o a admitir alguma coisa? Seria interessante descobrir no que os Pritchard acreditavam. Tom não achava que David fosse um policial, mas não tinha como saber. A CIA e o FBI usavam agentes terceirizados. Lee Harvey Oswald era um agente da CIA, achava Tom, e serviria de bode expiatório naquela história. Será que os Pritchard estavam pensando em extorsão, em dinheiro? Que ideia horrível.

— Como está seu drinque, Sr. Ripley? — perguntou David Pritchard.

— Ótimo, obrigado. Aceito mais uma dose pequena.

Pritchard foi à cozinha preparar a tônica, levando o próprio copo e ignorando Janice. A porta entre os cômodos estava entreaberta, então Tom imaginava que não seria muito difícil, para quem estava na cozinha, ouvir o que era dito na sala. Contudo, esperaria que Janice começasse. Ou será que não?

Tom rompeu o silêncio:

— E você também trabalha, Senhora... Janice? Ou trabalhava?

— Ah, eu trabalhava como secretária no Kansas. Depois estudei canto... treinamento vocal... primeiro em Washington. Tem tantas escolas por lá, você ficaria surpreso. Logo em seguida eu...

— Ela me encontrou, por azar — interrompeu David, entrando na sala com os dois drinques em uma bandejazinha redonda.

— Se *você* diz — retrucou Janice com deliberada afetação. Acrescentou, em uma nota mais suave e grave: — Você deve saber.

David, ainda de pé, desferiu um tapa de mentirinha contra Janice, com os dedos apertados na palma da mão, quase roçando o rosto e o ombro direito da mulher.

— Depois dou um jeito em você.

Ele não estava sorrindo.

Janice nem sequer pestanejara.

— Mas um dia vai chegar a minha vez — respondeu ela.

Os dois faziam joguinhos entre ambos, percebeu Tom. E depois resolviam tudo na cama? Uma hipótese desagradável. Ele estava curioso quanto à relação com Cynthia. Havia grande perigo ali, caso os Pritchard ou qualquer outra pessoa se desse ao trabalho de vasculhar aquele assunto e Cynthia Gradnor decidisse falar a verdade, pois ela e os donos da Galeria Buckmaster sabiam que cerca de sessenta das últimas obras de Derwatt eram falsificações. Seria inútil tentar remediar a situação, já que todas aquelas pinturas caríssimas perderiam quase todo o valor, exceto para alguns colecionadores excêntricos, interessados em comprar coisas falsas — gente como o próprio Tom, na verdade, mas quantas pessoas no mundo se assemelhavam a ele, com aquela atitude cínica em relação à justiça e à veracidade?

— E como está Cynthia... Gradnor, é isso? — começou Tom. — Faz séculos que não a vejo. Uma mulher muito reservada, pelo que me recordo.

Também se recordava de que a mulher o detestava, pois ele convencera Bernard Tufts a falsificar os quadros de Derwatt, após o suicídio do artista. O sujeito realizara as falsificações de forma brilhante, trabalhando com diligência em um pequeno estúdio-mansarda, em Londres, mas arruinara a própria vida no processo, pois amava e respeitava Derwatt e as obras dele, e acabara se convencendo de que cometera uma traição imperdoável contra o artista. Bernard se transformara em um frangalho nervoso e cometera suicídio.

David não se apressou nem um pouco em responder, e Tom percebeu (ou assim pensava) que Pritchard achava que toda aquela história o deixara preocupado a ponto de sondar os dois a respeito de Cynthia.

— Reservada? Não — disse David, por fim.

— Não — ecoou Janice, com o vislumbre de um sorriso. Estava fumando um cigarro de filtro e as mãos dela pareciam mais calmas, embora ainda crispadas, mesmo enquanto seguravam o cigarro entre os dedos. Os olhos deslizavam constantemente do esposo até Tom e de volta ao esposo.

E o que significava aquilo, que Cynthia dera com a língua nos dentes e contara toda a história a Janice e David Pritchard? Tom se recusava a acreditar. Se fosse o caso, então que os dois dissessem tudo de uma vez: a equipe da Galeria Buckmaster havia mentido quanto às últimas obras de Derwatt.

— Ela está casada? — questionou Tom.

— *Acho* que está. Não está, David? — perguntou Janice, esfregando o braço direito acima do cotovelo, com a palma da mão, por alguns segundos.

— Não me lembro — admitiu David. — Ela estava sozinha nas... nas duas vezes em que a vimos.

Onde a teriam visto? E quem os apresentara a Cynthia? Tom não quis sondar mais a fundo, mas se perguntava se os braços de Janice estariam machucados. Seria essa a razão para aquela estranha blusa de algodão, com mangas compridas, naquele dia quente de agosto? Era para esconder hematomas deixados pelo marido agressivo?

— Vocês gostam de ir a exposições de arte? — perguntou Tom.

— Arte... ha-ha!

David, após uma olhadela para a esposa, soltara uma risada genuína.

Sem cigarro, Janice voltara a retorcer os dedos, apertando os joelhos um contra o outro.

— Podemos falar sobre algo mais agradável?

— O que é mais agradável do que a arte? — perguntou Tom, sorrindo. — O prazer de olhar uma paisagem de Cézanne! Amendoeiras, uma estrada provinciana... aquela cor laranja cálida nos telhados.

Deu uma risada bem-humorada. Estava na hora de ir embora, mas tentou pensar em outro assunto, com o intuito de descobrir mais alguma coisa. Aceitou mais um canapé quando Janice lhe estendeu a travessa. Não pretendia mencionar certo fotógrafo chamado Jeff Constant e certo jornalista autônomo chamado Ed Banbury, que, anos antes, haviam comprado a Galeria Buckmaster, apoiados nas falsificações de Bernard Tufts e no futuro lucro trazido pelas obras. Tom também recebia uma porcentagem das vendas, soma que nos últimos anos se tornara bastante discreta, mas isso era esperado, já que nenhuma nova falsificação fora produzida desde a morte de Bernard Tufts.

O comentário sincero de Tom sobre Cézanne parecia ter tombado em ouvidos moucos. Deu uma olhada no relógio de pulso.

— Estou pensando em minha esposa — anunciou. — Melhor voltar para casa.

— E se nós o prendêssemos aqui por um tempo? — sugeriu David.

— Querem me prender?

Tom já estava de pé.

— Se não o deixarmos sair.

— Ah, David! *Joguinhos* com o Sr. Ripley? — perguntou Janice, depois estremeceu, com aparente constrangimento, mas estava com o sorriso escancarado e a cabeça inclinada. — O Sr. Ripley não gosta de *jogos*!

A voz dela estava esganiçada de novo.

— O Sr. Ripley adora jogos — argumentou David Pritchard, todo empertigado no sofá, com as coxas grossas em evidência, as mãozonas nos quadris. — Não conseguiria ir embora, se não fosse nossa vontade. E eu sei lutar judô também.

— Não me diga.

Tom estimava que a porta da frente, ou aquela pela qual entrara, estava a uns seis metros de distância. Não lhe agradava a ideia de lutar com Pritchard, mas estava pronto para se defender, se fosse necessário. Por exemplo, podia agarrar o pesado cinzeiro pousado entre os três. Um cinzeiro na testa havia acabado com Freddie Miles em Roma. Um só golpe e Freddie estava morto. Tom contemplou Pritchard. Um chato com sobrepeso, um chato medíocre e ordinário.

— Estou indo. Muito obrigado, Janice e Sr. Pritchard.

Tom sorriu e se virou.

Não ouviu nada às costas e virou-se novamente ao alcançar a porta que dava para o vestíbulo. David apenas caminhava na direção dele, devagar, como se o jogo estivesse esquecido. Janice flanava por perto.

— Já encontraram tudo de que precisam nas vizinhanças? — questionou Tom. — Supermercado? Loja de equipamentos? A de Moret ainda é a mais sortida. E a mais próxima.

Respostas afirmativas.

— A família Greenleaf mantém contato com você? — perguntou David Pritchard, jogando a cabeça para trás, como que para aumentar a própria altura.

— De vez em quando, sim — respondeu Tom, ainda ostentando uma expressão inócua. — Conhece o Sr. Greenleaf?

— Qual deles? — devolveu David, em tom de brincadeira, mas com certa rudeza.

— Então não o conhece — determinou Tom.

Observou o círculo de água trêmula que se refletia no teto da sala de estar. O sol já desaparecera atrás das árvores.

— Quando chove, fica tão fundo que dá até para se afogar! — comentou Janice, notando o olhar de Tom.

— Qual a profundidade do lago?

— Ah... um metro e meio, mais ou menos — respondeu Pritchard. — O fundo é enlameado. Não é uma boa ideia entrar.

Os dentes apareceram, quadrados, quando o homem sorriu.

O sorriso poderia ter parecido agradável e inocente, mas Tom o conhecia melhor a essa altura. Ele desceu os degraus até o gramado.

— Obrigado aos dois. Vamos nos ver de novo em breve, espero.
— Sem dúvida! Obrigado por vir — disse David.

Que gente esquisita, pensava Tom conforme dirigia para casa. Ou será que, depois de tanto tempo, ele próprio já estava desabituado do jeito americano de ser? Haveria um casal como os Pritchard em cada cidadezinha nos Estados Unidos? Pessoas estranhas, com estranhas obsessões? Assim como havia homens e mulheres jovens, de 17, 19 anos de idade, que comiam até alcançarem dois metros de altura e ainda mais em circunferência? Esse tipo de gente se encontrava principalmente na Flórida e na Califórnia, lera Tom em algum lugar. Após surtos de comilança, esses extremistas passavam por dietas draconianas, e, tão logo se transformavam em esqueletos, reiniciavam o ciclo. Uma espécie de auto-obsessão, achava Tom.

Os portões da casa estavam abertos, e o carro de Tom rodou sobre o cascalho do pátio dianteiro com um som tranquilizante, em seguida embicou na garagem à esquerda e estacionou ao lado do Mercedes vermelho.

Noëlle Hassler e Heloise estavam sentadas na sala de estar, no sofá amarelo, e a risada da visitante era tão alegre quanto sempre fora. Naquela noite, Noëlle tinha optado pelo cabelo natural, longo e liso. Tinha grande apreço por perucas, quase disfarces. Tom nunca sabia o que esperar.

— As damas! — exclamou ele. — Bom dia, Mesdames. Como está, Noëlle?

— *Bien, merci* — respondeu a moça. — *Et toi?*

— Estávamos falando da vida — acrescentou Heloise, em inglês.

— Ah, o assunto supremo! — retomou Tom, em francês. — Espero que eu não tenha atrasado o jantar.

— *Mais non, chéri!* — disse Heloise.

Tom adorava olhar a figura esguia da esposa no sofá, o pé esquerdo descalço e apoiado no joelho direito. Heloise era tão diferente da empertigada e trêmula Janice Pritchard!

— Preciso dar um telefonema antes do jantar, se puder.

— E por que não poderia? — questionou Heloise.

— Com licença.

Tom deu as costas, subiu as escadas, foi ao quarto dele e lavou as mãos no banheiro, um hábito adquirido após episódios desagradáveis, como aquele que acabara de ocorrer na casa dos Pritchard. Heloise usaria o banheiro dele esta noite, percebeu Tom, pois a esposa costumava ceder o dela às visitas. Tom assegurou-se de que a segunda porta do banheiro, que dava para o quarto de Heloise, estava destrancada. Que momento desagradável, quando o carnudo Pritchard dissera "E se nós o prendêssemos aqui por um tempo?" enquanto Janice o encarava. Será que a mulher teria ajudado o marido? Tom achava que sim. Talvez como um autômato. *Por quê?*

Ele jogou a toalha de rosto de volta ao toalheiro e foi ao telefone. Lá estava a agenda de endereços, encadernada em couro marrom, e seria necessária, pois ele não sabia de cor os números de Jeff Constant e de Ed Banbury.

Primeiro, Jeff. Até onde sabia, o sujeito ainda morava em NW8, onde tinha um estúdio fotográfico. O relógio de pulso mostrava sete e vinte e dois. Tom discou o número.

Após o terceiro toque, uma secretária automática atendeu e Tom pegou uma caneta esferográfica e anotou outro número: "... até as nove da noite", disse a voz de Jeff.

Quer dizer, às dez, no fuso horário de Tom. Discou o número anotado. Uma voz masculina atendeu, e, pelo som de fundo, uma festa acontecia ao redor.

— Jeff *Constant* — repetiu Tom. — Ele está? É um fotógrafo.

— Ah, o fotógrafo! Só um momento, por favor. O seu nome é...

Tom odiava aquela pergunta.

— Diga apenas que é o Tom, certo?

Um longo tempo se passou até que Jeff aparecesse do outro lado da linha, com a voz um pouco ofegante. O barulho da festa continuava.

— Ah, *Tom*! Achei que fosse outro Tom... Ah, estou em um casamento... na cerimônia após a recepção. Quais as novas?

De súbito, Tom ficou contente por haver um barulho de fundo. Jeff tinha que gritar e se esforçar para ouvir.

— Conhece um sujeito chamado David Pritchard? Americano, cerca de 35 anos? Cabelo escuro. Esposa chamada Janice, meio loira?

— Hum, não.

— Pode fazer a mesma pergunta a Ed Banbury? Consegue falar com ele?

— Sim, mas Ed se mudou, não faz muito tempo. Vou perguntar. Não me lembro do endereço dele.

— Bem, é o seguinte... esses americanos alugaram uma casa na aldeia em que moro e dizem ter encontrado Cynthia Gradnor recentemente... em Londres. Andam comentando umas coisas muito maliciosas, esses Pritchard. Nada sobre... Bernard, no entanto.

Tom teve um engulho ao dizer aquele nome. Quase podia ouvir o cérebro de Jeff funcionando.

— Como teria conhecido Cynthia? Ela costuma ir à galeria? — continuou, e se referia à Galeria Buckmaster, em Old Bond Street.

— Não — respondeu Jeff com firmeza.

— Nem sequer tenho certeza de que ele *realmente* conhece Cynthia, mas já é um problema ter ouvido falar dela...

— Em relação às obras de Derwatt?

— Não sei. Acha mesmo que Cynthia faria uma sacanagem dessas, contar tudo...

Tom se deteve, com a percepção terrível de que David ou ambos os Pritchard haviam feito uma vasta investigação *sobre ele*, a ponto de chegar a Dickie Greenleaf.

— Cynthia não é sacana — retrucou Jeff, grave e franco, enquanto o estrondo maníaco prosseguia ao fundo. — Olhe, vou fazer umas perguntas a Ed e…

— Esta noite, se puder. Ligue para mim mais tarde, não me importo… bem, até a meia-noite, pelo seu fuso. Amanhã vou ficar em casa.

— O que esse Pritchard está tramando? Tem alguma ideia?

— Boa pergunta. Quer aprontar alguma coisa, não me pergunte exatamente o quê. Ainda não sei ao certo.

— Acha que ele talvez saiba mais do que alega?

— Sim, acho. E… não preciso lhe dizer que Cynthia me *odeia* — sussurrou Tom, quase inaudível.

— Ela não gosta de nenhum de nós! Você logo vai receber notícias de mim ou de Ed, Tom.

E assim desligaram.

Depois veio o jantar, servido por Madame Annette, um delicioso caldo cujo gosto parecia combinar cinquenta ingredientes distintos, seguido de *écrevisses* com maionese e limão, acompanhadas por vinho branco gelado. A noite ainda estava quente e as portas-janelas permaneciam abertas. As mulheres falavam da África do Norte, pois Noëlle Hassler estivera lá, ao que parecia.

— … os táxis não têm taxímetros, então é necessário pagar a quantia determinada pelo motorista, seja qual for… E um clima adorável!

Noëlle ergueu as mãos quase em êxtase, depois pegou o guardanapo branco e limpou as pontas dos dedos.

— A brisa! Não faz calor, por causa da brisa maravilhosa que sopra o dia todo… Ah, sim! Francês! Quem é que sabe falar árabe? — acrescentou, aos risos. — Vocês vão se virar falando francês… em qualquer lugar.

Depois, algumas dicas. Aconselhou os dois a beber água mineral, da marca Sidi alguma coisa, em garrafas de plástico. E, em caso de problemas intestinais, uma pílula chamada Imodium.

— Aproveitem para comprar uns antibióticos. Não precisa de receita — explicou Noëlle alegremente. — Rubitracine, por exemplo. Barato! E tem validade de *cinco* anos! Eu sei porque...

Heloise absorvia todas as informações. Ela realmente amava conhecer novos lugares. Era incrível que a família jamais a houvesse levado para conhecer o antigo protetorado francês, pensava Tom, mas os Plisson sempre preferiram passar os feriados na Europa.

— E os Prickert, Tom? — perguntou Heloise. — Como estão?

— Os Pritchard, querida. David e... Janice. Bem... — começou Tom, e deu uma olhada em Noëlle, que escutava com educado interesse. — Muito americanos. Ele estuda marketing no INSEAD de Fontainebleau. Não sei o que ela faz para passar o tempo. Os móveis são horríveis.

Noëlle riu.

— De que tipo?

— *Style rustique*. Direto do supermercado. Realmente pesado.

Tom pestanejou.

— E, para falar a verdade, também não gostei muito dos Pritchard — concluiu com voz suave e sorriu.

— Os dois têm filhos? — perguntou Heloise.

— Não. Acho que não são o tipo de gente de que gostamos, querida Heloise. Então fiquei feliz por ter ido sozinho, assim você não precisou enfrentar essa provação.

Tom riu e esticou o braço até a garrafa de vinho, para dar uma alegrada nas taças.

Após o jantar, jogaram palavras cruzadas em francês. Era exatamente do que ele precisava para relaxar. Estava ficando obcecado pelo medíocre David Pritchard, tentando imaginar o que o sujeito estaria tramando, para usar as palavras de Jeff.

Por volta da meia-noite, Tom estava no andar de cima, no próprio quarto, pronto para se deitar com *Le Monde* e o *Trib*, cujas edições do dia combinavam sábado e domingo.

Algum tempo depois, o telefone soou nas trevas e o acordou. Tom logo se lembrou de que instruíra Heloise a desligar o aparelho no quarto dela, para não ser acordada caso ele recebesse uma chamada tarde da noite. Alegrava-se por ter tomado tal providência. Heloise e Noëlle tinham se deitado bem tarde, de tanto que ficaram conversando.

— Alô?

— Oi, Tom! Ed Banbury. Desculpe por ligar tão tarde, mas ouvi uma mensagem de Jeff quando cheguei em casa agora há pouco, e imagino que seja importante. — A dicção suave e precisa de Ed soava mais nítida do que nunca. — Algo sobre um sujeito chamado Pritchard?

— Sim. E a esposa. Eles... eles alugaram uma casa na aldeia em que moro. E dizem conhecer Cynthia Gradnor. Sabe algo sobre isso?

— Hum, não — negou Ed —, mas já ouvi falar desse cara. Nick... Nick Hall é nosso novo gerente na galeria, e ele mencionou um americano que apareceu fazendo perguntas sobre... sobre Murchison.

— Murchison! — repetiu Tom em voz baixa.

— Sim, fiquei muito surpreso. Nick está conosco há menos de um ano e não sabe nada sobre um homem desaparecido chamado Murchison.

Ed Banbury falava como se Murchison houvesse de fato desaparecido, quando a verdade era que Tom o matara.

— Se me permite a pergunta, Ed, por acaso Pritchard disse ou questionou algo a meu respeito?

— Não que eu saiba. Perguntei a Nick, mas fiz de um jeito que não levantasse suspeitas, claro!

Aqui, soltou uma súbita risada, soando novamente como o velho Ed.

— Nick disse alguma coisa sobre Cynthia? Por exemplo, se Pritchard conversou com ela?

— Não. Jeff me falou sobre isso. Nick não saberia quem é Cynthia.

Ed conhecia Cynthia muito bem, e Tom sabia disso.

— Estou tentando descobrir como Pritchard conheceu Cynthia, se é que a conheceu mesmo.

— Quais são as intenções desse tal Pritchard? — perguntou Ed.

— Está fuçando o meu passado, o desgraçado — respondeu Tom. — Espero que ele se afogue nas trevas... ou em qualquer outra coisa.

Um risinho curto do outro lado da linha.

— Ele mencionou Bernard?

— Não, graças a Deus. E não mencionou Murchison, pelo menos ao falar comigo. Tomei uns drinques com Pritchard, e isso é tudo. O sujeito gosta de provocar. É insuportável.

Ambos desfrutaram uma breve risada.

— Ei — retomou Tom. — Se me permite a pergunta: esse Nick sabe algo sobre Bernard e todo o resto?

— Acho que não. Talvez saiba, mas, nesse caso, prefere manter as suspeitas em segredo.

— Suspeitas? Somos vulneráveis a chantagem, Ed. Ou Nick Hall não suspeita de nada ou está do nosso lado. Tem que estar.

Ed suspirou.

— Não tenho motivos para achar que as suspeitas dele existem, Tom... temos amigos em comum. Nick é um compositor fracassado, ainda tentando fazer sucesso. Precisa de emprego, e nós lhe demos um. Não sabe muito sobre pintura nem se interessa, só mantém algumas informações básicas à mão, na galeria, e telefona para Jeff ou para mim caso surja algum interesse sério.

— Que idade tem Nick?

— Uns 30. É de Brighton. A família dele vive lá.

— Não quero que pergunte nada a Nick sobre... Cynthia — avisou Tom, como se pensasse em voz alta. — Estou preocupado com o que ela possa ter revelado. Aquela mulher sabe de tudo, Ed — acrescentou, quase em um sussurro. — Se ela disser uma palavra, ou duas...

— Não é algo que ela faria. Juro, na cabeça dela estaria prejudicando Bernard, de alguma forma, se desse com a língua nos dentes. Cynthia tem respeito pela memória dele... um certo respeito.

— Vocês se encontram de vez em quando?

— Jamais. Ela nunca vem à galeria.

— Não sabe, por exemplo, se ela está casada?

— Não, não sei — admitiu Ed. — Posso dar uma olhada na lista telefônica e ver se ela ainda aparece com o sobrenome de solteira.

— Hum, sim, por que não? Se bem me lembro, o número dela era de Bayswater. Nunca tive o endereço. E se por acaso lhe ocorrer como Pritchard pode ter conhecido Cynthia, se é que a conheceu, por favor me diga, Ed. Pode ser importante.

Ed Banbury prometeu que faria isso.

— Ah, e qual é seu número, Ed?

Tom anotou o número, além do endereço novo de Ed, que ficava na área de Covent Garden.

Os dois trocaram votos de boa saúde e desligaram.

Tom voltou para a cama, após aguçar os ouvidos no corredor por um momento e procurar fachos de luz sob alguma porta (não encontrou), para saber se o telefonema despertara alguém.

Murchison, bom Deus! O homem fora visto pela última vez em Villeperce, quando passara a noite na casa de Tom. A bagagem dele tinha sido encontrada em Orly, e isso era tudo. Era possível, ou melhor, era certo que Murchison não havia embarcado no avião em que deveria viajar. Murchison, ou o que restava dele, jazia no fundo de um rio chamado Loing, ou em um dos afluentes, não muito longe de Villeperce. Os rapazes de Buckmaster, Ed e Jeff, haviam feito o mínimo possível de perguntas. Murchison, que suspeitava das falsificações, fora varrido da face da Terra. Portanto, estavam todos salvos. Claro, o nome de Tom aparecera nos jornais, mas por pouco tempo, pois ele contara uma história convincente, dizendo que havia levado Murchison ao aeroporto.

Aquele fora mais um assassinato cometido com pesar e relutância, bem diferente do estrangulamento dos mafiosos, um serviço que Tom fizera com prazer e satisfação. Bernard Tufts o ajudara a tirar o corpo de Murchison da cova rasa atrás de Belle Ombre, onde Tom o enterrara, sozinho, vários dias antes. Não era um túmulo suficientemente fundo ou seguro. Na calada da noite, ele e Bernard haviam pegado o carro e levado o cadáver, enrolado em uma espécie de lona, até certa ponte sobre as águas do Loing, e lá, sem grande dificuldade, os dois haviam erguido o corpo, com pedras nas roupas, para fazer peso, e o atirado sobre o parapeito. Naquela ocasião, Bernard obedecera às ordens de Tom com a diligência de um soldado, pois estava envolvido em algum plano solitário, no qual prevaleciam diferentes noções de honra, em relação a diferentes assuntos; mas a consciência de Bernard não suportara o fardo de criar sessenta ou setenta pinturas e inumeráveis desenhos ao longo dos anos, deliberadamente no estilo de Derwatt, o ídolo dele.

Será que os jornais londrinos ou americanos (Murchison era americano) haviam mencionado Cynthia Gradnor durante o inquérito? Tom achava que não. O nome de Bernard Tufts certamente não fora conectado ao desaparecimento. Tom se lembrava de que Murchison tinha um encontro marcado na Tate, com um certo homem, para discutir uma teoria que desenvolvera sobre as falsificações. Primeiro, fora à Galeria Buckmaster para conversar com os donos, Ed Banbury e Jeff Constant, que logo em seguida haviam alertado Tom. Assim, ele fora a Londres para salvar o dia, e tivera sucesso, disfarçando-se de Derwatt e autenticando algumas pinturas. Tom havia sido a última pessoa a ver Murchison, de acordo com a esposa do sujeito, que estava nos Estados Unidos. Murchison decerto telefonara para ela, de Londres, antes de ir a Paris e depois a Villeperce, para encontrar Tom.

Tom acreditava que, naquela noite, talvez fosse assombrado por pesadelos desagradáveis: Murchison desabando em uma nuvem de sangue e vinho na adega, ou Bernard Tufts arrastando-se em suas botas gastas de deserto até a borda de um penhasco perto de Salzburgo, para então desaparecer. No entanto, não foi assim. O subconsciente e o mundo dos sonhos eram tão ilógicos e caprichosos que Tom dormiu um sono tranquilo e acordou na manhã seguinte sentindo-se particularmente disposto e bem-humorado.

5

Tom tomou banho, fez a barba, vestiu-se e desceu as escadas pouco após as oito e meia. A manhã estava ensolarada, ainda não muito quente, e uma brisa deliciosa sacudia as folhas da bétula. Madame Annette, claro, já estava acordada, na cozinha, com o pequeno rádio portátil que ficava sempre ao lado da cesta de pães, perpetuamente ligado para transmitir os noticiários e os programas de fofoca que eram abundantes nas emissoras francesas.

— *Bonjour*, Madame Annette! — saudou Tom. — Estava pensando... já que Madame Hassler provavelmente irá embora esta manhã, talvez possamos fazer um café substancioso. Ovos escalfados? — sugeriu, pronunciando as últimas duas palavras em inglês. Encontrara a palavra "escalfar" no dicionário de francês, mas o verbete nada dizia sobre ovos. — *Oeufs dorlotés?* Lembra que tive dificuldade em traduzir? Nas pequenas vasilhas de porcelana. Sei onde estão.

Tom pegou o conjunto de seis escalfadores em um dos armários.

— Ah, *oui*, Monsieur Tome! *Je me souviens. Quatre minutes.*

— Pelo menos. Mas, primeiro, vou perguntar se as damas querem ovos. Sim, meu café. Estou precisando!

Esperou alguns segundos, enquanto a governanta vertia água quente, de uma chaleira sempre pronta, na cafeteira de filtro de Tom. Depois ele levou o café, em uma bandeja, até a sala de estar.

Tom gostava de beber café de pé, admirando o gramado dos fundos. Os pensamentos vagueavam e ele também planejava o que precisava ser feito no jardim.

Poucos minutos depois, já estava na horta, colhendo salsinhas para temperar os ovos, caso a ideia fosse aprovada. Para a receita, era necessário colocar salsinha picada, manteiga, sal e pimenta nas vasilhas, cada uma com um ovo cru, e, em seguida, atarraxar a tampa e mergulhar a vasilha em água quente.

— Oi, Tom! Já está trabalhando? Bom dia!

Era Noëlle, que trajava calças de algodão preto, sandálias e uma camiseta roxa. Tom sabia que a moça tinha certa fluência no inglês, mas quase sempre se dirigia a ele em francês.

— Bom dia. Um trabalho árduo — comentou Tom, e estendeu o maço de salsinhas. — Quer provar?

Noëlle apanhou um raminho e começou a mordiscá-lo. Já tinha passado a sombra azul nos olhos e o batom claro.

— Ah, *délicieux*! Sabe — continuou, em francês —, Heloise e eu estávamos conversando, ontem à noite, após o jantar. Talvez eu vá encontrar vocês dois em Tânger, se conseguir resolver uns problemas em Paris. A passagem está marcada para a próxima sexta-feira. Talvez eu possa embarcar no sábado. Quer dizer, se não for um incômodo. Talvez por uns cinco dias...

— Mas que bela surpresa! — exclamou Tom. — E você conhece o país. Acho que é uma ideia esplêndida.

E falava com sinceridade.

As damas aceitaram os ovos escalfados, um para cada, e, para completar o alegre desjejum, precisaram de mais torradas, mais chá e mais café. Tinham acabado de comer quando Madame Annette veio da cozinha, com um anúncio.

— Monsieur Tome, creio que devo alertar o senhor: há um homem do outro lado da rua tirando fotos de Belle Ombre.

Pronunciou "Belle Ombre" com certa reverência.

Tom levantou-se de um salto.

— Com licença — disse a Heloise e Noëlle. Já imaginava quem poderia ser. — Obrigado, Madame Annette.

Foi à janela da cozinha para dar uma olhada. Sim, lá estava o corpulento David Pritchard, do outro lado da rua. Emergiu das sombras da grande árvore inclinada que Tom adorava e adentrou a luz do sol, erguendo a câmera até o olho.

— Talvez ache a casa bonita — sugeriu Tom à governanta, aparentando mais calma do que sentia.

Teria o maior prazer em dar um tiro em David Pritchard naquele momento, se tivesse um rifle em casa e, claro, se pudesse escapar impune. Deu de ombros.

— Se por acaso avistar o sujeito em nosso gramado — acrescentou, com um sorriso —, aí é outra história. Pode me avisar.

— Monsieur Tome... talvez ele seja um turista, mas acho que mora em Villeperce. Acho que é o americano que alugou uma casa com a esposa, para aqueles lados.

Madame Annette apontou, e na direção certa.

Como as notícias se espalhavam rápido em uma cidade pequena, surpreendeu-se Tom, e isso porque a maioria das *femmes de ménage* não tinham carros próprios, apenas janelas e telefones.

— É mesmo — concordou Tom, sentindo-se imediatamente culpado, pois a governanta talvez soubesse, ou logo viria a saber, que ele estivera na casa daquele mesmo americano na noite anterior, para tomar um aperitivo. — Provavelmente não é nada importante — concluiu, dirigindo-se à sala de estar.

Encontrou Heloise e a hóspede espiando por uma janela da sala. Noëlle afastava um pouco a longa cortina, sorrindo ao confidenciar algo à amiga. Tom estava longe o bastante da cozinha para que pudesse falar sem ser ouvido por Madame Annette. Mesmo assim, olhou por cima do ombro antes de dizer:

— Aquele é o americano, a propósito — anunciou em francês, com a voz baixa. — David Pritchard.

— Onde você estava, *chéri*? — Heloise tinha se virado para encarar o marido. — Por que ele está tirando fotos da *nossa* casa?

De fato, Pritchard não havia parado: atravessara a rua, até o início da famosa viela, a terra de ninguém. Havia árvores e arbustos por perto. Da viela, Pritchard não conseguiria ter uma vista clara da casa.

— Não sei, querida, mas ele é do tipo que adora irritar os outros. Adoraria que eu saísse e demonstrasse alguma irritação, e é por isso que prefiro não dizer nada.

Lançou a Noëlle uma olhadela bem-humorada e depois voltou à sala de jantar, onde estavam os cigarros que ele fumava, na mesa.

— Acho que ele nos viu... espiando — comentou Heloise em inglês.

— Bom — respondeu Tom, desfrutando o primeiro cigarro do dia. — Realmente, ele ficaria muito feliz se eu saísse de casa e fosse lhe perguntar por que está tirando fotos!

— Que homem estranho! — opinou Noëlle.

— De fato — concordou Tom.

— Na noite passada, por acaso ele não mencionou que pretendia tirar fotos da casa? — prosseguiu Noëlle.

Tom negou com a cabeça.

— Não, mas vamos deixar isso para lá. Eu já disse a Madame Annette para me informar se ele puser os pés em... em nossa terra.

De fato, conversaram sobre outras coisas, comparações entre cheques de viagem e cartões de crédito em países da África do Norte. Tom disse que preferia um pouco dos dois.

— Um pouco dos dois? — questionou Noëlle.

— Alguns hotéis podem não aceitar Visa, apenas American Express, por exemplo — explicou Tom. — Mas... um cheque de viagem sempre resolve.

Estava próximo às portas-janelas no terraço, e aproveitou a oportunidade para perscrutar o gramado, da esquerda, onde estava a viela, à direita, onde a estufa jazia tranquilamente atarracada. Não havia sinal de figura humana, nenhum movimento. Tom viu que Heloise notara a preocupação que o tomava, e começou a se perguntar onde Pritchard teria estacionado o carro. Ou será que Janice o deixara ali e depois passaria para buscar o marido?

As damas consultaram os horários dos trens para Paris. Heloise queria levar Noëlle de carro a Moret, de onde partia um trem direto para a Gare de Lyon. Tom se ofereceu para ser o motorista, mas aparentemente Heloise queria mesmo levar a amiga. Noëlle tinha uma bagagem diminuta, que já estava pronta, e em um instante foi ao quarto e voltou com a malinha.

— Obrigada, Tome! — agradeceu a moça. — Parece então que vamos nos ver em breve, daqui a apenas seis dias!

Noëlle riu.

— Tomara que sim. Vai ser divertido.

Tom queria carregar a bagagem, mas Noëlle não deixou.

Assim, acompanhou as duas até o carro e observou o Mercedes vermelho dobrar à esquerda e dirigir-se à aldeia. Depois viu um carro branco se aproximar pela esquerda, desacelerando, e um vulto saiu de trás dos arbustos e entrou na rua: Pritchard, com um amarrotado paletó de verão marrom-claro e calças escuras. Entrou no carro branco. Tom posicionou-se atrás de uma sebe convenientemente alta, a um lado dos portões de Belle Ombre, uma sebe mais alta do que um guarda de Potsdamer,[*] e ali esperou.

O automóvel dos Pritchard passou a uma velocidade serena e confiante, David sorrindo para a emotiva Janice, que olhava mais para

---

[*] Os "Gigantes de Potsdamer" eram soldados prussianos proverbialmente altos, dos tempos de Frederico I.

ele do que para a rua. O americano olhou de esguelha para os portões abertos de Belle Ombre, e Tom quase desejou que ele ordenasse a Janice frear, dar ré e entrar na propriedade, pois estava com vontade de moer os dois a socos, mas, ao que parecia, Pritchard não deu essa ordem e o carro apenas seguiu em frente, devagar. O Peugeot branco, percebeu Tom, tinha placa de Paris.

Começou a imaginar o que restava de Murchison a essa altura. O fluxo das águas, ano após ano, em um ritmo lento e ininterrupto, decerto havia desgastado o sujeito ainda mais do que os peixes predatórios. Não sabia se havia mesmo peixes carnívoros no rio Loing, a menos, claro, que houvesse enguias. Tom ouvira dizer que... logo deteve os pensamentos mórbidos. Não queria imaginar a cena. Dois anéis, recordou, dois anéis que deixara nos dedos do morto. As pedras talvez houvessem prendido o cadáver no mesmo ponto onde afundou. Será que a cabeça se soltara dos ossos do pescoço e rolara sozinha para algum lugar, impossibilitando a identificação dentária? A lona ou a tela certamente já haviam apodrecido.

Chega! Tom ordenou a si mesmo e ergueu a cabeça. Meros segundos haviam transcorrido desde a passagem dos sinistros Pritchard, e só então chegava à porta destrancada.

Madame Annette já havia tirado a mesa do café e devia estar ocupada com outros afazeres na cozinha, como verificar os suprimentos de pimentas branca e preta. Ou talvez estivesse no quarto, costurando algo para si mesma ou para alguma amiga (ela dispunha de uma máquina de costura elétrica), ou escrevendo uma carta para a irmã, Marie-Odile, em Lyon. Domingo era domingo, e Tom sentia a influência do dia inclusive nele mesmo: nos domingos, ninguém se esforçava tanto. A folga oficial da governanta era na segunda-feira.

Tom observou a espineta clara, com as teclas em bege e preto. O professor de música, Roger Lepetit, viria na terça-feira para dar uma aula a ele e Heloise. Ultimamente, nos exercícios, Tom vinha tocando velhas canções inglesas, baladas que não apreciava tanto quanto Scarlatti, mas eram mais pessoais, mais íntimas e, claro, desafiadoras. Adorava ouvir Heloise tocando Schubert (ou melhor: gostava de *entreouvir*, pois Heloise não gostava que prestassem atenção nas aulas dela). A ingenuidade e a benevolência de Heloise pareciam acrescentar uma nova dimensão às melodias do mestre. Tom também achava graça no fato de que Monsieur Lepetit era um tanto parecido com o jovem Schubert — claro, Schubert sempre fora jovem, Tom deu-se conta. Monsieur Lepetit tinha menos de 40 anos, era meio fofo e redondo e usava óculos sem aros, como Schubert. Solteiro, morava com a mãe, assim como Henri, o jardineiro gigante. Que enorme diferença entre aqueles dois homens!

Pare de divagar, disse Tom a si mesmo. Do ponto de vista lógico, o que deveria deduzir da empreitada fotográfica de Pritchard naquela manhã? Será que ele enviaria as fotografias ou os negativos à CIA, aquela organização sobre a qual JFK certa vez dissera querer ver enforcada e esquartejada? Ou será que David e Janice apenas se divertiriam olhando as fotos, ou algumas delas, talvez ampliadas? Será que soltariam risadinhas, será que falariam sobre invadir a fortaleza de Ripley, que aparentemente não era vigiada por guardiões humanos ou caninos? E essas conversinhas dos Pritchard seriam apenas devaneios ou planos reais?

O que tinham contra ele, e por quê? Que ligação havia entre aqueles dois e Murchison? Eram aparentados ou conhecidos? Tom não acreditava nisso. Murchison era um sujeito relativamente bem-educado e de nível acima do nível dos Pritchard. Tom também conhecera a esposa, que viera a Belle Ombre para uma conversa após o desaparecimento do marido, e o encontro havia durado cerca de uma hora. Uma mulher civilizada, recordava-se Tom.

Será que eram colecionadores excêntricos, ou algo assim? Os Pritchard não haviam pedido um autógrafo a ele. Tentariam causar algum prejuízo a Belle Ombre, quando ele estivesse fora? Tom considerou a possibilidade de alertar a polícia, dizer que avistara um possível assediador, e estava preocupado porque em breve iriam se ausentar... Ainda pensava no assunto quando Heloise voltou.

Estava de bom humor.

— *Chéri*, por que não convidou aquele homem... o fotógrafo... para entrar? Prickard...

— Pritchard, querida.

— Isso, Pritchard. Você esteve na casa dele. Qual o problema?

— Garanto que ele não é um sujeito muito amigável, Heloise.

Tom estava de pé em frente à porta-janela que dava para o gramado dos fundos, com as pernas levemente afastadas, em uma postura tensa. Deliberadamente relaxou.

— Um bisbilhoteiro insuportável — continuou a dizer, com voz mais calma. — *Fouineur*, é isso que ele é.

— Por que está bisbilhotando?

— Não sei, meu amor, não sei. Precisamos manter a distância. E ignorar aquele homem e a esposa.

Na manhã seguinte, segunda-feira, Tom aproveitou que Heloise estava no banho e telefonou para o instituto em Fontainebleau, onde Pritchard alegara estudar marketing. Foi por aí que Tom começou: pediu que o transferissem para alguém no departamento de marketing, e estava pronto para falar francês, mas a mulher que atendeu falava inglês, e sem sotaque.

Quando enfim conseguiu falar com a pessoa certa, perguntou-lhe se David Pritchard, um americano, encontrava-se no prédio naquele momento, ou se podia deixar uma mensagem para ele.

— Faz um curso de marketing, creio — explicou Tom.

Como desculpa, alegou ter encontrado uma casa que o Sr. Pritchard poderia se interessar em alugar, e que era importante lhe deixar uma mensagem. Tom percebeu que o secretário do INSEAD levou as palavras que dissera a sério, pois as pessoas lá estavam sempre procurando casas. O sujeito voltou ao telefone após alguns instantes e disse a Tom que não havia nenhum David Pritchard nos registros, nem no departamento de marketing, nem em outros cursos.

— Então devo ter me enganado — despediu-se Tom. — Muito obrigado e desculpe o incômodo.

Depois, foi dar uma volta no jardim. Já deveria imaginar que David Pritchard, se era esse mesmo o nome do americano, jogava um jogo de mentiras.

Chegou a vez de Cynthia. Cynthia Gradnor. Aquele mistério. Tom inclinou-se rapidamente sobre o gramado e colheu um ranúnculo, delicado e brilhante. Como Pritchard descobrira o nome dela?

Respirou fundo e voltou-se novamente para a casa. Decidiu que a única coisa a fazer era pedir que Ed ou Jeff telefonassem a Cynthia e lhe perguntassem diretamente se conhecia Pritchard. Até poderia telefonar por conta própria, mas achava bem plausível que Cynthia desligasse na cara dele ou lhe desse informações erradas, fosse lá qual fosse a pergunta. A mulher o odiava mais do que odiava os outros.

Assim que ele entrou na sala de estar, a campainha soou, um duplo zumbido. Tom empertigou-se, cerrou e soltou os punhos. A porta tinha um olho mágico, então deu uma espiada. Viu um desconhecido, de boné azul.

— Quem é?

— Correio expresso, Monsieur. Para Monsieur Ripley.

Tom abriu a porta.

— Sim. Obrigado.

O carteiro lhe entregou um robusto envelope de papel-manilha, fez uma vaga saudação e partiu. Devia ter vindo de Fontainebleau ou Moret, imaginava Tom, e descoberto a localização da casa após indagar em algum bar-tabacaria. Aquele era o misterioso artefato enviado de Hamburgo por Reeves Minot, cujo nome e endereço estavam no canto superior esquerdo do envelope. Dentro, Tom encontrou uma pequena caixa branca e nela algo similar a uma fita de máquina de escrever, em miniatura, em um estojo de plástico transparente. Também havia um envelope branco, no qual Reeves escrevera TOM. Ao abrir, leu o conteúdo.

> Olá, Tom.
>
> Aqui está. Por favor, despache o envelope daqui a cinco dias para George Sardi, 307, Temple St., Peekskill, NY 10569, mas não por remessa registrada, e por favor escreva na etiqueta: fita cassete ou fita de máquina de escrever. Correio aéreo, por favor.
>
> Tudo de bom, como sempre.
> R. M.

Ao devolver o estojo transparente à caixa branca, Tom se perguntava o que haveria lá dentro. Segredos internacionais de alguma espécie? Transações financeiras? Um registro de vendas de drogas? Ou o material repugnante para alguma chantagem pessoal, vozes gravadas quando duas pessoas achavam estar sozinhas? Sentia-se contente por não saber nada sobre aquela fita. Não recebia pagamento, nem queria ser pago, por trabalhos como aquele, e não teria aceitado dinheiro algum, nem mesmo alguma compensação pelos riscos, se Reeves houvesse oferecido.

Decidiu entrar em contato com Jeff Constant primeiro e pedir, insistir mesmo, que investigasse como David Pritchard soubera de Cynthia Gradnor. E o que Cynthia andava fazendo naqueles dias: estava casada, morava em Londres? Para Ed e Jeff, era fácil manter a tranquilidade, pensava Tom. Ele, Tom Ripley, havia eliminado Thomas Murchison, em benefício de todos eles, e de repente aparecera um abutre para sobrevoar Tom e a casa em que morava, um abutre na forma de David Pritchard.

Tom tinha certeza de que Heloise saíra do banho e já estava nos aposentos dela, no andar de cima, mas ainda assim preferiu fazer a chamada do quarto dele, com a porta fechada. Subiu as escadas, saltando os degraus de dois em dois. Procurou o número, que era de St. John's Wood, e discou, esperando ser atendido por uma secretária eletrônica.

Quem atendeu, no entanto, foi uma estranha voz masculina, dizendo que, naquele momento, o Sr. Constant estava ocupado em uma sessão de fotos e se gostaria de deixar algum recado.

— Pode dizer ao Sr. Constant que Tom quer ter uma breve conversa com ele?

Em menos de meio minuto, Jeff estava na linha.

— Peço perdão, Jeff, mas é urgente — começou Tom. — Será que você *e* Ed podem sondar mais um pouco para sabermos como esse David Pritchard soube de Cynthia? É muito importante. E... Cynthia alguma vez se encontrou com ele? Pritchard é o mentiroso mais doentio que já conheci. Falei com Ed duas noites atrás. Ele lhe telefonou?

— Sim, hoje de manhã, antes das nove.

— Ótimo. Minhas notícias: Pritchard estava na rua, tirando fotos da minha casa, ontem de manhã. O que acha disso?

— Tirando fotos! Ele é o quê, um policial?

— Estou tentando descobrir. Preciso descobrir. Dentro de alguns dias, vou sair de viagem com minha esposa. Espero que entenda minha preocupação com a segurança de minha residência. Talvez seja uma boa ideia convidar Cynthia para um drinque ou um almoço, sei lá... qualquer coisa que nos dê a informação que queremos.

— Isso não vai ser...

— Eu sei que não vai ser fácil — concluiu Tom. — Mas vale tentar. Vale tanto quanto uma boa fatia de sua renda, Jeff, e da renda de Ed também.

Não quis acrescentar, por telefone, que aquilo também poderia evitar uma acusação de fraude contra Jeff e Ed e uma acusação de assassinato em primeiro grau contra ele próprio.

— Vou tentar — respondeu Jeff.

— E Pritchard, de novo: americano, uns 35 anos, cabelo escuro e liso, cerca de um metro e oitenta, compleição robusta, usa óculos de armação preta, tem entradas que logo vão se transformar em calvície.

— Vou me lembrar.

— Se, por algum motivo, achar que Ed será melhor nesse serviço... — Entre os dois, Tom não sabia quem seria melhor. — Sei que Cynthia é difícil — voltou a dizer, com mais tato. — Mas Pritchard sabe algo sobre Murchison... ou pelo menos anda mencionando esse nome.

— Eu *sei*.

— Tudo bem, Jeff, então você e Ed façam o melhor que puderem e me mantenham informado. Estarei aqui até sexta-feira de manhã.

Por fim, desligaram.

Durante a meia hora seguinte, Tom aproveitou para praticar a espineta, com uma concentração que lhe pareceu acima do usual. O estudo funcionava melhor em intervalos curtos e definidos, de vinte minutos a meia hora, pois assim fazia mais progresso, se ousasse usar tal palavra. Não pretendia alcançar a perfeição, nem sequer a adequação. Ha! O que era isso? Ele nunca tocava, nem jamais tocaria, para outras pessoas, então por que a mediocridade dele teria importância para alguém, exceto ele mesmo? Para Tom, os estudos de música, assim como as visitas semanais do schubertiano Roger Lepetit, eram uma forma de disciplina que ele viera a amar.

Faltavam dois minutos para que a meia hora se completasse, tanto no relógio de pulso quanto nos pensamentos de Tom, quando o telefone tocou. Ele foi atender no vestíbulo.

— Alô. Sr. Ripley, por favor...

Reconheceu a voz de Janice Pritchard logo de cara. Heloise atendera pela extensão, e Tom disse:

— Tudo bem, querida, acho que é para mim.

Ouviu a esposa desligar.

— Aqui é Janice Pritchard — continuou a voz, tensa e nervosa. — Quero me desculpar pela manhã de ontem. Meu marido tem ideias tão absurdas, às vezes tão rudes... como, por exemplo, fotografar sua casa! Tenho certeza de que você, ou sua esposa, o viu.

Enquanto ela falava, Tom se recordou do rosto de Janice, sorrindo com aparente aprovação ao observar o marido no carro.

— Acho que minha esposa o viu — confirmou Tom. — Não faz mal, Janice. Mas por que David quer fotos da minha casa?

— Ele não quer *fotos*... Quer apenas incomodar você... e o resto do mundo.

Tom soltou uma risada confusa e reprimiu certa observação que desejava fazer.

— Ele acha graça, então?

— *Sim*. Não consigo entender o motivo. Já disse a ele...

Tom interrompeu aquela defesa conjugal, que lhe parecia fajuta:

— Se me permite a pergunta, Janice, como você ou seu marido conseguiu meu telefone?

— Ah, foi bem fácil. David perguntou ao seu encanador. O sujeito atende a todo o bairro, e nos deu o número assim que pedimos. Esteve aqui em casa porque tivemos um pequeno problema.

Victor Jarot, claro, o infatigável domador de reservatórios rebeldes, o flagelo dos canos entupidos. Poderia tal homem ter algum conceito de privacidade?

— Entendo — disse Tom, subitamente lívido.

Não sabia o que fazer quanto a Jarot, exceto dizer ao homem que por favor não informasse o número de Belle Ombre a ninguém, em nenhuma circunstância. Era possível que a equipe do *mazout*, o combustível para os aquecedores, fizesse a mesma coisa, imaginava Tom.

Esse tipo de gente acreditava que o mundo girava em torno dos respectivos *métiers*, e nada mais.

— O que seu marido faz, de verdade? — arriscou-se a perguntar.

— Quer dizer... não posso acreditar que esteja mesmo estudando marketing. Imagino que já saiba tudo sobre marketing! Por isso, tive a impressão de que estava brincando.

Não revelaria a Janice sobre a ligação para o INSEAD.

— Ah... só um pouquinho... sim, achei mesmo que tinha escutado o carro. David está de volta. Preciso desligar, Sr. Ripley. Até mais!

E desligou.

Ora, ora! Então precisou telefonar em segredo! Tom sorriu. E o objetivo, qual tinha sido? Pedir desculpas! Será que pedir desculpas era mais uma humilhação para Janice Pritchard? David estava mesmo entrando em casa?

Tom riu alto. Jogos, jogos! Jogos secretos e jogos abertos. E mesmo estes eram feitos em segredo. Era claro que, por regra, jogos totalmente secretos continuavam se desenrolando a portas fechadas. E as pessoas envolvidas eram apenas jogadores, realizando jogos que estavam além do controle deles. Ah, claro.

Voltou-se e fitou a espineta, à qual, por ora, não pretendia voltar. Depois saiu para o pátio e trotou até o canteiro de dálias mais próximo. Com um canivete, cortou apenas uma flor, do tipo que ele chamava de laranja-crespo, cor que tinha como favorita, pois as pétalas o lembravam certos esboços de Van Gogh dos campos perto de Arles, folhas e pétalas retratadas com amoroso e serpeante cuidado, fosse com pastel, fosse com pincel.

Tom voltou à casa. Estava pensando no *Scarlatti Opus 38*, ou *Sonate en Ré Mineur*, como Monsieur Lepetit a chamava, na qual vinha trabalhando, com esperanças de se aperfeiçoar. Amava o tema principal (ao menos, principal para ele), que lhe soava aos ouvidos como uma espécie de luta, um ataque a alguma dificuldade, sem deixar de ser belo. Mas não queria praticar em excesso, ou a melodia acabaria ficando insípida.

Também pensava no telefonema que Jeff e Ed estavam por dar, a respeito de Cynthia Gradnor. Era deprimente pensar que precisaria esperar pelo menos vinte e quatro horas, ainda que Jeff conseguisse ter algum tipo de conversa bem-sucedida com Cynthia.

Quando o telefone tocou, por volta das cinco da tarde, Tom nutriu uma pequena, minúscula esperança de que fosse Jeff — mas não era. Depois de se anunciar, a agradável voz de Agnès Grais convidou Tom e Heloise para um aperitivo naquela noite, às sete.

— Antoine teve um fim de semana prolongado e quer partir amanhã cedo, e vocês dois em breve vão viajar.

— Obrigado, Agnès. Pode esperar um momento, enquanto falo com minha esposa?

Heloise aceitou o convite e Tom voltou para informar Agnès.

Os dois partiram de Belle Ombre pouco antes das sete. Enquanto Tom dirigia, pensava na casa recém-alugada pelos Pritchard, mais adiante naquela mesma rua. Será que a família Grais havia notado alguma coisa a respeito dos "inquilinos"? Talvez nada. As inevitáveis árvores agrestes, das quais Tom gostava, cresciam no campo entre as casas da região, por vezes bloqueando as luzes das janelas, que pontilhavam ao longe.

Como de hábito, Tom viu-se de pé, conversando com Antoine, embora houvesse jurado, não muito seriamente, que daquela vez não se deixaria prender por completo. Tinha pouco a falar com Antoine, o arquiteto direitista viciado em trabalho, enquanto Heloise e Agnès tinham aquele talento feminino para engatar uma conversa automaticamente, logo que se encontravam, e assim continuar, com expressões de agrado no rosto, ainda por cima, durante a noite toda, se fosse necessário.

Dessa vez, contudo, Antoine discorreu sobre Marrocos, em vez do influxo de imigrantes em Paris carentes de moradia.

— Ah, *oui*, meu pai me levou quando eu tinha uns 6 anos. Nunca esqueci. Claro, voltei algumas vezes desde então. Tem certo charme, certa magia. E pensar que um dia os franceses tiveram um protetorado por lá, nos tempos em que o serviço postal funcionava, assim como o serviço telefônico, as ruas...

Enquanto Tom escutava, Antoine assumiu ares quase poéticos ao descrever o amor do pai por Tânger e Casablanca.

— Claro, claro, são mesmo as pessoas — declarou Antoine — que fazem um país. Elas têm o direito de possuir o país em que nasceram, e ainda assim, do ponto de vista francês, fazem uma confusão por lá.

Ah, sim. Como responder a isso? O jeito era suspirar.

— Mudando de assunto... — arriscou Tom, e com a mão girou o copo alto de gim-tônica, fazendo os cubos de gelo tamborilarem. — Seus vizinhos são pacatos?

Apontou, com o queixo, a morada dos Pritchard.

— Pacatos? — repetiu Antoine, esticando o lábio inferior. — Já que está perguntando — continuou, com uma risadinha silenciosa. — Por duas vezes, botaram música alta. Bem tarde, por volta da meia-noite. Ou depois! Música pop! — exclamou, pronunciando a última parte como se fosse inacreditável que uma pessoa com mais de 12 anos escutasse aquilo. — Mas não durou muito. Meia hora, talvez.

Um estranho intervalo de tempo, pareceu a Tom, e Antoine Grais era o tipo de homem que se daria ao trabalho de cronometrar tais fenômenos com o relógio de pulso.

— Quer dizer que dá para escutar daqui?

— Ah, sim. E estamos a quase meio quilômetro de distância! A música estava realmente alta!

Tom sorriu.

— Mais alguma reclamação? Já pediram emprestado o cortador de grama?

— *Non* — grunhiu Antoine, e bebeu o Campari.

Tom não pretendia revelar que Pritchard estivera fotografando Belle Ombre. A vaga suspeita de Antoine iria se solidificar um pouco, uma consequência indesejável. A aldeia inteira acabara descobrindo que a polícia, tanto a francesa quanto a inglesa, viera falar com Tom em Belle Ombre, logo após o desaparecimento de Murchison. Os policiais haviam chegado sem estardalhaço, nada de viaturas ou sirenes, mas, em cidades pequenas, todos sabiam de tudo, e Tom não queria mais rumores. Antes de chegarem à casa dos Grais, alertara Heloise de que não devia mencionar as fotos de Pritchard.

O menino e a menina chegaram em casa, sorrindo, de pés descalços e cabelos úmidos, pois estiveram nadando em algum lugar, mas sem grande estrépito: os Grais não teriam permitido tal coisa. Edouard e a irmã deram *"Bon soir"* e partiram rumo à cozinha, seguidos por Agnès.

— Um amigo que vive em Moret tem piscina em casa — explicou Antoine a Tom. — Para nós é ótimo. Ele também tem filhos. E traz os nossos para casa. Eu levo os dele.

Antoine deu outro dos raros sorrisos, vincando o vigoroso rosto.

— Quando vocês voltam? — quis saber Agnès, passando os dedos pelo cabelo.

A pergunta era para Heloise e Tom. Antoine havia saído do cômodo.

Heloise disse:

— Talvez em três semanas? Não está decidido.

— Voltei — anunciou Antoine, descendo a escada curva e trazendo algo em cada mão. — Agnès, *chérie*, que tal uns copinhos? Aqui tenho um belo mapa. É velho, mas... você *sabe*!

O tom sugeria que as coisas velhas eram sempre melhores.

Tratava-se de um mapa rodoviário de Marrocos, percebeu Tom, muito usado, dobrado inúmeras vezes e remendado com fita adesiva transparente.

— Terei todo o cuidado — prometeu aos anfitriões.

— Você deveria alugar um carro. Sem dúvida. Para chegar aos vilarejos.

Então Antoine foi preparar a especialidade dele: doses de genebra, tiradas de uma garrafa de cerâmica refrigerada.

Tom se recordou de que o vizinho tinha uma pequena geladeira no andar de cima, no ateliê.

Após servir as doses, Antoine passou a bandeja com quatro copinhos, oferecendo-os primeiro às damas.

— Aaaah! — exclamou Heloise com educação, embora não gostasse muito de genebra.

— *Santé!* — brindou Antoine, enquanto erguiam os copos. — A uma viagem feliz e um retorno seguro!

Entornaram os copos.

A genebra descia redondo, Tom precisava admitir, mas Antoine agia como se ele próprio tivesse feito a bebida, e Tom jamais o vira oferecer uma segunda rodada. Logo percebeu que os Pritchard ainda não haviam tentado se aproximar dos Grais, talvez porque David não soubesse da velha amizade entre as duas famílias. E aquela casa entre os Grais e os Pritchard? Vazia por anos, até onde Tom sabia, e talvez à venda. Isso, contudo, não tinha a menor importância, achava.

Tom e Heloise se despediram, prometendo mandar um cartão-postal, o que levou Antoine a alertar os dois de que os Correios em Marrocos eram *abomináveis*. Tom pensou na fita de Reeves.

Acabavam de chegar a casa quando o telefone tocou.

— Estou esperando um telefonema, querida, então...

Tom apanhou o telefone na mesinha do vestíbulo, mas já se preparava para subir ao quarto, caso a voz do outro lado da linha fosse a de Jeff e a conversa se tornasse complicada.

— *Chéri*, quero um pouco de iogurte, não gosto daquele gim — avisou Heloise, andando em direção à cozinha.

— Tom, aqui é Ed — disse a voz de Ed Banbury. — Entrei em contato com Cynthia. Jeff e eu fizemos um... esforço conjunto. Não consegui marcar um encontro, mas descobri algumas coisas.

— Sim?

— Parece que Cynthia estava em uma festa para jornalistas, algum tempo atrás, um grande coquetel em que quase qualquer pessoa podia entrar e... pelo jeito, Pritchard estava lá.

— Um minuto, Ed, acho que vou pegar a extensão. Espere aí.

Tom subiu as escadas, saltando os degraus, foi ao quarto, tirou o telefone do gancho e depois desceu correndo novamente para desligar o telefone do vestíbulo. Heloise acabava de ligar o televisor na sala de estar e não prestava atenção ao que ele estava fazendo. Tom, porém, não queria pronunciar o nome de Cynthia perto da esposa, pois ela poderia se recordar de que a noiva de Bernard Tufts, *le fou*, como Heloise se referia a ele, tinha esse nome. Bernard a deixara assustada quando os dois se encontraram em Belle Ombre.

— Voltei — anunciou Tom. — Você conversou com Cynthia, então?

— Por telefone. Hoje à tarde. Naquela festa, um conhecido de Cynthia lhe contou que um americano o abordara para perguntar se ele conhecia Tom Ripley. Assim do nada, ao que parece. Então esse cara...

— Também americano?

— Não sei. Enfim, Cynthia disse ao amigo, o tal cara, que fizesse ao americano a seguinte sugestão: investigar a conexão entre Ripley e Murchison. Foi assim que tudo aconteceu, Tom.

Tom estava achando tudo extremamente vago.

— Não sabe o nome do intermediário? O amigo de Cynthia, que falou com Pritchard?

— Cynthia não me contou, e eu não quis... insistir demais. Qual era minha desculpa para lhe telefonar, para início de conversa? Porque um americano um tanto esquisito sabia o nome dela? Eu não disse que foi *você* quem me contou isso. Uma história sem pé nem cabeça! Tive que agir dessa forma. Mesmo assim, descobrimos alguma coisa, Tom.

Verdade, pensou ele.

— Então Cynthia não falou com Pritchard? Naquela noite?

— Pelo que entendi, não.

— O intermediário deve ter dito a Pritchard: "Vou perguntar sobre Ripley à minha amiga Cynthia Gradnor." Pritchard guardou o nome dela, e não é um nome dos mais comuns.

Talvez Cynthia tenha se dado ao trabalho de transmitir o nome a Pritchard, através do intermediário, como uma espécie de cartão de visitas, achando que isso instilaria o temor de Deus no coração de Tom Ripley, caso a história chegasse aos ouvidos dele.

— Ainda está aí, Tom?

— Sim, estou. Cynthia não é nossa amiga, meu caro. Nem Pritchard. Mas ele é simplesmente doido.

— Doido?

— Tem alguma espécie de transtorno, não me pergunte qual. — Tom respirou fundo. — Ed, agradeço muito por seu esforço. Transmita meu agradecimento a Jeff também.

Após desligarem, Tom entregou-se ao nervosismo por alguns momentos. Cynthia tinha suspeitas quanto ao desaparecimento de Thomas Murchison, isso era certo. E também tivera a coragem de se manifestar a respeito do assunto, arriscando o próprio pescoço. Decerto já deduzira que, se houvesse um candidato a eliminação na agenda de Tom, seria ela própria, porque sabia de todas as falsificações de Bernard Tufts, desde a primeira pintura forjada (sobre a qual nem Tom tinha muito conhecimento), e, muito provavelmente, conhecia até a data em que fora feita.

Tom presumia que Pritchard tivesse encontrado o nome de Murchison ao ler notícias sobre Tom Ripley em algum arquivo de jornal, provavelmente. Pelo que Tom sabia, tivera o nome mencionado apenas uma vez nos jornais americanos, em relação àquele caso. Madame Annette tinha visto Tom levar a mala de Murchison até o próprio carro em determinada hora do dia, o que lhe daria tempo de chegar ao aeroporto no período de embarque para o voo de Murchison; e a governanta, de forma equivocada mas inocente, dissera à polícia que vira Ripley e Murchison saindo no carro do patrão dela com a bagagem. Tal era o poder da sugestão, da atuação, achava Tom. Naquele momento, Murchison estava desajeitadamente enrolado em uma velha lona, na adega de Tom, que se apavorava com a ideia de que Madame Annette pudesse descer para pegar vinho antes que ele conseguisse se livrar do cadáver.

A menção do nome de Murchison por Cynthia talvez houvesse renovado o entusiasmo dos Pritchard. Cynthia sabia que Murchison "desaparecera" logo após visitar Tom, disso ele não tinha dúvida. A informação aparecera nos jornais da Inglaterra, recordava-se Tom, embora as notícias fossem curtas. Murchison estava convencido de que todas as obras mais recentes de Derwatt eram falsificações. Como se a convicção de Murchison não fosse o bastante, Bernard Tufts a fortalecera ainda mais ao lhe dizer, diretamente, no hotel onde estava hospedado em Londres: "Não compre mais Derwatts." Murchison contara a Tom sobre esse estranho encontro com um desconhecido no bar do hotel. Bernard não citara nomes, de acordo com a história relatada por Murchison a Tom. E ao espionar Murchison naquele mesmo instante, Tom o tinha visto frente a frente com Bernard e experimentara um horror que ainda o abalava, pois sabia o que Bernard devia estar dizendo.

Com frequência, Tom imaginava se, naquela ocasião, Bernard voltara para casa e tentara reconquistar Cynthia, dizendo-lhe ter jurado a si mesmo que jamais pintaria outra falsificação. No entanto, se Bernard de fato fizera isso, Cynthia não o aceitara de volta.

6

Tom havia imaginado que Janice Pritchard faria outra tentativa de "entrar em contato", para usar as palavras da própria mulher — e foi isso mesmo que ela fez, na tarde de terça-feira. O telefone tocou em Belle Ombre por volta das duas e meia. Tom escutou vagamente. Estava ocupado limpando um dos canteiros de rosas, perto da casa. Heloise atendeu e, após alguns segundos, chamou o marido:

— Tom! Telefone!

Ela viera até a porta-janela aberta.

— Obrigado, meu amor — agradeceu e largou a enxada. — Quem é?

— A esposa de Prickard.

— Ahá! Pritchard, querida.

Irritado, mas curioso, Tom atendeu no vestíbulo. Dessa vez, não poderia subir as escadas e pegar a extensão no quarto sem explicar nada a Heloise.

— Alô?

— Alô, Sr. Ripley! Que bom que está em casa. Estava imaginando se... talvez ache que estou sendo impertinente... mas gostaria muito de encontrar o senhor pessoalmente.

— Ah, é?

— Estou com o carro. E vou ficar livre até as cinco, mais ou menos. Será que...

Tom não queria que ela viesse a Belle Ombre, tampouco queria ir ele próprio à casa do teto reluzente. Combinaram de se encontrar perto do obelisco em Fontainebleau (ideia de Tom), em um bar-café frequentado por operários, chamado Le Sport ou algo assim, na esquina nordeste, às três e quinze. O instrutor de espineta viria às quatro e meia para a aula de música, mas Tom não mencionou isso.

Heloise fitou-o, e nos olhos dela havia um interesse que os telefonemas de Tom raramente despertavam.

— Sim, de todas as pessoas possíveis, logo ela. — Tom odiava ter que dizer isso, mas prosseguiu: — Ela quer me ver. Talvez eu possa descobrir alguma coisa. Esta tarde.

— Descobrir alguma coisa?

— Não gosto do marido dela. Não gosto de nenhum dos dois, querida, mas... se eu puder descobrir alguma coisa, será melhor.

— Estão fazendo perguntas estranhas?

Tom sorriu, satisfeito por constatar que a esposa compreendia os problemas mútuos, que, na maioria das vezes, eram só dele.

— Não muitas. Não se preocupe. Gostam de provocar. *Ils taquinent*. Ambos — respondeu e depois acrescentou, em voz mais animada: — Vou lhe fazer um relatório completo quando voltar... o que vai acontecer antes da chegada de Monsieur Lepetit.

Tom saiu de casa poucos minutos depois e encontrou uma vaga livre perto do obelisco, e nada indicava que era necessário um tíquete para o estacionamento, o que não o incomodou.

Janice Pritchard já estava lá, de pé junto ao balcão, inquieta.

— Sr. Ripley.

Recebeu Tom com um sorriso caloroso.

Tom cumprimentou-a com um nuto, mas ignorou a mão que ela lhe estendeu.

— Boa tarde. Vamos procurar um lugar mais reservado?

E assim fizeram. Tom pediu um chá para a dama e um *espresso* para si mesmo.

— O que seu marido está fazendo hoje? — perguntou ele com um sorriso simpático, esperando que Janice dissesse que David estava no INSEAD de Fontainebleau, e, nesse caso, pediria que ela fosse mais específica quanto aos estudos do marido.

— Sessão de massagem — respondeu Janice Pritchard com um balançar de cabeça. — Em Fontainebleau. Fiquei de pegá-lo às quatro e meia.

— Massagem? Ele tem algum problema nas costas?

Tom não gostava da palavra "massagem", pois a associava a bordéis disfarçados, embora soubesse que havia casas de massagem respeitáveis.

— Não, não — negou Janice, e o rosto dela parecia atormentado. Olhava para Tom apenas por um breve tempo, e então passava a fitar o tampo da mesa. — Ele simplesmente gosta. Em qualquer lugar, em todo lugar, duas vezes por semana.

Tom engoliu em seco, detestando aquela conversa. Os sonoros gritos de "*Un* Ricard!" e os rugidos de triunfo junto aos videogames eram mais agradáveis do que os comentários de Janice sobre o marido esquisitão.

— Digo… mesmo quando estamos em Paris, ele logo encontra uma casa de massagem.

— Que peculiar — murmurou Tom. — E o que ele tem contra mim?

— Contra *você*? — perguntou Janice, como que surpresa. — Ora, nada. Ele tem certo respeito por você.

E o encarou nos olhos.

Disso Tom sabia.

— Por que ele diz que estuda no INSEAD, se não é verdade?

— Ah… você tem certeza disso?

Os olhos de Janice ficaram mais firmes, mais animados e mais maliciosos.

— Não — admitiu Tom. — Não tenho certeza. Só não acredito em tudo o que seu marido diz.

Janice soltou uma risadinha, sacudindo-se com peculiar alegria.

Tom não retribuiu o sorriso, porque não estava com vontade. Observou Janice esfregar o pulso com o polegar, como se fizesse uma espécie de massagem inconsciente. Usava uma camisa branca, sem uma única nódoa de sujeira, e as mesmas calças azuis de antes, com um colar turquesa (falso, mas bonito) sob a gola. E à medida que a massagem fazia a manga recuar, Tom passou a avistar inconfundíveis marcas de contusão na pele dela. Percebeu que a mancha azulada no lado esquerdo do pescoço também era uma contusão. Acaso a mulher queria que ele enxergasse os hematomas?

— Bem — disse Tom, por fim —, se ele não estuda no INSEAD...

— Ele gosta de contar histórias estranhas — retomou Janice, baixando os olhos para o cinzeiro de vidro, onde jaziam três baganas jogadas ali por fregueses anteriores, uma delas com filtro.

Tom exibiu um sorriso indulgente, esforçando-se para que parecesse genuíno.

— Mas, claro, você o ama mesmo assim.

Viu que Janice hesitava, franzia a testa. Parecia encenar o papel da donzela em perigo ou algo semelhante, acreditava Tom, mas na verdade estava adorando que ele lhe desse atenção e a fizesse falar.

— Ele precisa de mim. *Eu* não tenho certeza... quer dizer, não sei se o amo.

Ergueu os olhos brevemente para Tom.

Ah, meu Deus, como se isso importasse, pensou ele.

— Para fazer uma pergunta muito americana: como ele ganha a vida? De onde vem o dinheiro?

Janice desenrugou a testa.

— Ah, isso não é problema. A família dele tinha uma madeireira no estado de Washington. A empresa foi vendida depois da morte do pai, e David dividiu o dinheiro com o irmão. Tudo foi investido... em alguma coisa... então a renda vem daí.

Pelo modo como disse "em alguma coisa", Tom deduziu que ela não sabia nada sobre o mercado de ações.

— Suíça?

— Hum, não. É um banco de Nova York, eles administram tudo. É o bastante para nós... mas David sempre quer mais.

Janice sorriu quase com doçura, como se falasse sobre uma criança que está sempre pedindo mais bolo.

— Acho que o pai dele se irritou e o expulsou de casa quando tinha uns 22 anos, porque ele não trabalhava. Já naquela época, David passou a receber uma boa pensão, mas queria mais.

Tom conseguia imaginar. O dinheiro fácil alimentava o elemento de fantasia na existência dele, garantia a perpetuação da irrealidade, e ao mesmo tempo punha comida na geladeira e na mesa.

Bebericou o café.

— Por que você quis me ver?

— Ah... — balbuciou, como se a pergunta a houvesse despertado de um sonho. Balançou um pouco a cabeça e o encarou. — Para lhe dizer que ele está fazendo um joguinho com você. Quer *ferir* você. Também quer me ferir. Mas você... você o interessa, no momento.

— Como ele pode me ferir?

Tom puxou um dos Gitanes.

— Ah, ele suspeita de você... em todos os sentidos. Então só quer fazer você se sentir pééééssimo.

Arrastou a palavra, como se esse tipo de ataque fosse desagradável, mas não passasse de um jogo.

— Ele ainda não conseguiu.

Tom ofereceu o maço, mas Janice recusou com um gesto de cabeça e puxou um dos próprios cigarros.

— Seu marido suspeita que eu tenha feito o quê, por exemplo?

— Ah, não vou dizer. Ele me daria uma surra, se eu contasse.

— Uma surra?

— Ah, sim, às vezes ele se descontrola.

Tom fingiu um pequeno abalo.

— Mas você deve saber o que ele tem contra mim. Certamente não é algo pessoal, pois até umas semanas atrás eu jamais o havia encontrado — argumentou e em seguida se arriscou: — Ele não sabe nada sobre mim.

Janice estreitou os olhos, e o débil sorriso já mal podia ser chamado assim.

— Não, ele só finge.

Tom antipatizava com ela tanto quanto com o marido, mas tentou evitar que isso transparecesse pela expressão do rosto.

— Seu marido tem o costume de andar por aí incomodando as pessoas? — perguntou, como se achasse graça na ideia.

Mais uma vez, Janice soltou aquela risadinha juvenil, embora os pequenos vincos ao redor dos olhos parecessem indicar que ela estava com pelo menos 35 anos, idade que o marido também aparentava ter.

— Pode-se dizer que sim.

Ela o encarou brevemente e depois desviou o rosto.

— Quem era o alvo antes de mim?

Silêncio, enquanto Janice observava o cinzeiro sórdido como se fosse a bola de cristal de uma vidente e ali ela pudesse enxergar fragmentos de velhas histórias. Chegou a erguer as sobrancelhas. Por acaso estaria interpretando algum papel, por diversão? Tom percebeu, pela primeira vez, uma cicatriz em forma de crescente na têmpora direita de Janice. Resultado de um prato arremessado em alguma noite?

— O que ele pretende alcançar incomodando as pessoas? — indagou Tom com uma voz cortês, como se fizesse a pergunta em uma sessão mediúnica.

— Ah, ele acha divertido — respondeu Janice, com um sorriso genuíno. — Havia um cantor nos Estados Unidos... *dois* cantores! — acrescentou, com uma risada. — Um deles era um cantor pop... a outra era muito mais importante, uma soprano cantora de ópera.

Esqueci o nome dela, mas talvez seja melhor, ha-ha! Norueguesa, eu acho. David...

Janice fitou o cinzeiro de novo.

— Um cantor pop? — instigou-a Tom.

— Isso. David só escreveu uns bilhetes insultuosos, sabe. "Você está perdendo o jeito", ou "Dois assassinos estão esperando", algo assim. David queria *perturbar* o sujeito, atrapalhar a performance dele. *Nem tenho certeza* de que o cara leu as cartas, essa gente recebe muita correspondência, e ele era muito famoso entre os jovens. O primeiro nome era Tony, disso eu lembro. Mas acho que o problema dele eram as drogas e não... — Janice fez mais uma pausa, e então saiu-se com: — David gosta de ver as pessoas *murcharem*... se ele puder. Se puder fazê-las murchar.

Tom seguia escutando.

— E ele coleciona dossiês sobre essas pessoas? Notícias de jornal?

— Não é bem isso — respondeu Janice casualmente, lançando um olhar para Tom, e bebeu um pouco do chá. — Em primeiro lugar, caso tenha sucesso, David não quer ter esses papéis em casa. Acho que não teve sucesso com a cantora norueguesa, por exemplo, mas ele deixava o televisor ligado, para ver as apresentações, e me lembro de que ele dizia: "Ela está ficando nervosa... está falhando." Ora, bobagem, pensei.

Janice o encarou no fundo dos olhos.

Uma franqueza falsa, pensou Tom. Se ela se ressentia tanto, por que continuava vivendo sob o mesmo teto que David Pritchard? Ele respirou fundo. Era inútil fazer perguntas lógicas a toda mulher casada que aparecesse.

— E o que ele está planejando a meu respeito? Só me encher o saco?

— Ah, provavelmente — confirmou Janice, e se contorceu outra vez. — Ele acha que você é muito autoconfiante. Muito convencido.

Tom reprimiu uma risada.

— Encher meu saco — refletiu Tom. — E o que vem depois?

Os lábios delgados de Janice se ergueram no canto, formando uma linha astuta e irônica que Tom jamais vira, e os olhos dela evitaram os dele.

— Quem sabe?

Ela esfregou o pulso novamente.

— E como David chegou a mim?

Janice olhou-o rapidamente e então ponderou:

— Se bem me lembro, ele viu você em um aeroporto, não sei qual. Reparou no seu casaco.

— Meu *casaco*?

— Couro e pele. Era uma roupa legal, enfim, e David disse: "Que casaco bonito, não acha? Quem será aquele cara?" E, de alguma forma, ele descobriu. Entrou atrás de você na fila, talvez, para espiar seu nome.

Janice deu de ombros.

Tom se esforçou para se recordar de alguma situação daquele tipo, mas não conseguiu. Pestanejou. Era bem possível, claro, que David houvesse descoberto que ele se chamava Tom em algum aeroporto, após notar que tinha um passaporte americano. O próximo passo seria checar... onde? Embaixadas? Tom não estava registrado, ou *achava não estar*, na embaixada de Paris, por exemplo. Arquivos de jornais, então? Para isso, era preciso perseverança.

— Há quanto tempo estão casados? E como conheceu David?

— Ah...

Mais uma vez, alegria no rosto estreito, enquanto a mão deslizava entre os cabelos cor de damasco.

— Beeem, acho que estamos casados há mais de três anos. E nos conhecemos... em uma grande conferência para secretárias, contadores... tinha até patrões. — Outro riso. — Em Cleveland, Ohio. Não sei como David e eu começamos a conversar, tinha tanta gente lá. Mas ele tem um certo charme, talvez você tenha notado.

Não, não tinha notado. Sujeitos como Pritchard pareciam dispostos a conseguir tudo o que desejavam, mesmo que precisassem torcer o braço de um homem ou de uma mulher, ou mesmo que fosse necessário estrangular alguém, e Tom sabia que isso era tido como algo charmoso por certo tipo de mulher. Deu uma olhada no relógio de pulso.

— Desculpe. Tenho um compromisso em alguns minutos, mas ainda temos tempo.

Estava louco para mencionar Cynthia, perguntar como Pritchard pretendia usar a mulher, mas não queria alardear o nome. E, claro, não queria parecer preocupado.

— O que seu marido quer de mim... se me permite a pergunta? Por que estava tirando fotos da minha casa, por exemplo?

— Ah, David quer que você tenha medo dele. Quer sentir que você está com medo dele.

Tom exibiu um sorriso tolerante.

— Sinto muito, não vai acontecer.

— É simplesmente uma demonstração de poder por parte de David — acrescentou ela em voz mais aguda. — Eu já disse isso a ele, *muitas vezes*.

— Outra pergunta direta: ele já consultou um psicólogo?

— Ha-ha! Hee! — Janice contorceu-se de hilaridade. — Com certeza não! Ele ri dos psicólogos, diz que são todos fajutos... isso quando se dá ao trabalho de mencioná-los.

Tom chamou o garçom com um gesto.

— Mas... Janice, não acha estranho que um marido bata na esposa?

Tom mal conseguia controlar o sorriso, já que a mulher certamente gostava de ser tratada assim.

Janice se remexeu na cadeira e franziu a testa.

— Bater... — repetiu, sem tirar os olhos da parede. — Talvez eu não devesse ter dito isso.

Tom ouvira falar de mulheres que encobriam as violências dos maridos, e Janice parecia ser desse tipo, ao menos por ora. Ele pegou uma nota da carteira. Valia mais do que a conta, por isso indicou, com um gesto, que o garçom ficasse com o troco.

— Vamos falar de algo mais agradável. Quero saber sobre o próximo passo de David — anunciou Tom com voz animada, como se aquilo fosse um jogo muito divertido.

— Passo para onde?

— Contra mim.

O olhar de Janice ficou nublado, como se uma multidão de possibilidades houvesse preenchido o cérebro dela. Conseguiu sorrir.

— Honestamente, não sei dizer. Talvez não conseguisse pôr em palavras mesmo que…

— Por que não? Tente. — Tom esperou. — Ele planeja atirar uma pedra na minha janela?

Janice não respondeu, e Tom, perdendo a paciência, levantou-se.

— Se me dá licença… — pediu.

Silenciosa, talvez ofendida, ela também se levantou, e Tom deixou que ela andasse na frente, em direção à porta.

— Aliás, eu vi quando você foi buscar David no domingo, em frente à minha casa — declarou. — E agora vai buscar seu marido de novo. É muito atenciosa.

De novo, sem resposta.

Tom sentiu de repente um borbulhar de raiva, causada pela frustração, percebeu.

— Por que você não dá o fora? Por que fica ao lado dele, aguentando tudo?

Naturalmente, Janice Pritchard não iria responder a essa pergunta, pois era invasiva demais. Tom viu uma lágrima brilhar no olho direito dela enquanto andavam, presumivelmente em direção ao carro de Janice, já que ela ia na frente.

— Ou será que não são casados? — insistiu Tom.

— Ah, chega! — exclamou, e as lágrimas transbordaram. — Eu queria tanto gostar de você.

— Não se dê ao trabalho, Madame.

Naquele momento, Tom se recordava do sorriso satisfeito dela ao buscar David Pritchard em frente a Belle Ombre na manhã de domingo.

— Adeus — acrescentou.

E então se virou e andou em direção ao próprio carro, acelerando nos últimos metros. Tinha vontade de socar alguma coisa, um tronco de árvore, o que fosse. No trajeto de volta para casa, teve que se controlar para não pisar fundo demais no acelerador.

A porta da frente estava trancada, constatou Tom com alívio, e Heloise veio abrir. Ela estivera tocando espineta. O *lied* de Schubert estava no descanso.

— Em nome de Deus e de todos os diabos do inferno! — exasperou-se Tom com profunda irritação, apoiando a cabeça nas duas mãos, por um instante.

— O que aconteceu, *chéri*?

— A mulher é doida! E a coisa é deprimente. Horrível.

— O que ela disse?

Heloise estava calma.

Era muito difícil que ela ficasse perturbada, e Tom sentia-se melhor só de contemplar a compostura da esposa.

— Tomamos um café. Eu tomei. Ela... Bem, sabe como são esses americanos.

Hesitou, pois ainda sentia que os dois podiam simplesmente ignorar os Pritchard. Por que incomodar Heloise com as esquisitices daquele casal?

— Como você sabe, querida, muitas vezes as pessoas me deixam entediado, certo tipo de pessoas. Entediado a ponto de explodir, perdão.

Antes que Heloise pudesse fazer outra pergunta, Tom pediu licença e foi ao lavabo no corredor da frente, onde lavou o rosto com água fria, as mãos com água e sabonete e as unhas com uma escovinha. Quando Monsieur Roger Lepetit chegasse, Tom poderia entrar em uma atmosfera totalmente diferente. Ele e Heloise jamais sabiam qual deles ficaria com a meia hora inicial da aula, pois o instrutor costumava escolher de repente, com um sorriso cortês, dizendo: "*Alors*, Monsieur", ou "Madame, *s'il vous plaît?*".

O homem chegou alguns minutos depois e, após as usuais amenidades sobre o clima agradável e o excelente estado do jardim, dirigiu-se a Heloise com um gesto e um pequeno sorriso rosado, erguendo a mão um tanto rechonchuda antes de perguntar:

— Madame? Gostaria de começar? Vamos lá?

Tom ficou no fundo da sala, sempre de pé. Sabia que Heloise não se importava com a presença dele enquanto tocava, e isso o deixava satisfeito. Detestaria o papel do Crítico Severo. Acendeu um cigarro, pôs-se atrás do sofá e contemplou o Derwatt acima da lareira. *Não era* um Derwatt, Tom lembrou a si mesmo, mas, sim, uma falsificação de Bernard Tufts chamada *Homem na cadeira*. Era um quadro vermelho-acastanhado com algumas pinceladas amarelas, e, como todas as obras de Derwatt, tinha diversos contornos em pinceladas mais escuras, que algumas pessoas diziam dar dor de cabeça; ao longe, as imagens pareciam dotadas de vida e passavam até certa impressão de movimento. O homem na cadeira tinha um rosto simiesco, amarronzado, com uma expressão que podia ser descrita como pensativa, mas que não era formada por linhas definidas. O que agradava a Tom era aquele ar perturbado, incerto, inquieto (ainda que o homem estivesse sentado em uma cadeira); além disso, o fato de que a pintura era falsa. Ocupava um lugar de honra na casa.

O outro Derwatt na sala de estar era *As cadeiras vermelhas*, mais uma tela de tamanho médio, representando duas menininhas de cerca de 10 anos, sentadas em cadeiras de espaldar reto, com fisionomias tensas e olhos muito abertos e assustados. Novamente, os contornos vermelho-acastanhado das cadeiras eram triplicados e quadruplicados, e, após alguns segundos (Tom sempre pensava, imaginando olhar o quadro pela primeira vez), o observador percebia que as formas no fundo podiam ser chamas, que as cadeiras talvez estivessem pegando fogo. Quanto valeria aquele quadro atualmente? Uma soma alta, de seis dígitos em libras. Talvez mais. Dependia de quem a estivesse leiloando. A seguradora de Tom estava sempre aumentando a avaliação de preço daquelas pinturas. Ele, porém, não tinha a menor intenção de vendê-las.

Ainda que Pritchard conseguisse denunciar as falsificações, aquele grosseirão jamais poderia tocar *As cadeiras vermelhas*, cuja origem era antiga e remetia a Londres. Pritchard *não podia* meter o nariz e provocar devastação, acreditava Tom. O homem jamais ouvira falar de Bernard Tufts. Os adoráveis compassos de Franz Schubert davam força e coragem a Tom, muito embora o desempenho de Heloise não estivesse à altura de uma apresentação — a intenção, o respeito por Schubert estavam lá, da mesma forma que, em *Homem na cadeira*, de Derwatt, ou melhor, de Bernard Tufts, houvera respeito pelo artista quando o quadro fora pintado no estilo do original.

Tom relaxou os ombros, flexionou os dedos e olhou para as próprias unhas. Tudo asseado e respeitável. Bernard Tufts jamais quisera dividir os lucros, quando a renda dos falsos Derwatts começou a crescer, lembrava-se Tom. O homem aceitava apenas o suficiente para continuar trabalhando no estúdio que mantinha em Londres.

Se um sujeito como Pritchard desmascarasse as falsificações (como?), Bernard Tufts também seria desmascarado, por mais morto que estivesse, presumia Tom. Jeff Constant e Ed Banbury teriam que revelar quem fizera as falsificações, e, claro, Cynthia Gradnor sabia a resposta. A questão era a seguinte: o respeito que ela ainda nutria pelo antigo amor, Bernard Tufts, seria o suficiente para impedi-la de trair o nome dele? Tom sentia um estranho e orgulhoso desejo de fazer exatamente isto: proteger o infantil e idealista Bernard, que acabara morrendo pelas próprias mãos (ou pelas próprias ações, saltando de um penhasco em Salzburgo), atormentado pelo remorso.

Mais tarde, Tom dissera que Bernard lhe havia entregado a mala que trouxera na viagem enquanto saía para procurar um quarto de hotel e jamais retornara. Na verdade, Tom havia seguido Bernard, que se jogara do penhasco. No dia seguinte, ele havia cremado o cadáver da melhor forma possível, alegando, em seguida, que o corpo era de Derwatt. E as autoridades haviam acreditado nele.

Seria engraçado se Cynthia continuasse alimentando as brasas do ressentimento ao se perguntar sobre onde estaria o corpo de Bernard, afinal de contas? E Tom sabia que ela o odiava, assim como odiava os rapazes da Galeria Buckmaster.

7

O avião começou a descer, com uma inclinação dramática da asa direita, e Tom estava quase de pé, tanto quanto o cinto de segurança lhe permitia. Heloise estava no assento da janela, por insistência do marido, e lá estava a vista: os chifres do porto de Tânger, duas formas impressionantes que se curvavam, esticando-se para dentro do estreito como se quisessem capturar alguma coisa.

— Lembra-se do mapa? Lá está! — anunciou Tom.
— *Oui, mon chéri.*

Heloise não parecia tão empolgada, mas tampouco desviou os olhos da janela redonda.

Infelizmente, o vidro estava sujo e a vista, borrada. Tom se inclinou, tentando avistar Gibraltar. Não conseguiu, mas divisou a pontinha meridional da Espanha, onde ficava Algeciras. Tudo parecia tão pequeno.

O avião se endireitou, inclinou-se para o lado oposto e dobrou à esquerda. Não se enxergava nada. Contudo, novamente, a asa direita inclinou-se para baixo, e Tom e Heloise foram brindados com um panorama, dessa vez mais próximo, de casinhas brancas, apinhadas em uma elevação do terreno, alvas como gesso e adornadas por minúsculas janelas quadradas. No solo, o avião taxiou por dez minutos, os passageiros desafivelaram os cintos e ficaram impacientes demais para se manterem sentados.

Andaram até a sala de controle de passaportes, um recinto com teto elevado, onde a luz do sol se derramava através de altas janelas fechadas. Com calor, Tom tirou o paletó de verão e o pôs no braço. As pessoas nas duas vagarosas filas pareciam turistas franceses, e havia alguns nativos marroquinos também, percebeu ele, alguns usando *djellabas*.

Na sala adjacente, onde apanhou as bagagens do chão, um arranjo bastante informal, Tom aproveitou para trocar 1.000 francos franceses por *dirhams*, depois perguntou a uma mulher de cabelos pretos, no balcão de informações, qual o melhor jeito de chegar ao centro da cidade. Táxi. E o preço? Cerca de 50 *dirhams*, respondeu ela em francês.

Heloise fora bastante "razoável" ao arrumar as malas, de modo que os dois puderam carregar a parca bagagem sem nenhum auxílio. Tom havia lembrado à esposa de que ela poderia comprar coisas em Marrocos, até mesmo uma nova mala para levar as compras.

— Cinquenta até a cidade, certo? — perguntou ele em francês ao taxista, que abriu a porta do carro. — Hotel Minzah?

Tom sabia que não havia taxímetros.

— Entrem — foi a brusca resposta em francês.

Tom e o motorista carregaram o porta-malas.

E lá se foram como um foguete, ou assim pareceu, mas a impressão de velocidade se devia à estrada mais ou menos esburacada e ao vento entrando pelas janelas abertas. Heloise estava afundada no assento e agarrando-se a uma alça. Nuvens de poeira entravam pela janela do motorista. A estrada, porém, pelo menos era reta, e pareciam estar se dirigindo ao amontoado de casas brancas avistadas do avião.

Erguiam-se de ambos os lados, moradas um tanto rústicas, de tijolo vermelho, com altura de quatro a seis andares. O carro embicou em uma espécie de rua principal, com homens e mulheres de sandálias andando pelas calçadas, uma ou duas cafeterias e crianças pequenas disparando descuidadamente pela rua, o que fez o motorista frear de repente. Essa era, sem dúvida, a cidade propriamente dita: poeirenta, acinzentada, cheia de pedestres e vendedores. O motorista dobrou à esquerda e estacionou após alguns metros.

Hotel Minzah. Tom saiu do carro e pagou, acrescentando 10 *dirhams*, e um carregador veio ajudá-los com as malas.

Tom fez o registro no saguão, um recinto bastante formal e de teto alto. Pelo menos parecia limpo e havia uma predominância de tons avermelhados na decoração, embora as paredes fossem branco-creme.

Alguns minutos depois, estavam na "suíte", termo que Tom sempre achava ridiculamente elegante. Heloise lavou as mãos e o rosto, de maneira rápida e eficiente, como de hábito, e logo começou a desfazer as malas, enquanto Tom apreciava a vista das janelas. Pelo cálculo europeu, estavam no quarto andar. Do alto, era possível contemplar um agitado panorama de construções brancas e acinzentadas, nenhuma com mais de seis andares, uma confusão de roupas em varais, algumas bandeiras esfarrapadas e irreconhecíveis pendendo de umas poucas hastes no alto das casas, uma profusão de antenas de TV, e ainda mais roupas estendidas nos telhados. De outra janela, podia-se enxergar a classe abastada, à qual ele supostamente pertencia, tomando sol logo abaixo, esticando-se pelo pátio do hotel. O sol havia desaparecido da área que circundava a piscina do Minzah. Além das figuras horizontais em biquínis e calções de banho, havia um limiar de mesas e cadeiras brancas, e, mais além, agradáveis e bem-cuidadas palmeiras, arbustos e buganvílias florescentes.

No nível das pernas de Tom, um ar-condicionado liberava um sopro fresco, e ele estendeu as mãos, deixando que o frescor subisse pelas mangas.

— *Chéri!* — chamou Heloise, com um gritinho de suave aflição. Depois, um riso curto. — *L'eau est coupée! Tout d'un coup!* — continuou. — Bem como Noëlle disse. Lembra?

— Quatro horas por dia, ao todo, não foi o que ela disse? — perguntou Tom, sorrindo, enquanto ia ao banheiro. — E quanto ao vaso? Noëlle não tinha dito que... sim, veja só! Um balde de água limpa! Não que eu me atrevesse a bebê-la, mas para se lavar...

Tom de fato conseguiu lavar as mãos e o rosto na água fria, e, em seguida, os dois desfizeram quase todas as malas, juntos. Depois foram dar um passeio.

Com moedas estranhas sacolejando no bolso direito da calça, ele imaginou o que poderia comprar primeiro. Um café, cartões-postais? Estavam na place de France, um cruzamento de cinco ruas, incluindo a rue de la Liberté, onde ficava o hotel, de acordo com o mapa.

— Olhe! — exclamou Heloise, apontando uma bolsa de couro cinzelado. Pendia no lado de fora de uma loja, com véus e tigelas de cobre de utilidade questionável. — Acha bonita, Tom? É exótica.

— Hum... será que não vamos passar por outras lojas, querida? Vamos dar mais uma olhada.

Já eram sete da noite, e Tom notou que alguns vendedores começavam a fechar. Pegou a mão de Heloise, de repente.

— Não é incrível? Um novo país!

Ela devolveu o sorriso. Tom viu as estranhas linhas escuras nos olhos cor de lavanda da esposa, projetando-se da pupila como os raios de uma roda, formando uma imagem um tanto pesada para algo tão belo quanto os olhos de Heloise.

— Eu te amo — declarou Tom.

Entraram no boulevard Pasteur, uma rua ampla, em suave declive. Havia mais lojas ali e tudo era mais denso. Meninas e mulheres em longas túnicas passavam rapidamente, os pés calçados com sandálias, enquanto os meninos e os homens jovens pareciam preferir jeans, tênis e camisetas.

— Que tal um chá gelado, meu anjo? Ou um kir? Imagino que eles saibam preparar um kir.

Então voltaram em direção ao hotel e, na place de France, segundo o mapa pouco detalhado que ele trazia na brochura, encontraram o Café de Paris, em cuja calçada havia uma longa e barulhenta fileira de mesas e cadeiras. Tom capturou o que parecia ser a última mesinha redonda e surrupiou uma segunda cadeira à mesa vizinha.

— Um pouco de dinheiro, querida — disse Tom, puxando a carteira e oferecendo a Heloise metade das notas de *dirhams*.

Heloise tinha um jeito elegante de abrir a bolsa, a da vez era semelhante a um alforje, porém menor, e fazer as notas ou quaisquer outros objetos desaparecerem em um instante, mas nos lugares certos.

— E quanto é isso?

— Cerca de... 400 francos. Vou trocar mais no hotel, hoje à noite. O Minzah usa a mesma cotação do aeroporto, pelo que vi.

Heloise não deu mostras de interesse ante aquela observação, mas Tom sabia que ela se recordaria do fato. Não escutavam uma palavra de francês ao redor, apenas árabe ou algo que, segundo ele havia lido, era um dialeto berbere. De qualquer forma, era ininteligível. As mesas eram ocupadas quase totalmente por homens, vários deles de meia-idade e um pouco acima do peso, em camisas de manga curta. Apenas uma mesa distante, na verdade, era ocupada por um homem alourado, de calções, e uma mulher.

E havia poucos garçons.

— Que tal confirmarmos o quarto de Noëlle, Tom?

— Sim, não custa dar uma checada extra.

Tom sorriu. Ao completar o registro, ele havia perguntado sobre a reserva de Madame Hassler, que chegaria na noite seguinte. O recepcionista dissera que o quarto estava reservado. Pela terceira vez, Tom fez um gesto para um garçom. O sujeito usava paletó branco, carregava uma bandeja e tinha o ar de quem não prestava atenção a nada. Daquela vez, contudo, ele se aproximou.

Tom foi informado de que não havia vinho nem cerveja.

Pediram café. *Deux cafés*.

A mente de Tom se voltou para Cynthia Gradnor, logo ela, dentre todas as pessoas em que podia estar pensando ali, no Magrebe. Cynthia, o epítome da fria e loura altivez inglesa. Ela não agira de forma fria para com Bernard Tufts? Insensível, no fim das contas? Bem, Tom não podia responder a essa pergunta, pois adentrava o reino das relações sexuais, e o que acontecia na privacidade podia ser muito diferente do que o casal demonstrava em público. Até onde ela iria para desmascarar Tom Ripley sem comprometer a si mesma e também Bernard Tufts? Era estranho: embora Cynthia e Bernard jamais tivessem se casado, Tom os considerava unidos espiritualmente. Decerto haviam sido amantes por vários meses, mas esse fator físico não importava. Cynthia respeitava Bernard, amava-o profundamente, mas ele, de maneira atormentada, como lhe era peculiar, talvez houvesse finalmente se convencido de que era "indigno" de fazer amor com Cynthia, pois se sentia culpado por ter falsificado telas de Derwatt.

Tom suspirou.

— Qual o problema, Tome? Está cansado?

— Não!

Ele não estava cansado, e voltou a abrir um largo sorriso, com um genuíno sentimento de liberdade, baseado na percepção do lugar em que se encontrava: a centenas de quilômetros dos "inimigos", se era que podia chamá-los assim. Poderiam ser considerados intrometidos, talvez, e isso incluía não apenas os Pritchard, mas também Cynthia Gradnor.

Por enquanto... Tom não conseguiu completar o raciocínio, e a testa estava franzida. Ao reparar, massageou a fronte.

— Amanhã... o que vamos fazer? O Museu Forbes, os soldados de brinquedo? Isso fica na Casbá. Lembra?

— Sim! — disse Heloise, o rosto subitamente iluminado. — Le Casbah! Depois, o Sacco.

Ela queria dizer o Grand Socco, ou grão-bazar. Iriam fazer compras, barganhar, pechinchar preços, coisa que Tom odiava fazer, mas era necessário para não serem feitos de bobos e acabarem pagando um preço para enganar turistas.

No caminho de volta ao hotel, Tom não se preocupou em pechinchar por um punhado de figos verde-claros e alguns mais escuros, ambas as variedades no estado ideal de amadurecimento, além de umas lindas uvas verdes e algumas laranjas. Tom encheu os plásticos dados pelo vendedor, que empurrava um carrinho de mão.

— Essas frutas vão ficar lindas no nosso quarto — comentou Tom. — E vamos dar algumas a Noëlle também.

A água havia voltado, descobriram com prazer. Heloise tomou um banho, seguida por Tom, então ambos ficaram relaxando na cama imensa, desfrutando o frescor do ar condicionado.

— E temos uma televisão — anunciou Heloise.

Tom havia notado. Levantou-se e ligou o aparelho, ou ao menos tentou.

— Só por curiosidade — disse a Heloise.

Não funcionou. Ele checou o fio, e tudo parecia estar devidamente conectado, na mesma tomada que alimentava o abajur.

— Vou pedir a alguém que dê uma olhada amanhã — murmurou, resignado, meio indiferente.

Na manhã seguinte, visitaram o Grand Socco antes da Casbá, mas tiveram que voltar ao hotel em um táxi sem taxímetro com as compras de Heloise — uma bolsa de couro marrom e um par de sandálias de couro vermelho —, porque nenhum deles queria carregá-las o dia inteiro. Tom precisou deixar o táxi esperando enquanto colocava o embrulho na mesa da recepção. Depois foram a uma agência dos Correios, onde Tom remeteu o misterioso artefato semelhante a uma fita de máquina de escrever. Ainda na França, tinha voltado a embrulhar o objeto. Correio aéreo, mas sem registro, como Reeves pedira. Não pôs o endereço do remetente, nem mesmo um endereço falso.

Em seguida pegaram outro táxi para a Casbá, um trajeto ascendente por ruas estreitas. Lá estava o Castelo de York (por acaso Samuel Pepys não tivera um posto ou um trabalho ali, por um tempo?), dominando o ancoradouro, os muros de pedra parecendo ainda mais altos e fortes pelo contraste com as casinhas brancas que o ladeavam. Mais adiante, havia uma mesquita com uma alta abóbada verde. Enquanto Tom a contemplava, ergueu-se um cântico bem alto. Cinco vezes por dia, segundo lera, o muezim chamava os fiéis à prece, tudo feito por uma voz gravada, como nos tempos de outrora. Gente preguiçosa demais para sair da cama e subir as escadas, acreditava Tom, mas implacáveis quanto a acordar os outros às quatro da manhã. Imaginava que os fiéis devessem pular da cama, voltar-se para Meca, recitar alguma coisa e depois se deitar de novo.

Foram ao Museu Forbes ver os soldados de chumbo, e Tom teve a impressão de ter apreciado o lugar mais do que a esposa, embora não tivesse certeza. Heloise falara pouco, mas, assim como Tom, parecera fascinada ao ver as cenas de batalha, os acampamentos de feridos com curativos manchados de sangue ao redor da cabeça, o desfile desse ou daquele regimento, muitos a cavalo, tudo exposto em longos balcões sob tampos de vidro. Os soldados e os oficiais pareciam ter todos cerca de dez centímetros de altura, e as carroças e canhões eram proporcionais. Incrível! Seria tão emocionante voltar a ter 7 anos de idade... os pensamentos de Tom cessaram abruptamente. Quando ele tinha idade suficiente para apreciar soldadinhos de chumbo, os pais já haviam morrido, afogados. Na época, vivia sob os cuidados de tia Dottie, e ela jamais haveria compreendido o charme de soldados de chumbo, e jamais teria lhe dado dinheiro para comprar aquele tipo de coisa.

— Não é ótimo estarmos sozinhos aqui? — perguntou Tom a Heloise, pois, estranhamente, não havia viva alma na sucessão de salas por onde vagueavam.

Não era preciso pagar para entrar. O zelador era um homem mais ou menos jovem que vestia uma *djellaba* branca, estava postado no grande vestíbulo e apenas lhes pediu a gentileza de assinar o livro de visitas. Heloise assentiu, depois Tom fez o mesmo. Era um livro grande, com páginas cor de creme.

— *Merci et au revoir* — disseram.

— E agora, um táxi? — perguntou Tom. — Veja! Acha que aquele carro pode ser um táxi?

Seguiram pela calçada da frente, entre imensos gramados verdes, até o que parecia ser um ponto de táxi junto ao meio-fio, onde havia um único automóvel empoeirado. Estavam com sorte. Era mesmo um táxi.

— Ao Café de Paris, *s'il vous plaît* — pediu Tom pela janela antes de entrarem.

Ambos começaram a pensar em Noëlle, que em poucas horas embarcaria no Charles de Gaulle. Deixariam um prato de frutas no quarto dela (localizado no andar de baixo) e pegariam um táxi para encontrá-la no aeroporto. Tom bebericava um suco de tomate em cuja superfície boiava uma fatia de limão, enquanto Heloise sorvia um chá de hortelã, do qual ouvira falar e nunca experimentara. O aroma era delicioso. Tom provou um golinho. Heloise disse que estava morrendo de calor, e o chá supostamente deveria ser refrescante, mas ela não entendia como isso poderia funcionar.

O hotel ficava a alguns passos de distância. Tom pagou a conta e estava pegando o paletó branco, que deixara sobre o espaldar da cadeira, quando pensou reconhecer um conjunto familiar de cabeça e ombros no grande boulevard à esquerda.

David Pritchard? A cabeça, de perfil, parecia a de Pritchard. Tom ficou na ponta dos pés, mas havia tanta gente caminhando para um lado e para outro que Pritchard, se era mesmo ele, já sumira na multidão. Não valia a pena correr até a esquina para espiar, acreditava Tom, e muito menos ir no encalço do sujeito. Era mais provável que fosse um engano. Aquela cabeça de cabelos escuros com óculos de aro redondo: não era do tipo que se via por aí umas duas vezes por dia?

— Por aqui, Tome.

— Eu sei — respondeu, e avistou um vendedor de flores, de passagem. — Flores! Vamos comprar um buquê.

Compraram uma fronde de buganvílias, diversos lírios-de-um-dia e um pequeno buquê de camélias. Essas eram para Noëlle.

Alguma mensagem para os Ripley? *Non*, Monsieur, respondeu um recepcionista de libré vermelha, por trás do balcão.

Após um telefonema para a recepção do hotel, conseguiram dois vasos, um para o quarto de Noëlle, outro para o deles. Havia, afinal, flores de sobra. Depois, tomaram banhos rápidos, antes de sair em busca de um lugar para almoçar.

Decidiram ir ao Pub, lugar recomendado por Noëlle, "bem ao lado do boulevard Pasteur, no centro da cidade", lembrava-se Tom de ouvir a moça dizer. Já na rua, falou com um sujeito que vendia gravatas e cintos na calçada, perguntando-lhe se sabia onde ficava o estabelecimento. Bastava andar duas quadras e dobrar à direita e logo chegaria ao Pub.

— *Merci infiniment!* — agradeceu Tom.

Talvez houvesse um modesto ar-condicionado no Pub, ou talvez não houvesse nenhum, mas ao menos seria um lugar confortável e divertido. Até Heloise gostou da ideia de irem lá, pois conhecia alguns pubs ingleses. Ao chegarem, constataram que o dono — ou os donos — haviam feito um esforço genuíno: vigas marrons, um velho relógio de pêndulo pregado na parede, além de fotografias de times esportivos. O cardápio estava escrito em um quadro-negro, e havia muitas garrafas de Heineken em evidência. Era um lugar pequeno e não muito apinhado. Tom pediu um sanduíche de cheddar e Heloise, uma porção de algum tipo de queijo, e também uma cerveja, que ela só bebia quando fazia muito calor.

— Acha que devemos telefonar a Madame Annette? — questionou ela após os primeiros goles de cerveja.

Tom ficou levemente surpreso.

— Não, querida. Por quê? Está preocupada?

— Eu não, *chéri*. Mas você está, não?

Heloise franziu a testa, um gesto muito sutil, mas a expressão era tão rara no rosto dela que mais parecia uma carranca.

— Não, meu amor. Preocupado com o quê?

— Com esse Pricard, não?

Tom cobriu os olhos com a mão e sentiu que estava ruborizando. Seria o calor, talvez?

— Pritchard, querida. E, não, não estou — declarou com firmeza, no instante em que o sanduíche de queijo e o pote de molho eram servidos na mesa. — O que ele poderia fazer? — acrescentou e se dirigiu ao garçom: — *Merci*.

O atendente deixara para servir Heloise depois dele, ou talvez fosse um acidente. A pergunta "O que ele poderia fazer?" pareceu uma frase vazia e tola a Tom, pronunciada apenas para acalmar a esposa. Pritchard era capaz de muitas coisas, dependendo de quanto pudesse provar.

— Como está o queijo? — perguntou Tom, apenas para puxar um assunto neutro.

— *Chéri*, não foi Prichar quem fingiu ser Graneleaf ao telefone?

Com delicadeza, ela espalhou um pouco de mostarda em um pedaço de queijo.

A forma como pronunciava "Greenleaf", omitindo "Dickie", fazia com que o homem, e consequentemente o cadáver dele, parecessem algo muito distante, até mesmo irreal. Tom respondeu de maneira calma:

— Muito improvável, querida. Pritchard tem voz grave. Não parece a voz de um jovem, certamente. Você disse que a pessoa parecia jovem ao telefone.

— Isso.

— Telefonemas, telefonemas — declamou Tom, pensativo, enquanto punha uma colherada de molho na borda do prato. — Isso me lembra uma piada boba. Quer ouvir?

— Claro — concordou Heloise, com um traço de interesse genuíno nos olhos cor de lavanda.

— É um hospício. *Maison de fous*. Um médico vê um paciente escrevendo alguma coisa e pergunta do que se trata. Uma carta. Uma carta para quem?, pergunta o médico. Para mim mesmo, responde o paciente. O que diz a carta?, quer saber o médico. O paciente responde que não sabe, pois ainda não a recebeu.

Heloise não brindou a piada com um riso, mas pelo menos sorriu.

— É *mesmo* boba.

Tom respirou fundo.

— Meu anjo... cartões-postais. Precisamos comprar alguns. Camelos galopando, bazares, paisagens do deserto, galinhas de cabeça para baixo...

— Galinhas?

— Quase sempre aparecem de cabeça para baixo nos cartões-postais. No México, por exemplo. Galinhas a caminho do mercado.

Tom não quis acrescentar: para serem degoladas.

Mais duas Heinekens para terminar o almoço. As garrafas eram pequenas. De volta ao Minzah, com aquele teto alto e elegante, e mais um banho, dessa vez juntos. Então sentiram vontade de fazer uma sesta. Havia tempo de sobra antes de irem ao aeroporto.

Em algum momento após as quatro da tarde, Tom vestiu jeans e camisa e desceu para arranjar cartões-postais. Comprou uma dúzia na recepção. Trouxera uma caneta esferográfica e planejava começar a escrever um bilhete para a leal Madame Annette, e Heloise poderia acrescentar algumas palavras. Ah, lá se iam os dias em que ele enviava cartões-postais (mas jamais enviara muitos, enviara?) a tia Dottie, apenas para deixá-la de bom humor e tentar herdar alguma coisa, precisava admitir. Ela lhe deixara 10 mil dólares, mas dera a casa, de que Tom gostava bastante e tinha esperanças de herdar, para outra pessoa, cujo nome ele esquecera, talvez de propósito.

Sentou-se em um banco no bar do hotel Minzah, porque a iluminação ali era relativamente boa. Também seria um gesto cordial enviar um cartão aos Clegg, imaginava Tom, bons e velhos vizinhos que moravam perto de Melun, ambos ingleses, o homem era um advogado aposentado. Tom escreveu em francês:

> Querida Madame Annette,
>
> Aqui faz muito calor. Vimos um par de cabras andando na calçada sem cabresto!

Isso era verdade, mas o garoto de sandálias que as conduzia era muito hábil em agarrar as duas pelos chifres, sempre que necessário. E aonde estariam indo, aquelas cabras? Ele continuou:

> Por favor diga a Henri que a pequena forsítia perto da estufa precisa ser aguada já.
> A bientôt,
>
> Tom.

— Monsieur? — chamou o barman.
— *Merci, j'attends quelqu'un* — respondeu Tom.
Imaginava que o barman, trajado de paletó vermelho, soubesse que ele estava hospedado no hotel. Os marroquinos, assim como os

italianos, tinham aquele jeito de quem observava e recordava o rosto de estranhos.

Tom esperava que Pritchard não andasse rondando Belle Ombre e perturbando Madame Annette, que àquela altura certamente era capaz de reconhecer o sujeito, assim como Tom o identificara de longe. E o endereço dos Clegg? Não tinha certeza quanto ao número da casa, mas podia começar a escrever no verso do cartão, não havia problema. Heloise preferia ser poupada, o máximo possível, do trabalho de enviar cartões.

Com a caneta novamente a postos, Tom deu uma olhada à direita.

Não era preciso se preocupar com Pritchard rondando Belle Ombre, pois lá estava ele, sentado a uma mesa do bar, com os olhos escuros cravados em Tom, a apenas quatro bancos de distância. Usava óculos de aro redondo, uma camisa azul de mangas curtas e tinha um copo bem em frente, mas os olhos estavam fixos em Tom.

— Boa tarde — disse Pritchard.

Duas ou três pessoas saíram da piscina, nos fundos, e entraram pela porta localizada atrás de Pritchard, avançando em direção ao bar, de sandálias e roupão.

— Boa tarde — respondeu Tom, calmamente.

As piores e mais exageradas suspeitas que tivera pareciam ter se confirmado: os malditos Pritchard o haviam avistado com as passagens de avião à mão ou meio enfiadas no bolso, em Fontainebleau, quando saía da agência de turismo! *Phuket*, pensou Tom, recordando a pacífica praia naquela ilha, retratada no cartaz do estabelecimento. Mais uma vez, baixou os olhos para o cartão-postal, que estava dividido em quatro imagens: um camelo, uma mesquita, meninas de xale listrado no bazar, uma praia azul e amarela. *Caros Clegg*. Tom apertou a caneta na mão.

— Por quanto tempo vai ficar aqui, Sr. Ripley? — perguntou Pritchard, ousando aproximar-se dele, o copo na mão.

— Ah... acho que vamos embora amanhã. Está aqui com sua esposa?

— Sim, sim, mas não estamos hospedados neste hotel.

A voz de Pritchard era fria.

— A propósito — retomou Tom —, o que pretende fazer com as fotos que tirou da minha casa? Domingo, lembra?

Ele havia feito a mesma pergunta à esposa de Pritchard, e esperava que Janice não houvesse contado ao marido sobre o chazinho com Tom Ripley.

— Domingo. Sim. Avistei sua esposa e uma outra pessoa espiando pela janela. Bem... as fotos são apenas um registro. Como já disse, eu... eu tenho um belo dossiê a seu respeito.

Pritchard não dissera a coisa com todas as letras, achava Tom.

— Por acaso trabalha para algum escritório de investigação? Bisbilhoteiros Internacionais, S/A?

— Ha-ha! Não, é apenas para me divertir, assim como minha esposa — acrescentou, com certa ênfase. — E você é um campo fértil, Sr. Ripley.

A jovem um tanto tediosa da agência provavelmente respondera à pergunta de David Pritchard: "Para onde é a passagem comprada por seu último cliente? Ele é nosso vizinho, Sr. Ripley. Nós o cumprimentamos agora há pouco, mas ele não nos viu. Não conseguimos nos decidir, mas gostaríamos de ir a algum lugar diferente." A garota talvez tivesse respondido: "O Sr. Ripley acaba de comprar uma passagem rumo a Tânger, para ele e a esposa." Talvez tivesse sido tola a ponto de revelar o nome do hotel, espontaneamente, uma vez que as agências recebiam uma porcentagem das reservas feitas pelos clientes.

— Você e sua esposa vieram até Tânger só para me verem? — questionou Tom, e a voz deixava a sugestão de que talvez estivesse lisonjeado.

— Por que não? É interessante — respondeu Pritchard, sem desviar os olhos castanho-escuros dele.

Era irritante. Sempre que se encontravam, Pritchard parecia estar meio quilo mais pesado. Estranho. Tom olhou à esquerda, para averiguar se Heloise entrara no saguão, pois já estava atrasada.

— Acho que tiveram esse trabalho todo à toa, já que vamos ficar por tão pouco tempo. Amanhã vamos embora.

— Ah, é? Precisam visitar Casablanca, não?

— Sim, com certeza — respondeu Tom. — Vamos a Casablanca, claro. Em que hotel você e Janice estão hospedados?

— O... hum... Grand Hotel Villa de France, que fica... — balbuciou e abanou a mão na direção de Tom — ... a uma ou duas quadras daqui.

Tom não acreditava totalmente nele.

— E como estão nossos amigos em comum? Temos tantos.

Tom sorriu. Já estava de pé, a mão esquerda agarrando os cartões e a caneta e repousando no banco forrado de couro preto.

— Quais?

Pritchard deu uma risadinha que o fazia parecer um homem bem mais velho.

Tom teria adorado dar um soco naquele protuberante plexo solar.

— A Sra. Murchison? — arriscou-se Tom.

— Sim, tenho contato com ela e com Cynthia Gradnor também.

Mais uma vez, o nome deslizava facilmente da boca de Pritchard. Tom recuou alguns centímetros, sinalizando uma iminente partida pela ampla porta da frente.

— Ainda seguem conversando... um em cada lado do oceano?

— Ah, sim. Por que não?

Pritchard arreganhou os dentes quadrados.

— Mas... — começou Tom, em voz intrigada. — Sobre o que conversam?

— *Sobre você!* — exclamou Pritchard com um sorriso. — Comparamos informações — acrescentou, acenando com a cabeça outra vez para dar ênfase. — E fazemos planos.

— E seu objetivo?

— Diversão. Talvez vingança — respondeu e, dessa vez, soltou uma risada nada contida. — Para alguns de nós, claro.

Tom assentiu, afável.

— Boa sorte.

Virou-se e saiu.

Logo avistou Heloise em uma das poltronas do saguão. Ela estava lendo um jornal francês, ao menos estava impresso em francês, mas Tom viu também uma coluna em árabe na primeira página.

— Minha *querida*... — chamou, e sabia que ela vira Pritchard.

Heloise ergueu-se de um pulo.

— Outra vez! Aquele sujeito! Tom, não me conformo com a presença dele *aqui*!

— Estou tão incomodado quanto você — murmurou em francês —, mas vamos nos acalmar, pois ele pode estar nos observando do bar.

Em seguida ergueu-se, sereno e empertigado.

— Alega estar no Grand Hotel, mais ou menos perto daqui, com a esposa. Não acredito nele, necessariamente, mas sem dúvida passará a noite em algum hotel aqui perto.

— Ele nos seguiu até *aqui*!

— Minha querida, meu amor, nós poderíamos...

Tom parou abruptamente, e sentiu-se na beira de um penhasco em relação ao próprio raciocínio. Estivera prestes a dizer que os dois poderiam partir naquela tarde, mudar de hotel e tentar fugir de Pritchard, e talvez conseguissem despistá-lo em Tânger, mas isso seria menos divertido para Noëlle Hassler, que provavelmente dissera aos amigos que iria passar uns dias no hotel Minzah. Não seria absurdo que ele e Heloise mudassem de planos por causa de um esquisitão como Pritchard?

— Você deixou a chave na mesa?

Heloise confirmou.

— A esposa de Pricard está com ele? — perguntou, ao saírem pela porta principal.

Tom nem sequer averiguara se David continuava no bar.

— Ele disse que sim, o que provavelmente significa que não.

A *esposa* dele! Que relacionamento aquele... a esposa admitira para Tom, no café de Fontainebleau, que o marido era um tirano e um bruto. Ainda assim, continuavam juntos. Repugnante.

— Parece tenso, *chéri*.

Heloise segurava o braço dele, principalmente para que pudessem permanecer juntos em meio à apinhada multidão na calçada.

— Estou pensando. Desculpe.

— Pensando no quê?

— Em nós. Em Belle Ombre. Em tudo.

Lançou uma rápida olhadela em direção ao rosto da esposa, bem no instante em que ela afastava uma mecha de cabelo com a mão esquerda. *Quero ter certeza de que estamos seguros*, poderia ter acrescentado, mas não queria deixar Heloise ainda mais perturbada.

— Venha, vamos atravessar a rua.

Mais uma vez, começaram a descer o boulevard Pasteur, como se as multidões em frente às lojas fossem um ímã. Tom viu uma tabuleta vermelha e preta pendurada sobre uma porta: RUBI BAR E RESTAURANTE DE GRELHADOS, em inglês, com letras árabes embaixo.

— Que tal darmos uma olhada? — sugeriu.

Era um estabelecimento pequeno, com três ou quatro pessoas, que não pareciam turistas, de pé e sentadas.

De pé junto ao bar, Tom e Heloise pediram café *espresso* e um suco de tomate. O atendente empurrou na direção deles um pequeno pires com feijões frios e outro com uma porção de rabanetes e azeitonas pretas, além de guardanapos de papel e garfos.

Atrás de Heloise, um homem de compleição robusta lia um jornal em árabe, com ar de grave concentração, e parecia estar almoçando, com um pires diante dele na mesa. Usava uma *djellaba* amarelada, que pendia quase até os sapatos sociais pretos. O sujeito enfiou a mão em uma abertura da túnica para alcançar o bolso das calças. As bordas da abertura pareciam um tanto sujas. Em seguida assoou o nariz, depois voltou a enfiar o lenço no bolso, sem tirar os olhos do jornal.

Tom teve uma ideia. Iria comprar uma *djellaba* e, após reunir a coragem necessária, vestir o traje. Informou Heloise sobre essa decisão, e ela riu.

— E eu vou fotografar você... na Casbá? Em frente ao nosso hotel? — perguntou.

— Ah, em qualquer lugar.

Tom estava pensando que aquela veste larga era de fato muito prática, pois dava para se usar tanto um calção quanto um terno por baixo, até uma roupa de banho.

Estava com sorte: logo na esquina, a alguns metros do Rubi, havia várias *djellabas* penduradas entre véus de cores vivas na fachada de uma loja.

— *Djellaba... s'il vous plaît?* — pediu Tom ao proprietário. — Não, rosa, não — continuou em francês, ao ver a primeira oferta do vendedor. — E com mangas longas?

Tom fez um gesto sobre o pulso, com o dedo indicador.

— Ah! *Si! Ici*, Monsieur — respondeu o sujeito, e as sandálias sem salto dele estalaram no velho assoalho de madeira. — *Ici...*

Havia um cabideiro de *djellabas*, parcialmente obscurecido por dois balcões. Estava tão apertado que seria impossível alcançar o vendedor, nem se andasse de lado, mas Tom apontou uma peça verde-claro. Tinha mangas longas e duas aberturas para alcançar os bolsos. Ele segurou o traje diante do tronco, para averiguar o comprimento.

Heloise curvou-se para a frente e, por educação, deu uma tossidinha e se dirigiu à porta.

— *Bon, c'est fait* — decidiu Tom, após perguntar o preço, que lhe pareceu razoável. — E aquelas ali?

— Ah, *si*.

Seguiu-se um discurso (Tom não conseguiu entender todas as palavras, embora o homem falasse em francês) sobre a qualidade das facas à venda. Para a caça, para *le bureau* e para a cozinha.

Eram canivetes. Tom escolheu rapidamente: um canivete com cabo de madeira castanho e detalhes incrustados de latão, lâmina pontuda, afiada e côncava no lado cego. Custava 30 *dirhams*. Dobrado, o canivete tinha menos de quinze centímetros e cabia em qualquer bolso.

— Que tal uma corrida de táxi? — sugeriu Tom à esposa. — Um breve passeio... em qualquer direção. Gosta da ideia?

Heloise consultou o relógio de pulso.

— Pode ser. Não vai vestir a *djellaba*?

— Vestir? Posso fazer isso no táxi! — respondeu Tom e, em seguida, acenou para o vendedor, que os observava. — *Merci*, Monsieur!

O sujeito disse algo incompreensível, mas Tom esperava que fosse "Deus o acompanhe", não importava qual.

O taxista perguntou:

— Iate Clube?

— Vamos deixar para almoçar lá um dia desses — comentou Heloise para Tom. — Noëlle quer nos levar ao clube.

Uma gota de suor escorreu pelo rosto de Tom.

— Pode nos levar a um lugar fresco? Com uma brisa? — pediu ele ao motorista.

— La Haffa? Brisa, oceano. Perto. *Thé*!

Embora não tivessem entendido, entraram e deixaram que o taxista os levasse aonde bem entendesse.

— Precisamos estar no hotel Minzah à uma da tarde — declarou Tom, e certificou-se de que o motorista havia compreendido.

Olhadelas para os relógios. Tinham que buscar Noëlle às sete.

Novamente alta velocidade e solavancos no táxi. O motorista com certeza tinha um destino em mente. Dirigiam-se para oeste, pareceu a Tom, e a cidade começava a se esvanecer.

— A túnica — disse Heloise, astuta.

Tom tirou a veste dobrada do saco de plástico, botou-a na posição certa, inclinou-se e vestiu a camisola esverdeada por cima da cabeça. Depois se remexeu um pouco, a túnica tombou até as calças jeans e ele se ajeitou para conseguir se sentar sem rasgar o traje.

— Pronto! — exclamou, triunfante.

Ela o inspecionou com um brilho de aprovação no olhar.

Tom tateou os bolsos das calças: acessíveis. O canivete estava no bolso esquerdo.

— La Haffa — anunciou o taxista, estacionando junto a uma parede de argamassa com duas portas, uma delas aberta. Por uma fenda na parede, avistavam-se as águas azuis do estreito.

— O que é isso? Um museu? — perguntou Tom.

— *Thé-café* — respondeu o motorista. — *J'attends? Demi-heure?*

O mais prudente era concordar, achava Tom, por isso disse:

— Tudo bem, *demi-heure*.

Heloise já saíra do carro e, espichando a cabeça, contemplava o azul das águas. Uma brisa constante soprava-lhe os cabelos para o lado.

Uma figura de calças pretas e camisa branca folgada acenou para eles sob uma soleira de pedra, como uma espécie de espírito maligno, pareceu a Tom, guiando-os ao inferno ou, ao menos, à corrupção. Um vira-lata esquálido, preto e desnutrido começou a farejar os dois, depois pareceu perder a energia e foi embora, mancando em três patas. O problema na quarta pata, fosse lá qual fosse, parecia antigo.

Quase com relutância, Tom seguiu Heloise pela porta rudimentar, enveredando por uma trilha de pedras que corria na direção do oceano. Avistou uma espécie de cozinha à esquerda, com um fogão a lenha para aquecer água. Uma escada de degraus largos, sem corrimão, descia até o mar. Em seguida vislumbrou cubículos em ambos os lados, recintos sem parede no lado voltado para o mar e cujos tetos eram esteiras de palha — que também podiam ser vistas no chão — sustentadas por uma haste, e a isso se resumia toda a mobília. No momento, tampouco havia clientes.

— Estranho — comentou com a esposa. — Gostaria de tomar um chá de hortelã?

Heloise meneou a cabeça.

— Agora não. Não gosto deste lugar.

Não era a única, pois ele também não. O garçom estava parado mais adiante. Tom imaginava que o lugar fosse fascinante à noite, ou ao pôr do sol, na companhia de amigos, com um candeeiro a óleo no chão. Seria preciso sentar-se de pernas cruzadas naquelas esteiras, ou reclinar-se como os antigos gregos. De repente ouviu um riso em um dos cubículos, onde três homens estavam sentados, fumando, com as pernas dobradas no chão coberto de esteiras. Teve a impressão de ver xícaras de chá e um prato branco na penumbra, sobre o qual o sol tombava como diminutas raspas de ouro.

O táxi ainda os aguardava, e o motorista ria ao conversar com o sujeito esquálido de camisa branca.

De volta ao Minzah, Tom pagou ao taxista e entrou no saguão com Heloise. De onde estava, não avistou Pritchard em lugar nenhum. E reparou que a *djellaba* não chamava atenção, o que o deixou muito satisfeito.

— Querida, há algo que preciso fazer agora... Vou levar uma hora, talvez. Será que você pode... será que se importa em ir sozinha ao aeroporto para buscar Noëlle?

— *Non* — respondeu Heloise, pensativa. — Vamos vir direto para cá, é claro. O que você vai fazer?

Tom sorriu, hesitante.

— Nada de importante. Só quero... ficar sozinho um pouco. Vejo você na volta, então, lá pelas... oito? Ou um pouco depois? Dê minhas boas-vindas a Noëlle. Vejo vocês duas em breve!

8

Tom saiu ao sol novamente, ergueu a barra da *djellaba* e puxou o mapa do bolso traseiro. O Grand Hotel Villa de France, mencionado por Pritchard, de fato ficava bem perto, aparentemente acessível pela rue de Hollande. Logo começou a avançar, enxugou o suor da testa com a parte superior da túnica esverdeada, depois ergueu-a pelos lados e despiu-a pela cabeça, sem parar de caminhar. Era uma pena que não tivesse uma sacola plástica, mas conseguiu dobrar a veste até formar um quadrado bem pequeno.

Ninguém o encarava e ele tampouco observava os passantes. A maioria das pessoas, homens ou mulheres, carregava sacolas de compras e estavam ali a passeio.

Tom entrou no saguão do Grand Hotel Villa de France e olhou ao redor. Não era tão chique quanto o Minzah; havia quatro pessoas sentadas em poltronas no saguão, mas nenhuma delas era Pritchard ou a esposa. Ele foi à recepção e perguntou se podia conversar com David Pritchard.

— Ou Madame Pritchard — acrescentou.

— Quem devo anunciar? — perguntou o rapaz atrás do balcão.

— Apenas Thomas.

— Monsieur Thomas?

— *Oui*.

Pritchard não estava no quarto, ao que parecia, mas o funcionário observou, após dar uma olhada por sobre o ombro, que a chave não estava na recepção.

— Posso falar com a esposa dele?

Pousando o fone no gancho, o rapaz informou que o hóspede viera sozinho.

— Muito obrigado. Por favor, diga que Monsieur Thomas passou por aqui, sim? Não, obrigado, Monsieur Pritchard sabe onde me encontrar.

Tom virou-se para a saída e, nesse momento, avistou Pritchard emergindo do elevador, com uma câmera a tiracolo. Foi até lá.

— Boa tarde, Sr. Pritchard!

— Ora, ora... olá! Que bela surpresa.

— Pois é. Resolvi dar uma passadinha para dizer oi. Tem alguns minutos para conversar? Ou já tem compromisso?

Os lábios rosa-escuros de Pritchard se entreabriram surpresos, ou seria com prazer?

— Hum, sim, por que não?

Ao que parecia, aquela era uma das frases favoritas de Pritchard: por que não? Tom adotou maneiras afáveis e se encaminhou até a porta, mas teve que esperar enquanto David entregava a chave no balcão.

— Bela câmera — comentou, assim que Pritchard voltou a estar com ele. — Acabo de passar por um lugar muito bonito no litoral, aqui perto. Bem, tudo aqui é litoral, não é?

Soltou uma risada casual.

Saíram do ambiente climatizado e retornaram à luz do sol. Eram quase seis e meia, averiguou Tom.

— Conhece bem Tânger? — perguntou, pronto a bancar o entendedor. — La Haffa? É o lugar de que falei, com a vista espetacular. Ou um café?

Fez um gesto circular com o dedo para indicar os arredores.

— Primeiro vamos tentar o lugar que mencionou. O que tem uma vista bonita.

— Será que Janice não quer vir conosco? — perguntou Tom, e se deteve na calçada.

— Ela está tirando uma soneca — desconversou Pritchard.

Após algumas tentativas, conseguiram um táxi no boulevard. Tom pediu que o motorista os levasse a La Haffa, por gentileza.

— Uma delícia essa brisa, não acha? — comentou, abrindo uma fresta da janela para que o ar entrasse. — Fala alguma coisa de árabe? Ou o dialeto berbere?

— Quase nada — admitiu Pritchard.

Tom também estava pronto para fingir um pouco. Pritchard usava sapatos brancos trançados e arejados, do tipo que Tom não suportava. Curioso como tudo em Pritchard o irritava, até o relógio de pulso, com pulseira flexível, caro e ostensivo, e estojo dourado. Na verdade, até o mostrador era dourado, um apetrecho digno de um cafetão, a seu ver. Tom preferia infinitamente o Patek Philippe dele próprio, um modelo tradicional com pulseira de couro marrom, com aspecto de antiguidade.

— Veja! Acho que chegamos.

Como geralmente acontecia, a segunda viagem ao lugar pareceu mais rápida do que a primeira. Ignorando os protestos de Pritchard, Tom pagou 20 *dirhams* ao motorista e o dispensou.

— É uma casa de chá — explicou. — Chá de hortelã. E talvez de outras coisas.

Soltou uma risadinha. Imaginava que ali se pudesse obter *kif*, ou haxixe, mediante um pedido especial.

Entraram pela porta de pedra e desceram a trilha, vigiados por um dos garçons de camisa branca.

— Agora olhe que vista! — exclamou Tom.

O sol ainda pairava sobre o estreito azul. Contemplando as lonjuras do oceano, podia-se pensar que não existisse uma única partícula de poeira, embora uma fina camada de pó e areia revestisse o chão, à direita e à esquerda. Pedaços de esteiras de palha estendiam-se sobre as pedras da trilha, e as plantas pareciam sedentas no solo ressecado. Um dos cubículos, ou fosse lá como se chamassem aqueles compartimentos, estava bastante cheio, com seis homens sentados ou reclinados, entretidos em uma conversa animada.

— Que tal aqui? — sugeriu Tom, apontando um lugar. — Só para podermos fazer o pedido, quando o garçom aparecer. Chá de hortelã?

Pritchard deu de ombros e girou um disco na câmera.

— Por que não? — acrescentou Tom, achando que conseguiria dizer primeiro, mas Pritchard falou a mesma coisa ao mesmo tempo. Em seguida, com rosto impassível, Pritchard ergueu a câmera à altura dos olhos e virou-se para o mar.

O garçom entrou no compartimento, descalço, com uma bandeja vazia nas mãos.

— Dois chás de hortelã, por favor? — pediu Tom, em francês.

Uma resposta afirmativa, e o rapaz se afastou.

Pritchard tirou mais três fotos, devagar, quase de costas para Tom, que estava de pé à sombra do teto abaulado. Em seguida virou-se e perguntou, com um vago sorriso:

— Uma foto sua?

— Não, obrigado — respondeu Tom, afável.

— Devemos sentar aqui? — questionou Pritchard, entrando mais um pouco no cubículo pintalgado de sol.

Tom soltou uma breve risada. Não queria ficar sentado. Pegou a *djellaba* dobrada que estava sob o braço e a pôs cuidadosamente no piso. A mão esquerda voltou ao bolso da calça, e o polegar deslizou sobre o canivete. Reparou que também havia um par de almofadas no assoalho, cobertas por uma manta, decerto bastante confortáveis para quem estivesse reclinado.

— Por que disse que está viajando com sua esposa, se na verdade está sozinho? — arriscou.

— Ah... Foi só uma brincadeira.

Apesar do vago sorriso, a mente de Pritchard estava a todo o vapor.

— Por quê?

— Para me divertir.

De repente, ergueu a câmera e apontou-a para Tom, como se quisesse puni-lo pela insolência.

Tom fez um gesto violento, como se quisesse jogar a câmera no chão, embora não tivesse encostado nela.

— Pode parar, já. Sou tímido demais para ser fotografado.

— Acho que é pior do que isso. Você parece odiar câmeras.

Pritchard, contudo, havia abaixado o equipamento.

Que ótimo lugar para matar esse desgraçado, pensou Tom, já que ninguém sabia que estavam juntos, ainda mais *ali*. Era só nocautear e dar canivetadas no sujeito, o bastante para que sangrasse até a morte, depois arrastá-lo até outro cubículo (ou não) e ir embora.

— Isso não é verdade — protestou Tom. — Tenho duas ou três em casa. Também não gosto de gente tirando fotos de minha casa, especialmente quando parecem estar montando um dossiê para usar no futuro.

David Pritchard segurou a câmera junto à cintura e sorriu com benevolência.

— Está preocupado, Sr. Ripley.

— Nem um pouco.

— Talvez esteja preocupado por causa de Cynthia Gradnor e o caso Murchison.

— Nem um pouco. Para começar, você nem conhece Cynthia Gradnor. Por que deu a entender que a conhecia? Só para se divertir? Que tipo de diversão é essa?

— Você sabe muito bem.

Pritchard estava começando a gostar da disputa, mas ainda avançava com prudência. Era evidente que preferia travar as batalhas com as armas do cinismo e da dissimulação.

— O prazer de ver um pilantra como você rolar no chão — acrescentou.

— Ah, eu lhe desejo toda a sorte do mundo, Sr. Pritchard, pois vai precisar.

Tom estava com os pés bem plantados no chão e as duas mãos nos bolsos, preparado para o bote. Percebeu que estava esperando pelo chá, e o chá chegou.

O jovem garçom pôs a bandeja no piso, inclinou a chaleira de metal, serviu duas xícaras e desejou que os cavalheiros desfrutassem a infusão.

O chá realmente tinha um aroma adorável, fresco, quase mágico, todas as coisas que Pritchard não era. Também havia um pires com raminhos de hortelã. Tom puxou a carteira e insistiu em pagar, apesar dos protestos de Pritchard, e acrescentou uma gorjeta.

— Vamos provar? — sugeriu, inclinando-se sobre a xícara, mas sem tirar os olhos de Pritchard, a quem não faria a gentileza de estender a outra bebida. As xícaras estavam em apoios de metal. Tom pôs um ramo de hortelã na infusão que pegara.

Pritchard se inclinou e pegou o chá.

— Ai!

Talvez tivesse derramado alguns pingos na pele, Tom não sabia nem se importava. Imaginava se Pritchard, da maneira mórbida que o caracterizava, estaria desfrutando a sessão de chá na companhia dele, embora nada estivesse acontecendo ali, exceto uma coisa: a relação se tornava cada vez mais odiosa, de ambos os lados. Será que Pritchard gostava daquele ódio crescente? Era provável que sim. Tom voltou a pensar em Murchison, mas de forma diferente: curiosamente, Pritchard estava no lugar de Murchison, agindo como alguém que poderia delatar tanto ele quanto os falsos Derwatts e a empresa de materiais artísticos Derwatt, nominalmente propriedade de Jeff Constant e Ed Banbury. Por acaso Pritchard pretendia lutar até o fim, como Murchison? Será que tinha armas para aquela disputa, ou apenas vagas ameaças?

Tom sorveu o chá e ficou de pé. A semelhança, percebeu, era ter que perguntar a ambos os homens se preferiam cessar a investigação ou morrer. Suplicara que Murchison esquecesse as fraudes e não se intrometesse. Não o ameaçara. Murchison, porém, fora inflexível, e então...

— Sr. Pritchard, gostaria de pedir algo que talvez lhe seja impossível. Saia de minha vida, pare de bisbilhotar e, por que não, vá embora de Villeperce. O que anda fazendo lá, além de pegar no meu pé? Não está nem mesmo estudando marketing.

Tom riu com indiferença, como se as histórias contadas por Pritchard fossem pueris.

— Sr. Ripley, creio que tenho o direito de viver onde eu quiser. Assim como o senhor.

— Sim, desde que se comporte como todos nós. Estou com vontade de chamar a polícia, dizer para ficarem de olho em você lá em Villeperce... onde vivo há muitos anos.

— *Você?* Chamar a polícia!

Pritchard tentou rir.

— Posso alegar que andou fotografando minha casa. Tenho três testemunhas, além de mim mesmo, claro.

Tom poderia ter mencionado a quarta: Janice Pritchard.

Pousou a xícara na esteira. Pritchard largara o chá após se queimar e não voltara a pegá-lo.

O sol estava ainda mais próximo das águas, à direita de Tom e atrás de Pritchard. Por enquanto, Pritchard tentava levar adiante a simulação de calma. Tom se lembrava de que ele sabia lutar judô, ou ao menos era o que dizia. Talvez fosse mentira? De repente Tom perdeu a paciência, explodiu, desferiu um chute contra Pritchard, tentando acertá-lo na barriga, no estilo jiu-jítsu, talvez, mas o chute foi mais baixo do que tinha previsto e atingiu-lhe a virilha.

Assim que Pritchard se dobrou, contorcendo-se de dor, Tom lhe desferiu um soco direto no queixo. O homem caiu na esteira sobre a pedra com um baque surdo, parecendo totalmente mole e inconsciente, mas talvez estivesse fingindo.

Nunca chute um homem caído, pensou Tom, e chutou Pritchard outra vez, com toda a força, bem na barriga. Estava com tanta raiva que bem poderia puxar o canivete e enfiá-lo no sujeito várias vezes, mas não tinha tempo a perder. Mesmo assim, agarrou-o pelo peito da camisa e lhe acertou outro soco de direita no queixo.

Certo de que vencera a pequena disputa, Tom vestiu a *djellaba* pela cabeça. Nem um pingo de chá no piso. Nem uma gota de sangue, pelo que podia ver. Se um garçom entrasse e visse a postura de Pritchard, recostado no lado esquerdo do corpo, as costas viradas para a entrada do cubículo, poderia pensar que estava apenas cochilando.

Tom se afastou, enveredou pela trilha de pedras, subiu ao andar da cozinha, aparentemente sem fazer grande esforço, depois saiu e fez um aceno com a cabeça ao garçom de camisa folgada, que estava de pé do lado de fora.

— *Un taxi? C'est possible?* — perguntou.

— *Si... peut-être cinque minutes?*

Meneou a cabeça, parecendo não acreditar muito nos cinco minutos.

— *Merci. J'attendrai.*

Tom não via qualquer outro meio de transporte, como um ônibus, pois não avistara nenhuma parada de ônibus por perto. Ainda explodindo de energia, caminhou com deliberada lentidão pela orla da estrada, não havia calçada, a cabeça úmida desfrutando a brisa que soprava. *Clump, clump, clump.* Tom avançou como um filósofo pensativo, olhou o relógio (sete e vinte e sete da noite), depois deu meia-volta e retornou a La Haffa.

Tentava imaginar Pritchard indo à polícia de Tânger para registrar uma queixa por agressão. Seria possível? Não, não seria. Haveria dificuldades indescritíveis. Pritchard *jamais* faria isso, achava Tom.

E se um garçom saísse correndo (como talvez acontecesse na Inglaterra ou na França) e lhe dissesse "Monsieur, seu amigo está ferido!", Tom poderia alegar que não sabia de nada sobre o infortúnio. No entanto, como nada se fazia com pressa na hora do chá (e quando não era hora do chá, naquelas bandas?), e como o garçom já recebera o pagamento, Tom duvidava que uma figura nervosa fosse emergir da porta de pedra à procura dele.

Após uns dez minutos, um táxi se aproximou da direção de Tânger, estacionou e regurgitou três homens. Tom se apressou a se apossar do táxi, mas teve tempo de pegar uns trocados no bolso e entregá-los ao menino que tomava conta da entrada.

— Hotel Minzah, *s'il vous plaît*! — pediu, e acomodou-se para aproveitar a viagem. Puxou o maço de Gitanes, que estava bastante amassado, e acendeu um cigarro.

Estava começando a gostar de Marrocos. O adorável amontoado de casinhas brancas da Casbá aproximava-se cada vez mais, e de repente ele sentiu que o táxi era engolido pela cidade, tornando-se imperceptível no longo boulevard. Um desvio à esquerda, e lá estava o hotel. Tom puxou a carteira.

Na calçada em frente ao hotel, calmamente pegou a barra da *djellaba* e puxou-a por cima da cabeça, para em seguida dobrá-la, como fizera antes. Um arranhão no dedo médio havia deixado algumas manchas de sangue na túnica, como havia percebido no táxi, mas o corte já estancara. Era algo mínimo em comparação com o que poderia ter acontecido, um ferimento de verdade, causado pelos dentes de Pritchard, por exemplo, ou a fivela do cinto dele.

Tom entrou no saguão de teto alto. Eram quase nove da noite. Heloise certamente já voltara do aeroporto com Noëlle.

— A chave não está aqui, Monsieur — informou o recepcionista. Tampouco havia mensagens.
— E Madame Hassler? — perguntou Tom.
A chave dela também não estava na recepção, e Tom pediu que ligassem para o quarto da dama, por favor.
Noëlle atendeu.
— Alô, Tome! Estamos conversando... e eu estou me vestindo.
— Ela riu. — Quase acabando. E você, 'stá gostando de Tânger?
Por algum motivo, Noëlle falava em inglês, e parecia estar de bom humor.
— É um lugar interessante! — respondeu Tom. — Fascinante! Eu poderia falar por horas a fio!
Percebeu que soava afobado, talvez eufórico demais, mas estava pensando em Pritchard atirado na esteira. Era provável que ninguém o houvesse encontrado ainda. No dia seguinte, Pritchard não estaria se sentindo lá muito bem. De volta ao telefone, Noëlle explicou-lhe que as duas podiam encontrá-lo em menos de meia hora no saguão, se ficasse bom para Tom. Depois passou o telefone para Heloise.
— Olá, Tome. Estamos conversando.
— Eu sei. Vejo vocês no térreo. Em vinte minutos, mais ou menos?
— Vou para o nosso quarto agora. Quero me refrescar.
A ideia não agradava a Tom, mas ele não tinha como impedir. Além do mais, Heloise tinha a chave.
Por isso, subiu ao andar onde estavam hospedados e chegou à porta do quarto segundos antes de Heloise, que viera pelas escadas.
— Noëlle parece ótima — comentou Tom.
— Sim. Ah, ela adora Tânger! Convidou nós dois para jantar em um restaurante à beira-mar hoje à noite.
Tom abriu a porta e Heloise entrou.
— Parabéns — disse ele, com um falso sotaque chinês, o que às vezes divertia a esposa. Deu uma rápida chupada no dedo arranhado.
— Possível usar banheiro antes? Rapidinho. *Pá-pum.*

— Ah, sim, Tome, pode ir. Mas se for tomar banho, eu me lavo na pia.

Ela se aproximou do ar-condicionado, que ficava sob as amplas janelas.

Tom abriu a porta do banheiro. Havia duas pias, lado a lado, como em tantos hotéis, um esforço para aumentar o conforto dos hóspedes, supunha. Contido, não conseguia deixar de imaginar um casal fazendo as abluções simultaneamente, ambos escovando os dentes, ou a mulher arrancando fios da sobrancelha enquanto o marido fazia a barba, e aquelas imagens grotescas deixaram-no deprimido. Na bolsa pessoal com os utensílios de banheiro, pegou a sacola plástica com sabão em pó, que ele e Heloise sempre levavam em viagens. *Mas, primeiro, preciso de água fria*, pensou Tom. Havia pouquíssimo sangue, mas queria limpar tudo. Esfregou as manchinhas no tecido, a essa altura mais pálidas, e depois deixou a água escorrer. Em seguida, uma segunda lavagem, dessa vez com água morna e um sabão do tipo que não fazia espuma, mas funcionava mesmo assim.

Foi até o espaçoso quarto, nada menos do que duas camas de casal, encostadas para formar um só leito, e abriu o armário embutido para pegar um cabide de plástico.

— O que fez hoje à tarde? — quis saber Heloise. — Comprou alguma coisa?

Tom sorriu.

— Não, querida. Dei uma volta. E tomei chá.

— Chá — repetiu ela. — Onde?

— Ah... em um pequeno café... igual a todos os outros. Só queria olhar as pessoas passando, por um tempo.

Tom voltou ao banheiro e pendurou a *djellaba* atrás da cortina do chuveiro, para que a água escorresse na banheira. Depois, despiu-se, estendeu as roupas no toalheiro e tomou um banho rápido e gelado. Heloise entrou e usou a pia. De pés descalços e usando um robe, Tom foi ao quarto em busca de cuecas.

Heloise tinha mudado de roupa, e usava calças e uma blusa com listras verdes e brancas.

Tom vestiu um par de calças de algodão preto.

— Noëlle gostou do quarto?

— Você já lavou sua *djellaba*? — gritou do banheiro Heloise, que estava se maquiando.

— Ficou empoeirada! — respondeu Tom.

— Que manchas são essas? Gordura?

Será que ela notara outras manchas? Nesse momento, Tom escutou o lamentoso e agudo chamado do muezim, em uma torre próxima. Poderia interpretar aquilo como um presságio, um alerta para infortúnios vindouros, se escolhesse encarar daquela forma — porém não quis. Gordura? Será que conseguiria enganar a esposa?

— Está parecendo sangue, Tome — comentou ela em francês.

Ele se aproximou, abotoando a camisa.

— Não é nada de mais, querida. Sim, cortei o dedo um pouquinho. Bati em alguma coisa — explicou, e era verdade. Estendeu a mão direita, com a palma para baixo. — Minúsculo. Só não queria que as manchas entranhassem.

— Ah, estão bem tênues — declarou ela com solenidade. — Mas como você se machucou?

Ainda no táxi, Tom percebera que precisaria explicar algumas coisas a Heloise, pois pretendia sugerir que seguissem viagem no dia seguinte, ainda pela manhã. Estava até com certo receio de passar a noite ali.

— Bem, querida...

Buscou as palavras certas.

— Você foi encontrar aquele tal...

— Pritchard — completou Tom. — Sim, fui. Tivemos um pequeno desentendimento. Uma briga... na frente de uma casa de chá... uma cafeteria. Ele me irritou tanto que acabei lhe dando uma bofetada. Um soco, mas não o machuquei muito.

Heloise ficou à espera de mais explicações, como tantas vezes no passado. Era raro que se encontrassem logo após um acontecimento daquele tipo, e Tom não estava acostumado a lhe dar informações, não mais do que o necessário, pelo menos.

— Bem, Tome... você o encontrou em algum lugar?

— Está em um hotel aqui perto. E não veio com a esposa, embora tenha me dito o contrário, quando nos encontramos no bar do hotel, no saguão. Imagino que ela esteja em Villeperce. Isso me faz imaginar se ele está tramando alguma coisa.

Tom pensava em Belle Ombre. Sentia que uma espiã era algo mais sinistro do que um espião. Era menos provável que uma mulher despertasse desconfiança e fosse confrontada por outras pessoas, por exemplo.

— Mas qual é o problema com esse Prichar?

— Querida, já lhe disse que eles são birutas. *Fous!* Não deixe que isso estrague suas férias. Noëlle está aqui com você. Aquele calhorda quer causar incômodo *a mim*, não a você, tenho certeza.

Tom umedeceu os lábios e caminhou até a cama. Sentou-se no colchão e calçou as meias e os sapatos. Queria voltar a Belle Ombre, para ver se estava tudo em ordem, e depois ir a Londres. Amarrou os cadarços rapidamente.

— Onde foi essa briga? E por que brigaram?

Ele meneou a cabeça, sem saber o que dizer.

— Seu dedo ainda está sangrando?

Tom observou o machucado.

— Não.

Heloise foi ao banheiro e voltou com um curativo, arrancando o adesivo para aplicá-lo.

Em um instante, o curativo cobria o ferimento e Tom se sentiu melhor. Já não tinha a impressão de estar deixando um rastro, uma pequena trilha de borrões rosados.

— No que está pensando? — perguntou ela.

Tom olhou o relógio.

— Não temos que encontrar Noëlle no saguão?

— Sim — respondeu Heloise, calmamente.

Tom guardou a carteira no bolso da jaqueta.

— Ganhei a briga hoje — declarou, e imaginou Pritchard "descansando" durante a noite, de volta ao hotel, mas era impossível adivinhar o que faria pela manhã. — Mas acho que o Sr. Pritchard vai querer se vingar. Talvez amanhã. É melhor que você e Noëlle mudem de hotel. Não quero que presenciem nada de desagradável.

As sobrancelhas de Heloise estremeceram levemente.

— Vingar-se, como? E você quer ficar aqui?

— Isso eu ainda não sei. Vamos descer, querida.

Deixaram Noëlle esperando cinco minutos, mas ela parecia bem-humorada. Tinha o ar de quem retornava a um lugar muito estimado, após uma longa ausência. Quando chegaram, ela estava conversando com o barman.

— *Bon soir*, Tom! — saudou e continuou em francês: — O que posso lhes oferecer como aperitivo? Esta noite é por minha conta.

Noëlle sacudiu a cabeça, e os cabelos lisos agitaram-se como uma cortina. Usava grandes e delgadas argolas douradas nas orelhas, uma jaqueta preta bordada e calças do mesmo tom.

— Estão levando agasalhos? Sim — continuou a dizer, examinando Heloise como uma Mamãe Gansa, para ver se trouxera o suéter.

Tom e Heloise já tinham sido avisados: as noites em Tânger eram bem mais frescas do que os dias.

Pediram duas doses de Bloody Mary e um gim-tônica para o cavalheiro.

Foi Heloise quem tocou no assunto.

— Tom acha que será necessário mudar de hotel amanhã... provavelmente. Você se lembra daquele homem que andou fotografando nossa casa, Noëlle?

Tom compreendeu, com satisfação, que Heloise não mencionara Pritchard nas conversas particulares com a amiga. Sim, Noëlle se recordava daquele incidente.

— Ele está aqui!? — exclamou a moça, realmente perplexa.

— E continua incomodando! Mostre sua mão, Tome.

Tom riu. *Mostrar a mão.*

— Vai ter que acreditar na minha palavra — declarou solenemente, exibindo o curativo.

— Uma briga de socos! — retomou Heloise.

Noëlle o encarou.

— Por que ele está zangado com você?

— Eis a questão. Ele é uma espécie de perseguidor… mas, diferente da maioria, não se importa em comprar uma passagem de avião — explicou Tom em francês. — Faz de tudo para ficar no meu pé. Esquisito.

Heloise contou a Noëlle que Pritchard viera sozinho, sem a esposa, estava hospedado em um hotel nas redondezas e talvez planejasse algum ataque extravagante, por isso, seria melhor se todos deixassem o Minzah, pois Pritchard sabia que ela e Tom estavam ali.

— Há outros hotéis — declarou Tom, sem necessidade, mas tentava soar mais tranquilo do que se sentia.

Percebeu que estava aliviado por aquelas duas estarem a par do problema dele, ou do desafio que o assolava, embora Noëlle ignorasse a razão para o misterioso desaparecimento de Murchison e todo o negócio de Derwatt. *Negócio.* A palavra tinha dois significados, pensou Tom enquanto bebericava o drinque: um empreendimento industrial, o que de fato era, e uma confusão, no que estava mesmo se tornando. Com dificuldade, reconcentrou a atenção nas duas damas. Ele estava de pé, assim como Heloise, e apenas Noëlle estava empoleirada no banco.

Conversavam sobre comprar joias no Grande Bazar, ambas falando ao mesmo tempo, embora sem dúvida conseguissem entender perfeitamente uma à outra, como sempre ocorria.

Um homem entrou oferecendo rosas, um vendedor de rua, a julgar pela indumentária. Noëlle o dispensou com um abanar de mão, ainda absorta na conversa com a amiga. O barman escoltou o sujeito até a rua.

Jantaram no Nautilus Plage. Noëlle fizera reservas. Era um restaurante com terraço, à beira-mar, cheio porém elegante, com bastante espaço entre as mesas e velas para iluminar os cardápios. Pratos com peixe eram a especialidade. Apenas gradualmente voltaram ao assunto do dia seguinte, o próximo hotel. Noëlle julgava-se capaz de livrá-los facilmente da tácita obrigação de ficar cinco dias no Minzah. Ela conhecia o pessoal do hotel: o estabelecimento estava com todos os quartos reservados, e ela só precisaria dizer que preferia evitar um novo hóspede que estava prestes a chegar por lá.

— O que é verdade, suponho — observou ela, arqueando as sobrancelhas para Tom, com um sorriso.

— Parece que sim — concordou ele.

Noëlle parecia haver se esquecido do amante mais recente, imaginava Tom, que a deixara deprimida.

9

Tom se levantou cedo na manhã seguinte, acordando Heloise por acidente, mas ela pareceu não se incomodar.

— Vou tomar café lá embaixo, querida. A que horas Noëlle disse que queria sair do hotel? Às dez?

— Por aí — respondeu Heloise, ainda de olhos fechados. — Posso arrumar as malas, Tome. Para onde você vai?

Ela sabia que o marido iria a algum lugar em breve, embora o próprio Tom ainda não tivesse destino certo.

— Fazer uma ronda — disse ele, por fim. — Quer que eu peça um café da manhã francês? Com suco de laranja?

— Eu mesma peço... quando me der fome.

Em seguida se aconchegou no travesseiro. *Eis aí uma esposa tranquila e agradável*, pensou Tom, enquanto abria a porta e lhe atirava um beijo.

— Volto em uma hora, mais ou menos.

— Por que está levando a *djellaba*?

A túnica estava novamente na mão de Tom, dobrada.

— Não sei. Para comprar um chapéu que combine?

No térreo, Tom voltou a conversar com a equipe da recepção, como um lembrete de que ele e a esposa iriam embora naquela manhã. Noëlle já os avisara no dia anterior, por volta da meia-noite, mas Tom achou que seria mais educado comunicar aos funcionários do turno matutino. Depois entrou no banheiro masculino, onde um americano de meia-idade se barbeava diante da pia. Parecia americano, ao menos. Tom alisou a *djellaba* e se vestiu.

O americano o observava pelo espelho.

— Vocês não tropeçam nessas roupas?

Em seguida o sujeito soltou uma risadinha, com um barbeador elétrico em uma das mãos, parecendo não saber ao certo se o outro o compreendia.

— Ah, claro que sim — respondeu Tom. — E então fazemos alguma piadinha infame, do tipo... "estou caindo de maduro".

— Ha-ha.

Tom acenou e se despediu.

Mais uma vez enveredou pelo boulevard Pasteur, onde os vendedores já haviam montado as tendas, ou estavam no processo de ajeitar tudo. O que os homens usavam na cabeça? A maioria, nada, percebeu Tom conforme olhava ao redor. Alguns usavam uma espécie de pano branco, que mais parecia uma toalha de barbeiro do que um turbante. Por fim, Tom comprou um chapéu de palha com aba larga, meio amarelado, por 20 *dirhams*.

Assim paramentado, andou rumo à Villa de France. No caminho, parou no Café de Paris para tomar um *espresso* e comer algo semelhante a um *croissant*. Depois continuou a caminhada.

Flanou por uns dois ou três minutos em frente ao Grand Hotel Villa de France. Caso Pritchard resolvesse dar as caras, Tom abaixaria a aba do chapéu e continuaria observando. Pritchard, no entanto, não apareceu.

Tom entrou no saguão, olhou ao redor e foi à recepção. Empurrou o chapéu para trás, como um turista que acabava de sair do sol, e disse em francês:

— Bom dia. Posso falar com Monsieur David Pritchard, por favor?

— Prichar...

O recepcionista consultou o livro de registros e em seguida discou um número, na mesinha à esquerda.

Tom viu o funcionário franzir a testa e balançar a cabeça. Ao retornar, respondeu:

— *Je suis désolé, Monsieur, mais Monsieur Prichar ne veut pas être dérangé.*

— Diga que Tom Ripley está aqui, por favor — pediu ele, com urgência na voz. — Tenho certeza de que... é *muito* importante.

O recepcionista tentou de novo.

— É Monsieur Ripley, Monsieur. *Il dit...*

O recepcionista foi aparentemente interrompido por Pritchard e, após um momento, retornou e informou que o hóspede não desejava falar com ninguém.

Venci os dois primeiros rounds, pensou Tom, enquanto agradecia ao recepcionista e se retirava. Por acaso Pritchard estaria com a mandíbula quebrada? Ou com um dente solto? Era lamentável que não tivesse ficado em um estado ainda pior.

Só lhe restava voltar ao Minzah. Precisaria trocar mais dinheiro para dar a Heloise, depois que pagassem a conta da hospedagem. Era uma pena que não pudessem conhecer Tânger melhor! Em compensação, Tom se sentia animado e, portanto, mais confiante, e talvez conseguisse uma passagem de avião rumo a Paris, no fim da tarde. Pensou que seria necessário telefonar para Madame Annette. Primeiro, ligar para o aeroporto. Air France, se possível. Queria atrair Pritchard de volta a Villeperce.

Comprou um buquê de jasmins, bem amarrados, na tenda de um vendedor. As flores exalavam um perfume autêntico e interessante.

No quarto, encontrou Heloise vestida e ocupada em arrumar as malas.

— Um chapéu! Coloque para eu ver como fica.

Tom tirara o chapéu ao entrar no hotel, um gesto quase inconsciente, mas voltou a vestir o acessório.

— Não acha que parece muito mexicano?

— *Non, chéri*, não com essa roupa — respondeu Heloise, inspecionando-o com expressão séria.

— Alguma notícia de Noëlle?

— Primeiro vamos ao hotel Rembrandt, depois... Noëlle está com vontade de pegar um táxi até Cabo Espartel. Segundo ela, é imperdível. Talvez comer alguma coisa lá. *Un snack*. Não um almoço de verdade.

Tom se lembrava de ter visto Cabo Espartel no mapa: um promontório a oeste de Tânger.

— Quanto tempo leva para se chegar lá?

— Noëlle disse que, no máximo, quarenta minutos. Tem camelos, de acordo com ela. E uma vista maravilhosa. Tom...

De repente, o olhar de Heloise tornou-se triste.

Tom compreendeu: ela estava adivinhando que talvez ele partisse ainda naquele dia.

— Eu... bem... eu tenho que telefonar para a companhia aérea, meu amor. Estou pensando em Belle Ombre! — acrescentou, como um cavaleiro prestes a partir. — Mas... vou tentar pegar um avião só no fim da tarde. Também gostaria de conhecer Cabo Espartel.

Heloise largou uma blusa dobrada dentro da mala.

— Você... encontrou Prichaud de manhã?

Tom sorriu. A esposa era capaz de infinitas variações daquele nome. Pensou em dizer que aquele (um palavrão qualquer) estava enfurnado no quarto de hotel e se recusara a sair para uma conversa. Por fim, apenas respondeu:

— Não, só dei uma volta, comprei o chapéu, tomei um café.

Preferia manter certas coisas em segredo da esposa, detalhezinhos bobos que só causariam chateação a ela.

***

Quinze para o meio-dia. Noëlle, Heloise e Tom estavam no táxi a caminho de Cabo Espartel, a oeste da cidade, atravessando uma região árida e desabitada. Tom telefonara do saguão do hotel Rembrandt e, graças a certos pauzinhos mexidos pelo gerente, conseguira uma reserva pela Air France, que partiria de Tânger às cinco e quinze da tarde, rumo a Paris. O gerente garantira que a passagem lhe seria entregue assim que chegasse ao aeroporto de Tânger. Sendo assim, Tom podia desfrutar a paisagem, ou pelo menos era o que pensava. Não tivera tempo para telefonar a Madame Annette, mas uma inesperada aparição dele não a deixaria aterrorizada, uma vez que ele tinha a chave de casa.

— Bem, esse lugarrr foi muito importante, sempre — disse Noëlle, iniciando um discurso sobre Cabo Espartel, depois que Tom conseguiu pagar ao taxista, com certa dificuldade, pois ela insistia em dividir a conta. — Os romanos passaram por aqui... todo mundo passou por aqui — acrescentou em inglês, abrindo os braços.

Trazia uma bolsa de couro pendurada no ombro e vestia calças amarelas de algodão e uma jaqueta larga sobre a camisa. A brisa constante lhe soprava os cabelos e as roupas, invariavelmente, na direção ocidental, ou pelo menos era o que Tom achava. O vento, apesar de suave, enfunava as camisas e as calças dos homens. Duas cafeterias compridas eram, aparentemente, as únicas construções na área. O cabo erguia-se bem acima do estreito, fornecendo a melhor vista da viagem até então, pois o Atlântico se estendia amplamente para oeste.

Camelos de boca arreganhada observavam tudo a alguns metros de distância, dois ou três confortavelmente assentados na areia, com as patas dobradas. Um sujeito de turbante e túnica branca vigiava os camelos, mas parecia jamais olhar para os turistas. Da mão, ia comendo o que se assemelhava a um punhado de amendoins.

— Preferem passear agora ou depois do almoço? — perguntou Noëlle em francês. — Olhem! Estão vendo? Quase esqueci

— acrescentou, apontando para a costa, que descrevia uma magnífica curva na parte ocidental, onde Tom avistava o que pareciam ser ruínas de tijolo cru, pequenos vestígios de salas e salões. — Os romanos produziam óleo de peixe aqui e o mandavam para Roma. Os romanos chegaram a dominar toda esta região.

Naquele momento, Tom admirava a encosta de uma colina, onde um homem descia de uma motocicleta e imediatamente assumia a posição de prece, com a cabeça para baixo e o traseiro para cima, sem dúvida voltado para Meca.

Ambos os estabelecimentos tinham mesas internas e externas, e um deles contava com um terraço com vista para o mar. Escolheram aquele e se sentaram a uma mesa metálica branca.

— O céu está lindo! — comentou Tom.

Era realmente impressionante e memorável: um vasto domo azulado sem nuvens, sem nem mesmo aviões ou pássaros, apenas o silêncio e a sensação de atemporalidade. Ao observar a cena, Tom se perguntava se os camelos por acaso haviam mudado desde os tempos em que os passageiros que eles transportavam não tinham câmeras.

Comeram petiscos no almoço, o tipo de refeição preferida de Heloise. Suco de tomate, água Perrier, azeitonas, rabanetes, iscas de peixe frito. Sob a mesa, Tom olhou o relógio. Quase duas da tarde.

As moças conversavam sobre o passeio de camelo. O rosto esguio e nariz estreito de Noëlle já estavam bronzeados. Ou era uma maquiagem protetora? E por quanto tempo Noëlle e Heloise ficariam em Tânger?

— Talvez mais uns três dias? — sugeriu Noëlle, olhando para a amiga. — Tenho alguns conhecidos aqui. Podemos ir ao Golf Club, que oferece um bom almoço. Só falei com um amigo esta manhã.

— Vai nos dar notícia enquanto estiver longe, Tome? — perguntou Heloise. — Você pegou o telefone do hotel Rembrandt.

— Claro, querida.

— É uma pena — esbravejou Noëlle com veemência — que um *barbare* como esse Prichar possa estragar nossas férias!

— Ah — desconversou Tom. — Ele não estragou. E tenho algumas coisas para resolver em casa. E em outros lugares.

Mesmo sem perceber, estava sendo vago. Noëlle não tinha o menor interesse em conhecer as atividades dele nem saber como ele ganhava a vida. Ela vivia da renda familiar, além da pensão de um ex-marido, pelo que Tom se recordava.

Terminado o lanche, andaram lentamente em direção aos camelos, mas primeiro fizeram carinho no "bebê asno", cuja presença foi anunciada em inglês pelo dono, um homem de sandálias que também cuidava da mamãe asno. O bebê, que tinha o dorso e as orelhas felpudas, não saía de perto da mãe.

— Foto? Retrato? — ofereceu o proprietário. — Bebê asno.

Noëlle tirou uma câmera da bolsa espaçosa e entregou uma nota de 10 *dirhams* ao sujeito.

— Apoie a mão na cabeça do bebê asno — instruiu Noëlle para Heloise. *Clique!* Heloise estava sorrindo. — Agora você, Tome!

— Não.

Ou talvez sim. Ele deu um passo na direção da esposa e da família asno, mas então sacudiu a cabeça.

— Não, deixe que eu tiro uma foto de vocês duas.

E assim o fez. Depois, deixou as mulheres falando em francês com o condutor de camelos. Precisava pegar um táxi até Tânger para buscar a bagagem, a qual bem poderia ter trazido, mas queria voltar ao Rembrandt para ver se Pritchard estivera bisbilhotando por lá. No Minzah, tinham avisado que estavam indo para Casablanca.

Tom teve que esperar por um táxi. Vários minutos antes, pedira ao atendente da cafeteria que chamasse um carro de alguma cooperativa local. Enquanto isso, andava pelo terraço, obrigando-se a caminhar devagar.

O táxi chegou. Quando os passageiros desembarcaram, Tom entrou e disse:

— Para o hotel Rembrandt, boulevard Pasteur, *s'il vous plaît*.

O carro partiu.

Tom não olhara para trás, talvez porque não quisesse ver Heloise sendo sacolejada de um lado para outro enquanto o camelo se punha de pé. Também não queria se imaginar na corcova do animal, olhando as distantes areias embaixo, embora Heloise decerto fosse sorrir e admirar a paisagem enquanto a montaria avançava. E, mais tarde, apearia sem nenhum osso quebrado. Tom fechou quase toda a janela, deixando apenas uma frestinha, pois a velocidade do carro fazia o vento fustigar-lhe o rosto.

Alguma vez já andara de camelo? Não tinha muita certeza, embora o desconforto de ser erguido na corcova parecesse tão real, tão entranhado na memória, a ponto de sugerir que de fato acontecera. Ele teria detestado a experiência. Seria semelhante a estar empoleirado em um trampolim a cinco ou seis metros de altura e contemplar a superfície da piscina embaixo. *Pule!* Por que pularia? Alguém já o mandara pular? No acampamento de férias, talvez? Tom não se lembrava. Às vezes a imaginação dele era tão nítida quanto a experiência de algo real. E ele tinha a impressão de que algumas experiências autênticas se esvaneciam da memória, como o assassinato de Dickie, de Murchison e até mesmo daqueles mafiosos gorduchos, cujas gargantas ele apertara com um garrote. Esses dois supostos humanos, como Doonesbury diria, nada significavam para ele, exceto pela profunda aversão que tinha à Máfia. Ele de fato matara aqueles dois sujeitos no trem? O inconsciente estaria protegendo o consciente, fazendo-o sentir que *não* os matara? Ou que não era totalmente responsável? Era claro que ele havia lido sobre os cadáveres, nos jornais. Ou será que lera mesmo? Obviamente, não teria recortado a matéria como recordação! Havia, de fato, um véu entre o ocorrido e a memória, percebia Tom, embora não soubesse lhe atribuir um nome. Na verdade, era possível nomear a sensação, como percebeu algum tempo depois: chamava-se autopreservação.

Do lado de fora, voltavam a surgir as populosas, agitadas e poeirentas ruas de Tânger, com edifícios de quatro andares, e Tom avistou a torre de San Francisco, feita de tijolos vermelhos, um tanto parecida com a torre na Piazza San Marco, em Veneza, apesar dos arabescos formados por tijolos brancos. Ele se ajeitou no banco, sentando-se bem na beirada.

— Estamos perto — avisou, em francês, porque o motorista avançava muito depressa.

Por fim, um último retorno para o lado oposto do Pasteur e Tom estava na rua, pagando ao taxista.

Deixara a bagagem aos cuidados do *concierge*, no térreo.

— Alguma mensagem para Ripley? — perguntou na recepção.

Não havia.

A informação foi do agrado de Tom, e ele recolheu as bagagens, que consistiam apenas de uma mala pequena e uma valise.

— Vou precisar de um táxi, por favor. Para o aeroporto.

— Sim, senhor.

O homem ergueu um dedo e disse algo a um dos carregadores.

— Ninguém veio perguntar por mim? — questionou Tom. — Mesmo sem deixar mensagem?

— Não, Monsieur — respondeu o recepcionista, com sinceridade. — Creio que não.

Tom entrou no táxi.

— *L'aéroport, s'il vous plaît.*

Dirigiram-se ao sul, e, tão logo deixaram a cidade para trás, Tom se encostou no assento e acendeu um cigarro. Por quanto tempo Heloise pretenderia ficar em Marrocos? Noëlle conseguiria convencê-la a viajarem a outro país? Egito? Tom achava improvável que fossem para o Egito. Era mais verossímil que Noëlle decidisse passar mais um tempo em Tânger. Isso também convinha a Tom, pois pressentia um perigo à frente, talvez até certa violência, e envolveria Belle Ombre. Sentia que era dever dele expulsar os Pritchard de Villeperce, pois, sendo um forasteiro, pior ainda, um americano, não queria trazer problemas e incômodos àquela cidadezinha pacata.

A bordo na primeira classe do avião da Air France, de atmosfera francesa, Tom aceitou uma taça de champanhe, embora não fosse o vinho favorito dele, enquanto contemplava o litoral de Tânger e da África recuando para longe, até desaparecer. Se havia um litoral com direito a ser chamado de "único", palavra repetida à exaustão pelos folhetos turísticos, era o bifurcado porto de Tânger. Tom pretendia voltar um dia. Pegou os talheres para almoçar, bem no instante em que o vulto da Espanha começava também a se esvanecer, diluindo-se em uma brancura homogênea como a casca de uma ostra, um borrão tedioso que preenchia a janela, o destino inescapável dos passageiros de avião. Havia uma edição de *Le Point* (nova, ao menos para Tom), que ele pretendia dar uma lida após a refeição, e em seguida o plano era cochilar deliberadamente até o pouso.

Queria telefonar a Agnès Grais para saber como estavam as coisas, e fez isso no aeroporto, após pegar a mala. A mulher atendeu.

— Estou no Charles de Gaulle — avisou Tom, em resposta à pergunta que ela fizera. — Decidi voltar mais cedo para casa... Sim, Heloise ficou em Marrocos com Noëlle, uma amiga. Está tudo em ordem na fronte doméstica? — continuou em francês.

Agnès respondeu que, até onde sabia, tudo estava em ordem.

— Vai para casa de trem? Posso buscar você em Fontainebleau. Não importa que chegue tarde... Mas é claro, Tome!

Agnès consultou os horários. Estaria na estação pouco depois da meia-noite. Seria um prazer, garantiu ela.

— Mais uma coisa, Agnès. Pode telefonar para Madame Annette e avisar que vou chegar esta madrugada, sozinho? Para ela não se assustar quando eu abrir a porta com a chave.

Agnès disse que faria isso.

Tom já se sentia muito melhor. Fazia favores semelhantes aos Grais, às vezes, e também aos filhos deles. Ajudar os vizinhos era parte da vida interiorana, da satisfação provinciana. A outra parte, claro, era a chateação de viajar entre a província e qualquer outro lugar, ou vice-versa, como naquele momento. Tom pegou um táxi até a Gare de Lyon e depois o trem, cuja passagem comprou direto com o cobrador, preferindo pagar uma pequena multa a se meter com as máquinas da estação. Poderia ter feito todo o trajeto de táxi, mas não lhe agradava permitir que um completo estranho dirigisse até os portões de Belle Ombre. Era como deixar que um inimigo em potencial descobrisse o local de sua residência. Tom reconheceu esse medo nele mesmo e se perguntou se estava ficando paranoico. Contudo, se um taxista acabasse se revelando um inimigo, então seria tarde demais para tais questionamentos.

Chegou a Fontainebleau e lá estava Agnès, sorridente, bem-humorada como sempre, e Tom respondeu às perguntas feitas sobre Tânger, enquanto iam de carro para Villeperce. Não mencionou os Pritchard, mas estava na expectativa de algum comentário de Agnès, qualquer coisa, a respeito de Janice Pritchard, que morava a uns cem metros da residência dela. Agnès, porém, não disse nada.

— Madame Annette disse que esperaria acordada. Realmente, Tome, essa mulher...

Agnès não tinha palavras para descrever a devoção da governanta, e era melhor assim. Madame Annette até mesmo abrira os portões.

— Então ainda não sabe quando Heloise volta? — perguntou Agnès, conforme entravam no pátio dianteiro de Belle Ombre.

— Não. Depende dela. E Heloise estava mesmo precisando de umas férias.

Tom pegou a valise do porta-malas e deu boa-noite a Agnès, agradecendo-lhe pela gentileza.

A governanta abriu a porta da frente.

— *Soyez le bienvenu*, Monsieur Tome!

— *Merci*, Madame Annette! É ótimo estar de volta.

Era revigorante sentir o perfume familiar das roseiras e do polimento da mobília, assim como ouvir Madame Annette perguntando se ele estava com fome. Tom lhe garantiu que não estava e avisou que pretendia ir direto para a cama. Primeiro, porém, a correspondência.

— *Ici*, Monsieur Tome. *Comme toujours.*

A pilha de cartas estava na mesa do vestíbulo e não era muito alta.

— Madame Heloise está bem? — perguntou ela, preocupada.

— Ah, sim. Está com uma amiga, Madame Noëlle, de quem talvez se recorde.

— Esses países tropicais... — comentou Madame Annette, com um ligeiro meneio da cabeça. — É preciso tomar muito cuidado.

Tom riu.

— Madame Heloise até andou de camelo hoje.

— *Oh là là!*

Infelizmente, era muito tarde para telefonar a Jeff Constant ou Ed Banbury sem parecer grosseiro, mas Tom o fez mesmo assim. Primeiro, ligou para Ed. Devia ser quase meia-noite em Londres.

Ele atendeu, meio sonolento.

— Mil desculpas por ligar a esta hora. Mas é importante... — começou Tom, e umedeceu os lábios. — Acho que eu deveria ir a Londres.

— Ah, é? O que aconteceu?

Ed já estava completamente desperto.

— Preocupações — respondeu Tom, com um suspiro. — Melhor falar com... algumas pessoas por aí, entende? Pode me receber? Ou Jeff? Por uma noite ou duas?

— Provavelmente qualquer um de nós pode — disse Ed, dessa vez com a voz característica: nítida e tensa. — Jeff tem uma cama extra e eu também.

— A primeira noite, pelo menos. Até eu ver como as coisas andam. Obrigado, Ed. Alguma notícia de Cynthia?

— Hum, não.

— Nenhum boato, nada?

— Não, Tom. Você está na França? Achei que...

— David Pritchard apareceu em Tânger, acredite se quiser. Ele nos seguiu até lá.

— *O quê?*

— Está tramando algo ruim, Ed, e vai fazer tudo que estiver ao alcance dele para nos pegar. A esposa ficou em casa... na minha cidade. Vou deixar para lhe contar os detalhes quando estiver em Londres. Amanhã ligo de novo, quando já tiver comprado a passagem. Qual a melhor hora para telefonar?

— Antes das dez e meia, no meu fuso horário — determinou Ed.

— Amanhã de manhã. E agora, onde Pritchard está?

— Em Tânger, até onde sei. Por enquanto. Até amanhã, Ed.

10

Antes das oito, Tom já estava de pé. Saiu para dar uma olhada no jardim. A forsítia com que tanto se preocupara tinha sido regada, ou ao menos parecia saudável, e Henri estivera ali, algo perceptível pelas rosas murchas perto da pilha de adubo, junto à estufa. Era bastante improvável que tal desastre tivesse acontecido em dois dias, a menos que uma tempestade de granizo tivesse atingido a casa.

— Monsieur Tome! *Bonjour!*

Madame Annette estava diante de uma das três portas-janelas que davam para o terraço.

Era sinal de que o café preto estava pronto, e Tom voltou rapidamente a casa.

— Não imaginei que acordaria tão cedo, Monsieur — disse a governanta, após lhe servir a primeira xícara.

A bandeja estava na sala de estar, com o bule. Tom acomodou-se no sofá.

— Nem eu. Agora, conte-me as novidades. Sente-se, Madame.

Esse era um pedido incomum.

— Monsieur Tome, ainda não fui comprar pão!

— Compre daquele sujeito que sempre passa buzinando!

Tom sorriu. Às vezes um padeiro passava de caminhonete, buzinando, e mulheres saíam de pijama para comprar pão. Já vira a cena algumas vezes.

— Acontece que ele não para aqui, porque...

— Tem razão, Madame Annette, mas ainda haverá pão na padaria esta manhã, mesmo que a senhora converse comigo por um ou dois minutos.

A mulher preferia caminhar até o vilarejo para comprar pão, pois assim podia encontrar pessoas conhecidas e trocar fofocas.

— Não aconteceu nada fora do comum durante minha ausência?

Sabia que tal pergunta faria a governanta vasculhar o cérebro em busca de algum fato estranho.

— Monsieur Henri passou aqui um dia desses. Não ficou muito tempo, menos de uma hora.

— Ninguém mais andou fotografando Belle Ombre? — perguntou Tom, com um sorriso.

Madame Annette negou com a cabeça, com as mãos entrelaçadas logo abaixo da cintura.

— Não, Monsieur. Mas... minha amiga Yvonne comentou que Madame... Pichard? A esposa...

— Pichard, algo assim.

— Ela chora... quando vai fazer compras. Lágrimas! Consegue imaginar?

— Não — disse Tom. — Lágrimas!

— O marido dela saiu de casa. Foi embora.

Madame Annette falava como se o sujeito tivesse abandonado a esposa.

— Talvez esteja em uma viagem de negócios. Madame Pritchard fez amigos no vilarejo?

Hesitação.

— Acho que não. Ela parece triste, Monsieur. Posso lhe preparar um ovo cozido, antes de eu ir à padaria?

Tom aceitou a oferta. Estava com fome, e seria impossível impedir a governanta de ir à padaria.

A caminho da cozinha, ela deu meia-volta.

— Ah, Monsieur Clegg telefonou. Ontem, se bem me lembro.
— Obrigado. Deixou alguma mensagem?
— Não. Saudações, nada mais.

Então Madame "Pichard" andava chorando. Devia ser apenas outra simulação dramática, um mero passatempo. Tom ficou de pé e foi à cozinha. Quando a governanta retornou dos aposentos dela, com a bolsa a tiracolo, e pegou uma sacola de compras no cabide, Tom lhe disse:

— Madame Annette, por favor não diga a ninguém que estou ou estive em casa. Porque devo viajar de novo ainda hoje... Sim, infelizmente. Portanto, não compre muita comida para mim! Mais tarde, explicarei melhor.

Tom telefonou para uma agência de turismo em Fontainebleau às nove e reservou uma passagem para Londres, só de ida, em um avião que partiria do aeroporto Charles de Gaulle pouco depois da uma da tarde. Em seguida, preparou uma mala com os pertences usuais e um par de camisetas.

Disse a Madame Annette:

— Se alguém telefonar, diga que ainda estou em Marrocos com Madame Heloise, tudo bem? Estarei de volta em um piscar de olhos! Talvez amanhã, ou depois de amanhã... Não, não, amanhã sem falta vou lhe telefonar, Madame.

Apesar de ter revelado que iria a Londres, não dissera nada sobre onde ficaria hospedado. Não a instruiu quanto ao que fazer se Heloise telefonasse, na esperança de que a esposa nem se desse ao trabalho de ligar, desencorajada pelas complicações do sistema telefônico de Marrocos.

Feito isso, Tom ligou para Ed Banbury do próprio quarto, no andar de cima. Embora a governanta não falasse uma palavra de inglês (Tom às vezes tinha a impressão de que ela era impermeável a essa língua), ele preferia ter certas conversas bem longe dos ouvidos dela. Tom informou a Ed da hora em que chegaria e explicou que estaria na casa dele pouco após as três da tarde, provavelmente, se fosse conveniente.

Ed respondeu que era conveniente, sim. Sem problemas.

Tom verificou o endereço, em Covent Garden, para se assegurar de que anotara direito.

— Temos que pensar em Cynthia, descobrir se ela andou fazendo alguma coisa, e o quê — sugeriu Tom. — Precisamos de espiões discretos. De alguém infiltrado, na verdade. Pense nisso. Estou ansioso por revê-lo, Ed! Quer algo da Terra das Rãs?

— Hum, bem, uma garrafa de Pernod, comprada no aeroporto?

— É pra já. *À bientôt*.

Tom estava levando a pequena mala para o andar inferior quando o telefone tocou. Esperava que fosse Heloise.

Era Agnès Grais.

— Tom… já que está sozinho, seria bom se viesse jantar aqui em casa hoje. Estou sozinha com as crianças, e elas jantam mais cedo, você sabe.

— Obrigado, Agnès querida — respondeu ele em francês. — Infelizmente, vou ter que partir de novo… Sim, hoje. Estava prestes a chamar um táxi, na verdade. Uma pena.

— Um táxi para onde? Estou indo a Fontainebleau para fazer compras. Quer alguma ajuda?

Era exatamente o que Tom queria, e não teve o menor pudor em pedir uma carona até a cidade. Agnès chegou cinco ou dez minutos depois. Tom mal teve tempo de se despedir de Madame Annette quando o carrão de Agnès entrou pelos portões que ele acabava de abrir. Depois, partiram.

— Para onde vai viajar agora?

Agnès o observou de soslaio, sorridente, como se o achasse o viajante mais irrequieto do mundo.

— Londres. Um pequeno assunto a resolver. Aliás…

— Sim, Tome?

— Agradeceria se não dissesse a ninguém que passei a noite aqui. Nem que vou passar uns dias em Londres. Nada de muito importante... para ninguém... mas sinto que eu deveria estar com Heloise, embora ela esteja em companhia de uma boa amiga, Noëlle. Conhece Noëlle Hassler?

— Sim, sim. Já nos encontramos duas vezes, eu acho.

— Voltarei a... Casablanca em alguns dias, provavelmente.

Tom assumiu um ar mais tranquilo.

— Ouviu dizer que a curiosa Madame Pritchard anda chorando por aí? — acrescentou. — Quem me contou foi minha leal espiã, Madame Annette.

— Chorando? Por quê?

— Nem imagino!

Preferiu não dizer que David Pritchard aparentemente não estava em casa no momento. Madame Janice Pritchard devia estar bastante reclusa, uma vez que Agnès não notara a ausência de David.

— É bem estranho chorar na padaria, não acha?

— Muito estranho! E muito triste.

Agnès Grais deixou Tom no lugar que ele, no calor do momento, sugerira: em frente ao Aigle Noire. O porteiro que desceu os degraus da fachada e atravessou o pátio talvez conhecesse Tom de vista, talvez não, pois ele só frequentava o bar e o restaurante do hotel, mas o sujeito se esforçou para achar um táxi que o levasse ao aeroporto, e Tom lhe deu uma gorjeta pela dedicação.

Após um tempo que lhe pareceu muito curto, Tom já estava em outro táxi, no lado esquerdo da pista, rumo a Londres. Aos pés dele havia uma sacola de plástico com o vinho Pernod de Ed e um pacote de Gauloises. Pela janela, avistou fábricas e armazéns com paredes de tijolos vermelhos, enormes letreiros com nome de empresas, imagens totalmente alheias ao tranquilo sentimento de fraternidade que Tom associava às visitas que fazia aos amigos londrinos. Tinha encontrado mais de 200 libras em dinheiro no envelope do Reino Unido (uma gavetinha no baú de capitão era reservada aos trocos em moeda estrangeira), além de alguns cheques de viagem.

— E, por favor, cuidado com o entroncamento em Seven Dials se for naquela direção — pediu ao motorista, em voz polida mas preocupada.

Ed Banbury o alertara de que os taxistas às vezes pegavam o desvio errado, o que podia ser desastroso. O bloco residencial em que Ed morava, um antigo prédio reformado, conforme ele dissera, ficava em Bedfordbury Street. Era uma ruazinha pitoresca, como Tom percebeu ao descer do táxi. Pagou ao motorista e o dispensou.

Ed estava em casa, como prometido, e assim que abriu remotamente a porta eletrônica, após reconhecer a voz do hóspede pelo interfone, um trovão ribombante fez Tom estremecer. Enquanto abria a segunda porta, ele ouviu os céus se rompendo e a chuva desabando.

— Não tem elevador — avisou Ed, debruçado no corrimão. Em seguida, começou a descer as escadas. — Segundo andar.

— Olá, Ed — disse Tom, com uma voz que era quase um sussurro.

Não lhe agradava a ideia de falar alto, pois havia dois apartamentos por andar e alguém poderia ouvir. Ed pegou a sacola plástica. O corrimão de madeira estava esplendidamente polido, as paredes pareciam recém-pintadas de branco e o carpete era azul-escuro.

O apartamento tinha a mesma aparência renovada e limpa do saguão do edifício. Ed foi preparar chá, e explicou ser um costume que adquirira àquela hora.

— Falou com Jeff? — perguntou Tom.

— Ah, sim. Ele quer ver você. Talvez amanhã. Eu avisei que ligaria mais tarde, depois de conversarmos um pouco.

Tomaram chá no cômodo que serviria de quarto para Tom, uma espécie de biblioteca adjacente à sala de estar, com um sofá que mais parecia uma cama de solteiro dotada de almofadões e coberta por uma capa. Tom rapidamente atualizou Ed sobre as atividades de Pritchard em Tânger, descrevendo o episódio satisfatório que terminara com Pritchard desmaiado no assoalho de La Haffa.

— Não o vi desde então — prosseguiu Tom. — Minha esposa ainda está lá, com uma amiga parisiense chamada Noëlle Hassler. Acho que vão seguir viagem até Casablanca. Não quero que Pritchard machuque minha esposa, mas não acho que ele vá fazer isso. É de mim que ele está atrás. Só não sei o que aquele canalha tem em mente.

Tom sorveu o delicioso Earl Grey.

— Sim, Pritchard talvez seja apenas um doido — continuou —, mas o que me preocupa são as informações que pode estar recebendo de Cynthia Gradnor. Alguma notícia sobre ela? Algo sobre o intermediário, por exemplo... o amigo de Cynthia, com quem Pritchard conversou na tal festa de arromba?

— Descobrimos o nome dele. Chama-se George Benton. Foi Jeff quem descobriu, e não foi nada fácil. Teve que olhar as fotos tiradas na festa em questão e fazer perguntas aqui e ali, considerando que ele não foi ao evento.

Tom ficou interessado.

— Tem certeza de que o nome é esse? Ele mora em Londres?

— Sim, temos bastante certeza.

Ed descruzou e recruzou as pernas esguias, franzindo a testa levemente.

— Na lista telefônica, encontramos três Bentons que pareciam promissores. Há muita gente com esse nome, e com a inicial G... não podíamos sair ligando para cada um deles e perguntar se conheciam Cynthia...

Tom teve que concordar.

— O que me preocupa é até onde Cynthia está disposta a ir. Aliás, será que segue em contato com Pritchard? Ela me detesta — declarou, e chegou a ficar arrepiado com as palavras. — Ela adoraria acabar com minha raça, mas se decidisse denunciar as falsificações e revelar as datas em que Bernard Tufts começou a trabalhar nelas — continuou, a voz se tornando quase um sussurro —, também estaria traindo Bernard, seu grande amor. Aposto que não chegará tão longe. É meramente uma aposta.

Então se reclinou no espaldar da poltrona, mas não relaxou.

— É mais uma esperança e uma prece. Faz alguns anos que não vejo Cynthia, e a atitude dela em relação a Bernard pode ter mudado… um pouco. Talvez esteja mais interessada em se vingar de mim.

Fez uma pausa e observou o rosto pensativo de Ed.

— Por que diz que ela deseja se vingar de você, se sabe que isso afetaria todos nós, Tom? Jeff e eu… fizemos artigos com fotos de Derwatt e as pinturas dele… as antigas — acrescentou, com um sorriso —, mesmo sabendo que Derwatt estava morto.

Tom encarou o velho amigo.

— É porque Cynthia sabe que a ideia das falsificações partiu de mim. Os artigos de vocês vieram um pouco depois. Bernard contou a ela, e assim começou a separação.

— Verdade. Sim, eu me lembro.

Ed, Jeff e Bernard tinham sido amigos de Derwatt, o pintor, especialmente Bernard. E quando Derwatt viajou à Grécia em um período depressivo e se afogou de forma deliberada na costa de alguma ilha, os amigos em Londres ficaram compreensivelmente chocados e perplexos — na verdade, Derwatt apenas "desaparecera" na Grécia, pois o corpo jamais fora encontrado. Devia ter cerca de 40 anos, pelos cálculos de Tom, e começava a ser reconhecido como um pintor conceituado que provavelmente ainda criaria muitas obras grandiosas. Tom então sugeriu que Bernard Tufts, que também era pintor, tentasse produzir alguns quadros e atribuir a autoria a Derwatt.

— Por que está sorrindo? — quis saber Ed.

— Estava imaginando minha própria confissão. Tenho certeza de que o padre diria: pode me dar tudo isso por escrito?

Ed jogou a cabeça para trás e gargalhou.

— Não, ele diria que você inventou tudo!

— Não, não! — continuou Tom, rindo muito. — O padre diria que...

O telefone começou a tocar em outro cômodo.

— Com licença, Tom. Eu estava esperando essa ligação — disse Ed, e saiu da sala.

Enquanto o anfitrião falava ao telefone, Tom deu uma olhada na "biblioteca" em que iria dormir. Muitos livros de capa dura, assim como brochuras, logo reparou, distribuídos pelas duas estantes que preenchiam as paredes do piso ao teto. Tom Sharpe, Muriel Spark, quase lado a lado. Ed comprara novos móveis desde a última visita de Tom. De onde era a família dele? Hove?

E o que Heloise estaria fazendo àquela hora? Quase quatro da tarde. Quanto antes saísse de Tânger e fosse para Casablanca, mais contente ficaria Tom.

— Está tudo bem — avisou Ed ao voltar, enfiando um suéter vermelho por cima da camisa. — Cancelei um compromisso sem importância e estarei livre o resto da tarde.

Tom ficou de pé.

— Vamos à Buckmaster. Não fica aberta até as cinco e meia? Seis?

— Seis, eu acho. Vou guardar o leite na geladeira, e o restante podemos deixar aí mesmo. Se quiser pendurar as roupas, Tom, há espaço no armário à esquerda.

— Por enquanto, pendurei as calças que eu trouxe naquela cadeira ali. Vamos lá.

Ed foi até a porta e se virou. Tinha acabado de vestir uma capa de chuva.

— Você mencionou que tinha duas coisas a dizer sobre Cynthia.

Tom abotoou o casaco Burberry.

— Ah, sim. O segundo... detalhe. Cynthia, obviamente, sabe que o corpo que eu cremei era de Bernard, não de Derwatt. Nem preciso explicar isso a você. Então, é como se eu tivesse cometido ainda mais um insulto contra Bernard... maculei o nome dele, digamos assim, ao dizer à polícia que o corpo de Bernard era de outra pessoa.

— Sabe, Tom, todo esse tempo ela nunca nos disse nada. Nem a mim nem a Jeff. Tudo o que faz é nos ignorar, o que para nós é ótimo.

— Ela nunca teve uma oportunidade como essa oferecida por David Pritchard — argumentou Tom. — Um maluco intrometido e sádico. Cynthia pode simplesmente tirar proveito dele, entende? E acho que é isso o que está fazendo.

Um táxi para Old Bond Street, até a vitrine discretamente iluminada, com moldura de latão e madeira escura, da Galeria Buckmaster. A porta, antiga e elegante, ainda conservava a bela maçaneta de latão polido. Na janela da frente, um par de palmeiras em vasos flanqueava uma velha pintura, ocultando a maior parte do cômodo mais adiante.

O homem chamado Nick Hall, que, segundo Tom ouvira dizer, tinha cerca de 30 anos, conversava com um homem mais velho. Nick tinha cabelo preto liso, compleição atarracada e, aparentemente, uma tendência a manter os braços cruzados.

Nas paredes, havia pinturas modernas, medíocres, na opinião de Tom. Não era uma exposição de um mesmo artista, mas uma seleção de três ou quatro pintores. Tom e Ed se mantiveram afastados enquanto Nick terminava a conversa com o homem mais velho. O rapaz entregou um cartão ao cavalheiro e ele despediu-se. Ao que parecia, não havia mais ninguém na galeria.

— Sr. Banbury, boa tarde — cumprimentou Nick, aproximando-se com um sorriso que deixava à mostra dentes curtos e retos. Parecia um sujeito direto, ao menos. E era evidente que conhecia Ed, sinal de que mantinham contato.

— Boa tarde, Nick. Permita que eu lhe apresente meu amigo, Tom Ripley. Nick Hall.

— É um prazer conhecer o senhor — disse Nick, sorrindo outra vez. Não estendeu a mão, porém se inclinou em uma pequena mesura.

— O Sr. Ripley vai passar apenas alguns dias aqui, e gostaria de dar uma olhada na galeria. Também quer conhecer você e talvez ver uma ou outra pintura interessante.

Ed transmitia um ar despreocupado, e Tom o imitou. Aparentemente, Nick nunca ouvira falar dele. Situação diferente e muito mais segura do que a da última visita que fizera, quando o cargo do rapaz era ocupado por um sujeito gay chamado Leonard (se Tom bem se lembrava), ciente do fato de que Tom se passava por Derwatt e na ocasião fazia uma entrevista para a imprensa nos fundos daquela mesma galeria.

Tom e Ed foram ao cômodo seguinte (havia apenas duas salas de exposição) e contemplaram as paisagens no estilo Corot penduradas nas paredes. Na segunda sala, havia algumas telas apoiadas nos cantos. Devia haver outras no outro cômodo, sabia Tom, atrás da porta branca levemente borrada, onde ocorrera a entrevista (duas entrevistas, na verdade) em que ele se passara por Derwatt.

Assegurando-se de que Nick não poderia ouvir a conversa, pois estava na sala da frente, Tom pediu a Ed que perguntasse ao rapaz se alguém andara fazendo perguntas sobre as obras de Derwatt nos últimos tempos.

— Além disso, quero dar uma olhada no livro de visitantes... nas pessoas que assinaram.

Seria a cara de David Pritchard assinar o livro, achava Tom.

— Enfim, o pessoal da Galeria Buckmaster, ou seja, você, Jeff e os donos, sabe que eu gosto de Derwatts, *n'est-ce pas?*

Ed fez a pergunta.

— Temos seis Derwatts no momento, senhor — respondeu Nick, ajeitando o terno cinza janota, como que na expectativa de uma venda. — Claro, agora me recordo do seu nome, senhor. Eles estão aqui.

Nick exibiu os Derwatts sobre uma cadeira, apoiados no espaldar. As telas eram todas de Bernard Tufts, pois de duas Tom se lembrava, já das outras quatro, não. *Gato na tarde* era a preferida dele: uma composição quase abstrata, em cálidos tons vermelhos e castanhos, na qual havia um gato branco e alaranjado adormecido, quase imperceptível à primeira vista. Depois, havia *Estação lugar nenhum*, uma adorável tela formada por pontos azuis, marrons e caramelo, com um edifício esbranquiçado, mas de aparência suja, ao fundo, presumivelmente a estação ferroviária. Em seguida, havia novamente um quadro com pessoas: *Discussão de irmãs*, um típico Derwatt — embora Tom soubesse que era um Bernard Tufts por causa da data —, era o retrato de duas mulheres se encarando, de boca aberta. Os perfis com lineamento múltiplo, característicos de Derwatt, transmitiam uma sensação de atividade, barulho de vozes, e as pinceladas vermelhas, um recurso favorito do artista, ali imitado por Bernard Tufts, sugeriam raiva, talvez o arranhar de unhas e o sangue resultante.

— E quanto custam?

— O das irmãs... cerca de 300 mil, eu acho, senhor. Posso verificar. Além disso... se a venda for iminente, devo informar uma ou duas pessoas. Este quadro é bastante popular.

Nick ofereceu outro sorriso.

Tom não penduraria aquele quadro na casa dele, mas decidiu perguntar por curiosidade.

— E o do gato?

— Um pouco mais caro. É bem popular. Vamos descobrir.

Tom trocou olhares com Ed.

— Está se lembrando bastante dos preços hoje, Nick! — comentou Ed em voz bem-humorada. — Muito bem.

— *Sim*, senhor, obrigado, senhor.

— Tem havido muita procura por obras de Derwatt? — questionou Tom.

— Hum… não muita, porque são obras caras. Ele é a cereja do nosso bolo, eu acho.

— Ou a joia principal do nosso colar — acrescentou Ed. — De fato, o pessoal da Tate e da Sotheby's vem nos visitar para ver como andam as coisas, Tom, o que temos para revenda. Quanto ao pessoal dos leilões… não precisamos deles.

A Buckmaster tinha um método próprio de fazer leilões, que consistia em notificar possíveis compradores, imaginava Tom. Ficou satisfeito ao ver Ed falar tão abertamente diante de Nick Hall, como se os dois, Tom e Ed, fossem velhos amigos, um cliente e um *marchand*. Talvez soasse estranho classificar o homem como *marchand*, mas era fato que Ed e Jeff escolhiam quais obras vender e quais jovens artistas, ou velhos artistas, representar. As decisões de ambos quase sempre se baseavam no mercado, em modismos, sabia Tom, mas os dois faziam escolhas sagazes o bastante para pagar o aluguel na caríssima Old Bond Street e ainda ter lucro.

— Presumo — disse Tom a Nick — que hoje em dia já não se descubram novos Derwatts em sótãos ou lugares assim?

— Sótãos! De forma alguma… seria muito improvável, senhor! Nem mesmo esboços, nem um mísero esboço, há mais de um ano.

Tom assentiu, pensativo.

— Gosto do quadro do gato. Se posso ou não pagar por ele… vou pensar no assunto.

— O senhor tem…

Nick parecia tentar puxar pela memória.

— Dois — interrompeu Tom. — *Homem na cadeira*, meu favorito, e *As cadeiras vermelhas*.

— Sim, senhor, estou certo de que constam nos registros.

O rapaz não deu sinais de saber ou recordar que o primeiro quadro era uma falsificação, enquanto o outro era autêntico.

— Acho que está na hora de irmos embora — sugeriu Tom a Ed, como se tivessem um compromisso. Depois, acrescentou a Nick Hall: — Por acaso há um livro de visitantes aqui?

— Ah, claro, senhor. Na mesa, bem ali — respondeu Nick, e foi até a mesa na sala da frente e abriu um grande livro na página atual. — E aqui tem uma caneta.

Tom se inclinou, olhou e pegou a caneta. Assinaturas rabiscadas, Shawcross ou algo assim, Forster, Hunter, alguns com endereços, a maioria sem. Uma olhadela em outra página revelou que Pritchard não havia assinado o livro, ao menos não no ano anterior. Tom assinou, mas não pôs o endereço: apenas Thomas P. Ripley e a data.

Logo estavam na calçada, e chuviscava.

— Realmente, é uma alegria constatar que, pelo jeito, vocês não expõem quadros daquele tal de Steuerman — comentou Tom, com um sorriso irônico.

— Isso mesmo. Não se lembra? Você soltou um grito de protesto lá na França.

— E o que mais me restava fazer?

Ambos começaram a procurar um táxi. Alguns anos atrás, Ed ou Jeff (Tom não queria acusar ninguém) havia descoberto um pintor chamado Steuerman, na esperança de que o sujeito fosse capaz de produzir alguns Derwatts passáveis. *Passáveis?* Mesmo passado o tempo, a indignação ainda fazia o corpo de Tom se retesar sob a capa de chuva. Steuerman poderia ter colocado tudo a perder, se a Galeria Buckmaster tivesse sido estúpida a ponto de comercializar as obras dele. Pelo que se recordava, Tom baseara a oposição ao pintor em um punhado de originais em cromo que a galeria lhe enviara. Ou talvez tivesse visto as imagens em outro lugar, mas não importava: eram todas horríveis.

Ed estava na rua e acenava com o braço, mas seria difícil conseguir um táxi, debaixo de chuva, àquela hora.

— Qual foi o combinado com Jeff para esta noite? — gritou Tom.

— Ele deve chegar ao meu apartamento por volta das sete. Olhe! Um táxi acabava de ficar vazio e uma abençoada luz amarela brilhava na capota. Entraram no carro.

— Adorei ver aqueles Derwatts — admitiu Tom, esbaldando-se na recordação daquele prazer —, ou, melhor dizendo, os Tufts — acrescentou, fazendo a última palavra soar suave como algodão. — Quanto a Cynthia, já achei a solução para esse problema... ou devo dizer contratempo?

— Qual a solução?

— Vou simplesmente telefonar para ela e perguntar, por exemplo, se mantém contato com a Sra. Murchison. E com David Pritchard. Vou me passar pela polícia francesa. Pretendo usar seu telefone, se estiver de acordo.

— Ah... claro! — respondeu Ed, com uma súbita compreensão.

— Por acaso sabe o número de Cynthia? Ou vamos ter que descobrir?

— Não, está na lista. Ela se mudou de Bayswater... para Chelsea, se não me engano.

11

No apartamento de Ed, Tom aceitou um gim-tônica e colocou os pensamentos em ordem. O número de Cynthia Gradnor estava anotado em um pedacinho de papel.

Tom ensaiou o sotaque de comissário francês, tendo Ed como audiência.

— *Sôn* quas' sete. Se Jeff vierr... você deixa el' entrarr, como sempre, *non*?

Ed assentiu, quase fazendo uma mesura.

— Sim. *Oui!*

— Vou ligarr da *delegacia de police* em... acho melhor Paris do que Melun... agorra...

Em um instante, Tom estava de pé e circulava pelo amplo escritório de Ed, cujo telefone ficava em uma escrivaninha operosa e coberta de papéis.

— Ruídos de fundo. Estalos de máquina de escrever, por favor. Ess' é uma *delegacie de police*. *À la* Simenon. Aqui todo *monde* se conhece.

Seguindo as instruções, Ed se sentou diante da escrivaninha e colocou um papel na máquina. *Tec-tec-tec*.

— Mais devagar — instruiu Tom. — Não precisa ser tão rápido.

Discou o número e se preparou para verificar se estava falando com Cynthia Gradnor e informar que David Pritchard tinha entrado em contato algumas vezes e, por falar nisso, será que poderia fazer algumas perguntas sobre Monsieur Riplí?

O telefone tocou e tocou.

— *Non* 'stá em casa — disse Tom. — Droga. *Merde*!

Olhou para o relógio. Sete e dez. Desligou o telefone.

— Talvez tenha saído para jantar. Talvez tenha saído da cidade.

— Pode ligar de novo amanhã — aconselhou Ed. — Ou daqui a algumas horas.

A campainha soou.

— É Jeff — disse Ed, e foi ao vestíbulo.

O novo visitante entrou, um tanto molhado, apesar do guarda-chuva. Era mais alto e mais forte que Ed, e parecia ter ficado mais calvo desde a última vez.

— Olá, Tom! Um prazer inesperado e bem-vindo, como sempre!

Os dois apertaram as mãos calorosamente e quase se abraçaram.

— Tire essa capa molhada e vista... outra coisa — sugeriu Ed. — Uísque?

— Leu meus pensamentos. Obrigado, Ed.

Os três se sentaram na sala de estar, mobiliada com um sofá e uma conveniente mesinha de centro. Tom explicou a Jeff o motivo da visita: as coisas haviam esquentado desde a última conversa que tiveram ao telefone.

— Minha esposa ainda está em Tânger, com uma amiga, em um hotel chamado Rembrandt. Por isso, resolvi vir aqui para descobrir o que Cynthia anda fazendo, ou tentando fazer, em relação a Murchison. Ela pode estar em contato com...

— Sim, Ed mencionou — confirmou Jeff.

— Pode estar em contato com a Sra. Murchison nos Estados Unidos, a qual, é claro, deve estar interessada em saber como o marido desapareceu. Preciso explorar essa possibilidade, acho.

Tom girou a bebida sobre um porta-copos.

— Se a polícia vier procurar Murchison no meu quintal... pode muito bem encontrar. Ou um esqueleto, o mais provável.

— Está a uns poucos quilômetros de sua casa, não é isso? — perguntou Jeff com um traço de medo ou assombro. — No rio?

Tom encolheu os ombros.

— Isso. Ou no canal. Esqueci o local exato, o que é bastante conveniente, mas conseguiria reconhecer a ponte de onde Bernard e eu atiramos o corpo... naquela noite. Claro...

Empertigou-se, com a expressão mais alegre.

— Ninguém sabe como ou por que Murchison desapareceu. Poderia ter sido sequestrado no aeroporto de Orly, onde o deixei... vocês sabem — acrescentou, e o sorriso se alargou. Dissera a parte sobre ter deixado Murchison como se de fato acreditasse nisso. — Estava levando *O relógio*, e o quadro sumiu em Orly. Um Tufts autêntico.

Soltou uma risada.

— Ou o *próprio* Murchison pode ter decidido desaparecer. De toda maneira, alguém afanou o quadro, e nunca mais o vimos nem escutamos falar dele, lembram-se?

Jeff enrugou a testa comprida, com ar pensativo. Estava com o copo apoiado entre os joelhos.

— Sim, claro. Por quanto tempo essa gente, os Pritchard, vão ficar em seu bairro?

— Talvez tenham fechado um aluguel de seis meses. Deveria ter perguntado, mas não perguntei.

Estava determinado a se livrar de Pritchard em menos de seis meses. De um jeito ou de outro. Sentiu a raiva ferver e, para se acalmar um pouco, começou a contar aos dois sobre a casa alugada pelos Pritchard. Descreveu a mobília falsamente antiga e o laguinho no gramado, em cuja superfície o sol cintilava, projetando formas no teto da sala.

— O problema é que eu gostaria de ver os dois afogados lá dentro — concluiu, e Jeff e Ed riram.

— Quer outra bebida, Tom? — ofereceu Ed.

— Não, obrigado, estou bem — respondeu, e deu uma olhada no relógio: oito e pouco. — Quero ligar para Cynthia de novo, antes de irmos dormir.

Os outros dois colaboraram. Ed voltou a providenciar ruídos datilográficos, enquanto Tom ensaiava o discurso com Jeff.

— *Sen* riso. Est' é uma *poste de police* em Parri. Ouvi falar de Pricharr — disse Tom, encarnando o personagem, novamente de pé — e preciso fazerr umas perguntas a Madame Gradnor, porque ela pod' saber alguma *chose* sobre Monsieur Murchison e a mulher dele. Cerrto?

— *Oui* — respondeu Jeff, com idêntica seriedade, como se fizesse um juramento.

Tom tinha papel e caneta a postos, para anotar qualquer informação, além da folha com o número de Cynthia. Discou.

Ao quinto toque, uma voz feminina atendeu.

— Alou, boa noitch. *C'est* Madame Gradnor?

— Sim.

— Aqui fala o Commissaire Edouard Bilsault, de Parri. 'Stamos em contato com Monsieur Prichar sobre um certo Thomas Murchison, cujo nome deve conhecerr.

— Sim. Conheço.

Até ali, tudo bem. Tom estava falando mais alto do que o habitual, com certa tensão na voz. Afinal de contas, Cynthia poderia reconhecer o timbre da voz dele.

— Monsieur Prichar agorra 'stá em *l'Afrique du Nord*, conforme deve saberr. Gostarríamos de descobrir o endereço *americain* de Madame Murchison... nos 'Stados *Unids*, se a senhorra souberr.

— Com que propósito? — perguntou Cynthia Gradnor, com o velho e brusco tom de voz, que incluía um sotaque de classe alta, quando as circunstâncias exigiam.

— É porrque talvez 'stejamos prestes a descobrir algo... muito em breve... sobre o marrido dela. Monsieur Prichar nos telefonou uma vez, de Tangier. Mas agorra não conseguimos contato.

Tom deixou a voz mais aguda, transmitindo certa urgência.

— Hum — respondeu ela, em tom dúbio. — O Sr. Pritchard tem um modo próprio de lidar com... essa questão, creio. Não é problema meu. Sugiro que aguardem o retorno dele.

— Mas *non* podemos... *non* devemos esperarr, Madame. Temos uma pergunta a fazer a Madame Murchison. Monsieur Prichar *non* estava no quarto quando telefonamos, e os telefones em Tangier *sont* muito ruins.

Tom puxou um pigarro ranzinza que lhe machucou a garganta, depois fez um sinal pedindo barulhos de fundo. Cynthia não parecera surpresa ao descobrir que Pritchard estava em "Tangier", como os franceses diziam.

Ed bateu um livro sobre o tampo da escrivaninha e continuou golpeando a máquina, enquanto Jeff, a certa distância, virado para a parede, cobriu a boca com a mão em concha e imitou a nota final de uma sirene, idêntica às de Paris.

Com tom sério, continuou a falar:

— Madame...

— Um momento.

Cynthia se afastou para buscar alguma coisa. Tom pegou a caneta, sem olhar para os amigos.

Quando voltou, ela ditou um endereço no East Seventies, em Manhattan.

— *Merci*, Madame Gradnor — despediu-se Tom, polidamente, mas como se apenas cumprisse mais uma obrigação de polícia. — E o *téléphone*? — perguntou, e anotou também. — *Merci, infiniment*, Madame. *Et bonne soirée*.

— *Chuá, chuá... glub-glub...*

Isso veio de Jeff, enquanto Tom encerrava a ligação: ruídos convincentes de além do canal, Tom teve que admitir, mas era provável que Cynthia nem tivesse escutado.

— Sucesso — declarou calmamente. — E agora sabemos que ela tem o endereço da Sra. Murchison.

Olhou para os amigos, que o encaravam em silêncio. Guardou no bolso as informações adquiridas e voltou a consultar o relógio.

— Posso dar mais um telefonema, Ed?

— Fique à vontade, Tom. Quer ficar sozinho?

— Não precisa. Desta vez, a ligação é para a França.

Mesmo assim, os outros dois foram para a cozinha.

Tom ligou para Belle Ombre, onde seriam nove e meia da noite.

— Alô, Madame Annette!

A voz da governanta evocava imagens familiares do vestíbulo e do balcão da cozinha, junto à cafeteira, onde também havia um telefone.

— Monsieur Tome! Não sabia onde encontrá-lo! Tenho más notícias...

— *Vraiment?* — perguntou Tom, de testa franzida.

— Madame Heloise! Ela foi raptada!

Tom se engasgou.

— Não pode ser! Quem lhe disse?

— Um homem com sotaque americano! Ele telefonou... por volta das quatro da tarde. Eu não soube o que fazer. O homem me disse isso e desligou. Conversei com Madame Geneviève, que achou que a polícia daqui não poderia fazer muita coisa. Ela me aconselhou a ligar para Tânger, falar com o Monsieur Tome, mas eu não sabia como encontrá-lo.

Tom fechou os olhos com força, enquanto Madame Annette seguia falando. Aquilo só podia ser uma farsa de Pritchard. Certamente descobrira que Tom Ripley não estava mais em Tânger, ou que não estava com a esposa, isso não importava, e então decidira causar mais problemas. Respirando fundo, Tom tentou oferecer uma resposta coerente para a governanta.

— Madame Annette, acho que isso é um trote. Por favor, não se preocupe. Madame Heloise e eu mudamos de hotel, acho que já lhe disse isso. Ela agora está no hotel Rembrandt, e não se preocupe com essa história. Eu vou telefonar para minha esposa hoje e... aposto que ela estará lá!

Soltou uma risada genuína e acrescentou, com desprezo:

— Sotaque americano! Então não poderia ser um norte-africano nem um policial marroquino lhe dando informações corretas, não acha?

Madame Annette teve que concordar.

— Agora me diga, como está o clima por aí? Aqui está chovendo.

— Vai me telefonar quando descobrir onde está Madame Heloise, Monsieur Tome?

— Hoje à noite? Sim, sim — respondeu calmamente. — *Espero* falar com ela hoje à noite. Depois, ligarei de volta.

— A qualquer hora, Monsieur! Tranquei todas as portas e até os portões de fora.

— Bom trabalho, Madame Annette!

Após desligar, exclamou:

— Droga!

Enfiou as mãos nos bolsos e foi procurar os amigos, acomodados na biblioteca com as respectivas bebidas.

— Tenho notícias — avisou, aliviado de poder comunicar as notícias daquela vez, ainda que fossem ruins, em vez de guardar as informações para si mesmo, como sempre acontecia. — Segundo minha governanta, minha esposa foi raptada em Tânger.

Jeff fechou a cara.

— Raptada? Não é possível!

— Um homem com sotaque americano ligou para minha casa, deu o recado para Madame Annette e... desligou. Tenho certeza de que é uma farsa. É típico de Pritchard... causar o máximo de problemas possível.

— O que pretende fazer? — quis saber Ed. — Telefonar para o hotel, ver se ela está lá?

— Exatamente.

Nesse meio-tempo, contudo, Tom acendeu um Gitanes, saboreando por alguns segundos o ódio que nutria por David Pritchard, um sentimento que abrangia cada partícula do sujeito, até os óculos com armação redonda e o relógio de mau gosto.

— Sim, vou telefonar para o hotel Rembrandt, em Tânger. Minha esposa geralmente volta ao quarto entre as seis e as sete para trocar de roupa. O hotel poderá ao menos me dizer se ela esteve lá.

— Claro. Vá em frente, Tom — incentivou Ed.

Tom voltou ao telefone, perto da máquina de escrever, e tirou a agenda do bolso interno do paletó. Anotara o número do Rembrandt juntamente com o código de Tânger. Alguém lhe dissera que o melhor horário para telefonar a Tânger era às três da madrugada, não? De todo modo, estava disposto a tentar, e então discou os números com cuidado.

Silêncio. Depois um zumbido, três zumbidos curtos que pareciam prometer alguma atividade. Por fim, silêncio.

Tentou falar com a telefonista, pedindo-lhe que por favor retornasse a chamada, e passou o número de Ed. A mulher lhe disse para desligar. Telefonou de volta no minuto seguinte e avisou que estava tentando contato com o número de Tânger. Do outro lado da linha, a londrina soltou réplicas irritadas e petulantes a alguém cuja voz Tom mal conseguia ouvir, mas também não teve sorte.

— Pode ser o horário, senhor... sugiro que tente de novo, bem mais tarde.

Tom agradeceu.

— Preciso desligar. Tentarei mais tarde, por conta própria.

Depois foi à biblioteca, onde Ed e Jeff acabavam de arrumar a cama para ele.

— Não funcionou — contou Tom. — Não consegui completar a ligação. Já tinham me dito que o sistema telefônico de Tânger é assim. Vamos sair, comer alguma coisa e esquecer o assunto por um tempo.

— Que lástima — queixou-se Jeff, empertigando-se. — Vai tentar de novo mais tarde, certo?

— Sim, sim. Aliás, obrigado por arrumarem minha cama, rapazes. Vou adorar me deitar nela quando voltar.

Alguns minutos depois, estavam sob o chuvisco, com apenas dois guarda-chuvas para os três, a caminho do pub-restaurante recomendado por Ed. Ficava perto do edifício e era cheio de vigas amarronzadas e bancos de madeira. Tom preferiu se sentar a uma das mesas, pois dali tinha uma visão melhor dos demais clientes. Pediu rosbife e pudim de Yorkshire para relembrar os velhos tempos.

Perguntou a Jeff Constant como ia a vida de trabalhador autônomo. O amigo precisava aceitar alguns serviços apenas pelo dinheiro, o que não lhe agradava tanto quanto fotografar o que ele chamava de "interiores artísticos, com ou sem pessoas". Com isso se referia a recintos bonitos em casas agradáveis, talvez com um gato ou algumas plantas de fundo. Os serviços comerciais geralmente envolviam design industrial, com retratos em primeiro plano de ferros de passar.

— Ou de prédios nos subúrbios, muitos ainda em obras — continuou Jeff. — Às vezes preciso tirar as fotos em um clima como o de hoje.

— Vocês se veem com muita frequência? — perguntou Tom.

Os dois sorriram e se entreolharam. Ed respondeu primeiro:

— Não tanto, eu diria. O que acha, Jeff? Mas se um dos dois precisar… o outro estará a postos.

Tom se recordou dos velhos tempos, quando Jeff batera aquelas excelentes fotografias das pinturas autênticas de Derwatt e Ed Banbury as divulgara, escrevendo artigos sobre o pintor, mexendo um pauzinho aqui, dando um toque ali, na expectativa de despertar a atenção do público, e tinha dado certo. Segundo boatos, Derwatt mudara-se para o México e ainda vivia por lá, mas era um sujeito recluso e se recusava a dar entrevistas e até mesmo informar o nome da aldeia em que morava, embora muitos acreditassem que ficasse perto de Veracruz, de cujo porto ele enviava as pinturas para Londres. Os antigos donos da Galeria Buckmaster já comercializavam as obras de Derwatt, mas sem muito sucesso, porque não se esforçavam em divulgar o artista. Jeff e Ed só haviam adotado a estratégia depois de Derwatt ter morrido afogado na Grécia. Todos conheciam o pintor (exceto Tom, o que era bastante curioso, pois ele geralmente tinha a impressão de que o conhecera). Derwatt tinha sido um pintor talentoso e interessante, sempre à beira da miséria em Londres. Era conhecido de Jeff, Ed, Cynthia e Bernard, e todos o admiravam. Vinha de uma cidadezinha industrial lúgubre do Norte, Tom não se lembrava de qual. A divulgação de Ed, só então percebia, tinha sido o início de tudo. Curioso. No entanto, era bem verdade que Van Gogh sofrera por falta de divulgação. Quem divulgara Vincent? Ninguém, exceto Theo, talvez.

Ed franziu o rosto afilado.

— Só vou lhe perguntar isso uma vez, Tom. Não está mesmo preocupado com Heloise?

— Não, nem um pouco. Agora mesmo estava pensando em outra coisa. Conheço esse Pritchard, Ed. Superficialmente, mas é o bastante — disse Tom, e riu. — Jamais conheci alguém como ele, mas li sobre gente desse tipo. Sádicos. Ele vive de renda, segundo a esposa, mas desconfio que ambos mentem pelos cotovelos.

— Ele é casado? — perguntou Jeff, surpreso.

— Eu não mencionei? Sim, com uma americana. Parece um casal sadomasoquista. Eles se amam e se odeiam, entende? — continuou Tom, dirigindo-se a Jeff. — Pritchard me disse que estava cursando marketing em uma escola de negócios perto de Fontainebleau. Mentira descarada. A esposa dele vive cheia de hematomas nos braços... e no pescoço. Ele só está morando no meu bairro para infernizar minha vida quanto puder. E agora Cynthia atiçou a curiosidade dele ao mencionar Murchison.

Enquanto cortava o rosbife, Tom percebeu que não queria contar aos dois que Pritchard (ou a esposa) tentara imitar Dickie Greenleaf ao telefone e falara com Tom e Heloise. Não gostava de tocar nesse assunto.

— E chegou a seguir você até Tânger — observou Jeff, detendo-se com o garfo e a faca nas mãos.

— Sem a esposa — acrescentou Tom.

— Como alguém se livra de uma praga dessas? — perguntou Jeff.

— Aí é que está.

Tom começou a rir.

Jeff e Ed pareceram um pouco surpresos com a reação, mas deram um jeito de sorrir também.

Jeff disse:

— Eu gostaria de ir junto ao apartamento de Ed, se você planeja tentar outra ligação para Tânger. Quero saber o desenrolar dessa história.

— Fique à vontade, Jeff! Quanto tempo Heloise pretende ficar lá, Tom? — questionou Ed. — Em Tânger, ou em Marrocos?

— Mais uns dez dias, talvez. Não sei. A amiga que está com ela, Noëlle, já conhece o país. De lá, pretendem viajar a Casablanca.

Tomaram um café e, em seguida, Jeff e Ed falaram um pouco sobre negócios. Para Tom, era evidente que ambos às vezes arranjavam trabalhos um para o outro. Jeff Constant era um bom retratista e Ed Banbury frequentemente entrevistava personalidades para os suplementos jornalísticos de domingo.

Tom insistiu em pagar a conta.

— É um prazer — disse.

A chuva tinha dado uma trégua e, ao se aproximarem do edifício de Ed, Tom sugeriu que dessem uma volta no quarteirão. Ele adorava as lojinhas entremeadas com as fachadas de prédios, as entradas das caixas de correspondência, feitas de latão polido, até a aconchegante delicatéssen, bem iluminada e cheia de frutas frescas, comida enlatada, prateleiras de pães e cereais, quase meia-noite ainda aberta.

— É administrada por árabes ou paquistaneses — contou Ed. — Uma beleza, porque fica aberta até nos domingos e feriados.

Enfim retornaram ao edifício.

Embora ainda não fossem três da madrugada, Tom achava que teria uma chance maior de completar a chamada para o hotel Rembrandt. Novamente discou com cuidado, esperando que alguém competente e fluente em francês estivesse operando a central telefônica.

Os dois amigos entraram no cômodo, Jeff com um cigarro, para ouvir as notícias.

Tom meneou a cabeça.

— Nada ainda.

Por fim, delegou a função para a telefonista, que retornaria a ligação quando conseguisse entrar em contato com o hotel.

— Droga!

— Acha que existe alguma esperança? — perguntou Ed. — Poderia enviar um telegrama, Tom.

— A telefonista de Londres ficou de me ligar de volta. Não precisam me esperar acordados — avisou Tom, e, em seguida, olhou para o anfitrião. — Ed, você se importa de eu vir atender ao telefone aqui, caso me liguem de Tânger mais tarde?

— De jeito nenhum. Não dá para ouvir nada do meu quarto. Não tenho telefone lá.

Ed lhe deu um tapinha no ombro.

Exceto pelos apertos de mão, aquele devia ter sido o primeiro contato físico com o amigo.

— Vou tomar um banho, e tenho certeza de que vão ligar de volta bem quando eu estiver debaixo do chuveiro.

— Pode ir! — encorajou Ed. — Qualquer coisa, chamamos você.

Tom pegou o pijama no fundo da mala, tirou a roupa e correu até o banheiro, localizado entre a biblioteca e o quarto principal. Estava se secando quando ouviu o chamado de Ed. Gritou em resposta, terminou de se vestir e saiu calçado com chinelos de pele de alce. *Será Heloise ou a telefonista?* Tom queria perguntar a Ed, mas ele apenas lhe estendeu o fone em silêncio.

— Alô?

— *Bon soir*, hotel Rembrandt. *Vous êtes...*

— Monsieur Ripley — continuou, em francês. — Gostaria de falar com Madame Ripley, quarto trezentos e dezessete.

— Ah, *oui, vous êtes...*

— *Son mari* — respondeu Tom.

— *Un instant.*

Ao que parecia, anunciar-se como marido surtira algum efeito. Tom olhou para os amigos, ambos em alerta. De repente, uma voz sonolenta disse:

— Alô?

— Heloise! Eu estava tão preocupado!

Ed e Jeff sorriram, relaxando.

— Sim, acontece que... aquele abominável *Prichar*... telefonou para Madame Annette e disse que você tinha sido *raptada*!

— Raptada? Ora, eu nem vi o sujeito hoje — respondeu Heloise.

Tom riu.

— Vou avisar Madame Annette ainda hoje, ela vai ficar muito aliviada. Agora me diga uma coisa...

Em seguida, Tom tentou descobrir os planos de Heloise e Noëlle. Durante o dia, tinham ido a uma mesquita e a um bazar. Sim, planejavam ir a Casablanca no dia seguinte.

— Vão se hospedar em qual hotel?

Heloise precisou pensar um pouco, ou conferir alguma anotação.

— No Miramare.

Que original, pensou Tom, ainda de bom humor.

— Mesmo que não tenha visto aquele canalha, querida, ele pode estar à espreita, na esperança de descobrir sua localização e, talvez, até a minha. Então, seria ótimo se partissem para Casablanca amanhã. E depois?

— Depois?

— Sim, para onde pretendem ir depois de Casablanca?

— Não sei. Acho que Marraquexe.

— Pegue um lápis — instruiu Tom com firmeza.

Em seguida, ditou o número telefônico de Ed e se certificou de que ela anotara direito.

— Por que você está em Londres?

Tom riu.

— Por que você está em Tânger? Minha querida, talvez eu não passe o dia todo aqui, mas basta telefonar e deixar uma mensagem... Ed deve ter secretária eletrônica, imagino... — teorizou e Ed confirmou com a cabeça. — Enfim, depois me diga qual será o *próximo* hotel, se forem de Casablanca para algum outro lugar... Ótimo. Diga que mandei um oi a Noëlle... Eu te amo. Até mais, querida.

— Que alívio! — exclamou Jeff.

— Sim. Para mim, é um alívio. Ela disse que nem sequer viu Pritchard... mas isso não quer dizer nada, claro.

— Pri-chato — gracejou Jeff.

— Carra-pato — replicou Ed, com rosto impassível, circulando pelo cômodo.

Tom abriu um sorriso.

— Chega! Agora, mais um telefonema... Madame Annette. Não posso esquecer. Enquanto isso, andei pensando sobre a Sra. Murchison...

— Ah, é? — perguntou Ed, apoiando o cotovelo na estante. — Acha que Cynthia está em contato com ela? Para trocar informações?

Uma ideia horrível, achava Tom.

— Talvez elas tenham o endereço uma da outra, mas quantas informações podem ter trocado? Além disso... talvez só tenham entrado em contato após o surgimento de David Pritchard.

Jeff, ainda de pé, andava de um lado para outro, inquieto.

— O que você ia dizer sobre a Sra. Murchison?

— Apenas que... — começou Tom e logo hesitou, receoso em discutir ideias inacabadas. Contudo, estava entre amigos. — Eu adoraria ligar para ela nos Estados Unidos e perguntar se teve notícias sobre... o misterioso destino do marido. Mas tenho a impressão de que ela me detesta tanto quanto Cynthia. Bem, não tanto, claro, mas sou a última pessoa conhecida que viu o marido dela. E por que eu telefonaria para *ela*? — explodiu Tom. — O que diabos Pritchard pode fazer, afinal? O que ele descobriu? Nada de novo! Dane-se tudo isso!

— Isso mesmo — concordou Ed.

— E se ligasse para ela e, bem, você faz imitações tão boas, Tom... usasse a voz daquele investigador... Webster, é isso? — perguntou Jeff.

— Sim.

Tom não gostava nem de ouvir o nome, embora o investigador inglês não tivesse desenterrado a verdade.

— Não, obrigado, prefiro não me arriscar.

Será que Webster, que chegara a visitar Belle Ombre e fora até mesmo à Suíça, ainda estava no caso, para usar o jargão policial? Estaria em contato com Cynthia e a Sra. Murchison? Tom voltou à mesma conclusão: não havia nada de novo, então por que se preocupar?

— Está na minha hora de ir — avisou Jeff. — Tenho que trabalhar amanhã. Pode me avisar sobre seus planos para amanhã, Tom? Ed tem meu número. Você também, eu me lembro.

Despediram-se com palavras amigáveis.

— Agora, ligue para Madame Annette — sugeriu Ed. — Uma tarefa agradável, pelo menos.

— Finalmente! — concordou Tom. — Também já vou me recolher, Ed. Muito obrigado pela hospitalidade. Estou dormindo em pé.

Em seguida, Tom discou o número de Belle Ombre.

— Alouuu?

A voz da governanta estava esganiçada de nervosismo.

— Madame Annette, sou eu, Tom!

E assim revelou que estava tudo bem com Heloise, pois a história do rapto não passava de um trote. Não tocou no nome de David Pritchard.

— Mas... o senhor sabe quem inventou esse boato perverso?

A governanta usou aquela palavra, *méchant*, com veneno.

— Não tenho ideia, Madame. O mundo está cheio de pessoas mal-intencionadas. Sentem prazer com essas coisas, estranhamente. Tudo bem em casa?

Madame Annette tranquilizou o patrão. Ele avisou que telefonaria quando soubesse a data de retorno. Quanto a Madame Heloise, não sabia dizer quando ela voltaria de viagem, mas ainda estava se divertindo com a boa amiga Madame Noëlle.

Por fim, Tom desabou na cama e adormeceu imediatamente.

12

A manhã seguinte estava brilhante e límpida, como se a chuva do dia anterior jamais tivesse caído, exceto pelo fato de que tudo parecia recém-lavado, ou assim pareceu a Tom, ao olhar, através da janela, para a rua estreita embaixo. O sol cintilava nas vidraças, já acomodado no céu azul.

Ed deixara uma chave na mesinha de centro, juntamente com um bilhete o qual dizia que Tom ficasse à vontade, pois ele só voltaria depois das quatro da tarde. O anfitrião lhe mostrara a cozinha no dia anterior. Tom se barbeou, tomou café e arrumou a cama. Por volta das nove e meia, estava na rua, a caminho de Picadilly, saboreando as cenas urbanas, os fragmentos de conversa, a variedade de sotaques que escutava entre os passantes.

Deu uma volta na Simpson's, inalando o aroma floral característico, e pensou em comprar uma cera com perfume de lavanda para Madame Annette antes de voltar para casa. Perambulou até o setor de roupões masculinos e comprou uma peça para Ed, um Black Watch leve de lã, e para ele mesmo escolheu um robe xadrez vermelho vivo, modelo Royal Stewart. Ed vestia um número a menos, disso Tom tinha certeza. Levando as compras em uma grande sacola plástica, saiu em direção à Old Bond Street e à Galeria Buckmaster. Eram quase onze da manhã.

Quando Tom chegou, Nick Hall conversava com um homem corpulento, de cabelos escuros, mas o viu de longe e o cumprimentou com um aceno de cabeça.

Tom caminhou sem rumo, indo à sala adjacente, onde estavam as tediosas telas de Corot, ou algo semelhante, e depois foi à sala da frente, onde entreouviu Nick dizendo:

— Menos de 15 mil, tenho certeza, senhor. Posso verificar, se quiser.

— Não, não.

— Todos os valores estão sujeitos a alteração pelos proprietários da galeria, então podem aumentar ou diminuir, geralmente pouco — explicou Nick e fez uma pausa. — As variações dependem do mercado, e não do possível comprador.

— Pois bem. Então verifique o preço para mim, por favor. Presumo que seja cerca de 13 mil. *Piquenique*... Eu gosto bastante desse quadro.

— Sim, senhor. Tenho seu número e procurarei entrar em contato amanhã.

Tom percebeu, com apreciação, que Nick não usara um linguajar muito informal, como "amanhã a gente se fala". Naquela manhã, o rapaz calçava um par de sapatos pretos, diferentes dos usados no dia anterior.

— Olá, Nick... se posso chamá-lo assim — disse Tom, quando ficaram a sós. — Nós nos conhecemos ontem.

— Ah, eu me lembro, senhor.

— Tem algum esboço de Derwatt que eu possa ver?

Nick hesitou brevemente.

— S-sim, senhor. Estão nas pastas de portfólio, na sala dos fundos. A maioria não está à venda. Na verdade, acho que nenhum está à venda... oficialmente.

Ótimo, pensou Tom. Eram os arquivos sagrados, esboços de pinturas que se tornaram clássicas, ou poderiam ter se tornado.

— Eu... posso olhar?

— Claro. Certamente, senhor.

O rapaz lançou uma olhadela à porta, depois foi até lá, talvez com intuito de verificar se estava trancada, ou com a finalidade de passar o ferrolho. Voltou para perto de Tom, e ambos passaram à segunda sala, depois à sala dos fundos, com uma mesa ainda um tanto entulhada, as paredes manchadas, as telas, molduras e pastas encostadas nas paredes que um dia tinham sido brancas. Por acaso não fora ali que vinte jornalistas, dois fotógrafos, o garçom Leonard e o próprio Tom haviam se acotovelado para a entrevista? Sim, exatamente ali, logo se recordou.

Nick se agachou e pegou uma das pastas.

— Cerca de metade são esboços de pinturas — informou, levantando a grande pasta cinza com ambas as mãos.

Havia uma outra mesa perto da porta, onde ele acomodou a pasta com um gesto reverente e em seguida desatou os três cordões do fecho.

— Sei que há mais pastas nas gavetas por aqui — continuou a dizer, e indicou com a cabeça o armário branco encostado na parede, com ao menos seis gavetas rasas, distribuídas de alto a baixo, e um tampo na altura da cintura. Tom não conhecia aquele móvel.

Cada desenho de Derwatt estava em um envelope de plástico transparente. Carvão, lápis e giz pastel. À medida que Nick ia exibindo um após outro, todos nos invólucros, Tom percebeu que não conseguia distinguir os Derwatts dos Tufts, ao menos não com plena certeza. Os esboços de *As cadeiras vermelhas* (que eram três), sim, pois sabia que era obra de Derwatt. Entretanto, quando Nick chegou aos esboços preparatórios para o *Homem na cadeira*, uma falsificação de Bernard Tufts, o coração dele deu um pulo, pois era dono daquela pintura e a amava e a conhecia bem, e porque o esforçado Bernard Tufts traçara os esboços com o mesmo cuidado amoroso que Derwatt teria. E naqueles desenhos, que não tinham o intuito de impressionar ninguém, Bernard fortalecera-se para uma verdadeira empreitada, a composição em cores sobre tela.

— Estão à venda? — quis saber Tom.

— Não. Bem... O Sr. Banbury e o Sr. Constant não querem vender. Até onde sei, nunca vendemos nenhum desses esboços. Poucas pessoas... — Nick hesitou. — Veja bem... o papel que Derwatt usava... nem sempre era da melhor qualidade. Fica amarelado, esfarela nas bordas.

— Eu os acho maravilhosos — declarou Tom. — Continuem cuidando deles. Longe da luz e tudo o mais.

Nick exibiu um lesto sorriso.

— E com o mínimo de manuseio.

Havia mais. *Gato adormecido*, um quadro de que Tom gostava, pintado por Bernard Tufts (possivelmente), em folhas grandes e um tanto baratas, com indicações de cores a lápis: preto, marrom, amarelo, vermelho, até verde.

Ocorreu a Tom que Tufts se mesclava com Derwatt de tal forma que era artisticamente impossível separar os dois, ao menos em alguns ou na maioria daqueles desenhos. Bernard Tufts se transformara em Derwatt, em mais de um sentido. Na verdade, ele morrera em um estado de confusão e vergonha desencadeado pelo sucesso em se tornar Derwatt, em assumir o velho estilo de vida do artista, em copiar-lhe as obras e os desenhos experimentais. Nas obras de Bernard, ao menos nas que estavam na Galeria Buckmaster, os esboços a lápis ou em cores não tinham qualquer sinal de fraqueza ou indecisão. Bernard parecia o mestre da composição, decidido e seguro em relação às cores e proporções.

— Está interessado, Sr. Ripley? — perguntou Nick Hall, já de pé para fechar uma gaveta. — Posso falar com o Sr. Banbury.

Dessa vez foi Tom quem sorriu.

— Estou indeciso. É tentador, mas...

A questão o deixou confuso por um instante.

— Quanto a galeria cobraria por um desenho preliminar... de uma das pinturas?

Nick olhou para o chão, ponderando.

— Não sei dizer, senhor. Realmente não sei. Acho que não tenho aqui os valores dos esboços... se é que tais valores existem.

Tom engoliu em seco. Muitos daqueles desenhos, na verdade a maioria deles, vinham do pequeno e modesto estúdio de Bernard Tufts, em algum lugar de Londres, onde ele trabalhara e morara nos últimos anos de vida. Estranhamente, os esboços eram a melhor garantia da autenticidade das obras, acreditava Tom, pois não mostravam qualquer alteração no uso das cores, fator que tanto despertara a suspeita de Murchison.

— Obrigado, Nick. Vou pensar.

Tom foi em direção à porta e se despediu.

Atravessou a Burlington Arcade, temporariamente alheio à tentação das gravatas de seda, dos belos cachecóis e dos cintos nas vitrines das lojas. Estava pensando: ainda que as obras de Derwatt fossem "denunciadas" como falsificações, o que isso importaria? Afinal de contas, os quadros de Bernard Tufts eram igualmente bons, absolutamente similares e lógicos, além de mostrarem o mesmo desenvolvimento que o verdadeiro Derwatt teria apresentado se tivesse morrido aos 50 ou 55 anos, em vez de 38, ou fosse lá qual fosse a idade dele à época do suicídio. Seria possível argumentar, inclusive, que Tufts apresentara melhorias em relação aos trabalhos iniciais de Derwatt. Se sessenta por cento das obras conhecidas de Derwatt (pelos cálculos de Tom) fossem assinadas por B. Tufts, por que deveriam ser menos valiosas?

A resposta, claro, era que as pinturas tinham sido divulgadas e comercializadas de forma desonesta, e o valor de mercado que elas adquiriram, cada vez mais elevado, baseava-se no nome de Derwatt, embora pouco valesse na época da morte dele, pois ainda não era muito conhecido. Tom, porém, já estivera naquele mesmo impasse antes.

Ao chegar a Fortnum & Mason, sentiu-se grato pela oportunidade de encerrar o próprio devaneio, pois teve que se concentrar para perguntar onde poderia achar utensílios domésticos.

— Itens pequenos... como cera para móveis — acrescentou para o atendente de fraque.

E lá estava ele, abrindo uma lata de cera, sentindo o aroma de lavanda e imaginando, de olhos fechados, que estava de volta a Belle Ombre.

— Pode separar três para mim, por favor? — perguntou à balconista.

Acomodou as latas em um saquinho de plástico, dentro da sacola maior que já continha os roupões.

Mal tendo concluído essa pequena tarefa, os pensamentos de Tom retornaram a Derwatt, Cynthia, David Pritchard e os problemas mais recentes. Por que não tentava encontrar Cynthia e conversar cara a cara, em vez de falar pelo telefone? Claro, seria difícil marcar um encontro — se telefonasse, Cynthia poderia desligar na cara dele; se a esperasse na frente de casa, ela poderia apenas ignorar-lhe a presença. No entanto, o que havia a perder? Talvez Cynthia de fato houvesse mencionado a Pritchard o desaparecimento de Murchison, talvez tivesse enfatizado aquele item no currículo de Tom, o qual Pritchard certamente já estudara em arquivos de jornal. Em Londres? Poderia descobrir se Cynthia ainda mantinha contato com Pritchard, se ainda trocavam telefonemas ou bilhetes ocasionais. E poderia descobrir quais os planos dela, se tivesse algum além de lhe causar ligeiros incômodos.

Tom almoçou em um pub perto de Picadilly e depois pegou um táxi até o apartamento de Ed Banbury. Deixou o roupão na cama do anfitrião, ainda na embalagem da loja, sem cerimônia, sem nem mesmo um cartão, embora a sacola da Simpson's fosse bastante charmosa, na opinião dele. Retornou ao quarto-biblioteca, pendurou o próprio robe em uma cadeira e foi procurar as listas telefônicas. Encontrou-as perto da escrivaninha e, em seguida, procurou "Gradnor, Cynthia L.". Lá estava.

Olhou para o relógio de pulso, viu que faltavam quinze para as duas e começou a discar.

Uma mensagem gravada de Cynthia respondeu após o terceiro toque, e Tom pegou um lápis. A voz informou que a dona da casa estaria disponível por meio de um outro número de telefone durante o horário comercial.

Tom fez outra ligação e foi atendido por uma voz feminina, anunciando algo como "Agência Vernon McCullen". Pediu para falar com a Srta. Gradnor.

— Alô?

— Olá, Cynthia. Aqui é Tom Ripley — disse ele, fazendo a voz soar cava e um tanto séria. — Vim passar alguns dias em Londres... já estou aqui há uns dois dias, na verdade. Imaginei se...

— Por que está ligando para *mim*? — perguntou ela, já eriçada.

— Porque gostaria de vê-la — respondeu Tom, calmamente. — Tenho um pensamento, uma ideia... e acredito que seria interessante para você e para todos nós.

— Todos nós?

Tom se empertigou.

— Acho que você sabe... Tenho *certeza* de que sabe, Cynthia. Pode ser em qualquer lugar. Um restaurante, uma casa de chá...

— *Casa de chá!*

A voz dela não ficou exatamente esganiçada, pois isso seria perder o controle.

Cynthia jamais perdia o controle. Tom continuou, com voz determinada:

— Isso mesmo, Cynthia. Qualquer lugar. Se me dissesse...

— Qual a razão disso?

Tom sorriu.

— Uma *ideia*... que talvez resolva muitos problemas... muitas coisas desagradáveis.

— Não tenho qualquer intenção de vê-lo, Sr. Ripley.

E desligou.

Tom ponderou sobre essa rejeição por alguns segundos vagando pelo cômodo, depois acendeu um cigarro.

Voltou a discar o número anotado, foi novamente atendido por alguém da agência, verificou o nome e pediu o endereço.

— Ficam abertos até que horas?

— Hum... cinco e meia, mais ou menos.

— Obrigado.

Naquela tarde, por volta das cinco e cinco, Tom posicionou-se junto a uma porta em King's Road, onde ficava o escritório da Vernon McCullen, e esperou. Era um prédio relativamente novo, cinzento, que abrigava uma dúzia de empresas, conforme constatou pela lista de estabelecimentos na parede do saguão. Ficou atento à aparição de uma mulher bastante alta, esguia, com cabelo liso, castanho-claro, que não estaria esperando por ele. Ou estaria? Tom tinha uma longa espera pela frente. Por volta das cinco e quarenta, consultou o relógio talvez pela décima quinta vez, cansado de perscrutar as figuras que saíam, homens e mulheres, alguns parecendo cansados, outros rindo e jogando conversa fora, parecendo felizes por mais um dia chegar ao fim.

Tom acendeu um cigarro, o primeiro da vigília, pois fazer isso em circunstâncias nas quais logo seria impossível fumar, como em um ponto de ônibus apinhado, muitas vezes acelerava o processo. Em seguida, ele entrou no saguão.

— Cynthia!

Havia quatro elevadores, e Cynthia acabava de sair do último à direita. Tom largou o cigarro, pisou na ponta, pegou a bituca e a descartou em um dos cinzeiros com areia.

— Cynthia — tornou a chamar, pois ela decerto não o escutara da primeira vez.

Ela estacou de repente, e o cabelo liso se agitou ao redor da cabeça. Os lábios pareciam mais finos e retos do que Tom se lembrava.

— Eu lhe disse que não tenho o menor interesse em ver você, Tom. Por que me importuna?

— Não foi minha intenção importunar ninguém. Pelo contrário. Mas eu gostaria de cinco minutos... — começou a dizer, e hesitou. — Não podemos ir a algum lugar para conversar?

Tinha reparado nos pubs das redondezas.

— Não. Não, obrigada. Que assunto tão importante é esse?

Os olhos cinzentos de Cynthia fulminaram Tom por um instante, com hostilidade, depois se afastaram e evitaram o rosto dele.

— Tem a ver com Bernard. Parece-me que... bem, seria do seu interesse.

— O quê? — perguntou ela em um fiapo de voz. — O que tem Bernard? Mais alguma ideia desagradável, eu imagino.

— Não, pelo contrário — negou Tom, balançando a cabeça.

Estava pensando em David Pritchard: haveria alguma ideia mais desagradável do que aquele sujeito? Não para Tom, no momento. Olhou novamente as sandálias pretas de Cynthia, as meias escuras, em estilo italiano. Elegantes, mas soturnas.

— Tem relação com David Pritchard, que talvez possa prejudicar Bernard.

— O que quer dizer? Como?

Cynthia foi empurrada por um passante.

Tom estendeu a mão para ampará-la, e ela recuou ao toque.

— É um inferno conversar aqui — queixou-se Tom. — Quero dizer que Pritchard não deseja o bem de ninguém, nem o seu, nem o de Bernard, nem...

— Bernard está morto — declarou Cynthia antes que Tom pudesse pronunciar o pronome "meu". — O estrago está feito.

Graças a você, poderia ter ela acrescentado.

— Não é verdade. Preciso lhe explicar... em dois minutos. Não podemos nos sentar em algum lugar? Há um bar logo depois da esquina!

Tom se esforçava ao máximo para soar educado e ao mesmo tempo inflexível.

Com um suspiro resignado, Cynthia enfim cedeu, e ambos dobraram a esquina. Era um pub não muito grande e, por consequência, não muito barulhento, e até conseguiram encontrar uma mesinha redonda vaga. Para Tom, não fazia diferença se ninguém viesse anotar os pedidos, e ele tinha certeza de que Cynthia pensava da mesma forma.

— O que Pritchard está tramando? — indagou Tom. — Além de ser um intrometido... um bisbilhoteiro... e, suspeito fortemente, um sádico em relação à esposa.

— Não é, porém, um assassino.

— Ah! Fico feliz em saber. Por acaso tem mandado cartas a David Pritchard, ou conversado com ele ao telefone?

Cynthia respirou fundo e pestanejou.

— Achei que quisesse falar sobre Bernard.

Cynthia Gradnor mantinha contato regular com Pritchard, acreditava Tom, embora talvez fosse esperta o bastante para não deixar nada por escrito.

— E quero. Duas coisas. Eu... mas, primeiro, posso lhe perguntar por que está metida com um canalha como Pritchard? Ele não bate bem da cabeça!

Tom sorriu, todo cheio de si.

Cynthia respondeu lentamente:

— Não quero falar sobre Pritchard, alguém que nunca vi nem encontrei, aliás.

— Então como sabe o nome dele? — questionou Tom, cortês.

Mais uma vez ela respirou fundo, depois abaixou o olhar para o tampo da mesa e por fim olhou para Tom. O rosto dela subitamente parecia mais magro e envelhecido. Devia estar com uns 40 anos, supunha ele.

— Não quero responder a essa pergunta — decretou Cynthia. — Pode ir direto ao ponto? Algo sobre Bernard, você disse.

— Sim, a obra dele. Veja, eu conheço Pritchard e a esposa porque agora são meus vizinhos... na França. Talvez você saiba disso. Pritchard mencionou Murchison... o homem que tinha fortes suspeitas sobre as falsificações.

— E que misteriosamente desapareceu — acrescentou Cynthia, mais atenta.

— Isso. No aeroporto de Orly.

Ela sorriu, com um toque de cinismo.

— Pegou o avião errado, nada mais? Para onde? E nunca mais se comunicou com a esposa? — retrucou e fez uma pausa. — Deixe disso, Tom. Sei que você se livrou de Murchison. Pode ter levado a bagagem dele a Orly...

Tom permaneceu calmo.

— Basta perguntar à minha governanta, que nos viu sair de casa aquele dia... tanto eu quanto Murchison, a caminho de Orly.

Cynthia provavelmente não encontrou uma resposta imediata, suspeitava Tom.

Ele se levantou.

— Aceita alguma coisa?

— Um dubonnet com uma fatia de limão, por favor.

Tom foi ao balcão, pediu o drinque de Cynthia e um gim-tônica para ele mesmo. Após uns três minutos de espera, pagou e levou as bebidas para a mesa.

— Voltando a Orly — continuou ele, sentando-se. — Lembro-me de ter deixado Murchison na calçada. Não estacionei. Não gostávamos de despedidas.

— Eu não acredito em você.

Tom, porém, acreditava nele mesmo, ao menos naquele momento. E continuaria acreditando, até que alguma prova incontestável fosse posta diante dele.

— Como pode saber que tipo de relação ele tinha com a esposa? E como eu poderia saber?

— Achei que ela tivesse ido falar com você — disse Cynthia com doçura.

— Ela foi. Em Villeperce. Tomamos chá em minha casa.

— Por acaso ela lhe disse que tinha uma relação ruim com o marido?

— Não, mas por que diria isso? Veio falar comigo porque fui a última pessoa a ver o marido dela... até onde se sabe.

— Claro — retrucou Cynthia, com petulância, como se tivesse alguma informação que Tom desconhecia.

Bem, se fosse o caso, que informação seria essa? Tom esperou, mas Cynthia continuou em silêncio. Assim, quem prosseguiu foi ele.

— Eu imagino que ela... poderia reviver o assunto das falsificações. A qualquer momento. Quando conversamos, ela admitiu que não entendia o raciocínio do marido, nem a teoria dele de que as obras tardias de Derwatt eram falsificadas.

Nesse ponto, Cynthia tirou um maço de cigarros com filtro da bolsa e puxou um delicadamente, como se os estivesse racionando.

Tom estendeu o isqueiro.

— Ouviu alguma notícia sobre a Sra. Murchison? Está morando em Long Island, não?

— Não.

Cynthia fez um leve meneio com a cabeça, ainda calma, com ar indiferente.

Não dera qualquer indício de ter associado Tom ao telefonema recebido no dia anterior, supostamente da polícia francesa, com perguntas sobre o endereço da Sra. Murchison. Ou tudo não passava de uma ótima simulação?

— Eu lhe fiz essa pergunta — continuou Tom — porque, caso não saiba, Pritchard está tentando criar problemas em relação a Murchison. Está no meu pé, especificamente. Muito estranho. Ele não entende patavinas de pintura, certamente não gosta muito de arte... você devia ver a mobília na casa dele e as *coisas* penduradas nas paredes! — comentou, aos risos. — Fui lá tomar um drinque. Não era uma atmosfera amigável.

Cynthia reagiu com um minúsculo sorriso de prazer, como Tom esperava.

— Por que está preocupado?

Ele manteve uma expressão simpática.

— Não estou preocupado, apenas incomodado. Certa manhã de domingo, ele tirou várias fotos da minha casa, por fora. Gostaria que um estranho fizesse isso, sem lhe pedir licença? Por que ele quer fotos da minha casa?

Sem dizer nada, Cynthia sorveu o dubonnet.

— Por acaso está encorajando Pritchard nesse jogo de caça a Ripley? — perguntou Tom.

Nesse momento, houve um arroubo de risos, como uma explosão, na mesa atrás dele.

Ao contrário de Tom, Cynthia não estremeceu, limitando-se a passar a mão preguiçosamente pelos cabelos, entre os quais ele avistou alguns fios brancos. Tentou imaginar o apartamento dela, moderno, mas provavelmente com alguns itens de família para dar um toque acolhedor: uma velha prateleira de livros, uma colcha. As roupas eram elegantes e tradicionais. Tom não ousava lhe perguntar se era feliz. Ela reagiria com desprezo ou lhe atiraria o copo na cara. Será que tinha uma pintura ou um desenho de Bernard Tufts na parede?

— Escute, Tom, acha mesmo que eu não sei que você matou Murchison e deu um jeito de se livrar dele? Que... que foi Bernard quem se atirou do penhasco em Salzburgo, que era dele o cadáver ou as cinzas que você atribuiu a *Derwatt*?

A intensidade de Cynthia o silenciou por um instante.

— Bernard morreu por causa desse esquema sujo — continuou ela. — Por causa da *sua* ideia de falsificar as pinturas. Você arruinou a vida dele, quase arruinou a minha. Mas o que lhe importava, desde que continuasse a receber os quadros com a assinatura de Derwatt?

Tom acendeu um cigarro. Um cliente animado batia a canela na grade de metal junto ao balcão, às gargalhadas, aumentando o barulho.

— Nunca obriguei Bernard a pintar... a seguir pintando — disse Tom em voz baixa, embora ninguém pudesse ouvir a conversa. — Isso estaria além da minha capacidade e da capacidade de qualquer um, você sabe. Quando sugeri as falsificações, eu mal sabia quem era Bernard. Perguntei a Ed e Jeff se conheciam alguém que pudesse fazer o serviço.

Não sabia se era mesmo verdade, talvez até tivesse sugerido diretamente o nome de Bernard, pois as poucas pinturas dele que Tom vira até então eram drasticamente diferentes do estilo de Derwatt, até mesmo antagônicas.

— Bernard era mais amigo de Ed e Jeff — acrescentou.

— Mas você encorajou... tudo aquilo. Você *aplaudiu*!

O comentário o irritou. Cynthia estava apenas parcialmente certa. Ele adentrava o território da fúria feminina, o que o assustava. Quem sabia lidar com aquilo?

— Bernard poderia ter parado quando quisesse, e você sabe disso. Poderia ter parado de falsificar as obras de Derwatt. Ele o amava enquanto artista. Você não pode ignorar o lado pessoal nessa história... entre Bernard e Derwatt. Eu... sinceramente acho que, no fim, a coisa estava fora de nosso controle. Desde o início, quando Bernard começou a assumir o estilo de Derwatt — argumentou Tom e depois acrescentou, com convicção: — Gostaria de saber quem poderia ter impedido.

Certamente Cynthia não o impedira, pensou Tom, e ela sabia das falsificações desde o início, pois era íntima de Bernard e ambos moravam em Londres, com planos de se casarem.

Ela permaneceu em silêncio, tragando o cigarro. O rosto pareceu encovado por um instante, como a máscara de um cadáver ou a face de um doente.

Tom abaixou o olhar para a taça.

— Sei que não existe amizade alguma entre nós, Cynthia, portanto não lhe interessa se Pritchard está me incomodando. Mas, pelo jeito, ele vai começar a falar sobre *Bernard* — declarou, novamente abaixando a voz — só para me atingir. É absurdo!

O olhar de Cynthia estava vidrado nele.

— Bernard? Não. Quem mencionou Bernard nessa história? Quem vai metê-lo nisso tudo? Murchison sabia o nome dele? Acho que não. E daí se soubesse? Murchison está morto. Pritchard mencionou Bernard?

— Não para mim.

Tom a viu beber as últimas gotas vermelhas da taça, com ar de quem encerrava a conversa.

— Quer mais um? — ofereceu ele, fitando a taça vazia. — Eu tomo, se você tomar.

— Não, obrigada.

Tom tentou pensar rápido. Era uma pena que Cynthia soubesse, ou presumisse, que o nome de Bernard Tufts jamais tinha sido associado às falsificações. Pelo que Tom se lembrava, mencionara o nome dele para persuadir Murchison a interromper a investigação. Contudo, como Cynthia dissera, Murchison estava morto, porque Tom o assassinara poucos segundos após aquela conversa vã. Mesmo supondo que Cynthia desejasse preservar a reputação de Bernard, Tom não poderia tirar proveito disso, pois o nome dele jamais aparecera nos jornais. Mesmo assim, tentou.

— Você certamente não gostaria que o nome de Bernard fosse manchado, gostaria? Isso pode acontecer se... se o biruta do Pritchard continuar remexendo o assunto, alguém pode acabar contando a verdade a ele, não acha?

— Quem? — perguntou Cynthia. — *Você?* Isso é uma piada?

Tom percebeu que ela interpretara a pergunta que ele fizera como uma ameaça.

— Não! — negou, depois repetiu, mais sério: — Não! Na verdade, o que me ocorreu foi... uma ideia muito mais agradável, no que diz respeito à ligação entre o nome de Bernard e as pinturas.

Mordeu o lábio inferior e abaixou o olhar para o cinzeiro de vidro, que o fez pensar naquela conversa igualmente lastimável com Janice Pritchard em Fontainebleau, quando o cinzeiro se encontrava cheio de bitucas de estranhos.

— E que ideia é essa?

Cynthia recolheu a bolsa e endireitou a postura, com ar de quem estava prestes a partir.

— Bem, me ocorreu que... Bernard fez aquilo por tanto tempo... Seis, sete anos? Com isso, acabou se desenvolvendo e se aprimorando... e na verdade se transformou em Derwatt.

— Você já não me disse isso antes? Ou será que foi Jeff, repetindo alguma fala sua?

Cynthia não parecia impressionada.

Tom persistiu.

— Mais importante: por acaso seria tão catastrófico se alguém revelasse que as obras tardias de Derwatt, metade das pinturas ou mais, na verdade foram feitas por Bernard Tufts? Isso as tornaria obras piores? Não me refiro ao valor de boas falsificações... à opinião da imprensa hoje em dia, nem a modismos ou a uma nova indústria. Eu me refiro apenas a Bernard enquanto pintor que se desenvolveu *a partir* de Derwatt... que deu continuidade, por assim dizer.

Cynthia estava inquieta na cadeira e quase se levantou.

— Pelo jeito nunca vão entender, você e Ed e Jeff também, que Bernard se sentia terrivelmente infeliz com o que estava fazendo. Aquilo *nos* separou. Eu...

Ela balançou a cabeça.

Houve novo alarde na mesa atrás de Tom, um estrondo de risos. Como ele poderia explicar a Cynthia, nos próximos trinta segundos, que Bernard também amava e respeitava o trabalho que fazia, mesmo quando se tratava de "falsificações"? A objeção de Cynthia era contra a desonestidade de Bernard, a tentativa de imitar o estilo de Derwatt.

— Cada artista tem seu destino — declarou Tom. — Bernard teve o dele. Fiz o possível para... para mantê-lo vivo. Ele esteve em minha casa, você sabe, e nós dois conversamos... antes da partida dele para Salzburgo. No fim, Bernard estava confuso, achando que havia traído Derwatt de alguma forma.

Tom umedeceu os lábios e entornou rapidamente o que restava na taça.

— Eu disse: "Pois bem, Bernard, pare de falsificar, mas saia dessa depressão." Sempre esperei que ele a procurasse, que vocês dois voltassem...

Ele se deteve.

Cynthia o fitou, com os lábios finos entreabertos.

— Tom, você é o homem mais cruel que eu já conheci. Talvez considere isso uma honraria. Imagino que sim.

— Não.

Ele ficou de pé, porque Cynthia já se levantava da cadeira e jogava a alça da bolsa no ombro.

Tom a seguiu até a rua, ciente de que ela adoraria se despedir quanto antes. A julgar pelo endereço na lista telefônica, Tom imaginou que ela pudesse ir a pé até o apartamento em que morava, se fosse mesmo para lá, e teve certeza de que ela não desejaria a companhia dele até a porta. Tom tinha a impressão de que ela morava sozinha.

— Adeus, Tom. Obrigada pelo drinque — despediu-se Cynthia quando chegaram à rua.

— O prazer foi meu — respondeu Tom.

E de repente ele estava sozinho, de frente para a King's Road, virando-se em seguida para observar o vulto alto de Cynthia, vestida com um suéter bege, desaparecer entre os demais pedestres na calçada. Por que não lhe fizera mais perguntas? O que ela pretendia ao instigar Pritchard? Por que não lhe perguntara diretamente se havia telefonado aos Pritchard? Simples: porque Cynthia não teria respondido, sabia Tom. E será que ela havia se encontrado com a Sra. Murchison, afinal?

13

Tom pegou um táxi, após tentar por vários minutos, pediu ao motorista que fizesse a gentileza de seguir para Covent Garden e lhe deu o endereço de Ed. Eram sete e vinte e dois, pelo relógio de Tom. Os olhos dele saltaram de um letreiro de loja para um pombo e do pombo para um cachorrinho na coleira que cruzava King's Road. O taxista precisou fazer o retorno e pegar a direção oposta. Tom estava pensando que, se tivesse perguntado a Cynthia se mantinha contato com Pritchard, ela poderia ter respondido, com aquele sorriso felino: "Claro que não. Qual a necessidade?"

E isso talvez significasse que Pritchard era o tipo de pessoa que avançava devido ao próprio ímpeto, sem precisar de munição extra, embora Cynthia tivesse lhe oferecido algumas balas, só porque ele decidira odiar Tom Ripley.

Tom ficou satisfeito ao encontrar tanto Jeff quanto Ed no apartamento. Estavam no escritório.

— Como foi o seu dia? — quis saber Ed. — O que fez? Além de me comprar aquele belo roupão. Já mostrei a Jeff.

— Ah, eu… dei uma passada na Buckmaster esta manhã e falei com Nick, de quem tenho gostado cada vez mais.

— Um sujeito legal, não? — respondeu Ed, de forma um tanto mecânica, com aquele jeito inglês que o caracterizava.

— Primeiro, Ed, alguém me telefonou? Dei seu número a Heloise, como sabe.

— Não, eu verifiquei a secretária eletrônica ao chegar, lá pelas quatro e meia. Se quiser ligar para Heloise agora...

Tom sorriu.

— Casablanca? A esta hora?

No entanto estava um pouco preocupado, pensando em Meknes ou talvez Marraquexe, cidades distantes do mar, que evocavam imagens de desertos de areia, horizontes longínquos, camelos avançando com facilidade enquanto homens afundavam em superfícies macias que, na imaginação de Tom, assumiam os poderes malignos da areia movediça. Ele pestanejou.

— Hum... talvez eu tente ligar mais tarde, se você me permite, Ed.

— Sinta-se em casa, Tom! Que tal um gim-tônica?

— Daqui a pouco, obrigado. Conversei com Cynthia hoje.

Tom percebeu que a atenção de Jeff se aguçou.

— Onde? E como?

Ao fazer a segunda pergunta, Jeff riu.

— Fiquei esperando diante da porta do prédio em que ela trabalha, pouco antes das seis — contou Tom. — Com alguma dificuldade, eu a convenci a tomar uns drinques comigo em um pub ali perto.

— É mesmo? — perguntou Ed, impressionado.

Tom se sentou na poltrona indicada pelo anfitrião. Jeff parecia bem acomodado no sofá levemente empenado.

— Ela não mudou. Está bastante severa. Mas...

— Só um minuto, Tom — disse Ed. — Já volto.

Ele foi até a cozinha e de fato voltou no tempo prometido, trazendo um gim-tônica com gelo e limão.

Nesse meio-tempo, Jeff havia perguntado:

— Acha que ela está casada?

Apesar de ter falado sério, parecia compreender que Cynthia não teria respondido, ainda que Tom lhe perguntasse.

— Creio que não. Mas é só uma impressão — disse, aceitando a taça. — Obrigado, Ed. Pelo visto, isso é problema meu, não de vocês... de nenhum de vocês... nem da Galeria Buckmaster ou... de Derwatt.

Tom ergueu o drinque.

— Saúde.

— Saúde — repetiram os dois.

— Por problema, me refiro ao fato de Cynthia ter enviado uma mensagem a "Prichar", a quem ela diz jamais ter encontrado, aliás, sugerindo que investigasse o caso Murchison. É isso que eu quero dizer com "meu problema" — explicou Tom, com uma careta. — Pritchard ainda mora na minha vizinhança. A esposa, ao menos, continua lá.

— O que ele pode fazer... exatamente? — perguntou Jeff. — Ou ela?

— Eles podem me atormentar. Cultivar as graças de Cynthia. Encontrar o corpo de Murchison. Ah! Mas... pelo menos a Srta. Gradnor *não parece* ter intenção de revelar a verdade sobre as falsificações.

Tom sorveu a bebida.

— Pritchard sabe sobre Bernard? — questionou Jeff.

— Eu diria que não. Cynthia perguntou quem havia mencionado Bernard nessa história, ou seja, ninguém o mencionou. Ela tem uma atitude reservada quando se trata de Bernard, graças a Deus! É uma sorte para todos nós.

Tom se recostou na poltrona confortável.

— Na verdade... mais uma vez tentei fazer o impossível. — Assim como tentara com Murchison e falhara. — Perguntei a Cynthia, com muita seriedade, se as pinturas de Bernard, no fim, já não eram tão boas ou melhores do que as do próprio Derwatt. E também no mesmo estilo dele, não? O que haveria de tão horrível em trocar o nome de Derwatt pelo de Tufts?

— Uau — disse Jeff, e esfregou a testa.

— Não me parece possível — comentou Ed, de braços cruzados, parado junto à ponta do sofá onde Jeff estava sentado. — No que diz respeito ao valor das pinturas, não me parece possível... já quanto à *qualidade*...

— O que deveria ser a mesma coisa, mas não é — acrescentou Jeff, lançando uma olhadela a Ed antes de soltar uma risada simulada.

— É verdade — admitiu o anfitrião. — Chegou a falar com Cynthia sobre isso? — perguntou, com ar preocupado.

— Não a sério — respondeu Tom. — Foi mais uma pergunta retórica, ou duas. Eu estava tentando dissipar a força do ataque dela, mas, no fim das contas, não havia força alguma. Ela me disse que eu arruinei a vida de Bernard e quase arruinei a dela. É verdade, eu acho.

Dessa vez, foi Tom quem esfregou a testa. Depois, levantou-se.

— Se me dão licença, vou lavar as mãos.

Tom foi ao banheiro entre o quarto-biblioteca e o quarto de Ed. Pensava em Heloise: o que ela estaria fazendo? E será que Pritchard seguiria ela e Noëlle até Casablanca?

— Ela fez alguma outra ameaça, Tom? Cynthia, digo — questionou Ed em voz baixa, quando Tom retornou. — Ou alguma insinuação ameaçadora?

Ao falar, o homem quase fez uma careta: sempre achara difícil lidar com Cynthia, e Tom sabia disso. Ela às vezes deixava as pessoas nervosas, pois sempre parecia imperturbável e superior em relação a qualquer coisa que os outros pudessem fazer ou pensar. No que dizia respeito a Tom e os sócios da Galeria Buckmaster, ela demonstrara abertamente o desprezo que sentia, claro. Apesar disso, permanecia o fato de que Cynthia não conseguira persuadir Bernard a abandonar as falsificações, e era de presumir que ela tivesse tentado.

— Nenhuma ameaça, ao menos não em voz alta — respondeu Tom, por fim. — Ela gosta de saber que Pritchard está me incomodando. E vai ajudá-lo a fazer isso, se puder.

— Os dois mantêm contato? — perguntou Jeff.

— Por telefone? Não sei — admitiu Tom. — Talvez. Cynthia está na lista telefônica, então Pritchard pode facilmente telefonar para ela... se quiser.

Tom se perguntava o que mais Cynthia poderia fazer, que tipo de informação importante poderia oferecer a Pritchard, se não pretendia desmascarar as falsificações?

— Talvez Cynthia queira nos incomodar... todos, sem exceção... só porque ela *poderia* nos entregar, se quisesse.

— Mas você disse que ela não insinuou nada desse tipo — apontou Jeff.

— Não, mas a verdade é que Cynthia não faria insinuações — argumentou Tom.

— Não mesmo — concordou Ed. — Imaginem o escândalo — acrescentou, em voz baixa, como se meditasse, e o tom era muito sério.

Estaria ele pensando no escândalo que atingiria Cynthia, ou Bernard Tufts, ou a galeria, ou os três? De qualquer forma, seria hediondo, achava Tom — entre outras coisas, porque a farsa poderia ser confirmada, não pela análise das telas, mas pela ausência de registros de origem. Além disso, os desaparecimentos mal explicados de Derwatt, Murchison *e* Bernard Tufts dariam ainda mais consistência ao caso.

Jeff ergueu o queixo considerável e abriu um sorriso amplo e despreocupado, como Tom não via já tinha algum tempo.

— A menos que pudéssemos provar que não sabíamos nada sobre as falsificações.

A frase foi dita no meio de uma risada, como se a ideia fosse obviamente impossível.

— Sim, se não fôssemos amigões de Bernard Tufts e se ele jamais tivesse pisado na Galeria Buckmaster — respondeu Ed. — Na verdade, ele jamais foi à galeria.

— Podemos jogar toda a culpa em Bernard — sugeriu Jeff, mais sério, porém ainda sorrindo.

— Não daria certo — contrapôs Tom, sopesando o que acabava de ouvir. Secou a taça. — Meu segundo pensamento é: se jogássemos a culpa em Bernard, Cynthia rasgaria a garganta de cada um de nós com as unhas. Tremo só de pensar!

Tom riu alto.

— Totalmente *verdade*! — concordou Ed Banbury, sorrindo diante daquela tirada de humor ácido. — Em compensação... como ela poderia provar que estamos mentindo? Digamos que Bernard tivesse enviado as obras do ateliê em Londres e não do México.

— Ou então que ele tivesse se dado ao trabalho de mandar os quadros do México para não desconfiarmos dos selos postais? — acrescentou Jeff, o rosto iluminado com o júbilo da fantasia.

— Com o que ganhava com aqueles quadros — disse Tom —, Bernard poderia mandá-los até da China! Especialmente com a ajuda de um amigo.

— Um *amigo*! — exclamou Jeff e ergueu o dedo. — É isso! O amigo é o culpado. Não conseguimos encontrar o sujeito e Cynthia também não! Ha-ha!

Riram novamente. Era um alívio.

— Absurdo — comentou Tom, e esticou as pernas.

Seria possível que Jeff e Ed estivessem tentando lhe sugerir o esboço de "uma ideia", por meio da qual todos eles, e também a galeria, poderiam se ver livres das ameaças veladas de Cynthia e de todos os velhos pecados? Nesse caso, a ideia do "amigo" era inviável. Na verdade, a mente de Tom estava voltada para Heloise, e cogitava entrar em contato com a Sra. Murchison enquanto estivesse em Londres. O que poderia perguntar a ela? De modo lógico, plausível? Falando como Tom Ripley ou passando-se por policial francês, como fizera (com sucesso) com Cynthia ao telefone? Será que Cynthia já ligara para a Sra. Murchison e avisara que a polícia francesa perguntara pelo endereço dela? Tom duvidava muito. Embora fosse mais fácil enganar a Sra. Murchison do que Cynthia, era melhor agir com prudência. A soberba precedia a queda. Queria saber se o abelhudo Prichar entrara em contato com a Sra. Murchison ultimamente, ou se de fato os dois já haviam conversado por telefone. Bem, era a informação mais importante a ser obtida, mas ele faria a ligação com o pretexto de verificar o endereço e o número de telefone para informá-la da busca ao marido desaparecido. Não, seria necessário fazer certas perguntas: por acaso ela saberria dizerr onde estava Monsieur Prichar naquel' momento, porrque a *police* o perdera de vista na *Afrique du Nord*, e Monsieur Prichar vinha ajudando a investigarr o desaparrecimento do marrido dela.

— Tom?

Jeff se aproximou e ofereceu uma tigela de pistache.

— Obrigado. Posso pegar um punhado? — perguntou Tom. — Adoro pistache.

— Pegue quanto quiser, Tom — respondeu Ed. — Jogue as cascas nesta cestinha.

— Acabo de pensar em algo óbvio — contou Tom. — Sobre Cynthia.

— O quê? — quis saber Jeff.

— Cynthia não pode fazer as duas coisas ao mesmo tempo. Não pode nos atormentar, ou incentivar Pritchard, com a pergunta "Onde está Murchison?" sem admitir que havia uma razão para nos livrarmos dele, e que essa razão era evitar que denunciasse as falsificações. Se Cynthia insistir nessa história, vai… revelar o fato de que Bernard era o falsificador, e acho que ela não quer revelar *nada* sobre ele. Nem mesmo que foi explorado.

Jeff e Ed ficaram em silêncio por alguns segundos.

— Cynthia sabe que Bernard era um sujeito esquisito. Nós o exploramos, exploramos o talento dele, eu admito — continuou Tom, com ar meditativo. — Será que ela teria se casado com Bernard?

— Sim — disse Ed, assentindo. — Acho que sim. No fundo, ela é do tipo maternal.

— *Maternal!* Cynthia!

Sentado no sofá, Jeff soltou uma gargalhada, e os pés dele se levantaram do piso.

— Todas as mulheres são, não acha? — perguntou Ed, a sério. — Acredito que teriam se casado. Esse é um dos motivos para a amargura dela.

— Alguém aí quer sair para comer? — sugeriu Jeff.

— Ah... sim — concordou Ed. — Conheço um lugar... não, fica em Islington. Tem outro lugar perto daqui, Tom, além daquele em que fomos ontem.

— Quero tentar falar com Madame Murchison — anunciou Tom, erguendo-se da cadeira. — Nova York, vocês sabem. Talvez seja um bom momento, se ela não estiver almoçando.

— Vá em frente — incentivou Ed. — Quer telefonar da sala de estar? Ou daqui?

Tom sabia que estava com cara de quem queria ficar sozinho, com a expressão franzida e um pouco preocupada.

— Na sala de estar, sim.

Ed fez um gesto e Tom puxou um caderninho.

— Sinta-se em casa — disse o anfitrião, e pôs a cadeira perto do telefone.

Tom preferiu ficar de pé. Discou o número de Manhattan e ensaiou silenciosamente a apresentação como oficial da polícia francesa: Edouard Bilsault, Commissaire, Paris, e agradeceu aos céus por ter anotado o nome estranho sob o endereço e o número telefônico da Sra. Murchison, pois do contrário não teria se lembrado. Daquela vez, talvez fosse melhor simular um sotaque menos carregado, mais ou menos como o de Maurice Chevalier.

Infelizmente, a Sra. Murchison não estava em casa, mas devia voltar a qualquer momento, informou uma voz feminina, de um tipo que, aos ouvidos de Tom, parecia pertencer a uma governanta ou faxineira, embora fosse impossível ter certeza, e por isso ele teve o cuidado de manter o sotaque francês.

— Poderria dizerr, porr favorr, que… eu, Commissaire Bilsault… *non*, *non*, *non* precisa anotar… vou telefonarr d' novo… hoje à noite, ou amanhã… Obrrigado, Madame.

Não era preciso explicar que o motivo do telefonema era Thomas Murchison, pois a Sra. Murchison chegaria a essa conclusão sozinha. Valeria a pena telefonar outra vez naquela noite, acreditava Tom, pois a dona da casa devia voltar logo.

Ele, no entanto, não sabia ao certo o que perguntar, se ela atendesse: por acaso ouvira falar de David Pritchard, cujo contato a polícia francesa perdera? Tinha quase certeza de que a resposta seria "Não, não ouvi", mas ainda assim precisava perguntar ou dizer alguma coisa, pois a Sra. Murchison e Cynthia talvez mantivessem contato, ainda que ocasional. Nem bem entrou no quarto de Ed quando o telefone tocou na mesinha.

O dono da casa atendeu.

— Sim? *Oui!* Só um instante! Tom? É Heloise!

— Ah! — exclamou Tom, e pegou o aparelho. — Alô, querida!

— Alou, Tome!

— Onde você está?

— Estamos em Casablanca. É bem arejada… agradável! E… adivinhe só. Aquele tal Monsieur Pichar apareceu. Chegamos no início da tarde, e ele deve ter chegado muito antes. Deve ter descoberto nosso hotel, porque…

— Ele está no *mesmo* hotel? O Miramare? — perguntou Tom, pálido e impotente, apertando o fone.

— *Non!* Mas ele.... veio espiar o lugar. Ele nos viu, a mim e a Noëlle. Mas estava procurando por você, logo notamos. Agora, Tome...

— Sim, meu anjo?

— Isso foi seis horas atrás! Agora... Noëlle e eu demos uma olhada. Telefonamos para um hotel, dois hotéis, e ele não está hospedado em nenhum deles. Deve ter ido embora ao perceber que você não está mais aqui.

Tom ainda franzia a testa.

— Não sei. Como podem ter certeza?

Houve um estalo fatídico, como se um punho perverso os houvesse separado. Tom respirou fundo e se conteve para não soltar uma certa palavra de cinco letras.

Então a voz de Heloise retornou, mais calma, através dos rumores oceânicos:

— Já é noite e nem sinal dele. Claro, é asqueroso que esteja nos seguindo. *Le salaud!*

Tom concluiu que Pritchard devia estar de volta a Villeperce, acreditando que o encontraria por lá.

— Mesmo assim, tenham cuidado — aconselhou Tom. — Esse Pritchard é cheio de artimanhas. Se algum estranho convidar você para algum lugar, não dê trela. Mesmo que seja para conhecer uma loja, ou algo assim. Entendeu?

— *Oui, mon cher.* Mas agora... só estamos saindo de dia, para olhar as lojas e comprar coisinhas de couro ou metal. Não se preocupe, Tome. Pelo contrário! Está divertido aqui. Ei! Noëlle quer lhe dizer uma coisa.

Tom geralmente ficava sobressaltado com aquele "Ei!" de Heloise, mas naquele momento a exclamação soou reconfortante e o fez sorrir.

— Alô, Noëlle. Pelo visto, estão se divertindo em Casablanca, não?

— Ah, Tome, uma maravilha! Fazia uns três anos que eu não vinha a Casablanca, acho, mas me lembro muito bem do porto... um porto melhor do que o de Tânger, sabe? Muito maior...

Ruídos marinhos se ergueram, abafando a voz dela.

— Noëlle?

— Foi um *prazer* passar algumas horas sem ver aquele monstro — continuava a dizer em francês, aparentemente sem notar a interrupção.

— Prichar, você diz?

— Prichar, *oui! C'est atroce! Cette histoire* de rapto!

— *Oui, il est atroce!* — concordou Tom, como se repetir as palavras fosse a confirmação de que David Pritchard era insano, uma criatura merecedora de todo o ódio da humanidade e digna de ser trancafiada em uma jaula. Infelizmente, Pritchard não estava enjaulado. — Escute, Noëlle, talvez eu vá a Villeperce amanhã, porque Pritchard *pode* estar lá... arranjando confusão. Podemos marcar uma hora para eu ligar amanhã?

— Mas é claro. Digamos, ao meio-dia? Estaremos aqui, se você quiser — ofereceu Noëlle.

— Não se preocupem se não receberem minha ligação, porque é difícil telefonar de dia.

Tom confirmou o número do Miramare com Noëlle, que, com a típica eficiência, já o tinha à mão.

— Você conhece Heloise... às vezes ela não se preocupa *o suficiente* em situações perigosas. Não quero que ela ande sozinha na rua, Noëlle, nem mesmo de dia para comprar um jornal.

— Entendi, Tome — disse Noëlle em inglês. — E aqui é tão fácil *contratar* alguém para fazer qualquer coisa!

Uma ideia hedionda, achava Tom.

— Sim! Mesmo que Prichar tenha ido para a França... — respondeu energicamente e em seguida acrescentou, em um francês rouco:

— Com mil diabos, gostaria que ele levasse a... para bem longe da minha aldeia.

Foi necessário deixar uma lacuna no lugar da palavra em questão. Noëlle riu.

— Até amanhã, Tome!

Novamente Tom puxou o caderninho, onde estava anotado o número de Murchison. Percebeu que fervilhava de raiva contra Pritchard. Pegou o telefone e discou.

A Sra. Murchison atendeu, ou pelo menos foi o que Tom presumiu.

Ele se apresentou mais uma vez: Commissaire Edouard Bilsault, de Paris. Quem falava era Madame Murchison? Sim. Se fosse necessário, Tom estava preparado para informar o distrito policial e o *arrondissement*, tudo inventado na hora. Também gostaria de saber, desde que houvesse uma forma elegante de descobrir, se Cynthia já tentara telefonar para a Sra. Murchison naquela noite.

Soltou um pigarro e ergueu um pouco a voz.

— Madame, esta ligação é sobre seu marido, que 'stá desaparrecido. No momento, não conseguimos localizar David *Prichar*. 'Stávamos em contato com ele até pouco tempo, mas Monsieur Prichar... foi para Tangier... a senhorra sabia disso?

— Ah, sim — respondeu a mulher calmamente, na voz civilizada de que ele se lembrava. — Ele disse que talvez fosse, porque o Sr. Ripley estaria lá... com a esposa, se não me engano.

— *Oui*. Exato, Madame. Não recebeu mais notícias de Monsieur Prichar depois que ele foi para Tangier?

— Não.

— Nem de Madame Cynthia Gradnor? Suponho que ela também esteja em contato.

— Sim, há algum tempo... ela me escreve ou me telefona. Mas não falamos sobre ninguém que esteja em Tânger agora. Quanto a isso, não posso ajudar o senhor.

— Entendo. Obrigado, Madame.

— Eu não sei... hum... não sei o que o Sr. Pritchard está fazendo em Tânger. Vocês sugeriram a ele que fosse para lá? Digo, essa ideia é da polícia francesa?

Era a ideia de um maluco, pensava Tom, o maluco Pritchard disposto a seguir Ripley, nem sequer com a intenção de matar, apenas de causar incômodo.

— *Non*, Madame, foi Monsieur Prichar quem quis seguir Monsieur Riplí até a *Afrique du Nord*, não nossa *idée*. Mas geralmente ele se comunica com a *police*.

— Mas... quais são as notícias sobre meu marido? Descobriram alguma coisa?

Tom suspirou e ouviu um par de buzinas nova-iorquinas soando através da janela da Sra. Murchison.

— Nada, Madame, sinto muito, mas estamos tentando. É uma *situation* delicada, Madame, pois Monsieur Riplí é um *homme* respeitado onde vive e não temos *nada* contra ele. É Monsieur Prichar quem tem essas ideias, que nós averiguamos, claro, mas... Entende, Madame Murchison?

Continuou a falar em tom educado, mas foi afastando devagar o telefone do rosto, de modo que a voz parecesse se esvanecer. Fez um estalo com a boca, um gargarejo, e desligou, como se a ligação houvesse caído.

Caramba! Não tinha sido tão ruim quanto o esperado, e nem um pouco perigoso. Havia confirmado, porém, que ela e Cynthia mantinham contato! Esperava que nunca mais tivesse que ligar para a Sra. Murchison.

Em seguida, voltou para o escritório, onde Ed e Jeff pareciam prontos para sair e ir jantar. Tom decidira não telefonar para Madame Annette naquela noite, apenas na manhã seguinte, quando a governanta tivesse retornado das compras, pois sempre saía no mesmo horário e certamente não mudara a rotina. Por meio da fiel sentinela

Geneviève, achava que era esse o nome, Madame Annette haveria de descobrir se Pritchard voltara ou não a Villeperce.

— Bem — disse Tom, sorrindo —, falei com Madame Murchison. E...

— Achamos melhor não entreouvir a conversa, Tom.

Jeff parecia interessado.

— Prichar esteve em contato com a Sra. Murchison, o bastante para ela saber de sua viagem a Tânger. Imaginem só! Talvez tenham se falado apenas uma vez ao telefone. E ela me disse que Cynthia liga ou escreve, às vezes. E isso é bem ruim, não concordam?

— Ou seja, todos estão em contato — resumiu Ed. — Sim, é bem ruim.

— Vamos sair e comer alguma coisa — sugeriu Tom.

— Tom... Ed e eu andamos conversando — começou Jeff. — Um de nós, ou ambos, vai com você à França para ajudar a lidar... com esse... maluco obsessivo Pritchard — concluiu, após uma pausa para encontrar a palavra certa.

— Ou a Tânger — acrescentou Ed prontamente. — Aonde você tiver que ir, Tom. Ou onde quer que sejamos úteis. Estamos nisso juntos, sabe?

Tom levou alguns momentos para digerir a informação. Era uma ideia reconfortante, de fato.

— Obrigado. Vou pensar... ou pensarr... no que eu ou nós devemos fazer. Vamos logo, sim?

14

Enquanto jantava com Ed e Jeff, Tom conseguiu deixar de lado os problemas correntes. Acabaram pegando um táxi até um restaurante recomendado por Jeff, um lugarzinho pequeno e tranquilo na região de Little Venice. Naquela noite, o estabelecimento estava tão vazio e pacato que Tom manteve a voz baixa, mesmo ao falar sobre assuntos inocentes, como culinária.

Ed contou que, após um longo tempo, passara a cultivar os dotes culinários (se de fato os tinha) que negligenciara, e da próxima vez talvez se aventurasse a cozinhar para os amigos.

— Que tal amanhã no jantar? Ou no almoço? — propôs Jeff, com um sorriso incrédulo.

— Tenho um livrinho chamado *O cozinheiro criativo* — continuou Ed. — Ele nos encoraja a combinar elementos e...

— Sobras?

Jeff ergueu um pedaço de aspargo, respingando manteiga, e enfiou a ponta na boca.

— Pode rir à vontade — rebateu Ed. — Mas da próxima vez juro que cozinho.

— Desde que não seja amanhã — debochou Jeff.

— Como vou saber se Tom vai estar aqui amanhã à noite? Já sabe, Tom?

— Não.

A algumas mesas de distância, ele avistara uma jovem belíssima, com cabelos lisos e claros, conversando com um homem sentado do outro lado da mesa. Usava um vestido preto sem mangas e brincos dourados. Emanava aquela espécie de autoconfiança feliz que Tom raramente encontrava fora da Inglaterra, com o tipo de beleza que tornava impossível desviar o olhar. Ao admirar a jovem, teve a ideia de comprar um presente para Heloise. Brincos de ouro? Absurdo! Quantos pares Heloise já tinha? Uma pulseira? Heloise gostava de se deparar com uma surpresa, por mais singela que fosse, quando voltava de viagem. E quando ela voltaria?

Ed lançou uma olhadela para averiguar o que tanto fascinava Tom.

— Bonita, não? — comentou Tom.

— E como — concordou Ed. — Veja, Tom... posso mexer uns pauzinhos para estar livre no fim de semana. Ou mesmo na quinta-feira, daqui a dois dias, para ir à França... ou a qualquer outro lugar. Preciso terminar de datilografar um artigo. Se necessário, eu me apresso. Se houver alguma urgência.

Tom demorou um pouco para responder.

— Ed não tem processador de texto — revelou Jeff. — Ele é do tipo antiquado.

— *Eu* sou um processador de texto — defendeu-se o acusado. — O que me diz de suas velhas câmeras? Algumas não passam de velharias.

— E são excelentes — argumentou Jeff.

Ed pareceu prestes a retrucar, mas se deteve. Tom saboreava deliciosas costeletas de cordeiro e um bom vinho tinto.

— Ed, meu camarada, muito obrigado — agradeceu em voz baixa, com uma olhadela à esquerda, observando as duas mesas seguintes: a primeira estava vazia e a segunda acabava de ser ocupada por três pessoas. — Mas saiba que pode se machucar. Veja bem, não sei exatamente como aconteceria, pois nunca vi Pritchard armado — expôs

Tom, depois baixou a cabeça e continuou, como se falasse com os próprios botões: — Talvez eu tenha que me livrar do desgraçado *mano a mano*. Acabar com ele de uma vez. Não sei.

As palavras ficaram suspensas no ar.

— Sou bem forte — disse Jeff, alegremente. — Talvez isso lhe seja útil, Tom.

Ele devia ser mais forte que Ed, achava Tom, pois era mais alto e mais encorpado. Em compensação, Ed parecia ser mais ágil, quando convinha.

— Todos precisamos nos manter em forma, *n'est-ce pas*? Enfim, quem aceita uma sobremesa bem cremosa?

Jeff insistiu em pagar a conta. Tom sugeriu uma dose de Calvados.

— Quem sabe quando nós três vamos nos encontrar de novo… com essa tranquilidade? — argumentou Tom.

A dona do restaurante avisou que o Calvados seria por conta da casa.

Tom acordou com o tamborilar da chuva nas vidraças, um barulho suave, mas insistente. Vestiu o novo roupão, com a etiqueta ainda pendurada, lavou-se no banheiro e foi até a cozinha. Pelo visto, Ed ainda não havia se levantado. Tom aqueceu água e preparou um café coado, bem forte. Tomou uma ducha rápida, fez a barba e estava dando o nó na gravata quando o anfitrião apareceu.

— Um dia lindo! Olá, Tom! — cumprimentou, com um sorriso.

— Como pode ver, estou usando o roupão novo.

— É mesmo.

Tom estava distraído, pensando em telefonar para Madame Annette. Com satisfação, percebeu que na França seria uma hora mais tarde, portanto dali a vinte minutos a governanta estaria de volta das compras.

— Fiz café, se quiser tomar. O que faço com minha cama?

— Por enquanto, pode arrumar os lençóis. Depois resolvemos o resto.

Ed foi para a cozinha.

Tom constatou, com certa alegria, que Ed o conhecia o suficiente para saber que preferia ele próprio arrumar a cama ou tirar os lençóis. O comentário do amigo significava que Tom estava convidado para ficar mais uma noite, se necessário. Ed colocou alguns *croissants* no forno e serviu suco de laranja. Tom bebeu o suco, mas estava inquieto demais para comer.

— Fiquei de ligar para Heloise ao meio-dia, ou pelo menos tentar — informou. — Não me lembro se já tinha comentado.

— Fique à vontade para usar meu telefone, como sempre.

Tom só não sabia se ainda estaria ali no horário combinado.

— Obrigado, Ed. Vou ver o que faço.

Mal disse isso e deu um pulo, assustado com o toque repentino do telefone.

Ed atendeu e, após ouvir um pedaço da conversa, Tom deduziu que era uma ligação de trabalho, algo sobre uma legenda.

— Sim, tudo bem, vai ser fácil — disse Ed. — Tenho papel-carbono aqui... Eu lhe telefono antes das onze. Sem problemas.

Tom consultou o relógio e reparou que o ponteiro dos minutos mal se movera desde a última olhada. Considerou pedir um guarda-chuva emprestado a Ed e passar o resto da manhã passeando pelas redondezas, ou talvez dar uma passada na Galeria Buckmaster e escolher um esboço para uma possível compra. Um desenho feito por Bernard Tufts.

Ed retornou, em silêncio, e se dirigiu ao bule de café.

— Vou tentar ligar para minha casa agora — avisou Tom, levantando-se da cadeira e deixando a mesa.

Na sala de estar, discou o número de Belle Ombre e deixou tocar oito vezes. Fez mais duas tentativas e então desistiu.

— Está na rua, fazendo compras. Talvez fofocando — disse ele a Ed, com um sorriso. Porém, havia notado que a governanta estava ficando um pouco surda.

— Tente mais tarde, Tom. Vou me vestir.

Ed saiu da cozinha.

Tom voltou a ligar poucos minutos depois, e Madame Annette atendeu ao quinto toque.

— Ah, Monsieur Tome! Onde está?

— Ainda em Londres. E falei com Madame Heloise ontem. Ela está bem. Em Casablanca.

— Casablanca! E quando volta para casa?

Tom riu.

— Quem sabe? Estou telefonando para perguntar como vão as coisas em Belle Ombre.

Sabia que Madame Annette lhe contaria se tivesse visto algum bisbilhoteiro, em especial Pritchard, caso ele tivesse encontrado tempo para voltar à aldeia e espionar a casa.

— Tudo vai bem, Monsieur Tome. Henri não veio, mas tudo segue igual.

— E sabe, por acaso, se Monsieur Prichar voltou à mansão dele em Villeperce?

— Ainda não, Monsieur, esteve fora todo esse tempo, mas volta hoje. Ouvi isso de Geneviève esta manhã, na padaria, e quem contou a ela foi a esposa de Monsieur Hubert, o eletricista, que fez um serviço para Madame Prichar hoje cedo.

— É mesmo? — perguntou Tom, admirado com o serviço de inteligência da governanta. — Então ele volta hoje?

— Ah, sim, com certeza — confirmou Madame Annette calmamente, como se estivesse falando sobre o nascer e o pôr do sol.

— Ligarei novamente antes de… antes de… bem, antes de viajar de novo, Madame Annette. Cuide-se e até mais!

Desligou e soltou um longo suspiro.

Cogitava voltar para casa naquele dia, portanto tinha como próxima tarefa reservar uma passagem rumo a Paris. Foi ao quarto-biblioteca e começou a tirar os lençóis da cama, mas pensou na possibilidade de retornar antes que Ed recebesse um novo hóspede. Então, estendeu os lençóis de novo e arrumou a cama.

— Achei que já tivesse acabado — comentou Ed, entrando no quarto.

— O velho Prichato volta hoje a Villeperce, e eu o encontrarei por lá. Se necessário, eu o atrairei para Londres, onde... — explicou Tom e sorriu para Ed, pois começava a adentrar o reino da fantasia — ... onde as ruas são numerosas e escuras à noite. Jack, o Estripador, se virou muito bem por aqui, não foi? O que ele...

Tom se deteve.

— O que ele o quê?

— O que Pritchard ganharia me arruinando? Não sei. Uma satisfação sádica, imagino. Talvez ele não possa provar nada, entende? Mas prejudicaria minha imagem. Se Pritchard conseguir me matar, terá o prazer de contemplar Heloise enviuvada, infeliz... talvez a veja abandonar nossa casa e se mudar para Paris, pois não a imagino lá sozinha... tampouco a imagino vivendo lá com outro marido.

— Tom, chega de devaneios!

Ele alongou os braços, tentando relaxar.

— Não entendo essa gente biruta.

No entanto, percebeu que fora perfeitamente capaz de entender Bernard Tufts.

— Agora, se me permite, Ed, vou ver se consigo uma passagem de avião.

Tom telefonou para a Air France e descobriu que poderia embarcar no voo que partia de Heathrow à uma e quarenta daquela tarde. Repassou a informação a Ed.

— Vou fazer as malas e levantar voo — avisou Tom.

Ed estava prestes a se acomodar diante da máquina de escrever, com um punhado de papéis na escrivaninha.

— Espero que nos vejamos em breve, Tom. Adorei a visita. Vou torcer para que fique tudo bem.

— Tem algum desenho de Derwatt disponível? Pelo que entendi, a princípio não estão à venda.

Ed Banbury sorriu.

— Estamos esperando. Mas... para você...

— Quantos vocês têm? E a que preço... mais ou menos?

— Uns cinquenta, eu acho. Os preços podem ir de 2 mil a... 15 mil, talvez. Alguns são de Bernard Tufts, claro. Caso sejam bons desenhos, os preços aumentam. Nem sempre depende do tamanho.

— Eu pagaria o valor cheio, é claro. Com prazer.

Ed quase riu.

— Se algum desenho for de seu agrado, Tom, pode ficar com ele de presente! Afinal, quem fica com os lucros? Nós três!

— Talvez eu tenha tempo para dar uma olhada na galeria hoje. Não há nenhum desenho por aqui? — perguntou Tom, como se fosse uma hipótese razoável.

— Tem um no meu quarto, se quiser dar uma olhada.

Foram até o cômodo, no fim do pequeno corredor. Ed ergueu um desenho emoldurado, antes apoiado na cômoda, com a face para dentro. O desenho, feito a giz pastel e carvão, era formado por linhas verticais e oblíquas que talvez representassem um cavalete, e atrás havia uma figura um pouco mais alta. Era de Tufts ou Derwatt?

Tom estreitou os olhos, depois os arregalou e chegou mais perto.

— Interessante. Como se chama?

— *Cavalete no ateliê* — respondeu Ed. — Adoro esse tom mais quente, entre o vermelho e o laranja. Apenas duas linhas para indicar as dimensões do ambiente. Típico. Nem sempre o deixo pendurado na parede... só por uns seis meses a cada ano, talvez... então ainda tem ar de novidade para mim.

A arte tinha uns oitenta centímetros de altura, talvez vinte de largura, com uma moldura apropriadamente cinza e neutra.

— É de Bernard? — perguntou Tom.

— Não, de Derwatt. Eu o comprei anos atrás... por uma mixaria. Quarenta libras, se não me engano. Não me lembro de onde o encontrei! Ele fez esse desenho em Londres. Observe a mão.

Ed estendeu a mão direita na direção do quadro, na mesma posição da retratada ali.

No desenho, a figura também estendia a mão direita, com a sugestão de um pincel entre os dedos. O pintor se aproximava do cavalete, o pé delineado por um traço cinza-escuro para indicar a sola do sapato.

— Um homem pronto para trabalhar — comentou Ed. — Este quadro me enche de coragem.

— Consigo entender — disse Tom, e deu as costas, parado no umbral da porta. — Vou à galeria ver os desenhos... depois pretendo pegar um táxi para Heathrow. Muito obrigado, Ed, por toda a gentileza.

Pegou a capa de chuva e a pequena mala. Sob as chaves, na cômoda, ele deixara 25 libras para cobrir as despesas telefônicas, e Ed talvez encontrasse o dinheiro naquele dia mesmo ou no seguinte.

— Vamos marcar minha ida? — perguntou Ed. — Amanhã, talvez? É só dizer, Tom.

— Primeiro, preciso ver como as coisas andam. Talvez eu lhe telefone amanhã à noite. E não se preocupe se não receber notícias. Devo chegar em casa lá pelas sete ou oito da noite... se tudo correr bem.

À porta, despediram-se com um aperto de mão.

Tom caminhou até uma esquina com um promissor ponto de táxi, e assim que conseguiu um carro pediu que o motorista o levasse à Old Bond Street.

Quando Tom chegou, Nick estava sozinho e levantou-se e afastou-se da mesa em que examinava um catálogo da Sotheby's.

— Bom dia, Nick — saudou Tom, afável. — Voltei para dar mais uma olhada nos desenhos de Derwatt. Seria possível?

Nick endireitou a postura, como se considerasse aquele pedido algo especial.

— Sim, senhor. Por aqui, já conhece o caminho.

Tom gostou da primeira obra mostrada por Nick: o esboço de um pombo em um peitoril, com alguns daqueles traços complementares típicos de Derwatt, dessa vez sugerindo um súbito movimento do pássaro. O papel, originalmente branco-creme, estava amarelado e deteriorado nas bordas, embora fosse de boa qualidade. O aspecto, contudo, agradava a Tom. O desenho fora feito em pastel e carvão e estava coberto por um plástico transparente.

— E o preço?

— Hum... talvez 10 mil, senhor. Eu teria que verificar.

Tom passou a contemplar outro esboço na pasta: um agitado interior de restaurante, que não lhe agradou muito, depois um par de árvores e um banco no que parecia ser um parque londrino. Não, o do pombo era melhor.

— E se eu lhe oferecer um adiantamento e, depois, você discute a questão com o Sr. Banbury?

Tom preencheu um cheque de 2 mil libras sobre a mesa e entregou-o a Nick.

— É uma pena que a obra não esteja assinada por Derwatt. Nem sinal de assinatura — comentou Tom, interessado em saber como Nick reagiria.

— Bem, é... é verdade, senhor — respondeu o rapaz, em tom prazenteiro, quase se inclinando para trás apoiado nos calcanhares. — Derwatt era assim, pelo que ouvi dizer. Fazia um desenho no calor do momento, nem pensava em colocar a assinatura, esquecia-se de fazer isso, e de repente... já não estava mais entre nós.

Tom assentiu.

— Verdade. Até mais, Nick. O Sr. Banbury tem meu endereço.
— Ah, sim, senhor. Sem problema.

Depois Tom foi para Heathrow, que lhe parecia mais lotado a cada visita. As faxineiras, com vassouras e lixeiras rolantes, pareciam incapazes de dar conta de todos os guardanapos de papel e envelopes de passagens jogados no chão. Tom teve tempo de comprar uma caixa de seis tipos de sabonete inglês para Heloise e uma garrafa de Pernod para Belle Ombre.

E quando veria a esposa de novo?

Também comprou um tabloide, um jornal que não estaria disponível no avião. Cochilou um pouco após almoçar lagosta e vinho branco e só acordou quando a comissária de bordo pediu que os passageiros afivelassem os cintos de segurança. Embaixo, estendia-se uma colcha com retalhos verde-claros mesclados com outros mais escuros, amarronzados: eram os campos da França. O avião se inclinou para um dos lados. Tom sentia-se bastante fortalecido, pronto para quase qualquer coisa. Naquela manhã, em Londres, ocorrera-lhe a ideia de visitar os arquivos de jornal, onde quer que estivessem, para fazer uma pesquisa sobre David Pritchard, assim como o próprio Pritchard decerto investigara Tom Ripley nos Estados Unidos. Contudo, que tipo de registro haveria sobre David Pritchard, isso se aquele fosse mesmo o nome dele? Pequenos delitos de um adolescente mimado? Multas por excesso de velocidade? Acusações de porte de drogas aos 18 anos? Não eram coisas dignas de jornal, nem mesmo nos Estados Unidos, e irrelevantes na Inglaterra e na França. Ainda assim, era curioso pensar que o nome de Pritchard *poderia* aparecer nos jornais por ter torturado um cachorro até a morte aos 15 anos, e talvez fosse possível encontrar essas horrendas pepitas de informação nos arquivos de Londres, desde que os computadores tivessem garimpado e copiado partículas diminutas de informação. Tom apertou os cintos enquanto o avião aterrissava suavemente e começava a frear. Quanto ao histórico dele próprio nos jornais, bem, talvez houvesse uma lista de suspeitas interessantes. No entanto, não havia nenhuma condenação.

Depois de passar pela alfândega, Tom foi à primeira cabine telefônica disponível e ligou para casa.

Madame Annette atendeu ao oitavo toque.

— Ah, Monsieur Tome! *Où êtes-vous?*

— Estou no aeroporto. Com sorte, chego em casa dentro de duas horas. Está tudo bem?

Logo averiguou que, sim, tudo estava bem, como sempre.

Em seguida, pegou um táxi. Estava tão ansioso para chegar em casa que não se incomodou em revelar o endereço completo ao taxista. O dia estava quente e ensolarado, e Tom abriu uma fresta em ambas as janelas traseiras do carro, esperando que o motorista não reclamasse da *courant d'air*, coisa que os franceses costumavam fazer ao menor sinal de brisa. Durante o trajeto, pensava em Londres, no jovem Nick, na prontidão de Ed e Jeff em oferecer ajuda, caso fosse preciso. E o que Janice Pritchard estaria fazendo? Até que ponto auxiliava o marido e lhe encobria as ações, e até que ponto o atormentava sobre tais assuntos? Será que às vezes o abandonava e o frustrava, bem quando ele mais precisava dela? Janice era um trem desgovernado, achava Tom, um termo absurdo para uma pessoa tão frágil quanto ela.

A audição de Madame Annette mostrou-se bastante aguçada, pois a governanta escutou o som dos pneus no cascalho, abriu a porta da frente e saiu para o alpendre de pedra antes que o táxi estacionasse. Tom pagou ao motorista, deu uma gorjeta e levou a bagagem até a porta.

— *Non, non*, deixe que eu carrego! — insistiu ele. — Não pesa nada.

Madame Annette parecia incapaz de superar velhos hábitos, como o de se oferecer para carregar as bagagens mais pesadas, como uma boa governanta.

— Madame Heloise telefonou?

— *Non*, Monsieur.

Boa notícia, sentia Tom. Entrou no vestíbulo e inalou o aroma de velhas pétalas de rosa, ou algo parecido, mas sem o cheiro da cera de lavanda que, com efeito, lembrou-se de ter colocado na mala.

— Aceita um chá, Monsieur? Ou um café? Uma bebida com gelo?

Ela terminara de pendurar a capa de chuva dele.

Tom hesitou, foi à sala de estar e espiou o gramado do jardim, através das portas-janelas.

— Ah, sim, aceito um café. E certamente um drinque também.

Passava um pouco das sete da noite.

— *Oui*, Monsieur. Ah! Madame Berthelin telefonou ontem à noite. Eu disse a ela que o senhor e Madame Heloise estavam viajando.

— Obrigado — respondeu Tom. Os Berthelin, Jacqueline e Vincent, moravam a alguns quilômetros dali, em outra aldeia. — Obrigado, vou telefonar e falar com ela — acrescentou, andando em direção às escadas. — Mais alguma ligação?

— *Non, je crois que non.*

— Desço em alguns minutos. Ah, primeiro...

Tom pôs a mala no chão, abriu o fecho e extraiu a sacola plástica com as latinhas de cera.

— Um presente para a casa, Madame.

— *Ah, cirage de lavande! Toujours le bienvenu! Merci!*

Em dez minutos, Tom estava de volta, tendo trocado de roupa e calçado um par de tênis. Decidiu tomar uma dose de Calvados com o café, só para variar. Madame Annette ficou por perto, para se certificar de que o jantar estava satisfatório, embora sempre estivesse. A descrição feita por ela entrou por um ouvido de Tom e saiu pelo outro, porque estava distraído com a ideia de telefonar para Janice Pritchard, o trem desgovernado.

— Parece muito tentador — comentou Tom, cortês. — Quem me dera Madame Heloise estivesse aqui para me acompanhar.

— E quando Madame Heloise volta?

— Não tenho certeza — admitiu ele. — Mas está se divertindo... com uma boa amiga, como já sabe.

E ficou a sós. Janice Pritchard. Tom se levantou do sofá amarelo e caminhou com deliberada lentidão até a cozinha.

— E Monsieur Pritchard? — perguntou para Madame Annette.

— Ele não voltava hoje?

Tentou soar indiferente, como se estivesse perguntando sobre algum outro vizinho de quem ainda não fosse muito próximo. Em seguida, foi até a geladeira em busca de uma fatia de queijo, ou qualquer coisa visível à primeira olhadela, para servir de aperitivo, como se esse fosse o propósito da visita ao cômodo.

Madame Annette providenciou um pratinho e uma faca.

— Hoje de manhã ainda não tinha voltado — respondeu ela. — Talvez já tenha chegado.

— Mas a esposa dele está na cidade?

— Ah, sim. Às vezes aparece no mercadinho.

Tom voltou à sala de estar munido do pratinho, que então depositou junto ao drinque. Na mesa do vestíbulo estava a agenda, na qual a governanta jamais tocava, e Tom logo encontrou o número da residência dos Pritchard, que ainda não constava na lista telefônica.

Antes de pegar o telefone, Tom viu Madame Annette se aproximando.

— Monsieur, antes que eu me esqueça, ouvi dizer, esta manhã, que *les* Prichar compraram a casa onde moram em Villeperce.

— É mesmo? — perguntou Tom. — Interessante.

Ele agiu como se o assunto, na verdade, não lhe despertasse o menor interesse. Quando a governanta deu as costas, voltou a fitar o telefone.

Se o próprio Pritchard atendesse, Tom decidiu que desligaria sem dizer nada. Se Janice atendesse, ele tentaria a sorte. Poderia perguntar como estava o queixo de David, presumindo que ele tivesse contado à esposa sobre o embate em Tânger. Por acaso Janice sabia que Pritchard dissera a Madame Annette em francês, com sotaque americano, que Heloise fora raptada? Tom decidiu não tocar no assunto. Onde acabava a polidez e começava a insanidade, e vice-versa? Ele se empertigou, lembrando a si mesmo de que a polidez e a cortesia raramente eram um erro, e em seguida discou.

Janice atendeu e ouviu-se um sotaque americano cantado:

— Alôôô?

— Olá, Janice. Aqui é Tom Ripley — saudou ele com um sorriso.

— Ah, Sr. Ripley! Achei que estivesse no Magrebe!

— Estava, mas retornei. Encontrei seu marido lá, como você talvez saiba.

E o fiz desmaiar de porrada, pensou Tom, abrindo outro sorriso educado, como se Janice pudesse vê-lo através da linha.

— Sim, ouvi dizer... — respondeu Janice, e fez uma pausa. O tom era gentil, ou pelo menos suave. — Houve uma briga e...

— Ah, uma briguinha de nada — interrompeu Tom com modéstia. Tinha a impressão de que David Pritchard ainda não voltara para casa. — Espero que David esteja se sentindo bem.

— É claro que ele está *bem*. Eu *sei* que ele faz por merecer — declarou Janice com franqueza. — Aqui se faz, aqui se paga, não é? Por que raios ele foi para Tânger?

Um calafrio percorreu Tom. Aquelas palavras eram mais profundas do que Janice talvez compreendesse.

— Acha que David vai voltar em breve?

— Sim, esta noite. Combinei de encontrá-lo em Fontainebleau, assim que me ligar — continuou Janice, em um tom firme e sincero.

— Ele me disse que chegaria um pouco tarde, porque vai comprar equipamentos esportivos em Paris.

— Ah, golfe? — perguntou Tom.

— Não. Pescaria, eu acho. Não tenho certeza. Sabe como é David, sempre falando com rodeios.

Na verdade, Tom não sabia.

— E como está se virando, sozinha em casa? Está se sentindo solitária ou entediada?

— Ah, não, nunca. Escuto minhas lições de gramática francesa e tento me aprimorar — contou, depois riu. — A vizinhança é muito legal.

E era mesmo. Tom logo pensou nos Grais, a duas casas de distância, mas não quis perguntar se Janice os conhecia.

— Enfim, David é assim — retomou ela. — Na semana que vem é capaz de querer raquetes de tênis.

— Se isso o fizer feliz — respondeu Tom, com uma risadinha. — Talvez até o faça esquecer a *minha* casa.

A frase foi dita em tom gracioso e tolerante, como ao se referir a uma criança com uma obsessão temporária.

— Ah, duvido muito. Ele até comprou a casa alugada. Acha você *fascinante*.

Mais uma vez, Tom recordou a expressão sorridente de Janice conforme dirigia o carro para o marido, que acabara de tirar fotos de Belle Ombre.

— Pelo jeito, você não concorda com algumas atitudes dele — prosseguiu Tom. — Já cogitou cortar as asinhas de David? Talvez até dar no pé?

Uma risada nervosa.

— Esposas não abandonam os maridos, não é? E se eu fizesse isso ele viria atrás de *mim*!

A última palavra veio em tom esganiçado, entremeada ao riso.

Tom não estava rindo e tampouco sorrindo.

— Entendo — limitou-se a dizer. — É uma esposa leal! Bem, Janice, desejo tudo de melhor ao casal. Talvez em breve nós lhe façamos uma visita.

— Ah, quem sabe. Obrigada pela ligação, Sr. Ripley.

— Tchau.

Ele desligou.

Que hospício! *Fazer uma visita?* Ele dissera "nós", como se Heloise estivesse em casa. Por que não? Talvez atraísse Pritchard a novas aventuras e bravatas. Tom percebeu que desejava matar Pritchard. Era algo semelhante ao desejo de atacar mafiosos, mas aquela sempre tinha sido uma sensação impessoal: odiava a Máfia por si só, pois achava que não passavam de um bando de chantagistas cruéis e organizados. Já assassinara dois mafiosos, e não importava exatamente quais: eram dois bandidos a menos. Pritchard, porém, era um assunto pessoal, pois se metera onde não devia e estava cutucando onça com vara curta. Será que Janice poderia oferecer alguma ajuda? *Não conte com Janice*, disse Tom a si mesmo. A mulher debandaria no último instante para salvar a pele do marido e, presumivelmente, desfrutar mais tormentos mentais e físicos nas mãos dele. Por que ele não acabara com Pritchard em La Haffa, com a ajuda do canivete recém-comprado, guardado bem ali no bolso?

Enquanto acendia um cigarro, pensou que, se quisesse paz, talvez fosse necessário se livrar dos dois. A menos que o casal decidisse ir embora de Villeperce.

Calvados e café. Tom bebeu as últimas gotas e devolveu o copo e o pires à cozinha. Com uma olhadela, constatou que Madame Annette ainda demoraria uns cinco minutos para servir o jantar, por isso pediu licença para fazer mais uma ligação.

Telefonou para os Grais, cujo número sabia de cor.

Agnès atendeu, e a julgar pelo ruído ao fundo ele tinha interrompido o jantar.

— Sim, voltei de Londres hoje — contou Tom. — Mas acho que não liguei em boa hora.

— Não! Sylvie e eu estávamos tirando a mesa. Heloise está com você?

— Ela ainda está no Magrebe. Só queria avisar que voltei. Não sei até quando Heloise pretende ficar por lá. Ah, estão sabendo que seus vizinhos, os Pritchard, acabam de comprar aquela casa?

— *Oui!* — respondeu Agnès de imediato, explicando que Marie lhe dera a notícia, no bar-tabacaria. — E o *barulho*, Tome — continuou a dizer, com certo divertimento na voz. — Acho que Madame Pritchard está sozinha agora, mas ela escuta rock no volume máximo até altas horas! Ha-ha! Será que ela dança sozinha pela casa?

Ou será que assiste a filmes pervertidos? Tom pestanejou.

— Não faço ideia — respondeu ele, sorrindo. — Dá para escutar tudo aí da sua casa?

— Dependendo do vento, dá! Nem sempre, claro, mas Antoine ficou furioso no domingo passado, embora não a ponto de ir até lá e exigir que maneirassem com o barulho. Ele não conseguiu achar o número deles.

Agnès riu de novo.

Despediram-se com simpatia e cordialidade, como bons vizinhos. Em seguida, Tom sentou-se à mesa e começou a refeição solitária, com uma revista aberta em frente, na vertical. Enquanto degustava a excelente carne de panela, também digeria os incômodos causados pelos Pritchard. Talvez David estivesse chegando naquele exato minuto, com os equipamentos de pesca. Tentaria pescar Murchison? Por que Tom demorara tanto tempo para pensar nessa possibilidade? David tentaria achar o cadáver?

Tom afastou os olhos da página que estivera lendo e se recostou no espaldar, limpando os lábios com o guardanapo. Equipamento de pesca? Seria necessário arranjar um gancho de ferro, uma corda forte e mais do que um barco a remo. Seria preciso mais do que ficar de pé na correnteza ou no canal com uma vara de pesca frágil, método costumeiro entre os moradores locais, que, às vezes, davam a sorte de apanhar algum peixe esbranquiçado e talvez comestível. Já que Pritchard tinha dinheiro de sobra, como dissera Janice, será que compraria um barco a motor? Talvez até contratasse um ajudante?

Contudo, talvez estivesse no caminho errado. Era possível que David Pritchard realmente gostasse de pescar.

A última providência de Tom naquela noite foi endereçar um envelope para a agência do National Westminster Bank na qual tinha conta, pois precisava transferir dinheiro entre a poupança e a conta-corrente para cobrir o cheque de 2 mil libras. A visão do envelope junto à máquina de escrever serviria de lembrete para que enviasse a carta no dia seguinte, logo pela manhã.

15

Após o primeiro café na manhã seguinte, Tom foi à varanda e depois ao jardim. Chovera na noite anterior, e as dálias pareciam ótimas; estava na hora de aparar algumas das flores, e seria agradável preparar um arranjo para a sala de estar. Madame Annette raramente se encarregava da tarefa, pois sabia que Tom gostava de escolher, ele próprio, as cores de cada dia.

David Pritchard já estava de volta, recordou Tom. Provavelmente havia retornado na noite anterior e talvez começasse a pescaria mais tarde naquele dia. Ou não?

Tom pagou algumas contas, passou uma hora perambulando pelo jardim e depois almoçou. Dessa vez, Madame Annette não trouxe notícias sobre os Pritchard ao voltar da padaria. Tom deu uma olhada nos dois carros na garagem e no furgão estacionado no pátio. Conseguiu dar partida nos três sem problemas. Em seguida, lavou as janelas dos automóveis.

Por fim, pegou o Mercedes vermelho, que raramente dirigia e considerava o carro de Heloise, e foi na direção oeste.

As estradas que cortavam a paisagem plana eram muito familiares, embora não fossem as mesmas usadas para ir a Moret, por exemplo, ou a Fontainebleau, lugares onde fazia compras. Tom mal se lembrava de qual estrada pegara naquela noite, com Bernard, para se livrar do corpo de Murchison. Na ocasião, só estava preocupado em encontrar um canal, qualquer correnteza mais ou menos afastada, onde pudesse desovar o cadáver. Lembrava-se de ter colocado pedras pesadas na lona que envolvia Murchison, para fazer o volume afundar e permanecer no fundo. Até onde sabia, o corpo nunca viera à tona. Com uma olhadela, reparou que havia um mapa dobrado no porta-luvas, talvez das redondezas, mas por ora preferiu confiar nos próprios instintos. Os principais rios da região, Loing, Yonne e Sena, tinham numerosos canais e afluentes, alguns sem nome, e Tom sabia que havia lançado Murchison em um desses cursos d'água, por cima do parapeito de uma ponte que ele reconheceria de vista.

Uma busca inútil, talvez. Se alguém tentasse encontrar Derwatt no México, em alguma aldeiazinha, a tarefa poderia durar a vida inteira ou até mais, pois o artista jamais vivera no México, apenas em Londres, e fora à Grécia para tirar a própria vida.

Tom deu uma olhada no medidor e viu que o tanque estava acima da metade. Pegou o retorno seguinte e se dirigiu para nordeste. Só avistava um carro a cada três minutos, mais ou menos. Milharais densos se estendiam de ambos os lados, plantados para alimentar o gado. Corvos pretos crocitavam e descreviam círculos no céu.

Pelo que Tom se recordava, ele e Bernard haviam se afastado por cerca de sete ou oito quilômetros de Villeperce naquela noite, na direção oeste. Não seria melhor voltar para casa e traçar um círculo no mapa, com o centro a oeste da aldeia? Acabara de enveredar por uma estrada que, segundo os cálculos feitos, levaria até a casa dos Pritchard e, dali, à residência dos Grais.

Preciso telefonar para os Berthelin, pensou de repente.

Será que David e Janice conheciam o Mercedes vermelho de Heloise? Tom achava que não. Ao se aproximar do sobrado dos Pritchard, ele desacelerou e tentou averiguar os arredores, sem tirar os olhos da estrada. Uma picape branca, estacionada na rampa em frente ao alpendre, chamou a atenção de Tom. Uma entrega de equipamentos esportivos? Uma carga cinzenta e irregular projetava-se sobre o piso, na parte traseira. De súbito escutou o que lhe pareceu uma voz de homem, ou duas vozes masculinas, embora não pudesse ter certeza. No instante seguinte, a residência dos Pritchard ficou para trás.

Poderia ser um pequeno barco, aquela carga na picape? Estava envolta em uma lona cinzenta, o que o fez pensar na lona bege ou castanha (ou seria um oleado?) em que enrolara Thomas Murchison. Bem! Talvez David Pritchard tivesse comprado uma picape e um barco, talvez até contratado um assistente. Um barco com motor externo? Como um homem sozinho poderia descer um barco até o canal (a altura da água variava conforme o abrir e fechar das comportas), além do motor? Também seria necessário que o próprio homem descesse por uma corda. E as barrancas dos canais eram íngremes. Estaria Pritchard discutindo o valor do pagamento com o entregador, ou com alguém que pretendia contratar?

Se ele estivesse mesmo de volta, Tom já não poderia bombardear Janice, uma aliada nada confiável, com perguntas e mais perguntas, pois David poderia atender ao telefone ou, mais provavelmente, entreouvir a conversa e arrancar o aparelho das mãos frágeis da esposa.

No momento, não havia sinal de vida na residência dos Grais. Tom dobrou à esquerda, avançando por uma estrada vazia, e depois à direita alguns metros à frente, chegando assim à rua onde ficava Belle Ombre.

Voisy, pensou de súbito. O nome pipocou-lhe na mente sem motivo algum, como se uma luz se acendesse de forma inesperada. Era o nome da aldeia perto da qual corria o canal ou córrego onde ele jogara o corpo de Murchison. Voisy. Para oeste, acreditava Tom. De qualquer forma, poderia olhar no mapa.

E foi o que fez ao chegar em casa, após encontrar um mapa detalhado da região de Fontainebleau. Um pouco para oeste, não muito longe de Sens, ficava Voisy, às margens do rio Loing. Foi inundado de alívio. O corpo de Murchison teria flutuado para o norte, até o Sena, isso se tivesse sido arrastado para outro lugar, o que Tom achava improvável. Tentou levar em consideração a força das chuvas e a inversão das correntes. As correntezas poderiam ter se invertido? Não em um rio distante do mar, achava ele. E por sorte era mesmo um rio, pois canais eram esvaziados de tempos em tempos, para consertos.

Discou o número dos Berthelin e Jacqueline atendeu. Sim, ele e Heloise haviam passado uns dias em Tânger, contou Tom, e Heloise ainda estava lá.

— E como vão seu filho e sua nora? — perguntou.

O filho dos Berthelin, Jean-Pierre, completara os estudos de belas-artes, que alguns anos antes tinham sido interrompidos pelo surgimento da garota com quem havia se casado e contra a qual o pai do rapaz, Vincent Berthelin, esbravejara, como Tom bem se recordava: "Essa menina não vale a pena!"

— Jean-Pierre está ótimo, e vão ter um bebê em dezembro! — anunciou a voz alegre de Jacqueline.

— Ah, parabéns! Agora é melhor manterem a casa bem aquecida para o bebê!

Jacqueline riu e deu o braço a torcer. Admitiu que ela e Vincent não tinham água quente havia anos, mas em breve instalariam um segundo banheiro, grudado ao quarto de hóspedes, além de uma pia.

— Ótimo! — exclamou Tom, sorrindo ao se lembrar da vez em que os Berthelin, por alguma razão, tinham decidido passar um período de vida rústica na casa de campo: para se lavar, aqueciam água no fogão e usavam um banheirinho externo.

Logo se despediram e prometeram se encontrar em breve, uma promessa que nem sempre era mantida, pois algumas pessoas sempre estavam ocupadas, sabia Tom, mas, ainda assim, sentia-se melhor ao desligar. Era importante manter boas relações com os vizinhos.

Tom relaxou no sofá lendo o *Herald Tribune*. Madame Annette devia estar nos aposentos dela, pois ele tinha a impressão de ouvir os sons do televisor. Sabia que ela assistia a algumas novelas, pois antigamente tinha o costume de comentar os capítulos com Tom e Heloise, até compreender que os Ripley não assistiam a esse tipo de programa.

Às quatro e meia, quando o sol ainda estava bem acima do horizonte, Tom pegou o Renault marrom e dirigiu em direção a Voisy. Quanta diferença, percebia ele, entre a paisagem de fazendas ensolaradas e aquela noite em que cruzara a região com Bernard, sem a presença da lua, segundo recordava, e sem rumo certo. Até então, convenceu a si mesmo, a tumba aquática de Murchison tinha sido um esconderijo extremamente bem-sucedido, e talvez continuasse sendo.

Tom se deparou com a placa antes de avistar a cidade, que estava oculta atrás de um bosque e de uma curva à esquerda. À direita, Tom avistou a ponte, com uma rampa em cada extremidade, medindo cerca de trinta metros de comprimento, talvez mais. Daquela ponte, por cima do parapeito que chegava à cintura, ele e Bernard haviam atirado Murchison na água.

Conforme avançava, mantinha uma velocidade mais baixa, porém regular. Dobrou à direita e atravessou a ponte, sem saber nem se importar com onde a estrada iria desembocar. Pelo que se recordava, ele e Bernard haviam estacionado e arrastado o volume pela ponte. Ou será que tinham ousado parar o carro bem no meio da ponte?

Assim que achou um lugar apropriado, Tom estacionou, consultou o mapa, localizou uma encruzilhada e seguiu em frente, sabendo que em breve surgiria uma placa para indicar o caminho a Nemours ou Sens. Começou a pensar no rio que acabara de cruzar: as águas eram de um azul-esverdeado sujo e, ao menos naquele dia, a superfície estava alguns metros abaixo das margens relvosas. Seria impossível caminhar até a beira daquela barranca sem perder o equilíbrio e escorregar para dentro do rio.

E em nome de... fosse lá o que fosse... por que David Pritchard escolheria ir a Voisy, se havia vinte ou trinta quilômetros de rios e canais bem mais próximos de Villeperce?

Tom voltou para casa e, depois de despir a camisa e o jeans, deu uma cochilada no quarto. Sentia-se mais seguro e relaxado. Foi um delicioso cochilo de uns quarenta minutos, após os quais Tom sentia-se libertado do estresse acumulado em Tânger e da ansiedade de viajar a Londres e conversar com Cynthia, e também da preocupação com o suposto barco adquirido pelos Pritchard. Em seguida, foi ao cômodo que, segundo pensava, era a esquina traseira de Belle Ombre: o estúdio e ateliê.

O belo piso de carvalho ainda estava em boas condições, embora não tão lustroso quanto os outros assoalhos da casa. Tom deixava algumas lonas espalhadas pelo chão, as quais, na opinião dele, tinham finalidade decorativa, além de impedir que eventuais respingos de tinta manchassem o piso e de servir como trapos quando precisava limpar ou borrar uma pincelada.

O pombo. Onde deveria pendurar aquele desenho amarelado? Na sala de estar, claro, para mostrar aos amigos.

Por alguns instantes, Tom observou uma das pinturas que fizera encostada na parede. Retratava Madame Annette, de pé, com xícara e pires na mão trazendo o café matinal para ele. Tom fizera esboços rápidos daquela cena, para não cansar a governanta. Na pintura, ela usava vestido roxo e avental branco. Ao lado havia uma pintura de Heloise contemplando a paisagem pela janela curva no canto do ateliê, com a mão direita no poial e a esquerda no quadril. Também nesse caso ele se lembrava de ter feito esboços preliminares. Heloise não gostava de posar por mais de dez minutos.

E se tentasse pintar a paisagem vista pela janela? Fazia três anos desde a última, lembrou-se Tom. Os arvoredos densos e sombrios logo atrás da propriedade, onde o corpo de Murchison encontrara a primeira sepultura... Não era uma lembrança muito agradável. Ele voltou a concentrar os pensamentos na composição. Sim, pintaria um novo quadro. Na manhã seguinte, faria os esboços iniciais, as lindas dálias em primeiro plano, à esquerda e à direita, com as rosas de várias nuanças ao fundo. Aquela vista idílica talvez rendesse uma pintura graciosa e açucarada, mas as intenções de Tom eram outras. Talvez tentasse pintar apenas com a espátula.

Desceu as escadas, pegou um paletó de algodão branco no armário do vestíbulo, só para guardar a carteira no bolso interno, e depois foi à cozinha, onde Madame Annette já iniciara as atividades.

— Trabalhando a esta hora? Não são nem cinco, Madame.

— Os cogumelos, Monsieur. Gosto de preparar tudo de antemão.

Parada junto à pia, ela relanceou os olhos azul-claros e sorriu.

— Vou sair por meia hora. Precisa que eu compre alguma coisa?

— *Oui*, Monsieur... *Le Parisien Libéré, s'il vous plaît?*

— Com prazer, Madame!

Tom saiu da cozinha.

Antes de mais nada, foi comprar o jornal em um bar-tabacaria, para não correr o risco de se esquecer. Era cedo e muita gente ainda não saíra do trabalho, mas o burburinho habitual aos poucos começava, com pedidos de "*Un petit rouge*, Georges!", e Marie já entrava no ritmo do entardecer. A mulher estava atrás do balcão, à esquerda do recinto, e acenou para Tom assim que o viu. Tom descobriu-se a lançar olhares rápidos para os lados, em busca de David Pritchard, mas não o achou. Ele teria se destacado entre os fregueses: era mais alto do que a maioria dos homens, com óculos redondos chamativos e mirada fixa, e não se misturava.

Tom voltou ao Mercedes vermelho, partiu rumo a Fontainebleau e depois dobrou à esquerda, sem qualquer razão. Avançava mais ou menos na direção sudoeste. O que Heloise estaria fazendo? Será que estava caminhando de volta ao hotel Miramare, em Casablanca, com Noëlle, ambas carregando cestas cheias de compras feitas à tarde? Prontas para tomar um banho e tirar um cochilo antes do jantar? Por acaso ele deveria telefonar a Heloise às três da madrugada?

Ao avistar a placa de Villeperce, Tom tomou o rumo de casa, após constatar que faltavam oito quilômetros para chegar à aldeia.

Desacelerou e deu passagem para uma camponesa atravessar a estrada enquanto tangia com uma vara os gansos que conduzia. Uma cena linda, pensava Tom: três gansos brancos rumo a um lugar determinado, mas avançando no próprio ritmo, imperturbáveis.

Ao fazer a curva seguinte, Tom precisou desacelerar por causa de uma picape mais lenta à frente, e logo avistou um volume cinzento no compartimento traseiro. Sessenta ou oitenta metros à direita da estrada, corria um canal ou um riacho. Pritchard estaria acompanhado ou sozinho? Tom estava perto o bastante para reparar, pela janela traseira, que o motorista conversava com alguém sentado no banco do carona. Deviam estar, presumia ele, ocupados em observar e tecer comentários sobre o curso d'água mais adiante. Tom desacelerou ainda mais. Estava certo de que a picape era a mesma que vira no pátio ou no jardim dos Pritchard, fosse lá como chamassem aquilo.

Cogitou pegar qualquer desvio, à esquerda ou à direita, mas decidiu seguir em frente e ultrapassar o veículo.

Quando Tom começou a acelerar, um carro veio da direção contrária, um grande Peugeot cinza cujo motorista parecia ter o rei na barriga. Tom pisou no freio, esperou que o Peugeot passasse e depois voltou a pisar no acelerador.

Os dois homens ainda conversavam na picape, e o motorista não era Pritchard, mas alguém desconhecido para Tom: um sujeito com cabelo castanho ondulado. Pritchard estava no banco ao lado, e seguia falando e apontando o riacho enquanto Tom os ultrapassava. Estava quase certo de que não o tinham visto.

Todavia, durante o restante do trajeto até Villeperce, Tom seguiu olhando pelo retrovisor de tempos em tempos, para ver se a picape enveredava por um campo, ou algo assim, para se aproximar do riacho. Durante o tempo em que Tom a observou, porém, a picape apenas seguiu em frente.

16

Naquela noite, após o jantar, Tom se sentiu inquieto, sem vontade de ver televisão nem de telefonar para os Clegg ou para Agnès Grais. Cogitou telefonar a Jeff Constant ou Ed Banbury. Talvez um dos dois estivesse em casa. O que diria? Para virem assim que possível? Considerou pedir a um deles que viesse auxiliá-lo, pois reconhecia que precisava de ajuda física, e não se importaria em admitir isso para Ed e Jeff. Poderia ser uma espécie de férias para um dos dois, pensou Tom, especialmente se nada acontecesse. Se Pritchard passasse cinco ou seis dias pescando ou remexendo as águas sem sucesso, decerto desistiria, não? Ou seria obsessivo a ponto de continuar procurando por semanas, meses?

Era uma ideia assustadora, mas possível, percebeu Tom. Quem poderia prever as ações de uma pessoa mentalmente perturbada? Bem, psicólogos eram capazes de tal façanha, sabia Tom, mas essas previsões seriam baseadas em históricos individuais, similaridades, probabilidades, o tipo de coisa que até os médicos considerariam incerta.

Heloise. Já fazia seis dias que estava longe de Belle Ombre. Era um alívio saber que ela estava acompanhada de Noëlle e um alívio ainda maior saber que Pritchard não estava por perto.

Tom olhou para o telefone, pensando em telefonar primeiro para Ed e também pensando que, felizmente, o fuso de Londres era uma hora atrasado, o que lhe permitiria ligar para um deles mais tarde, se lhe desse na telha.

Eram nove e vinte. Madame Annette terminara o trabalho na cozinha e provavelmente estava mergulhada em algum programa de televisão. Tom cogitou fazer um ou dois esboços para a natureza-morta que pretendia pintar.

O telefone tocou enquanto ele se dirigia às escadas.

Tom atendeu no vestíbulo.

— Alô?

— Alôô, Sr. Ripley — disse uma alegre e confiante voz americana. — Aqui é Dickie. Lembra-se? Tenho observado você. Sei por onde tem andado.

Parecia Pritchard. Talvez estivesse afinando a voz para soar mais jovem. Tom o imaginou com um sorriso forçado e a boca contorcida, na tentativa de produzir algo semelhante ao sotaque arrastado de Nova York, com consoantes apagadas. Assim, apenas permaneceu em silêncio.

— Está assustado, Tom? Vozes do passado? Vozes dos mortos?

Tom estaria imaginando coisas, ou será que ouvira mesmo um protesto de Janice ao fundo? Ou um riso sufocado?

Do outro lado da linha, alguém pigarreou.

— O dia do juízo está muito próximo, Tom. Toda ação tem seu preço.

E o que isso significava? Nada, achava Tom.

— Ainda está aí, Tom? Talvez esteja paralisado de medo, hein?

— De forma alguma. Esta conversa está sendo gravada, Pritchard.

— Ahhhh... Dickie. Está começando a me levar a sério, Tom?

Tom não respondeu.

— Eu não... eu não sou Pritchard — prosseguiu a voz aguda —, mas *conheço* Pritchard. Ele está fazendo um serviço para mim.

Talvez em breve se encontrassem no além-túmulo, ponderou Tom, mas decidiu não dizer mais nada.

Pritchard continuou:

— Um *bom* serviço. Já tivemos vários avanços — declarou, e fez uma pausa. — Ainda está aí? Nós...

Tom encerrou a conversa e devolveu o fone ao gancho. O coração estava batendo mais rápido do que o normal, coisa que ele detestava, mas lembrou a si mesmo que já estivera ainda mais acelerado em outras ocasiões. Subiu as escadas correndo, dois degraus por vez, para dissipar um pouco da adrenalina.

No ateliê, ligou as luzes fluorescentes e pegou um lápis e um bloco de papel barato. Junto à mesa elevada, Tom começou a esboçar o cenário emoldurado pela janela, tão familiar: árvores grandes, a linha quase horizontal onde a orla do jardim dele encontrava a relva mais alta e os arbustos do terreno vizinho. Ao retraçar as linhas e experimentar uma composição interessante, Tom conseguiu esquecer Pritchard, mas apenas em certa medida e por algum tempo.

Jogou no chão o lápis Venus e pensou na ousadia daquele desgraçado em telefonar duas vezes passando-se por Dickie Greenleaf. Três vezes, se contasse a ligação atendida por Heloise. Ao que parecia, Pritchard e Janice realmente eram uma equipe.

Em outro papel, Tom desenhou um retrato primitivo de Pritchard, em linhas duras, com óculos escuros e redondos, sobrancelhas pretas, boca aberta e quase redonda em plena fala. A testa levemente franzida: Pritchard estava satisfeito com as atividades que vinha praticando. Tom usou lápis coloridos, vermelho para os lábios, um pouco de roxo sob os olhos, verde também. Uma caricatura um tanto exagerada. Tom, então, arrancou a folha, dobrou-a ao meio, rasgou-a em pedacinhos e depois jogou tudo na lixeira. Não queria que ninguém encontrasse aquilo, percebeu, caso eliminasse o Sr. Pritchard.

Depois, retornou ao próprio quarto, onde havia conectado o telefone que, na maior parte do tempo, ficava nos aposentos de Heloise. Estava quase decidido a ligar para Jeff. Ainda não eram dez da noite em Londres.

Então perguntou a si mesmo: estaria desabando sob os tormentos daquele filho da mãe? Estava assustado, prestes a implorar por ajuda? Com efeito, já o derrotara em uma briga — Pritchard até poderia ter resistido com mais afinco, mas fora vencido sem reagir.

Tom sobressaltou-se ao ouvir o telefone tocar. Era Pritchard de novo, imaginava. Ainda estava de pé quando atendeu.

— Alô?

— Olá, Tom, aqui é Jeff. Eu...

— Ah, Jeff!

— Sim, Ed comentou que ainda não tinha recebido notícias suas, então resolvi perguntar como estão as coisas.

— Hum... bem, estão ficando um tanto complicadas, eu acho. Pritchard voltou à cidade... está aqui. E desconfio que tenha comprado um barco. Não tenho certeza. Talvez um barquinho pequeno com motor externo. Apenas suposições, porque vi um volume na caçamba da picape quando passei de carro pela casa dele.

— É mesmo? Um barco... Por quê?

Tom achava que Jeff podia adivinhar sozinho.

— Talvez esteja disposto a fazer uma dragagem... remexer o leito dos canais! — expôs Tom, rindo. — Com um gancho, digo. E vai ter que navegar muito antes de descobrir alguma coisa, isso eu garanto.

— Ah, agora entendi — sussurrou Jeff. — O homem tem uma obsessão, não tem?

— Ô se tem — repetiu Tom, com aparente bom humor. — Não o vi fazer nada disso, claro. Mas devemos estar preparados para tudo: é uma questão de prudência. Vou manter vocês informados.

— Estaremos aqui se precisar de nós, Tom.

— Obrigado, Jeff. Isso significa muito para mim. E diga a Ed que também agradeço. Enquanto isso, espero que uma barcaça afunde a canoa de Pritchard. Ha-ha.

Após trocarem votos de saúde, desligaram.

Era reconfortante saber que podia chamar reforços, percebeu Tom. Jeff Constant, por exemplo, era mais forte e alerta do que Bernard Tufts, certamente. Tom tivera que explicar a Bernard, em detalhes, cada manobra e o respectivo propósito, na noite em que retiraram Murchison da cova atrás do jardim, esforçando-se para não fazer barulho e só acendendo os faróis do carro quando necessário. Depois, precisou explicar tudo o que Bernard deveria dizer à polícia, caso houvesse um interrogatório, como de fato aconteceu.

Nas circunstâncias atuais, disse Tom a si mesmo, deveria ter como objetivo o seguinte: certificar-se de que o cadáver putrefato e embrulhado permanecesse debaixo d'água, se ainda restasse alguma coisa do corpo.

O que acontecia com um cadáver debaixo d'água em quatro, cinco anos, ou mesmo em três? O oleado teria apodrecido, talvez mais da metade desapareceria, e as pedras já teriam se deslocado, provavelmente, permitindo que o cadáver flutuasse com mais facilidade, talvez até fosse arrastado por alguns metros, desde que ainda houvesse alguma carne nos ossos. No entanto, não era o inchaço que fazia os corpos boiarem? Tom pensou na palavra "maceração": o esfacelamento gradual das camadas externas da epiderme. E depois? As mordidas dos peixes? Ou a correnteza já teria removido pedaços de carne até não sobrar nada além dos ossos? O período do inchaço devia ter acabado havia muito tempo. Onde ele poderia encontrar informações sobre o estado de Murchison?

Ao desjejum da manhã seguinte, Tom avisou a Madame Annette que iria a Fontainebleau ou talvez Nemours para comprar tesouras de jardinagem, por acaso ela precisava de algo?

A governanta agradeceu e respondeu que não precisava de nada, mas disse isso com um ar que, àquela altura, Tom conhecia bem: aquela expressão significava que ela poderia se lembrar de algo antes de ele sair.

Como Madame Annette não lhe disse mais nada, Tom saiu de casa antes das dez, decidido a ir primeiro a Nemours em busca de tesouras. Mais uma vez, descobriu-se a explorar estradinhas desconhecidas, pois tinha tempo de sobra e, para se orientar, só precisava dar uma olhada nas placas. Em um posto de gasolina, parou e encheu o tanque do Renault marrom.

Pegou a estrada para o norte, pensando em rodar por alguns quilômetros antes de dobrar à esquerda, rumo a Nemours. Terras aradas, pastagens, um trator avançando sobre o restolho amarelado, tais eram as imagens avistadas pela janela aberta. Entre os veículos com os quais cruzava, havia tantas caminhonetes rurais quanto automóveis de passeio. Viu outro canal, com uma ponte preta em arco, bem visível, e arvoredos bucólicos em ambas as extremidades. Tom percebeu que, mais à frente, teria que passar por ela. Dirigia devagar, porque não havia carros atrás, portanto não estava atravancando o caminho de ninguém.

Começava a rodar na ponte de ferro quando, de relance, avistou à direita dois homens em um barco motorizado, um deles sentado, segurando o que parecia ser um enorme ancinho. O sujeito de pé erguia uma corda na mão direita. O olhar de Tom retornou à estrada por um instante e em seguida voltou aos dois homens, que não o tinham notado.

O sujeito que estava sentado usava uma camisa clara e tinha cabelos pretos: não era outro senão David Pritchard. Quanto ao segundo homem, Tom não o conhecia: usava camiseta, calções bege, era alto e tinha cabelo claro. Manejavam uma barra de metal com mais de um metro de comprimento, com pelo menos seis ganchos na ponta, um instrumento que, se fosse maior, Tom chamaria de arpéu.

Ora, ora. Estavam tão absortos que não chegaram a avistar o carro, que, a essa altura, Pritchard talvez já fosse capaz de reconhecer. Em compensação, se David Pritchard reconhecesse o carro, o ego dele ficaria ainda mais inflado: Tom Ripley estava assustado o bastante para rodar por aí, na tentativa de descobrir o que Pritchard andava fazendo, e nessa história toda o que Pritchard tinha a perder?

O barco contava com um motor externo, percebera Tom. E talvez estivessem equipados com dois instrumentos daquele tipo, semelhantes a ancinhos, com ganchos na ponta.

Era bem verdade que precisariam se apertar contra a parede do canal se uma barca passasse, ou teriam que dar um jeito de sair das águas se duas barcaças quisessem ultrapassar uma à outra, mas esse pensamento não trouxe muito consolo a Tom. Pritchard e o companheiro pareciam muito determinados, como se estivessem decididos a fazer todo o necessário para completar a busca. Talvez Pritchard estivesse pagando uma boa quantia ao ajudante? Estaria ele dormindo na casa dos Pritchard? E quem seria o homem? Um morador local, um parisiense? Teria Pritchard explicado a ele o que estavam procurando? Agnès Grais talvez tivesse alguma informação sobre o desconhecido de cabelo claro.

Que chances tinha Pritchard de encontrar Murchison? Naquele momento, estava a uns doze quilômetros da presa.

Um corvo voou pela lateral direita do carro, soltando um grasnado feio e insolente, que soava como um riso: *Crá! Crá! Crá!* De quem o pássaro estaria rindo, perguntava-se Tom, dele ou de Pritchard? De Pritchard, claro! As mãos de Tom apertaram o volante com mais força e ele sorriu. Pritchard teria o que merecia, aquele canalha intrometido.

17

Tom não recebia notícias de Heloise havia dias, e só lhe restava supor que ela e Noëlle ainda estavam em Casablanca e que um par de cartões-postais fora lançado em direção a Villeperce: provavelmente chegariam alguns dias após o retorno de Heloise.

Sentindo-se inquieto, Tom ligou para os Clegg e conseguiu travar uma conversa das mais alegres e relaxantes com o casal, falando sobre Tânger e as demais viagens de Heloise. Entretanto, esquivou-se do convite para tomar uns drinques com eles. Eram ingleses: o marido era um advogado aposentado, muito decente e confiável. Nada sabiam da ligação entre Tom e a Galeria Buckmaster, claro, e o nome de Murchison provavelmente se apagara da mente dos dois, se algum dia estivera lá.

Como a inspiração de Tom havia mudado, ele esboçou o interior de um cômodo para uma próxima pintura, com saída para um corredor. Queria uma composição em tons arroxeados e quase negros, contrastados por um único objeto claro, talvez um vaso vazio, ou uma única flor vermelha, que ele poderia acrescentar depois, se desejasse.

Na opinião de Madame Annette, o patrão estava um pouco *mélancholique*, porque Madame Heloise não enviara nenhuma carta.

— É verdade — admitiu Tom, sorrindo. — Mas, como se sabe, o serviço postal de lá é uma atrocidade...

Certa noite, por volta das nove e meia, ele foi ao bar-tabacaria para mudar de ares. O tipo de cliente que frequentava o local àquela hora era um pouco diferente dos fregueses das cinco e meia, recém-saídos do trabalho. Alguns homens jogavam cartas, sujeitos que Tom antes achava que eram solteiros, mas a essa altura sabia que estava enganado. Muitos homens casados preferiam passar a noite na taverna local a ficar em casa vendo televisão, por exemplo, coisa, aliás, que também podiam fazer no bar de Marie e Georges.

— Ora, quem não conhece os fatos deveria calar a boca! — esbravejava Marie para um cliente específico ou talvez para o salão inteiro, enquanto servia uma *bière pression*. Saudou Tom com um sorriso de lábios vermelhos e um curto aceno de cabeça.

Ele encontrou um lugar vago junto ao balcão. Sempre preferia ficar de pé quando frequentava o estabelecimento.

— Monsieur Riplí — cumprimentou Georges, as mãos gorduchas apoiadas nas bordas da pia de alumínio, no outro lado do balcão.

— Hummm... um *demi pression* — pediu Tom, e Georges foi buscar a bebida.

— Ele é um porco, isso sim! — queixava-se um homem à direita de Tom, para em seguida ser acotovelado por um companheiro, que replicou com uma frase ao mesmo tempo beligerante e cômica e depois riu.

Tom afastou-se um pouco para a esquerda, pois ambos estavam um tanto embriagados. Entreouviu fragmentos de conversa: sobre norte-africanos, sobre uma construção em algum lugar, sobre um empreiteiro em busca de mão de obra, pelo menos seis pedreiros.

— Prichar, *non?* — perguntou alguém, dando uma risada curta. — Pescando!

Tom se esforçou para escutar sem virar a cabeça. As palavras vinham de uma mesa atrás, à esquerda, e de relance avistou que os três homens ali sentados vestiam uniformes de trabalho, todos quarentões. Um estava embaralhando cartas.

— Pescando no...

— Por que ele não pesca da margem? — questionou outro. — *Une péniche arrive* — acrescentou com um estalo e um gesto para simular uma colisão — e pronto, ele afunda junto com aquele barco idiota!

— Ei, vocês sabem o que ele está fazendo? — intrometeu-se uma voz nova, quando um rapaz mais jovem se aproximou da mesa com um copo na mão. — Ele não está pescando, está dragando o leito! Dois instrumentos com ganchos!

— Ah, *oui*, eu vi os dois — comentou o jogador, sem interesse e pronto para voltar ao jogo.

As cartas estavam sendo distribuídas.

— Não vai pegar nenhum *gardon* com aqueles ganchos.

— Não mesmo, só botas velhas de borracha, latas de sardinha, bicicletas! Ha-ha!

— Bicicletas! — repetiu o rapaz mais jovem, ainda de pé. — Monsieur, sua piada se concretizou. Ele já apanhou uma bicicleta! Eu vi! — contou, com uma risadinha. — Toda torta e enferrujada!

— O que ele está procurando, afinal?

— *Antiques!* Impossível entender os gostos de um americano, não? Isso veio de um sujeito mais velho.

Risadas e uma tosse perdida.

— É bem verdade que ele tem um ajudante — interveio um dos homens à mesa.

Naquele exato instante, porém, alguém venceu no fliperama, e um grito veio daquela direção, bem perto da porta, abafando as palavras seguintes.

— ... outro americano. Eu vi os dois conversando.

— Tudo isso para pegar um peixe, que absurdo.

— Americanos... se eles têm dinheiro para gastar nessas besteiras...

Tom sorveu a cerveja e acendeu um Gitanes sem a menor pressa.

— Está se esforçando. Eu o vi perto de *Moret*!

Tom continuou a ouvir, de costas para a mesa, mesmo enquanto conversava com Marie. Os homens, contudo, nada mais disseram sobre Pritchard. Logo retornaram ao mundo particular do carteado. Tom conhecia as duas palavras usadas por eles: *gardon*, uma espécie de pardelha, e *chevesne*, também um peixe comestível, da família das carpas. Não, Pritchard não estava buscando aquelas criaturas cintilantes, tampouco estava à caça de bicicletas velhas.

— E Madame Heloise? *Encore en vacances?* — perguntou Marie.

Os cabelos pretos da atendente estavam um pouco desgrenhados e os olhos escuros pareciam meio desvairados, como sempre, enquanto usava um pano úmido para limpar o tampo de madeira do balcão, com movimentos quase automáticos.

— Ah, bem, sim — respondeu Tom e pegou dinheiro para pagar a conta. — Os encantos de Marrocos, sabe como é.

— *Maroc!* Ah, lindo país! Vi as fotos!

Marie dissera as mesmas palavras vários dias antes, recordava-se Tom, mas era uma mulher ocupada, dedicada a ser hospitaleira com cem ou mais fregueses pela manhã, à tarde e à noite. Tom comprou um maço de Marlboro antes de ir embora, como se os cigarros pudessem apressar a volta de Heloise.

Em casa, Tom selecionou os tubos de tinta necessários para a sessão de pintura do dia seguinte e posicionou a tela no cavalete. Pensou na composição: escura, intensa, concentrada em uma área ainda mais escura no fundo, que ficaria indefinida, como um pequeno cômodo sem luz. Já fizera vários esboços. Pela manhã, começaria a trabalhar com o lápis na tela em branco. Não naquela noite. Estava um pouco cansado, com medo de falhar, de produzir apenas borrões, ou simplesmente de não fazer um trabalho decente.

Às onze da noite, o telefone ainda não havia tocado. Eram dez horas em Londres, e os amigos por lá talvez encarassem a falta de notícias como um bom sinal. E Cynthia? Devia estar lendo algum livro antes de dormir, sentindo-se segura e quase petulante na convicção de que Tom era culpado do assassinato de Murchison, decerto também sabia que Dickie Greenleaf deixara esta vida de forma questionável, e convencida de que o destino enfim imporia a própria vontade, imprimindo uma marca na existência de Tom, fosse lá o que isso significasse. Aniquilação, talvez.

Quanto a livros, Tom estava contente com a leitura de cabeceira daquela noite: a biografia de Oscar Wilde, escrita por Richard Ellmann. Saboreava cada parágrafo. Havia algo na vida de Oscar que encapsulava o destino de todo ser humano, e ler sobre o assunto era uma espécie de catarse: um homem de boa índole, de talento, cujas dádivas ao deleite humano ainda eram consideráveis, fora atacado e destruído pelo ressentimento dos *hoi polloi*, que assistiram com prazer à humilhação do autor. Essa história fazia Tom pensar em Cristo, uma pessoa de disposição generosa e visionária, que desejava expandir a consciência dos semelhantes e aprimorar a alegria da vida. Ambos tinham sido incompreendidos pelos respectivos contemporâneos, ambos haviam sofrido por causa da inveja entranhada no peito daqueles que os desejavam mortos e que zombavam deles enquanto estavam vivos. Não era de espantar, refletiu Tom, que pessoas de todos os tipos e idades lessem a respeito de Oscar, talvez sem perceber a motivação para tal fascínio.

Enquanto esses pensamentos cruzavam a mente de Tom, ele virou a página e leu um trecho sobre a primeira coletânea de poemas de Rennell Rodd, que dera um exemplar do livro ao amigo Oscar. Rodd escrevera, a mão, alguns versos em italiano, estranhamente, dizia o livro, e que podiam ser traduzidos assim:

> *E ao teu martírio a multidão cruel,*
> *À qual falaste um dia, acorrerá;*
> *Virão ver-te, pregado em tua cruz,*
> *E nenhum deles apiedar-se-á.*

Que linhas proféticas e estranhas, pensou Tom. Será que já lera aqueles versos antes, em algum lugar? Não, achava que não.

Ao folhear o livro, Tom imaginou a emoção de Oscar ao descobrir que ganhara o prêmio Newdigate de poesia, pouco tempo depois de ter sido posto no ostracismo. Apesar do conforto oferecido pela cama, com a cabeça no travesseiro, e da expectativa pelas páginas seguintes, Tom voltou a pensar em Pritchard, naquele maldito barco motorizado e no ajudante.

— Que droga — murmurou, e pulou da cama. Estava curioso sobre a região circunvizinha, sobre os cursos d'água nas redondezas. Embora já tivesse estudado aquela área no mapa, sentiu-se compelido a olhar de novo.

Abriu o atlas do *Times*, o *Atlas conciso do mundo*. Quanto aos rios e canais, o distrito nas cercanias de Fontainebleau e Moret, ao sul de Montereau e além, assemelhava-se a uma daquelas ilustrações do sistema circulatório em *Anatomia* de Henry Gray — veias e artérias, grossas e finas, entrecruzadas, ramificadas, rios e canais. E cada um daqueles cursos provavelmente era amplo o bastante para abrigar o barco motorizado de Pritchard. Muito bem, Pritchard teria muito trabalho a fazer.

Como seria bom falar com Janice Pritchard! O que ela achava da história toda? "Tiveram sorte, querido? Algum peixe para o jantar? Ou mais uma bicicleta velha? Ou talvez uma bota?" E o que Pritchard teria dito a ela sobre as buscas na água? Decerto a verdade, achava Tom: Murchison. Por que não? Será que Pritchard tinha um mapa, um diário? Era bem provável.

Tom ainda tinha o primeiro mapa que consultara, claro, marcado com um círculo. O traço, feito a lápis, englobava Voisy e uma parte da região mais além. No atlas, os rios e canais eram mais nítidos e pareciam certamente mais numerosos. Será que Pritchard escolhera começar pela "periferia do perímetro", com a intenção de ir fechando o círculo, ou preferira começar nas vizinhanças imediatas e aos poucos dilatar as buscas? A segunda opção parecia mais razoável. Um homem carregando um cadáver talvez não tivesse tempo de viajar vinte quilômetros, o que talvez o obrigasse a se contentar com a metade disso, ou ainda menos. Pelos cálculos de Tom, Voisy ficava a oito quilômetros de Villeperce.

Em uma estimativa apressada, Tom calculou que havia cerca de cinquenta e quatro quilômetros de canais e rios em um raio de dez quilômetros. Que trabalheira! Será que Pritchard pretendia alugar outro barco motorizado, com mais alguns ajudantes?

Quanto tempo uma pessoa levaria para se cansar dessa empreitada? Tom logo se lembrou, porém, que Pritchard não era uma pessoa normal.

Quantos quilômetros já teria vasculhado em sete dias, ou seriam nove? Navegar canal acima, bem no centro, a dois quilômetros por hora, durante três horas pela manhã, mais três horas à tarde, tudo isso cobriria cerca de doze quilômetros por dia, desde que não houvesse dificuldades, como o surgimento de um barco de meia em meia hora e a possível necessidade de rebocar o barco na picape e partir para outro canal. Em um rio, um trajeto de ida e volta talvez fosse necessário para cobrir a largura.

Então, no total, havendo cinquenta quilômetros para vasculhar, em um cálculo aproximado, dentro de três semanas, ou menos, seria possível com um pouco de sorte encontrar o corpo de Murchison, desde que o cadáver ainda estivesse lá para ser descoberto.

Contudo, a estimativa de tempo era vaga, Tom tentava se convencer, após sentir um calafrio interior. E se Murchison tivesse flutuado para o norte, até sair da área levada em conta naquela estimativa?

Além disso, e se o volume envolto em um oleado, com o conteúdo cadavérico, tivesse flutuado até um outro canal nos últimos meses? Nesse caso, poderia ter sido descoberto quando o canal fora dragado para manutenção. Tom vira muitos canais secos, a água contida por comportas mais afastadas. O corpo de Murchison poderia ter sido levado à polícia, porém em um estado que talvez dificultasse a identificação. Tom não vira nenhuma notícia desse gênero nos jornais, nada sobre esqueletos não identificados, mas não estivera atento a tais manchetes, e, pensando bem, será que tal história seria mencionada nos jornais? Sim, seria, acreditava Tom, pois era bem o tipo de notícia sobre a qual o público francês, ou qualquer público, gostava de ler: um saco de ossos anônimos encontrado por... um pescador de domingo? Cadáver masculino, provavelmente vítima de violência ou assassinato, não suicídio. Todavia, por algum motivo, Tom simplesmente não conseguia acreditar que a polícia, ou uma pessoa qualquer, tivesse encontrado Murchison.

Certa tarde, após avançar bastante na pintura "da sala dos fundos", como a apelidara mentalmente, Tom teve a inspiração de telefonar para Janice Pritchard. Se David Pritchard atendesse, bastaria desligar, e se fosse Janice, ele levaria a conversa adiante e veria o que podia descobrir.

Tom pousou o pincel coberto de ocre junto à paleta, lentamente, desceu as escadas e foi até o telefone do vestíbulo.

Madame Clusot, encarregada do que Tom costumava chamar de "faxinas pesadas", terminava de limpar o lavabo do térreo, que tinha uma pia e uma porta para a escadinha da adega. Pelo que Tom sabia, a mulher não entendia inglês. Ela estava a apenas alguns metros de distância. Tom olhou para o número dos Pritchard, anotado na agenda, e começou a estender a mão em direção ao telefone quando o aparelho tocou. *Ótimo, talvez seja Janice*, pensou Tom no instante em que atendia.

Não, era uma chamada internacional, duas telefonistas murmurando, até que uma delas triunfou e perguntou:

— *Vous êtes* Monsieur Tom Riplí?

— *Oui*, Madame.

Será que Heloise estava ferida?

— Um instante, *s'il vous plaît*.

— Alô, Tome! — saudou Heloise, e parecia bem.

— Olá, meu amor. Como está? Por que você não...?

— Estamos muito bem... Marraquexe! Sim... Eu mandei um cartão-postal, em um envelope, mas você sabe...

— Tudo bem. Obrigado. O principal é que... você está bem? Não está doente?

— Não, Tome, *chéri*. Noëlle conhece remédios maravilhosos! Ela pode comprar alguns, se for preciso.

Bem, isso já era alguma coisa, claro. Tom ouvira relatos sobre estranhas doenças africanas. Teve um engulho.

— E quando você volta?

— Hummm...

Tom interpretou aquele ruído como "daqui a uma semana".

— Queremos visitar...

Um alto ruído de estática, a ligação quase caiu, e então a voz de Heloise retornou, calmamente:

— Mequinez. Vamos pegar um avião para lá... Aconteceu alguma coisa. Adeus, Tome.

— *O que* aconteceu?

— ... tudo bem. Tchau, Tome.

Fim.

O que diabos estava acontecendo? Outra pessoa queria usar o telefone? Parecia que Heloise havia telefonado do saguão do hotel, por causa dos ruídos de fundo, era a coisa mais lógica a se fazer, pensava Tom. A situação era um tanto enlouquecedora, mas pelo menos ele sabia que, naquele momento, Heloise estava bem e pretendia seguir viagem para Mequinez, que ficava ao norte, na direção de Tânger, onde ela certamente embarcaria em um avião de volta para casa. Pena que não tivera tempo de falar com Noëlle. Nem sequer sabia o nome do hotel.

De forma geral, Tom sentia-se animado pela conversa com Heloise, e, nesse estado de espírito, pegou o telefone novamente, consultou o relógio (três e dez) e discou o número dos Pritchard. Cinco, seis, sete toques. Então veio a voz aguda de Janice com o sotaque americano:

— Alôôô?

— Olá, Janice! Aqui é Tom. Como está?

— Ah! Que bom falar com você! Estamos ótimos. E por aí?

Sinistramente amigável e alegre, percebeu Tom.

— Estou bem, obrigado. Também tem aproveitado o clima?

— Tem feito uns dias lindos, não? Agora mesmo eu estava lá fora, podando as roseiras. Mal ouvi o telefone.

— Eu ouvi dizer que David anda pescando — comentou Tom, obrigando-se a sorrir.

— Ha! Pescando?

— Não é isso que ele está fazendo? Acho que o vi uma vez... quando estava dirigindo ao lado de um canal aqui perto. Tentando pegar carpas?

— Ah, não, Sr. Ripley, ele está tentando pegar um *corpo*.

Ela riu, aparentemente achando graça na semelhança entre as palavras.

— É ridículo! O que ele poderia encontrar? Nada! — acrescentou, com uma nova leva de risos. — Mas isso o obriga a sair de casa. A se exercitar.

— Um corpo... de quem?

— Alguém chamado Murchison. David diz que você o conhecia... que o matou, na verdade, ao menos é o que ele acha. Dá para acreditar?

— Não! — refutou Tom, com uma risada. Fingiu estar achando graça. — Quando eu o matei?

Tom esperou.

— Janice?

— Desculpe. Por um instante achei que já tinham chegado, mas era outro carro. Anos atrás, eu acho. Ah, é tudo tão absurdo, Sr. Ripley!

— Se é — concordou Tom. — Mas, como você disse, isso o obriga a se exercitar... e é uma diversão...

— Diversão! Arrastar um gancho por aí...

O riso e o timbre agudo indicavam que ela estava radiante com a diversão do marido, achava Tom.

— E o sujeito com seu marido? Um velho amigo?

— Não! Um estudante de música americano que David conheceu em Paris! É um rapaz decente, não um ladrão, para nossa sorte... — comentou Janice, com uma risadinha. — Digo isso porque ele está dormindo na nossa casa. O nome dele é Teddy.

— Teddy — repetiu Tom esperando o sobrenome, que não veio. — Quanto tempo acha que isso vai durar?

— Ah, até ele encontrar alguma coisa. David é incansável, isso não dá para negar. Comprar gasolina, fazer curativos para dedos machucados, cozinhar para dois homens... minha vida tem sido bastante agitada. Não poderia vir aqui um dia desses para tomar café, ou quem sabe um drinque?

Tom ficou estupefato.

— Eu... agradeço... mas no momento...

— Sua mulher está viajando, pelo que ouvi dizer.

— Sim, e vai passar mais algumas semanas fora, imagino.

— Onde ela está?

— Acho que vai à Grécia em breve. Está de férias, passeando com uma amiga. Enquanto isso, eu tento tirar o atraso no meu jardim.

Tom sorriu, pois Madame Clusot acabava de sair do banheiro, de ré, munida de balde e esfregão. Ele resolveu não retribuir o convite de Janice para um café ou talvez um drinque, pois ela poderia ser ingênua ou maliciosa o bastante para contar tudo a David, e assim ficaria evidente que Tom estava interessado nas atividades dele, o que deixaria claro que estava preocupado. Além disso, David certamente sabia que a esposa era imprevisível, o que decerto fazia parte da diversão sádica.

— Enfim, Janice, como um bom vizinho, desejo tudo de melhor ao seu marido...

Fez uma pausa, e Janice ficou esperando. Tom sabia que David contara à esposa sobre a surra que levara em Tânger, mas, no mundo deles, o certo e o errado, a polidez e a grosseria, nada disso parecia ter importância ou nem sequer fazer sentido. Na verdade, aquilo era pior do que um jogo, pois ao menos nos jogos sempre existia algum tipo de regra.

— Adeus, Sr. Ripley, e obrigada por ligar — despediu-se Janice, amigável como sempre.

Tom se pôs a contemplar o jardim pela janela, enquanto refletia sobre a esquisitice dos Pritchard. O que havia descoberto? Que David poderia continuar *ad infinitum*. Não, isso *não podia ser verdade*! Mais um mês e David teria vasculhado uma área com setenta e cinco quilômetros de diâmetro! Insano! E, a menos que Teddy estivesse ganhando uma quantia absurda, cedo ou tarde ficaria cansado. Claro, Pritchard poderia contratar outra pessoa, desde que tivesse dinheiro.

E onde estariam Pritchard e Teddy naquele momento? Quanta energia só para tirar e guardar aquele barco na picape duas vezes por dia! Seria possível que a dupla estivesse vasculhando o leito do Loing naquele exato momento? Eram três e meia da tarde, e Tom teve ganas de ir até lá para satisfazer a curiosidade, talvez no furgão branco, para variar. De repente percebeu que tinha medo de fazer isso, de circular pela segunda vez no local onde desovara o corpo. E se alguém o tivesse notado e prestado atenção ao rosto dele, no dia em que tinha ido a Voisy e cruzado a ponte? E se ele desse de cara com David e Teddy arrastando ganchos pelo rio?

O mero pensamento perturbaria o sono de Tom, mesmo que eles não encontrassem nada.

Voltou a admirar a pintura finalizada e sentiu-se razoavelmente satisfeito, até mais do que isso. Acrescentara uma listra vertical, vermelho-azulada, na parte esquerda da composição: uma cortina no interior doméstico. Os tons azuis e roxos, mais amenos nas bordas do quadro, intensificavam-se na proximidade do retângulo de sombra representando o limiar da porta dos fundos, que não ficava exatamente no centro. O quadro era mais alto do que largo.

Outra terça-feira chegou, e Tom pensou em Monsieur Lepetit, o professor de música, que geralmente dava aula naquele dia. Tom e Heloise, todavia, haviam interrompido as lições por período indeterminado: ao partirem, não sabiam quanto tempo ficariam na África do Norte, e, mesmo após o retorno, Tom não havia telefonado ao professor, embora houvesse praticado à espineta.

Um fim de semana, os Grais o convidaram para uma refeição, mas Tom apenas agradeceu e recusou. Mais tarde, contudo, em um dia de semana, ele telefonou a Agnès Grais e convidou-se para uma visita às três da tarde.

Mudar de ares fez bem aos olhos de Tom, que havia dias enxergavam sempre as mesmas coisas. Sentaram-se ao redor de uma mesa com tampo de mármore, grande o bastante para seis pessoas, na cozinha organizada e funcional dos Grais, e lá tomaram *espressos* acompanhados por doses de Calvados. Sim, contou Tom, havia conversado duas ou três vezes com Heloise por telefone, e a ligação fora cortada pelo menos uma vez. Deu risada. E um cartão-postal escrito tempos antes, três dias após terem partido em viagem, só chegara no dia anterior. Tudo estava bem, até onde ele sabia.

— E seu vizinho continua pescando — comentou Tom, com um sorriso. — Pelo que ouvi dizer.

— Pescando — ecoou Agnès Grais, com as sobrancelhas franzidas por um instante. — Está procurando alguma coisa, mas não diz o quê. Anda arrastando uns ganchos no leito do rio, sabia? O amigo dele também. Não os vi, mas escutei as fofocas no açougue.

As pessoas sempre conversavam na padaria e no açougue, e como o padeiro e o açougueiro costumavam se juntar à fofoca, o atendimento ficava mais lento. Quanto mais se ficasse por lá, porém, mais coisas seria possível descobrir.

Por fim, Tom respondeu:

— Tenho certeza de que é possível extrair objetos fascinantes desses canais... ou rios. Vocês iriam se surpreender com as coisas que encontrei no *décharge publique* aqui... antes que as autoridades o fechassem, malditas sejam. Era quase uma exposição de arte! Móveis antigos! Alguns talvez precisassem de uma boa reforma, claro, mas... as tenazes de metal na minha lareira ainda funcionam, e são do século XIX. Eu as achei no *décharge publique*.

Deu risada. O *décharge publique* era um descampado à beira da estrada que partia de Villeperce, onde as pessoas antigamente podiam descartar cadeiras quebradas, geladeiras antigas, qualquer velharia, como livros, dos quais Tom resgatara vários. A essa altura, aquele terreno estava cercado por um aramado com corrente e cadeado. Progresso moderno.

— As pessoas dizem que ele não está interessado em coletar nada precioso — comentou Agnès, como se não estivesse muito interessada. — Dizem que devolve ao rio as coisas de metal. Deveria, pelo menos, jogar tudo nas barrancas, onde os coletores de lixo poderiam recolher. Seria um serviço à comunidade.

Ela sorriu.

— Aceita mais uma dose de Calvados, Tome?

— Não, obrigado, Agnès. Melhor eu ir para casa.

— Não, *por que* você iria embora? Trabalhar? Naquela casa vazia? Ah, sei que sabe se divertir sozinho, Tome, com a pintura e sua espineta...

— Nossa espineta — interrompeu Tom. — Minha e de Heloise.

— Sim, certo.

Agnès jogou os cabelos para trás e o observou.

— Você parece um pouco tenso. Está se forçando a voltar para casa. Tudo bem. Espero que Heloise dê notícias.

Tom já estava de pé, sorrindo.

— Quem sabe?

— E saiba que sempre pode aparecer aqui, seja para comer, seja só para conversar.

— Prefiro telefonar antes, como bem sabe.

A voz de Tom era igualmente aprazível. Aquele era um dia de semana, e Antoine só voltaria sexta à noite ou sábado ao meio-dia. E as crianças podiam chegar da escola a qualquer momento, percebeu Tom.

— Até mais, Agnès. Muito obrigado pelo café delicioso.

Ela o acompanhou até a porta da cozinha.

— Você parece um pouco triste. Não esqueça que tem velhos amigos aqui.

Agnès deu um tapinha no braço de Tom, antes que ele andasse até o carro.

Tom deu um último aceno da janela do carro e pegou a rua, bem no instante em que o ônibus amarelo, vindo da direção oposta, estacionava para deixar Edouard e Sylvie Grais.

Flagrou-se a pensar em Madame Annette, nas férias dela, que deveriam começar no início de setembro. A governanta não gostava de tirar as folgas em agosto, o mês tradicional das férias francesas, pois dizia haver muito trânsito e engarrafamento em qualquer lugar para onde se viajasse, e, além do mais, em agosto as outras governantas do vilarejo tinham mais tempo livre, pois os patrões estavam viajando, de modo que ela e as colegas podiam visitar mais umas às outras. No entanto, não seria bom sugerir a Madame Annette que tirasse as férias naquele momento, se desejasse?

Não seria a melhor alternativa, por uma questão de segurança? Havia um limite para as coisas que ele desejava que Madame Annette visse ou escutasse na aldeia.

Mais uma vez, percebeu que estava preocupado. Ao compreender a sensação, sentiu-se mais fraco. Teria que fazer algo quanto antes em relação àquele sentimento.

Decidiu telefonar para Ed ou Jeff. A essa altura, ambos pareciam ter o mesmo valor para ele. No momento, ele precisava mesmo era da presença de um amigo, para oferecer a mão, ou talvez os punhos. Pritchard, afinal, já tinha um ajudante: Teddy.

E o que Teddy diria se Pritchard encontrasse o que cobiçava? Será que o rapaz sabia o que tanto procuravam?

De repente, Tom dobrou-se de tanto rir, quase cambaleando na sala de estar, onde estivera caminhando em círculos vagarosos. Aquele Teddy, aquele estudante de música... seria possível que estivesse prestes a encontrar um cadáver?

Bem nessa hora, Madame Annette entrou no cômodo.

— Ah, Monsieur Tome... estou tão feliz em ver esse bom humor!

Tom tinha certeza de que estava vermelho de tanto gargalhar.

— Acabei de me lembrar de uma piada... não, não, Madame, infelizmente não funciona tão bem em francês!

18

Poucos minutos após dizer aquelas palavras, Tom verificou a agenda e discou o número de Ed. Logo ouviu uma gravação que solicitava o nome e o número da pessoa do outro lado da linha. Estava prestes a passar as informações quando, para alívio dele, Ed atendeu.

— Alô, Tom! Sim, acabo de chegar. Quais as novas?

Tom respirou fundo.

— As mesmas de antes. David Pri-chato continua pescando nas redondezas, arrastando ganchos em um barco — contou de forma deliberadamente calma.

— Não brinque! Há quanto tempo ele faz isso? Dez dias? Mais de uma semana, no mínimo.

Era evidente que nenhum dos dois estivera contando os dias, mas ainda assim Tom sabia que Pritchard já empreendia aquelas buscas havia quase duas semanas.

— Cerca de dez dias — respondeu Tom. — Para ser sincero, Ed, se ele insistir, e tudo indica que insistirá, é bem possível que acabe encontrando você sabe o quê.

— Sim. É inacreditável. Acho que você precisa de ajuda.

Pela voz, dava para notar que Ed entendera a situação.

— Sim. Bem, talvez precise. Pritchard tem um ajudante. Acho que já mencionei a Jeff. Um homem chamado Teddy. Trabalham juntos em um barco motorizado incansável, arrastando dois ancinhos… ou melhor, duas fileiras de ganchos. Já estão nessa há tanto tempo que…

— Vou para aí, Tom, e farei o que puder para ajudar. E pelo visto é melhor eu ir logo.

Tom hesitou.

— Confesso que me sentiria melhor.

— Vou tentar ir quanto antes. Preciso entregar um trabalho até sexta-feira ao meio-dia, mas vou me esforçar para terminar tudo amanhã. Chegou a conversar com Jeff?

— Não, até cogitei, mas… se você puder vir, talvez eu nem precise. Sexta à tarde? À noitinha?

— A depender do andamento do trabalho, talvez eu consiga chegar até antes, na sexta, lá pelo meio-dia. Ligarei de novo, Tom… para dizer a hora do voo.

Depois dessa conversa, Tom se sentiu melhor e foi logo procurar Madame Annette, para avisar que provavelmente receberiam um hóspede no fim de semana, um cavalheiro de Londres. A porta do quarto dela estava fechada. Silêncio. Estaria cochilando? Não tinha esse costume.

Ele espiou pela janela da cozinha e avistou a governanta inclinada sobre um canteiro de violetas, à direita. As flores eram de um roxo pálido, imunes ao vento, ao frio e a insetos predatórios, ou assim pareciam a Tom. Foi, então, até o jardim.

— Madame Annette?

A mulher se empertigou.

— Monsieur Tome… vim admirar as violetas mais de perto. Não são *mignonnes*?

Tom concordou. As flores semeavam o solo perto do loureiro e da sebe. Em seguida, ele transmitiu as boas notícias: alguém viria ocupar o quarto de hóspedes, e ela teria mais uma pessoa para quem cozinhar.

— Um velho amigo! Isso vai elevar seus ânimos, Monsieur. Ele já esteve em Belle Ombre antes?

Enquanto conversavam, dirigiam-se à entrada lateral ou de serviço, que levava à cozinha.

— Não sei bem. Acho que não. Curioso.

Parecia mesmo estranho, tendo em vista que conhecia Ed havia anos. Talvez o amigo se mantivesse afastado da casa de Tom de forma inconsciente, por causa das falsificações. E a catastrófica visita de Bernard Tufts, claro.

— E o que ele gostaria de comer, Monsieur? — quis saber Madame Annette, assim que se viu de volta aos domínios dela, a cozinha.

Tom riu, tentando pensar em opções.

— Provavelmente vai querer algo francês, ainda mais neste clima... Estava quente, mas não muito.

— Lagosta fria? Ratatouille? Claro! Fria. Escalopes de *veau avec sauce madère*?

Os olhos azuis da governanta cintilaram.

— Sim, ótimo — concordou Tom, cheio de apetite depois de ouvir as iguarias mencionadas. — Excelentes ideias. Ele deve chegar na sexta-feira.

— E a esposa?

— Monsieur Ed é solteiro. Virá sozinho.

Em seguida, Tom dirigiu até a agência dos Correios para comprar selos e ver se havia alguma remessa de Heloise na segunda leva do dia, que não era entregue em casa. Havia um envelope com a caligrafia de Heloise, o que fez o coração de Tom dar um pulo. O selo era de Marraquexe, mas a data estava ilegível, por causa da tinta fraca. Dentro, havia um cartão-postal no qual ela escrevera:

```
Cher Tom,

Tudo certo, a cidade aqui é bem animada. Tão
linda! Areias roxas ao entardecer. Não pas-
samos mal, almoçamos cuscuz quase todo dia.
```

> Mequinez é a próxima parada. Vamos de avião.
> Noëlle manda abraços e eu mando meu amor.
>
> H.

Tom tomou a carta como um bom sinal, mas já sabia da viagem para Mequinez havia dias.

Já de volta, começou a trabalhar no jardim, com ânimo, enfiando a pá na terra para aparar as arestas deixadas por Henri. O faz-tudo tinha uma concepção um tanto caprichosa dos próprios deveres. Em relação a plantas, demonstrava um espírito prático e até certa sabedoria, mas de repente a atenção se desviava e ele aplicava as energias na execução cuidadosa de um serviço de menor importância. Ainda assim, era honesto e não cobrava caro, e por isso Tom dizia a si mesmo que não podia reclamar.

Após a labuta, tomou uma chuveirada e foi ler a biografia de Oscar Wilde. Como Madame Annette previra, a perspectiva de uma visita o alegrava. Chegou a consultar o *Télé 7-Jours* para ver o que passaria na televisão naquela noite.

Não encontrou nada que lhe despertasse o interesse, mas achou que valia a pena assistir ao programa das dez, se não houvesse nada melhor para fazer. De fato, sintonizou no horário certo, mas em cinco minutos já havia desligado o televisor, para em seguida sair de casa, com uma lanterna, com a ideia de tomar um *espresso* no bar-tabacaria de Marie e Georges.

Os jogadores já estavam de baralho na mão e os fliperamas soltavam estalos e estrondos. Dessa vez, Tom não fisgou nenhum pedaço de conversa sobre o estranho pescador David Pritchard. Imaginava que, depois de tanto esforço nas buscas, Pritchard estaria cansado demais para ir até lá tomar uma cerveja, ou fosse lá o que costumava beber. Ainda assim, Tom ficava alerta sempre que a porta se abria. Já havia pagado a conta e estava prestes a ir embora quando um relancear de olhos para a porta, que acabava de ser aberta outra vez, revelou a chegada de Teddy, o ajudante de Pritchard.

O rapaz estava sozinho e parecia recém-saído do banho, trajava camisa bege e calça cargo, mas também tinha um ar soturno ou talvez simplesmente cansado.

— *Encore un express*, Georges, *s'il vous plaît* — pediu Tom.

— *Et bien sûr*, Monsieur Riplí — respondeu Georges sem lhe dirigir o olhar, voltando a rotunda figura em direção da cafeteira.

Teddy, parecendo alheio à presença de Tom, isso se conhecesse a identidade dele, continuou parado junto à porta, na extremidade do bar. Marie lhe trouxe uma cerveja e o cumprimentou como se o conhecesse, pareceu a Tom, embora não pudesse ouvir nada dali.

Decidido a se arriscar, Tom começou a lançar olhares mais frequentes na direção de Teddy, para ver se surtiria alguma reação no rapaz. Teddy, porém, não deu sinais de que o reconhecia.

Ainda junto à porta, mantinha a testa franzida e o olhar baixo, fitando a cerveja. Trocou algumas palavras com um homem à esquerda, apenas uma conversa breve e desprovida de sorrisos.

Estaria Teddy cogitando abandonar as buscas com Pritchard? Talvez por saudade de alguma namorada parisiense? Ou por estar farto da atmosfera na casa dos Pritchard, por causa da estranha relação de David e Janice? Será que Pritchard, enfurecido pelas buscas frustradas, acabava batendo na mulher à noite e Teddy escutava os barulhos da surra vindos do quarto do casal? Era mais provável, porém, que o rapaz só quisesse respirar um pouco de ar fresco. A julgar pelas mãos, era do tipo fortão. Não do tipo intelectual. Estudante de música? Tom sabia que algumas faculdades de música nos Estados Unidos tinham currículos mais parecidos com os de escolas técnicas. Ser um "estudante de música" não significava necessariamente que a pessoa entendesse ou se importasse com o assunto, pois o que valia era o diploma. Teddy tinha mais de um metro e oitenta, e quanto antes saísse de cena mais feliz Tom ficaria.

Depois de pagar pelo segundo café, Tom se dirigiu à porta. Justo quando passava pelo fliperama, o motociclista atingiu um obstáculo, o impacto representado por uma estrela que piscava e piscava até ficar estática. Fim de jogo. INSIRA MOEDAS INSIRA MOEDAS. Os grunhidos baixos dos espectadores se transformaram em gargalhadas.

Durante todo o tempo, Teddy nem sequer lhe dirigiu o olhar. Tom chegou à conclusão de que Pritchard não lhe contara a motivação das buscas: encontrar o cadáver de Murchison. Talvez tivesse até inventado que estavam procurando joias de um naufrágio. Uma valise com itens valiosos? Ao que parecia, porém, Pritchard não explicara que aquela busca estava relacionada a um vizinho.

Quando Tom, no umbral da porta, voltou o rosto novamente, Teddy continuava curvado sobre o copo de cerveja, sem conversar com ninguém.

Como estava quente, e já que Madame Annette parecia inspirada pela perspectiva de incluir lagosta no cardápio, Tom se ofereceu para ir de carro a Fontainebleau, com o intuito de ajudar com as compras e dar uma olhada na peixaria considerada a favorita da governanta. Com menos dificuldade do que geralmente ocorria, pois Madame Annette sempre pensava duas vezes antes de aceitar esse tipo de convite, Tom conseguiu persuadi-la a ir junto.

Foi necessário preparar a lista de compras, arrumar sacolas e cestas e recolher as roupas que Tom levaria à lavanderia, e mesmo tendo todo esse trabalho, às nove e meia já estavam na estrada. Mais um glorioso dia de sol. A previsão meteorológica, segundo Madame Annette ouvira pelo rádio, prometia tempo bom para sábado e domingo. A governanta perguntou qual era a profissão de Monsieur Edouard.

— Ele é jornalista — respondeu Tom. — Nunca testei o francês dele, mas deve falar *alguma coisa*.

Tom riu, imaginando o que estaria por vir.

Com as compras feitas, as sacolas e cestas bem cheias e as lagostas amarradas em um grande saco plástico duplo, segundo as garantias do peixeiro, Tom pôs mais algumas moedas no parquímetro e convidou Madame Annette (duas vezes) a acompanhá-lo até uma casa de chá para "um agrado", *un petit extra*. Ela acabou cedendo, com um sorriso de prazer.

Um grande globo ou bola de sorvete de chocolate com dois biscoitos espetados no alto, como orelhas de coelho, entre as quais se assentava uma generosa colherada de creme: essa foi a escolha de Madame Annette. Discretamente, ela espiou as matronas às mesas ao redor, tagarelando sobre nada. Nada? Impossível ter certeza, pensava Tom, apesar dos vastos sorrisos que exibiam antes de mergulhar nas tigelas de doce. Tom bebeu um café. Madame Annette adorou o agradozinho e expressou a alegria em voz alta, o que deixou Tom contente.

Se nada acontecesse durante o fim de semana, ponderava Tom conforme caminhavam para o carro, por quanto tempo Ed poderia ficar? Até terça-feira? Por acaso Tom sentiria necessidade de chamar Jeff também? A verdadeira questão, na verdade, era apenas uma: por quanto tempo Pritchard insistiria com a caçada?

— Ficará mais feliz quando Madame Heloise voltar, Monsieur Tome — comentou a governanta, enquanto ele dirigia rumo a Villeperce. — Já teve notícias?

— Notícias! Quem me dera! Os Correios... bem, os Correios de lá parecem piores do que os telefones. Creio que Madame Heloise estará de volta em menos de uma semana.

Ao entrar na rua principal de Villeperce, Tom avistou a picape branca de Pritchard cruzando a rua à direita. Embora não fosse necessário, Tom desacelerou. A proa do barco, com o motor removido, projetava-se do bagageiro da picape. Teriam tirado a embarcação da água para almoçar? Parecia ser o caso, pois seria perigoso deixar o barco amarrado à margem: podia ser levado por ladrões ou abalroado por uma barcaça. A lona ou oleado escuro estava no bagageiro junto ao barco. Tom imaginou que fossem partir novamente, após o almoço.

— Monsieur Pritchard — comentou a governanta.

— Sim — concordou Tom. — O americano.

— Está tentando encontrar alguma coisa nos canais — continuou Madame Annette. — Só se fala nisso. Mas ele não diz o que tanto procura. E dedica tanto tempo e dinheiro a essa história...

— Ouvi alguns relatos... — retomou Tom, e chegou a sorrir. — Rumores sobre tesouros submersos, moedas de ouro, caixas de joias...

— Sabe, Monsieur Tome, ele cata esqueletos de gatos e cachorros. Deixa os ossos na margem... só os atira ali, ele e o ajudante! É um incômodo para os moradores das redondezas, ou até para os passantes...

Tom não queria escutar aquilo, mas não teve escolha. Dobrou à direita para entrar pelos portões de Belle Ombre, ainda abertos.

— Ele não deve estar feliz aqui. Não é um homem feliz — teorizou Tom, com uma olhadela para Madame Annette. — Não vai continuar em nossa vizinhança por muito tempo, creio eu.

Apesar da tranquilidade na voz, a pulsação de Tom estava um pouco acelerada. Detestava Pritchard, e não era nenhuma novidade, mas ali, na presença de Madame Annette, não podia xingar o sujeito em voz alta nem em voz baixa.

Na cozinha, guardaram a manteiga extra, o lindo brócolis, as alfaces, três tipos de queijo, um pó de café especialmente bom, um belo corte de carne bovina para assar e, claro, duas lagostas vivas, com as quais Madame Annette lidaria mais tarde, pois Tom não queria mexer nelas. Para a governanta, talvez não houvesse diferença entre ferver lagostas vivas e um punhado de vagens, mas ele imaginava ouvir os gritos, ou ao menos os lamentos, dos crustáceos enquanto se debatiam até a morte na água borbulhante. Igualmente deprimente era uma informação lida certa vez sobre o preparo da comida em micro-ondas (o preparo de lagostas assadas, presumivelmente): o texto dizia que, após ligar o forno, o cozinheiro tinha quinze segundos para sair da cozinha, se não quisesse ouvir as garras batendo contra a janelinha de vidro, até as lagostas morrerem. Algumas pessoas, imaginava ele, talvez fossem capazes de descascar batatas enquanto as lagostas eram assadas até a morte em questão de segundos. Tom tentou se convencer de que Madame Annette não era esse tipo de pessoa. De qualquer forma, ainda não tinham um forno micro-ondas. Nem Madame Annette nem Heloise haviam demonstrado qualquer interesse em adquirir o eletrodoméstico, e se alguma delas viesse com aquela ideia, Tom tinha um contra-argumento: lera em algum lugar que as batatas assadas no forno micro-ondas mais pareciam batatas fervidas, e esse era um argumento que as duas levariam a sério. E, afinal, a governanta jamais tinha pressa em aprontar a comida.

— Monsieur Tome!

O grito de Madame Annette veio do alpendre dos fundos, enquanto Tom estava na estufa, com a porta aberta exatamente para ouvir algum eventual grito.

— Sim?

— Telefone!

Tom correu, esperando que fosse Ed, mas achando que podia ser Heloise. Dois saltos e alcançou os degraus do alpendre.

Era Ed.

— Amanhã por volta do meio-dia parece um bom horário, Tom. Para ser mais exato... tem um lápis aí?

— Sim, tenho.

Tom anotou: chegada às onze e vinte e cinco no Charles de Gaulle, voo 212.

— Estarei lá, Ed.

— Ah, seria ótimo... se não for muito incômodo.

— Não. É um trajeto agradável... vai me fazer bem. Alguma notícia de... bem, Cynthia? Ou de mais alguém?

— Nada. E por aí?

— Ele ainda está pescando. Você vai ver... Ah, mais uma coisa, Ed. Quanto custa aquele desenho do pombo?

— Para você, 10 mil, não 15.

Ed deu uma risadinha.

Desligaram, bem-humorados.

Tom começou a pensar em uma moldura para o desenho: madeira clara, bem fina ou bem larga, mas em tons quentes, como o amarelo suave do papel. Foi à cozinha compartilhar as boas novas com Madame Annette: o hóspede chegaria a tempo de almoçar no dia seguinte.

Por fim, saiu e retomou as tarefas na estufa, chegando mesmo a dar uma varrida no chão. Também espanou a poeira na parte interna das janelas oblíquas, com uma escova de cerdas suaves encontrada na despensa. Queria deixar a casa nos trinques para receber um velho amigo como Ed.

Naquela noite, Tom assistiu a um videocassete de *Quanto mais quente, melhor*. Era bem o que ele precisava: uma diversão leve. Ficou satisfeito até mesmo com os sorrisos forçados e insanos do coro masculino.

Antes de ir para a cama, voltou ao ateliê e fez alguns esboços à mesa, confortavelmente de pé. Em grandes linhas pretas, desenhou o rosto de Ed, como o recordava. Talvez pedisse que o amigo posasse por cinco ou dez minutos, para esboços preliminares. Seria interessante retratar a face sumamente inglesa de Ed, com os cabelos louros, finos, lisos, que já começavam a rarear, os olhos corteses mas excêntricos, os lábios esguios, prontos a sorrir ou se retrair ao menor estímulo.

19

Tom se levantou muito cedo, como era o costume quando tinha algum compromisso. Às seis e meia, já estava de barba feita, com calça jeans e camisa, e caminhava de forma deliberadamente silenciosa até a sala de estar, em direção à cozinha, para ferver um pouco de água. Madame Annette geralmente só se levantava às sete e quinze ou sete e meia. Tom levou para a sala de estar o pires e a cafeteira. Como o café ainda não estava pronto, dirigiu-se à porta da frente, pensando em abrir uma fresta para respirar um pouco do frescor matinal, dar uma olhada na garagem e decidir se pegaria o Mercedes vermelho ou o Renault para ir ao aeroporto.

Recuou, sobressaltado, ao ver um longo embrulho cinza aos pés dele. Estava atravessado em frente à porta, e Tom de imediato percebeu, tomado de horror, o que havia ali dentro.

Dava para notar que Pritchard havia enrolado a descoberta em uma "nova" lona cinza, que, aos olhos de Tom, parecia a mesma usada para cobrir o barco. Uma corda prendia o embrulho. Pritchard também esburacara a lona em vários pontos, com uma faca ou uma tesoura, mas por que razão? Para usar os buracos como alças? Pritchard tivera que transportar a coisa até ali, talvez sozinho. Tom se inclinou e puxou uma ponta da nova lona, por curiosidade, e logo viu a velha lona, gasta e despedaçada, com frestas que revelavam a brancura cinzenta de ossos.

Os grandes portões de ferro de Belle Ombre ainda estavam fechados e trancados por dentro. Para chegar até a porta da frente, Pritchard precisaria ter estacionado na rampa junto ao gramado da casa, para em seguida arrastar o embrulho pela relva e por cerca de dez metros de cascalho. Teria feito barulho ao passar pelas pedrinhas, claro, mas tanto Madame Annette quanto Tom dormiam nos fundos da casa.

Tom teve a impressão de que sentia um cheiro desagradável, mas talvez fosse apenas o odor da umidade, do mofo, ou apenas fruto da imaginação dele.

No momento, a melhor alternativa era usar o furgão e agradecer aos céus por Madame Annette ainda não ter acordado. Tom retornou ao vestíbulo, apanhou as chaves no aparador e saiu correndo para abrir a traseira do automóvel. Em seguida, segurou com firmeza o embrulho, enfiando as mãos sobre as cordas que o envolviam, e o ergueu, acreditando que seria bem mais pesado do que realmente era.

Aquela coisa maldita não pesava mais de quinze quilos, estimava Tom, menos de quarenta libras. E parte desse peso era água. O embrulho gotejava um pouco, enquanto Tom o carregava, cambaleante, em direção ao furgão branco. Percebeu que ficara paralisado de espanto no umbral da porta por vários segundos. Não podia permitir que aquilo se repetisse! Ao enfiar o fardo no bagageiro do veículo, deu-se conta de que não conseguia distinguir os pés da cabeça. Entrou no lado do motorista e repuxou uma das cordas, para poder fechar o compartimento.

Nada de sangue. Esse, contudo, era um pensamento absurdo, logo percebeu. As pedras enfiadas no oleado, com a ajuda de Bernard Tufts, decerto também tinham sumido havia muito tempo. A ossada permaneceu debaixo d'água porque não havia mais carne, presumia ele.

Tom trancou o bagageiro e as portas do veículo. O furgão estava fora da garagem, onde só cabiam dois carros. Qual seria o próximo passo? Voltar para o desjejum, dizer *"Bonjour"* a Madame Annette e, enquanto isso, pensar. Ou planejar.

Retornou à porta da frente, em cuja soleira havia alguns respingos visíveis, o que o deixou irritado. Tentou se convencer de que a luz do sol certamente se encarregaria de secar aquela água até as nove e meia, horário em que Madame Annette costumava sair para fazer compras. Na verdade, na maioria das vezes ela saía e entrava pela porta da cozinha. Já dentro de casa, Tom foi ao lavabo e lavou as mãos na pia. Percebeu uma espécie de areia molhada na coxa direita e fez o possível para limpar os grãos com a água da pia.

Quando Pritchard encontrara o que considerava ser um prêmio? Provavelmente no dia anterior, no fim da tarde, embora também pudesse ter sido pela manhã, claro. Nesse caso, teria escondido o tesouro no barco. Será que contara a Janice? Bem provável. Por que não contaria? Janice parecia incapaz de fazer algum juízo de valor sobre certo e errado, incapaz de qualquer reflexão a favor ou contra alguma coisa, e certamente jamais refletia sobre o próprio marido, pois, do contrário, já teria ido embora. Tom se corrigiu: Janice era tão biruta quanto David.

Entrou animado na sala de estar e logo avistou Madame Annette, que servia torradas, manteiga e geleia na mesa do café.

— Que delícia! Muito obrigado — disse Tom. — *Bonjour*, Madame!

— *Bonjour*, Monsieur Tome. Acordou cedo.

— Como sempre que estou esperando um hóspede, não é?

Tom cravou os dentes na torrada. Acabava de pensar que deveria cobrir o embrulho com um pano ou com jornais, qualquer coisa que impedisse algum eventual passante de avistar a lona caso espiasse pela janela do carro.

Será que, a essa altura, Pritchard já dispensara Teddy? Ou será que Teddy dispensara a si mesmo, por medo de se tornar cúmplice de alguma confusão que nada tinha a ver com ele?

O que Pritchard esperava que Tom fizesse com o saco de ossos? Por acaso apareceria dali a alguns segundos com a polícia e diria: "Vejam! Aqui está o desaparecido Murchison!"

Ao pensar isso, Tom se empertigou, de testa franzida, com a xícara de café na mão. *O cadáver que vá para o fundo de um canal,* pensou, *e Pritchard que vá para o inferno.* Claro, Teddy poderia servir de testemunha para a descoberta daquele corpo, mas que prova tinham de que era Murchison?

Tom espiou o relógio. Sete para as oito. Para buscar Ed, deveria sair de casa, no máximo, dez para as dez. Passou a língua pelos lábios e em seguida acendeu um cigarro. Caminhou lentamente pela sala, pronto para interromper os passos, caso Madame Annette reaparecesse. Lembrou-se de que decidira deixar dois anéis nos dedos de Murchison. Dentes, arcada dentária? Será que Pritchard chegara a ponto de conseguir fotocópias de documentos policiais, talvez por meio da Sra. Murchison? Tom percebeu que estava se torturando, pois naquele momento não podia sair e dar uma boa olhada no conteúdo do furgão. Afinal, Madame Annette estava na cozinha, onde havia uma janela que dava para a frente da casa. O carro estava paralelo àquele ponto, e se a governanta desse uma espiada talvez pudesse entrever o embrulho no bagageiro. Mas por que espiaria? Além disso, o carteiro também chegaria em breve, às nove e meia.

Por fim, ele decidiu simplesmente estacionar o furgão na garagem e dar uma olhada. Enquanto refletia, terminou de fumar o cigarro, com toda a calma, apanhou o canivete na mesa do vestíbulo, guardou-o no bolso e em seguida pegou um punhado de jornais na cesta junto à lareira.

Entrou no Mercedes e saiu de ré, deixando o carro a postos para a viagem até o aeroporto, depois estacionou o furgão branco na vaga livre. Às vezes, usava um pequeno aspirador na garagem, onde havia uma tomada elétrica, então Madame Annette não teria motivos para estranhar aquelas atividades. O portão da garagem formava um ângulo reto com a janela da cozinha. Todavia, Tom fechou uma das folhas do portão, no lado em que o veículo se encontrava, e deixou a outra aberta, na parte em que estava o Renault marrom. Acendeu a lâmpada com bojo de arame que ficava na parede direita.

Entrou no compartimento traseiro do furgão e se esforçou para descobrir onde estavam os pés e onde estava a cabeça da coisa embrulhada. Não era tarefa simples, e acabava de lhe ocorrer que o corpo era curto demais para ser mesmo o de Murchison, quando percebeu que estava faltando a cabeça. Tinha caído e se separado do corpo. Tom se obrigou a apalpar os pés e os ombros da ossada.

A cabeça sumira.

Era uma constatação reconfortante, pois significava que não havia mais dentes, nem osso do nariz, nada que pudesse ser usado para identificar o cadáver. Tom saiu e abriu as janelas do carro nos lados do motorista e do carona. Um curioso cheiro de mofo emanava do embrulho, não o cheiro de alguma coisa morta, mas de algo muito molhado. Logo percebeu que seria necessário verificar as mãos para ver se achava os anéis. *A cabeça sumira.* Onde estaria? Rolando na correnteza, em algum lugar, para a frente e para trás? Não, não estaria no rio.

Tentou se acomodar apoiado na caixa de ferramentas, mas era baixa demais, e ele acabou se apoiando no para-lama, com a cabeça inclinada. Estava à beira de um desmaio. Será que o melhor era se arriscar, esperando até que Ed chegasse para lhe dar apoio moral? Aceitou o fato de que não conseguiria mais examinar o corpo. Poderia dizer que...

Endireitou a postura e se obrigou a pensar. Caso Pritchard aparecesse com a polícia, Tom poderia dizer que a única opção que tivera tinha sido esconder o repugnante saco de ossos, e de fato vira alguns ossos e os apalpara através do oleado, por uma questão de decência, para que a governanta não os visse, mas ficara tão nauseado que não conseguira entrar em contato com a polícia.

Contudo, seria muito desagradável se a polícia aparecesse (chamada por Pritchard) enquanto Tom estivesse fora de casa, buscando Ed no aeroporto. Madame Annette teria que lidar com os policiais, que certamente procurariam pelo cadáver mencionado por Pritchard, e não levariam muito tempo para encontrar o corpo, menos de meia hora, calculava Tom. Na parte do pátio que dava para a estrada, ele abriu uma torneira, inclinou-se e molhou o rosto.

Já se sentia melhor, mas percebeu-se na expectativa de que a presença de Ed o encorajasse.

E se aquele corpo fosse de outra pessoa, não de Murchison? Como eram curiosas as coisas que passavam pela cabeça de alguém naquelas horas. Tom percebeu, porém, que o oleado marrom-claro era muito familiar. Só podia ser o mesmo usado por ele e Bernard naquela noite.

E se Pritchard continuasse procurando a cabeça, nas proximidades do local onde encontrara o resto do corpo? O que as pessoas de Voisy estariam comentando sobre o assunto? Será que alguém percebera alguma coisa? Tom chegou à conclusão de que havia cinquenta por cento de chances. Com frequência, havia algum homem ou alguma mulher passeando pelas margens do rio ou cruzando a ponte, de onde a cena poderia ser vista com mais clareza. Infelizmente, o objeto recuperado tinha o formato aproximado de um corpo humano. Era óbvio que as duas (três) cordas usadas por ele e Bernard haviam resistido, do contrário a lona não estaria mais ali.

Tom pensou em trabalhar no jardim por meia hora, para aplacar o nervosismo, mas percebeu que não estava com vontade. Madame Annette estava pronta para fazer as compras matinais. Em meia hora, mais ou menos, ele precisaria sair para buscar Ed.

Foi ao segundo andar e tomou uma chuveirada, embora já tivesse se banhado naquela manhã, e depois trocou de roupa.

Quando desceu as escadas, a casa estava silenciosa. Tom decidiu que se o telefone tocasse não iria atender, mesmo sabendo que poderia ser Heloise. Odiava a ideia de ficar quase duas horas fora de casa. Segundo o relógio de pulso, faltavam cinco para as dez. Encaminhou-se até o carrinho de bebidas, escolheu o menor dos copos (uma taça), serviu-se uma dose minúscula de Rémy Martin, saboreou o líquido e aspirou o aroma que a bebida deixara no vidro. Depois lavou e secou a taça na cozinha e devolveu-a ao carrinho. Carteira, chaves, tudo pronto.

Por fim, saiu e trancou a porta da frente. Madame Annette, muito atenciosa, já abrira os portões de ferro. Tom os deixou totalmente abertos ao partir na direção norte. Dirigia em velocidade média. Havia tempo de sobra, na verdade, embora fosse impossível saber como as coisas estariam na *périphérique*.

Saiu pela Pont La Chapelle, para o norte, rumando em direção àquele enorme e lúgubre aeroporto, que ele detestava. Heathrow era tão gigantesco que não se podia conceber aquela emaranhada vastidão até que fosse necessário caminhar mais de um quilômetro com a bagagem a reboque. O Charles de Gaulle, em compensação, era facilmente imaginável na arrogante inconveniência que lhe era própria: um prédio principal circular, envolvido por um emaranhado de vias, todas sinalizadas, claro, mas caso alguém perdesse a primeira placa, já seria tarde demais para dar meia-volta.

Parou o carro no estacionamento ao ar livre, pelo menos quinze minutos antes do planejado.

E lá estava Ed, que parecia caloroso, com uma camisa de gola em v, uma espécie de mochila e uma pequena valise na mão.

— Ed?

O amigo não o vira. Tom acenou.

— Olá, Tom!

Trocaram um firme aperto de mão.

— Meu carro está aqui perto — avisou Tom. — Vamos pegar aquele ônibus interno. E como estão as coisas em Londres?

Tudo estava bem, contou Ed. A vinda a Villeperce tinha sido bastante tranquila e não causara inconveniências a ninguém. Poderia ficar até segunda-feira sem problemas, ou por mais tempo.

— E por aqui? Alguma novidade?

Equilibrando-se no interior do pequeno ônibus amarelo, Tom franziu o nariz e pestanejou.

— Bem... algo aconteceu. Depois eu conto. Aqui não.

Já no carro, Ed perguntou como estava a viagem de Heloise em Marrocos. Em seguida, Tom lhe perguntou se já estivera na casa dele em Villeperce, recebendo uma negativa como resposta.

— Estranho! — espantou-se. — Quase inacreditável!

— Mas tem funcionado bem — argumentou Ed, com um sorriso amigável. — Uma relação de negócios, não é?

Ed riu, como se considerasse a própria frase absurda: afinal, em certo sentido, a relação entre os dois era tão profunda quanto uma amizade, e ainda assim diferente. Se qualquer um deles traísse a confiança do outro, haveria escândalos, multas, talvez aprisionamento.

— Sim, é mesmo — concordou Tom. — Por falar nisso, Jeff tem algum compromisso no fim de semana?

— Hum, não sei muito bem — respondeu Ed, parecendo desfrutar a brisa veranil que entrava pela janela. — Liguei para ele ontem à noite e comentei sobre minha vinda para cá. Também disse que você talvez precisasse dele. Achei que não havia mal nisso, Tom.

— Não há — garantiu Tom. — De forma alguma.

— Acha que vamos precisar dele?

Tom fechou a cara ao ver o trânsito intenso na *périphérique*. As pessoas já começavam a viajar para aproveitar o fim de semana, e também haveria mais carros na estrada para o sul. Tom seguia revolvendo uma questão na cabeça: deveria contar sobre o cadáver antes ou depois do almoço?

— Para ser sincero, ainda não sei.

— Como são lindos os campos aqui! — elogiou Ed enquanto se afastavam de Fontainebleau, na direção leste. — Mais amplos do que na Inglaterra, parece.

Tom não disse nada, mas ficou satisfeito com aquelas palavras. Alguns hóspedes não faziam comentários sobre a paisagem, como se estivessem cegos ou distraídos, com o olhar perdido no horizonte. Ed mostrou-se igualmente elogioso quanto a Belle Ombre, admirado com os portões imponentes, os quais, como Tom relembrou com uma risada, não eram à prova de balas. Além disso, o amigo apreciou o equilíbrio arquitetônico na fachada da casa.

— Sim, e agora…

Tom havia estacionado o Mercedes a uma curta distância da porta da frente, com a traseira do carro voltada para a casa.

— Preciso contar algo bastante desagradável a você, Ed, algo que aconteceu esta manhã… Eu juro.

— Acredito em você — respondeu Ed, de cenho franzido e bagagem na mão. — O que aconteceu?

— Ali, na garagem… — Tom abaixou a voz e chegou mais perto. — Pritchard largou o cadáver no meu alpendre hoje de manhã. O cadáver de Murchison.

Ed fechou ainda mais a cara.

— Como… não *pode* ser!

— É um saco de ossos — continuou Tom, quase em um sussurro. — Minha governanta não sabe, e é melhor que não saiba. O embrulho está na traseira do furgão, bem ali. Não pesa quase nada. Mas algo tem que ser feito.

— Certamente — respondeu Ed, em voz baixa. — Largar no meio do mato, algo assim?

— Não sei. Preciso pensar. Achei melhor contar tudo de uma vez.

— Estava aqui no alpendre?

— Bem aqui — afirmou Tom, e indicou o piso com um aceno de cabeça. — Ele veio na calada da noite, sem dúvida. Não ouvi nada lá do quarto. Madame Annette não mencionou ter escutado coisa alguma. Encontrei o saco por volta das sete. Ele entrou pelo lado, por ali, talvez com o ajudante, Teddy, mas mesmo sozinho poderia ter arrastado o saco sem problemas. Veio da azinhaga. É difícil ver daqui, mas é possível estacionar o carro lá e vir andando até minha propriedade.

Ao olhar naquela direção, Tom pensou divisar uma leve depressão na relva, do tipo que uma pessoa deixaria ao caminhar, já que os ossos não eram tão pesados que precisassem ser arrastados.

— Teddy — repetiu Ed, pensativo, parcialmente virado na direção da porta.

— Isso. Quem me disse o nome foi a esposa de Pritchard, acho que já contei. Será que Teddy continua na função de ajudante ou Pritchard acha que o serviço já terminou? Bem... vamos entrar, tomar um drinque e tentar aproveitar o almoço.

Tom usou a chave para abrir a porta. Madame Annette, ocupada na cozinha, provavelmente os vira entrar, mas talvez também tivesse percebido que desejavam conversar a sós por um tempo.

— Que beleza! Um espetáculo, Tom — admirou-se Ed. — É um lindo espaço.

— Quer deixar sua gabardina aqui?

Madame Annette emergiu na sala e Tom fez as devidas apresentações. Ela se ofereceu para levar a bagagem de Ed ao segundo andar, claro, mas o hóspede protestou, sorrindo.

— É um ritual — explicou Tom. — Venha, vou lhe mostrar seu quarto.

E assim o fez. Madame Annette havia colhido uma única rosa cor de pêssego para adornar o vaso estreito na cômoda. Ed achou o quarto esplêndido. Tom lhe mostrou o banheiro adjacente e disse que se acomodasse e depois descesse para tomar uns drinques antes do almoço.

Já passava da uma da tarde.

— Houve algum telefonema, Madame? — quis saber Tom.

— Não, Monsieur, e estou em casa desde as dez e quinze.

— Ótimo — respondeu Tom calmamente, pensando que aquela de fato era uma notícia ótima. Pritchard contara à esposa sobre o que fizera? Sobre o triunfo? E Tom se perguntava qual teria sido a reação dela, além de uma risada tola.

Tom examinou a coleção de CDs, hesitando entre uma composição de Scriabin para cordas, belíssima, porém onírica, e o *Opus 39* de Brahms. Acabou escolhendo o último, uma série de dezesseis valsas brilhantes tocadas no piano. Era disso que os dois precisavam, e ele esperava que Ed também gostasse. Deixou o volume não muito alto.

Preparou um gim-tônica para ele mesmo e, no momento que retorcia a casca de limão para jogá-la no copo, Ed desceu as escadas.

Queria um drinque igual.

Tom preparou a bebida e, logo em seguida, foi à cozinha pedir que Madame Annette fizesse a gentileza de segurar o almoço por mais uns cinco minutos.

Os amigos ergueram os copos e se entreolharam sem dizer nada, honrando Brahms com o silêncio. Tom sentiu o efeito da bebida de imediato, mas também sentiu que Brahms fazia com que o sangue dele circulasse mais rápido. Esfuziantes ideias musicais seguiam-se umas às outras, como se o grande compositor tentasse se exibir de propósito. E com todo aquele talento, por que não deveria?

Ed caminhou até as portas-janelas que davam para a sacada.

— Que bela espineta! E essa vista, Tom! É tudo seu?

— Não, só até aquela fileira de arbustos. Atrás há um bosque. Pertence a todo mundo.

— E... adorei a música que você escolheu.

Tom sorriu.

— Que bom.

Ed caminhou de volta ao centro da sala. Vestira uma camisa azul recém-tirada da mala.

— O tal Pritchard mora muito longe? — perguntou em voz baixa.

— A uns dois quilômetros naquela direção.

Tom apontou por cima do ombro esquerdo.

— A propósito, minha governanta não entende inglês... ou, pelo menos, acho que não — acrescentou, com um sorriso. — Talvez seja nisso que prefiro acreditar.

— Acho que você já tinha mencionado. Um arranjo conveniente.

— Sim. Às vezes.

Almoçaram presunto frio, queijo cottage com salsinha, a salada de batatas que era especialidade de Madame Annette, azeitonas pretas e uma boa garrafa de Graves, resfriado. Como sobremesa, um sorbet. Ambos pareciam bem-humorados, mas Tom já estava com a mente voltada para a próxima tarefa, e sabia que Ed pensava na mesma coisa. Nenhum deles quis café.

— Vou vestir uma calça jeans, se me der licença — avisou Tom. — Precisamos... talvez seja necessário ficar de joelhos no bagageiro do carro.

Ed já havia se trocado e estava com um jeans azul.

Tom subiu as escadas e se trocou. Ao descer, apanhou novamente o canivete na mesinha do vestíbulo e chamou Ed com um aceno de cabeça. Saíram juntos pela porta da frente. Tom evitou espiar a janela da cozinha, para não atrair o olhar de Madame Annette.

Passaram pelo Renault marrom e entraram na garagem pela parte aberta. Não havia mureta para separar os carros.

— A situação não é tão ruim — declarou Tom, com tanta animação quanto possível. — Está sem cabeça. Minha esperança agora é descobrir onde...

— Sem cabeça?

— Deve ter se soltado, não acha? Depois de uns três ou quatro anos, a cartilagem se dissolveu...

— E foi parar onde?

— Essa coisa estava embaixo d'água, Ed. No leito do Loing. Acho que a correnteza de um rio não pode ser invertida, como ocorre em um canal, mas... ainda assim existe uma correnteza. Só quero dar uma olhada nos anéis. Ele tinha dois, eu me lembro, e... não os tirei. Certo, está pronto?

Ed assentiu e Tom percebeu que ele se esforçava para parecer pronto. Tom abriu a porta lateral, e puderam observar a maior parte do volume envolto na lona acinzentada, na qual Tom avistou duas voltas de corda, uma aparentemente no nível da cintura e outra na altura dos joelhos. A parte que parecia abrigar os ombros estava voltada para a frente do automóvel.

— Ali estão os ombros, eu acho — anunciou Tom, apontando.

— Com licença.

Entrou na frente, engatinhou até o outro lado do corpo, para dar espaço a Ed, e puxou o canivete.

— Vou dar uma olhada nas mãos.

Começou a cortar a corda, mas era um trabalho demorado.

Ed enfiou a mão sob a extremidade da lona, a ponta onde estavam os pés, e tentou levantar o embrulho.

— Bem leve!

— Eu falei.

Ajoelhado no piso do carro, Tom atacou a corda de baixo para cima, usando a pequena lâmina denteada do canivete. Era a corda de Pritchard, bem nova. Conseguiu cortar, depois a afrouxou e se preparou, pois estava na parte abdominal do cadáver. Só restava um cheiro rançoso e úmido, não do tipo nauseante, a menos que se pensasse muito no assunto. Dali, Tom reparou que alguns nacos de carne, pálidos e moles, ainda estavam grudados à espinha dorsal. O abdômen, claro, era apenas uma cova. *As mãos*, lembrou ele a si mesmo.

Ed, que observava atentamente, murmurou alguma coisa, talvez a exclamação favorita dele.

— As mãos — disse Tom. — Bem… agora você entende por que está tão leve.

— Nunca vi nada assim!

— E espero que nunca mais veja.

Tom afrouxou o pano de Pritchard e em seguida a lona bege que parecia prestes a se desfazer, como os trapos quebradiços de uma múmia.

Os ossos da mão e do pulso quase haviam se separado dos ossos do antebraço, percebeu Tom, mas ainda não estavam totalmente soltos. Era a mão direita (Murchison estava deitado de costas), e Tom viu de imediato o grande anel dourado com uma pedra roxa, do qual se lembrava vagamente, e que à época lhe parecera um anel de formatura. Com cuidado, ele o removeu do dedo mínimo. Usou o polegar para limpar o anel e depois o guardou no bolso da frente do jeans.

— Você disse que eram dois anéis?

— Até onde me lembro, sim.

Tom precisou recuar, pois o braço esquerdo não estava dobrado, e sim reto e paralelo ao corpo. Ele afrouxou ainda mais a lona, em seguida torceu o corpo e abaixou o vidro da janela.

— Tudo bem aí, Ed?

— Claro.

Ed estava pálido.

— Vai ser rápido.

Tom examinou a mão: nem sinal de anel. Olhou sob os ossos, para ver se caíra por ali, ou mesmo se fora parar no oleado de Pritchard.

— Era uma aliança, se não me engano — explicou para Ed. — Não está aqui. Talvez tenha caído.

— É a explicação mais lógica — concordou Ed, com um pigarro.

Tom percebeu o esforço do amigo, que teria preferido não ver a cena. Mais uma vez, apalpou sob o fêmur, sob os ossos pélvicos. Sentiu fragmentos, alguns duros, outros moles, mas nada semelhante a um anel. Endireitou as costas. Deveria desenrolar ambas as lonas? Sim.

— Tenho que procurar o tal anel... Escute, Ed, se Madame Annette nos chamar para atender ao telefone ou algo assim, faça o favor de ir ao gramado e dizer que estamos aqui na garagem e que irei lá em um minuto. Talvez não saiba que estamos aqui. Se ela perguntar o que estamos fazendo, coisa que não é do feitio dela, vou dizer que estamos olhando uns mapas.

Em seguida, Tom se entregou com afinco à tarefa, usando o mesmo método para cortar a outra corda (o nó estava apertado) e desejando ter ali a faca com que fazia as podas, a qual estava na estufa. Ergueu ossos da canela e do tornozelo, observou e apalpou cada um, até o último pedaço. Inútil. Percebeu que faltava o dedo mínimo do pé esquerdo, bem como algumas falanges nos dedos. Aquele anel de formatura, porém, provava que o corpo era mesmo de Murchison, sabia Tom.

— Não consigo encontrar — admitiu. — Agora...

Não sabia se era uma boa ideia usar pedras. Deveria juntar algumas, como fizera com Bernard Tufts, para afundar os ossos? O que faria com o cadáver, afinal de contas?

— Acho melhor embrulharmos de novo. Vai ficar parecendo um par de esquis, não acha?

— Será que esse Pritchard não vai chamar a polícia, Tom? Ou mandar uma viatura para cá?

Tom sibilou entre os lábios.

— Sim, seria a reação mais racional! Mas estamos lidando com malucos, Ed! Experimente prever as ações dele!

— E se a polícia aparecer?

— Bem... — começou Tom, e sentiu a adrenalina disparar. — Nesse caso, vou explicar que guardei os ossos no carro porque não queria que meu hóspede os visse, e pretendia entregar tudo à polícia assim que me recuperasse do choque. Além disso... quem avisou a polícia? Aí está o culpado!

— Acha que Pritchard sabe sobre o tal anel? Pode usá-lo para identificar o corpo?

— Duvido muito. E duvido que tenha procurado por um anel.

Tom começou a amarrar a parte inferior da carcaça.

— Vou ajudar a prender a parte de cima — ofereceu Ed, apanhando a corda deixada de lado.

Tom ficou muito grato.

— Só precisamos dar duas voltas em vez de três, graças àquele nó, eu acho.

Pritchard tinha dado três voltas na ossada com a corda nova.

— Mas… o que vamos fazer com o corpo, afinal? — questionou Ed.

Jogar de volta em algum canal, pensou Tom consigo mesmo. Nesse caso, teriam, ou ele teria, que desamarrar as cordas outra vez para enfiar algumas pedras na lona de Pritchard. Ou desovar aquela porcaria no laguinho de Pritchard. Tom achou graça da ideia.

— Estava pensando que podíamos jogar o saco na casa de Pritchard. Ele tem um laguinho no gramado.

Ed soltou uma risada curta e incrédula. Ambos estavam apertando os respectivos nós para deixar o embrulho mais firme.

— Tenho mais cordas no porão, graças a Deus — avisou Tom. — Ótimo trabalho, Ed. Agora sabemos com o que estamos lidando, não é? Um corpo sem cabeça, bastante difícil de identificar, eu diria. Impressões digitais há muito apagadas, porque a água dissolveu a pele.

Nesse ponto, Ed soltou uma risadinha um tanto nauseada.

— Vamos sair daqui — sugeriu Tom.

Ed saltou para o piso da garagem. Tom escorregou atrás dele e começou a observar o trecho de estrada em frente a Belle Ombre, até onde a vista alcançava. Não lhe parecia possível que Pritchard, curioso como era, resistisse à tentação de vir bisbilhotar a cena, portanto, Tom esperava que ele fosse aparecer a qualquer momento. Mas não queria dizer isso a Ed.

— Obrigado, Ed. Não teria conseguido sem você!

Tom deu um tapinha no braço do amigo.

— Está brincando? — perguntou Ed, tentando esboçar um sorriso.

— Não, é verdade. Fiquei sem reação hoje de manhã, como mencionei.

Ao perceber que a palidez não abandonara o rosto do amigo, Tom desistiu do plano de procurar mais cordas e deixar tudo a postos na garagem.

— Quer dar uma volta no jardim dos fundos? Tomar um sol?

Tom apagou as luzes internas da garagem e os dois contornaram a casa pelo lado da cozinha. A essa altura, Madame Annette já devia ter acabado o serviço por ali e se retirado para o próprio quarto. De lá, os dois foram ao pátio dos fundos. O brilho do sol aquecia o rosto de ambos. Tom falava sobre as dálias que cultivava. Decidiu colher algumas, porque estava com a faca à mão. Como estavam perto da estufa, porém, primeiro foi até lá e pegou uma das tesouras, o segundo par.

— Você não tranca a estufa durante a noite? — perguntou Ed.

— Quase nunca. Sei que deveria — respondeu Tom. — É o que a maioria das pessoas faz aqui na vizinhança.

Mais uma vez, ele se flagrou espiando a estrada secundária, a azinhaga de terra batida, em busca de um carro ou de Pritchard. Afinal de contas, Pritchard usara aquela estrada para fazer a entrega. Depois de Tom ter colhido três dálias azuis, eles entraram na sala de estar pela porta-janela.

— Que tal uma dose de conhaque? — sugeriu Tom.

— Para falar a verdade, estou com vontade de me deitar por uns minutos.

— Fique à vontade, Ed.

Tom serviu um copinho minúsculo de Rémy Martin e ofereceu ao hóspede.

— Beba, eu insisto. Apoio moral. Não lhe fará mal algum.

Ed sorriu e virou a dose.

— Hum. Obrigado.

Tom subiu com Ed, pegou uma toalha de rosto no banheiro de hóspedes e a molhou com água fria. Sugeriu que Ed se deitasse com a toalha dobrada sobre a testa e, se quisesse dormir um pouco, tudo bem.

Em seguida, desceu as escadas, encontrou um vaso apropriado para as dálias na cozinha e as pôs na mesa de centro. Ali também estava o caro isqueiro de jade Dunhill de Heloise. Que prudente ela havia sido ao deixar o item em casa! Tom se perguntou quando ela voltaria de viagem.

Abriu a porta do lavabo do térreo, depois outra porta menor e acendeu a luz. Desceu as escadas rumo à adega, onde molduras vazias estavam apoiadas contra as paredes e uma velha estante de livros continha reservas de água mineral, leite, garrafas de refrigerante, batatas e cebolas. Uma corda. Tom examinou os cantos, ergueu sacos plásticos de cereal e finalmente encontrou o que procurava. Balançou a corda para esticar bem e logo a enrolou de novo. Havia quase cinco metros de corda, e talvez fosse necessário usar tudo, caso decidisse dar três voltas no embrulho e encher a lona de pedras. Por fim, subiu as escadas e saiu de casa pela parte da frente, fechando todas as portas no caminho.

Por acaso seria de Pritchard aquele carro branco que se aproximava lentamente de Belle Ombre, pela esquerda? Tom seguiu até a garagem e largou a corda nos fundos, junto à roda esquerda do Renault.

Era Pritchard. Estacionara o carro à direita dos portões, do ângulo de Tom, e se postara diante da entrada, com uma câmera erguida na altura dos olhos.

Tom avançou.

— O que há de tão fascinante em minha casa, Pritchard?

— Ah, tanta coisa! A polícia já veio?

— Não. Por quê?

Tom fez uma pausa, com as mãos na cintura.

— Não faça perguntas tolas, Sr. Ripley.

Pritchard andou em direção ao carro, olhando para trás com um sorriso vago e estúpido.

Tom ficou onde estava até o carro de Pritchard sumir de vista. Talvez tivesse aparecido na fotografia, mas e daí? Cuspiu nos cascalhos, na direção de Pritchard, deu as costas e caminhou de volta para a porta da frente.

Seria possível que Pritchard tivesse guardado a cabeça de Murchison, teorizava Tom, como uma garantia de vitória?

20

Quando Tom entrou em casa, Madame Annette estava na sala de estar.

— Ah, Monsieur Tome, tentei encontrar o senhor antes, mas não sabia onde estava. A polícia telefonou há algumas horas. O comissariado de Nemours. Achei que tivesse saído para caminhar com o cavalheiro.

— Sobre o que era o telefonema?

— Perguntaram se houve algum tumulto durante a noite. Eu disse que não, nada...

— Que tipo de tumulto? — perguntou Tom, com a testa franzida.

— Barulhos... coisas assim. Quiseram até repetir a pergunta para mim, e eu disse: *Non*, Monsieur, *absolumment pas de bruit*.

— Digo o mesmo. Bem, Madame, não explicaram que tipo de barulho?

— Sim, disseram que um grande embrulho tinha sido entregue, e o aviso fora feito por alguém com sotaque americano... um embrulho que interessa à polícia.

Tom riu.

— Um embrulho! Deve ter sido um trote.

Procurou os cigarros, pescou um na cigarreira sobre a mesa de centro e acendeu a ponta com o isqueiro de Heloise.

— A polícia pretende telefonar de novo?

Madame Annette, ocupada em limpar a cintilante mesa de jantar, fez uma pausa no serviço.

— Não tenho certeza, Monsieur.

— E não disseram quem era esse americano?

— *Non*, Monsieur.

— Talvez seja melhor eu ligar para o comissariado — comentou Tom, como se falasse sozinho, e logo concluiu que de fato seria a decisão mais sábia, para evitar alguma eventual visita da polícia. Com isso, porém, estaria expondo o próprio pescoço, arriscando-se ou simplesmente mentindo, se dissesse que não sabia nada sobre o embrulho, enquanto o saco de ossos permanecia na propriedade.

Procurou o número do comissariado na lista telefônica de Nemours, em seguida discou e informou o nome e o endereço.

— Minha governanta disse que recebi um telefonema do comissariado. Do *seu* comissariado?

Tom esperou enquanto a ligação era transferida para outra pessoa. Ao atendente seguinte, ele repetiu a história de antes.

— Ah, *oui*, Monsieur Riplí. *Oui* — respondeu a voz masculina em francês. — Um homem com sotaque americano nos disse que o senhor recebeu um embrulho que seria de interesse da polícia. Por isso telefonamos para sua casa. Deve ter sido às três da tarde.

— Não recebi embrulho algum — alegou Tom. — Algumas cartas hoje, sim, mas nada de embrulho.

— Era um embrulho grande, segundo o americano.

— Não recebi nada, eu garanto, Monsieur. Não imagino por que alguém... ele por acaso informou o nome?

Tom manteve a voz leve e despreocupada.

— *Non*, Monsieur, nós perguntamos, mas ele não disse o nome. Sabemos onde o senhor mora. Tem um portão muito bonito...

— Sim, obrigado. Se o carteiro tiver um embrulho para entregar, pode tocar a campainha, claro. Para remessas menores, há uma caixa de correio do lado de fora.

— *Oui*, é o padrão.

— Agradeço por terem me informado — continuou Tom. — Mas acontece que dei uma caminhada ao redor da casa, alguns minutos atrás, e não achei nenhum tipo de embrulho, pequeno ou grande.

Desligaram em tom amigável.

Tom ficou contente ao constatar que o policial não associara o homem de sotaque americano a Pritchard, o americano que residia em Villeperce. Talvez percebessem isso depois, se o caso de fato seguisse adiante, mas Tom esperava que isso não acontecesse. O policial com quem acabara de falar decerto não era o mesmo que visitara Belle Ombre anos antes, durante a investigação do desaparecimento de Murchison. Contudo, aquela visita estaria nos registros da polícia, claro. O policial que o visitara não trabalhava em Melun, uma cidade maior que Nemours?

Madame Annette pairava ao redor, discreta.

Tom lhe explicou a situação. Não havia embrulho algum. Ele e Monsieur Banbury tinham dado uma volta ao redor da casa, ninguém entrara pelos portões naquela manhã, nem mesmo o carteiro (novamente, não havia notícias de Heloise), e Tom recusara a oferta da polícia de Nemours, que se prontificara em visitar a casa para examinar a estranha remessa.

— Muito bem, Monsieur Tome. É um alívio. Ora, um embrulho...

Ela meneou a cabeça para indicar que não tinha paciência com rufiões e mentirosos.

Tom também se sentiu satisfeito ao constatar que a governanta não associara Pritchard àquela confusão. Era o tipo de coisa que ela mencionaria, se tivesse tal suspeita. Tom consultou o relógio: quatro e quinze. Era ótimo, achava ele, que Ed tivesse decidido tirar um bom cochilo após o estresse daquela manhã. Talvez quisesse tomar um chá? E será que deveria convidar os Grais para um drinque antes do jantar? Por que não?

Foi à cozinha e disse:

— Pode preparar um bule de chá, madame? Tenho certeza de que nosso hóspede acordará a qualquer momento. Duas xícaras, por gentileza... Não, não precisa preparar sanduíches nem bolo... Sim, Earl Grey seria perfeito.

Voltou à sala de estar com as mãos nos bolsos da calça, no da direita estava o anel pesadão de Murchison. Seria melhor jogar aquilo no rio, achava Tom, talvez pela ponte de Moret quando passasse por lá. Ou, se estivesse com pressa, poderia descartar o acessório na lixeira da cozinha. O saco plástico se projetava para fora quando a porta do armarinho sob a pia era aberta, e o lixo era coletado nas manhãs de quarta--feira e sábado, à beira da estrada. Na manhã seguinte, por exemplo.

Já estava subindo as escadas para bater na porta do quarto quando Ed apareceu no corredor, com um sorriso cauteloso.

— Olá, Tom! Tirei uma ótima soneca! Espero não ter causado muito incômodo. Este lugar é muito agradável e silencioso!

— Incômodo nenhum, Ed. Que tal um chá? Vamos descer.

Tomaram o chá enquanto apreciavam dois irrigadores automáticos que Tom instalara no jardim. Ele decidira não mencionar o telefonema da polícia. De que serviria? A informação talvez deixasse Ed ainda mais nervoso e inseguro.

— Eu estava pensando... — começou a dizer. — Para aliviar o clima, eu poderia convidar um casal de vizinhos para um drinque antes do jantar. Agnès e Antoine Grais.

— Parece uma ótima ideia — respondeu Ed.

— Vou telefonar para eles, então. São muito agradáveis e não moram longe. Ele é arquiteto.

Tom foi ao telefone e discou o número na expectativa, ou melhor, na esperança de que o som da voz dele desencadeasse uma torrente de informações sobre Pritchard. Contudo, isso não aconteceu.

— Liguei para perguntar se você e Antoine... se seria possível que... se podem vir beber algo por volta das sete? Um velho amigo inglês veio passar o fim de semana comigo.

— Ah, Tome, que agradável! Sim, Antoine está aqui. Mas por que vocês não vêm nos visitar? Assim seu amigo conhece um lugar diferente. Como ele se chama?

— Ed, Edward Banbury — respondeu Tom. — Tudo bem, Agnès, minha querida. Será um prazer. Que horas?

— Ah... por volta das seis e meia. É cedo demais? As crianças querem ver televisão depois do jantar.

Tom disse que o horário estava ótimo.

— Nós é que vamos até lá — contou a Ed, sorrindo. — A casa deles é arredondada, como uma torre. Coberta de roseiras. Fica a duas casas de distância dos amaldiçoados... Pritchard — sussurrou a última palavra e olhou de relance o umbral da cozinha, o qual Madame Annette acabara de cruzar para perguntar se os cavalheiros queriam mais chá. — Acho que não, Madame, obrigado. Aceita mais um pouco, Ed?

— Não, obrigado. Estou satisfeito.

— Ah, Madame Annette... vamos sair para visitar os Grais às seis e meia. Acho que voltamos às sete e meia, quem sabe quinze para as oito. Então que tal jantarmos às oito e quinze?

— Como quiser, Monsieur Tome.

— E um bom vinho branco para acompanhar as lagostas. Um Montrachet, talvez?

Madame Annette concordou com prazer.

— Devo pôr terno e gravata? — perguntou Ed.

— Não precisa. Antoine provavelmente já está de jeans, talvez até de bermudas. Voltou de Paris hoje.

Ed se levantou, secou a xícara de chá e voltou o olhar na direção da garagem. Fitou Tom de relance, depois desviou o rosto. Tom sabia o que passava pela cabeça do amigo: o que fariam com a ossada? Felizmente Ed não fez a pergunta em voz alta, pois Tom ainda não tinha uma resposta.

Os dois subiram as escadas. Tom vestiu calças pretas de algodão e uma camisa amarela. Guardou o anel no bolso direito. Por algum motivo, sentia-se mais seguro com o acessório junto ao corpo. Em seguida, foram à garagem, onde ele deu uma olhada no Renault marrom e depois se voltou para o Mercedes vermelho na rampa, fingindo ponderar qual deles usar, apenas para o caso de Madame Annette estar olhando pela janela da cozinha. Caminhou até a parte fechada da garagem e se assegurou de que o embrulho coberto por uma lona ainda estava no veículo.

Caso a polícia aparecesse enquanto estivesse ausente, Tom decidiu dizer que o embrulho provavelmente fora depositado ali durante a noite, sem que ele percebesse. Será que David Pritchard também apareceria, apontando a diferença nas cordas, e assim por diante? Tom duvidava. Entretanto, não queria dizer tudo isso a Ed por receio de piorar o nervosismo do amigo. Esperava que ele não estivesse presente na conversa, ou que ao menos detectasse e acompanhasse o rumo da mentira, caso a polícia interrogasse os dois ao mesmo tempo.

Ed desceu, e eles partiram.

Os Grais se mostraram hospitaleiros e curiosos em relação ao novo hóspede de Tom, Ed Banbury, o jornalista londrino. Os adolescentes o encararam por um tempo, talvez achando graça do sotaque. Antoine estava de bermudas, como Tom previra, e as pernas bronzeadas, com panturrilhas musculosas, pareciam totalmente incansáveis, capazes de dar uma volta olímpica ao redor da França. Naquela noite, usava as pernas apenas para ir e vir entre a cozinha e a sala de estar.

— Trabalha em um jornal, Monsieur Banbury? — perguntou Agnès em inglês.

— Sou autônomo — respondeu Ed.

— É fascinante — comentou Tom. — Conheço Ed há tantos anos... embora admita que não sejamos muito próximos, uma vez que esta é a primeira visita que ele faz a Belle Ombre. E me alegro em dizer que...

— É uma linda casa — elogiou Ed.

— Ah, Tome, preciso lhe contar as últimas notícias — disse Agnès. — O ajudante de Prichar, ou seja lá qual for a função dele, foi embora. Ontem à tarde.

— É mesmo? — respondeu Tom, fingindo pouco ou nenhum interesse. — O cara do barco.

Bebericou o gim-tônica.

— Vamos nos sentar — sugeriu Agnès. — Alguém quer se sentar? Eu quero.

Estavam de pé, porque Antoine acabava de mostrar a casa a Ed e Tom, ou ao menos uma parte: o cômodo no segundo andar, que Antoine chamava de "torre de observação", onde ficava o escritório dele, e dois quartos no lado oposto, ou na curva oposta. No terceiro andar havia outro quarto para o filho do casal, Edouard, e uma mansarda.

Todos se acomodaram.

— Sim, esse tal Teddy — prosseguiu Agnès. — Por acaso, ontem às quatro e pouco, eu o vi sozinho na picape, se afastando da casa dos Prichar. Então pensei: terminaram cedo hoje. Seu amigo sabe que eles andam vasculhando os cursos d'água nas redondezas?

Tom olhou para Ed e disse em inglês:

— Eu lhe contei sobre a dupla estranha que anda dragando os rios… em busca de um tesouro.

Tom deu uma risada.

— Há duas duplas estranhas: Pritchard e a esposa e Pritchard e o ajudante — acrescentou e continuou em francês, para Agnès: — O que eles queriam?

— Ninguém sabe!

Agnès e Antoine começaram a rir, pois ambos haviam pronunciado as mesmas palavras ao mesmo tempo.

— Então, falando sério, hoje de manhã na padaria…

— A padaria! — exclamou Antoine, como se tentasse expressar todo o desprezo que sentia por aquele centro de fofocas exclusivamente feminino, e em seguida escutou com atenção.

— Enfim, Simone Clément me contou algo que ouviu de Marie e Georges. Ontem Teddy foi ao bar-tabacaria tomar umas cervejas e contou a Georges que não queria mais trabalhar com Prichar, e parecia estar de mau humor, mas não quis dizer por quê. Pelo jeito, os dois brigaram. Não tenho *certeza*, mas foi a impressão que ele passou.

Agnès terminou com um sorriso.

— De qualquer forma, Teddy não está mais aqui e a picape sumiu.

— Gente estranha, esses americanos. Às vezes — acrescentou Antoine, como se achasse que Tom poderia se ofender com a palavra "estranha". — Tem notícias de Heloise, Tome?

Agnès novamente passou aos hóspedes o prato com canapés de linguiça e a tigela com azeitonas verdes.

Tom transmitiu as novidades a Antoine e, enquanto isso, começou a pensar que era uma vantagem que Teddy tivesse partido, ainda por cima de mau humor. Será que finalmente percebera o que Pritchard estava procurando e decidira não se meter no assunto? Ir embora não seria uma reação natural? E talvez Teddy (por maior que fosse o salário) finalmente houvesse se cansado das personalidades esquisitas de Pritchard e da esposa. Pessoas normais sempre ficavam nervosas na presença de pessoas seriamente perturbadas, achava Tom. Ainda conseguiu falar de outros assuntos, enquanto a mente girava e vagava.

Cinco minutos depois, Edouard reapareceu e pediu permissão para brincar no jardim, e nisso Tom teve outra ideia: Teddy poderia avisar a polícia parisiense sobre o saco de ossos, não necessariamente naquele dia, mas no seguinte. Teddy poderia dizer, com honestidade, que Pritchard lhe dissera que estavam procurando um tesouro perdido, uma mala submersa, qualquer coisa, menos um cadáver, e que ele chegara à conclusão de que a polícia deveria ser informada sobre o corpo. Essa também seria uma ótima maneira para Teddy dar o troco, se tivesse vontade.

Por enquanto, as notícias eram boas. Tom sentiu o rosto relaxar. Aceitou um canapé, mas não quis beber outro drinque. Ed conversava com Antoine e, ao que parecia, conseguia se virar em francês. Agnès estava especialmente bonita em uma blusa branca de estilo camponês, rendada, com mangas curtas e bufantes. Tom elogiou a roupa.

— Já está na hora de Heloise telefonar, Tome — comentou a mulher, quando ele e Ed se preparavam para partir. — Tenho a sensação de que ela vai ligar esta noite.

— É mesmo? — perguntou Tom, sorrindo. — Não apostaria nisso.

O dia, no fim das contas, tinha sido um sucesso. Ao menos até aquele momento.

21

Para completar o dia de sorte, Tom não foi obrigado a testemunhar ou escutar e nem sequer imaginar os gritos de duas lagostas sendo fervidas vivas. Enquanto devorava outro bocado suculento, coberto com molho de limão e manteiga derretida, lembrou a si mesmo de que a polícia não aparecera enquanto estivera ausente. Se fosse o caso, Madame Annette teria lhe contado logo que chegara.

— Delicioso, Tom — elogiou Ed. — Janta assim todas as noites?

Tom sorriu.

— Não, é um banquete em sua honra. Que bom que gostou.

Serviu-se de um pouco de salada de rúcula.

Terminada a salada com queijo, o telefone tocou. Seria a polícia? Ou talvez Heloise, conforme a previsão de Agnès Grais?

— Alô?

— Alou, Tome!

Era Heloise. Estava com Noëlle no aeroporto, e será que Tom poderia buscar as duas mais tarde em Fontainebleau?

Tom respirou fundo.

— Heloise, querida, estou muito feliz com seu retorno, mas... só esta noite, será que você poderia ficar na casa de Noëlle? — perguntou Tom, pois sabia que Noëlle tinha um quarto extra. — Estou com um hóspede inglês...

— Quem?

Com relutância, Tom respondeu:

— Ed Banbury.

Estava ciente de que o nome inspiraria na esposa uma vaga sensação de perigo, por estar associado à Galeria Buckmaster.

— Esta noite... teremos um pouco de trabalho, mas amanhã... Como está Noëlle? Ótimo. Mande um abraço, certo? E tudo bem com você? Querida, não se importa mesmo em ficar em Paris hoje à noite? Ligue para mim amanhã cedo, a qualquer hora.

— Tudo bem, *chéri* — disse Heloise em inglês. — É tão bom estar de volta!

Desligaram.

— Caramba! — exclamou Tom, a caminho da mesa.

— Era Heloise? — perguntou Ed.

— Sim, ela queria vir para casa hoje à noite, mas vai se hospedar com a amiga Noëlle Hassler. Graças a Deus.

O cadáver na garagem não passava de um monte de ossos, talvez não identificáveis, mas ainda assim era a ossada de um morto, e Tom instintivamente desejava manter Heloise longe de tudo. Engoliu em seco e em seguida sorveu o Montrachet.

— Ed...

Bem nessa hora, Madame Annette entrou no cômodo. De fato, estava na hora de tirar os pratos do jantar e trazer a sobremesa. A governanta serviu mousse de framboesa, um doce leve, feito em casa, e assim que ela saiu Tom recomeçou. Ed esboçava um leve sorriso, com olhar atento.

— Estou planejando dar um jeito em nosso problema esta noite — declarou Tom.

— Foi o que pensei. Outro rio? O saco afundaria — argumentou Ed com convicção, mas em voz baixa. — Não há nada ali que possa boiar.

Tom sabia ao que Ed se referia: não precisava de pedras.

— Não. Tenho outra ideia. Jogar tudo de volta no laguinho, na casa de Prichato.

Ed sorriu e em seguida soltou um risinho baixo, enquanto manchas róseas lhe tingiam as bochechas.

— Jogar de volta — repetiu, como se estivesse escutando ou lendo uma história de terror cômica, e levou uma colherada de mousse à boca.

— Algo assim — concordou Tom, em voz baixa, e começou a comer. — Sabia que essa mousse é feita com minhas framboesas?

Tomaram café na sala de estar, e nenhum deles quis conhaque. Tom foi à porta da frente, saiu um pouco e admirou o céu. Eram quase onze. Por causa das nuvens, as estrelas não apresentavam toda a glória veranil, e por onde andaria a lua? Se concluíssem o trabalho depressa, não seria preciso se preocupar com o luar. Naquele momento, não conseguia avistar a lua.

Voltou à sala de estar.

— Topa me acompanhar esta noite? Não pretendo *ver* Pritchard...

— Sim, Tom.

— Volto em um segundo.

Tom subiu as escadas correndo, vestiu a calça jeans, pegou o pesado anel guardado no bolso da outra roupa e o recolocou na Levis. Será que estava desenvolvendo alguma espécie de neurose relacionada ao ato de trocar de roupa? Motivado pela ideia de que tal mudança resolveria os problemas que o preocupavam e lhe daria forças? Em seguida, Tom foi ao ateliê, apanhou uma lapiseira, alguns papéis para esboço e desceu as escadas, sentindo-se subitamente mais animado.

Ed continuava sentado no mesmo lugar, na ponta do sofá amarelo, com um cigarro na mão.

— Você se importa se eu fizer um desenho rápido?

— Um desenho *de mim*? — perguntou Ed, mas aquiesceu.

Tom traçou o esboço, representando o sofá e o travesseiro ao fundo com linhas rudimentares. Enquanto Ed o fitava, Tom captou a intrigada concentração que se delineava nos cílios e nas sobrancelhas louros, os lábios delgados tipicamente ingleses e as linhas casuais de camisa com a gola desabotoada. Tom moveu a cadeira meio metro para a direita e pegou outra folha. O mesmo desenho. Como Tom não lhe proibira de se mexer, Ed seguia tomando café. Depois de cerca de vinte minutos de trabalho, enfim agradeceu a Ed pela cooperação.

— Cooperação! — repetiu Ed, aos risos. — Eu estava perdido em pensamentos.

Pouco antes, Madame Annette havia retornado com mais café, e por fim se recolhera aos aposentos dela.

— Minha ideia — começou Tom — é estacionar do outro lado da propriedade de Pritchard, não pelo lado dos Grais, então poderemos sair do carro, carregar o embrulho através do gramado até o lago e atirar os ossos lá dentro. Não pesa nada, você sabe. Bem...

— Pouco menos de quinze quilos, eu acho — palpitou Ed.

— Por aí — murmurou Tom. — Bem... talvez escutem algum barulho, Pritchard e a esposa, se estiverem em casa. A janela da sala de estar fica voltada para o lago, eu acho. Depois, simplesmente vamos embora. Deixe que ele reclame! — acrescentou Tom com ousadia. — Que telefone à polícia e conte a história dele.

Silêncio por alguns segundos.

— Acha que ele faria isso?

Tom deu de ombros.

— Quem sabe o que um *maluco* pode fazer? — retrucou, resignado.

Ed ficou de pé.

— Vamos, então?

Tom fechou o bloco de desenho e o colocou na mesa, ao lado do lápis. Apanhou uma jaqueta, estendida sobre a mesa do vestíbulo, e tirou a carteira da gaveta, pois era preciso estar sempre preparado para barreiras policiais, pensou ele com bom humor: jamais dirigia sem a carteira de motorista, claro. Era possível que essa noite algum policial lhe pedisse os documentos com o propósito de conferi-los, mas ninguém pensaria em verificar o embrulho escondido no porta-malas, que parecia, à primeira vista, um tapete enrolado para transporte.

Ed desceu as escadas, já de jaqueta escura e tênis.

— Tudo certo, Tom.

Tom apagou algumas luzes antes de saírem pela porta da frente, que foi trancada em seguida. Auxiliado por Ed, abriu os grandes portões metálicos da garagem. Talvez houvesse uma luz acesa no quarto de Madame Annette, nos fundos da casa, mas Tom não tinha certeza e não se importava. Não havia nada de estranho em levar um hóspede para um passeio noturno, talvez até um café em Fontainebleau. Entraram no carro e abriram um pouco as janelas, embora Tom já não sentisse nenhum traço do cheiro rançoso. Deu a partida, o carro saiu pelos portões de Belle Ombre e dobrou à esquerda.

Cruzou a parte meridional de Villeperce e pegou uma estrada para o norte assim que foi possível. Como sempre, não lhe importava qual estrada, desde que o levasse na direção certa.

— Você conhece todas essas estradas — comentou Ed, quase em tom de pergunta.

— Hum, noventa por cento, talvez. À noite é fácil se perder nas estradas vicinais, que não têm sinalização.

Dobrou à direita, acelerou por um quilômetro e de repente avistou uma placa com o nome de diversas cidades, entre elas Villeperce, à direita. Tom enveredou por ali.

Avançavam por uma estrada que ele conhecia, a qual os levaria à casa de Pritchard, depois à casa desabitada e, por fim, à residência dos Grais.

— Essa é a estrada que leva à casa deles, eu acho — comentou Tom. — Agora, minha ideia...

Desacelerou e permitiu que um carro o ultrapassasse.

— Vamos carregar o embrulho a pé por uns trinta metros, algo assim, para não ouvirem o barulho do carro.

O relógio no painel mostrava quase meia-noite e meia. O carro de Tom avançava devagar, com as luzes baixas.

— É aquela? — perguntou Ed. — A casa branca à direita?

— A própria.

Tom avistou várias luzes acesas no térreo, mas só uma no segundo andar.

— Espero que estejam dando uma festa! — acrescentou Tom, com um sorriso. — Mas duvido. Vou estacionar entre aquelas árvores ali atrás e esperar que tudo corra bem.

Deu a ré e, em seguida, desligou os faróis. Estavam perto de uma curva que levava a uma viela, à direita, o tipo de trilha sem pavimento usada sobretudo por fazendeiros. Ainda era possível que um carro aparecesse e passasse por eles, mas Tom não queria estacionar mais à direita da estrada, por medo de cair em alguma vala, ainda que rasa.

— Vamos tentar.

Tom pegou a lanterna que havia colocado no assento entre eles.

Quando abriram o porta-malas, Tom meteu os dedos sob a corda mais próxima, presa ao redor das canelas de Murchison, e puxou. Foi fácil. Ed estava prestes a agarrar a corda seguinte, quando Tom disse:

— Espere.

Ficaram parados e aguçaram os ouvidos.

— Achei ter escutado alguma coisa, mas deve ter sido só impressão — explicou Tom.

Já haviam tirado o embrulho do carro. Tom abaixou a tampa do porta-malas bem devagar, deixando uma fresta para não fazer barulho. Com um gesto de cabeça, indicou que estava na hora de seguir em frente. Então os dois começaram a avançar pelo acostamento direito da estrada, Tom na dianteira, lanterna na mão, ligada apenas em alguns trechos, quando dirigia o facho de luz em direção à estrada dominada pela escuridão.

— Um segundo — pediu Ed. — Está escapando da minha mão.

Ajeitou os dedos sob a corda e prosseguiram.

Tom fez outra pausa e sussurrou:

— Daqui a uns dez metros, olhe lá... podemos passar pelo gramado. Acho que não tem valas no meio do caminho.

Daquele ponto, viam com clareza os ângulos aguçados das janelas iluminadas. Tom ouvira mesmo uma música ou fora apenas fruto da imaginação? Havia uma espécie de vala à esquerda, mas nenhuma cerca. Em compensação, a apenas quatro metros estava a rampa, sem sinal dos Pritchard nas redondezas. Mais uma vez, Tom indicou, com um gesto silencioso, que deviam seguir em frente. Foram até a rampa e dobraram à direita, em direção ao lago, àquela altura apenas uma forma oval escura, embora quase redonda. Os passos de ambos na grama eram silenciosos. Tom escutou música vindo da casa: algo clássico, não muito alto.

— Hora de atirar o embrulho — determinou Tom, liderando a manobra. — Um... — contou e balançaram o embrulho. — Dois... e no três jogamos lá no meio.

Pluf! Depois, o eco de um gemido ou um borbulhar nas águas do lago.

E muitos salpicos, um gorgolejo de ar que subia, enquanto Tom e Ed se afastavam devagar. Tom seguiu na frente, virou à esquerda na estrada e ligou uma vez a lanterna, para iluminar o caminho de ambos.

Quando estavam a uns vinte passos da rampa, Tom passou a andar mais devagar e então parou, e Ed fez o mesmo. Voltaram-se para olhar a casa dos Pritchard em meio às trevas.

— ... aaaaa... baaaaa...?

Esses fragmentos de pergunta vinham de uma garganta feminina.

— É a esposa dele, Janice — sussurrou Tom para Ed.

Deu uma olhada à direita e distinguiu a forma espectral da picape branca, quase oculta pela folhagem. Voltou a observar a casa dos Pritchard, fascinado. Ao que parecia, eles haviam escutado o barulho na água.

— Você... ah... quê!

Isso veio em tom mais grave, e parecia ser a voz de David.

Uma luz foi acesa no alpendre e Tom avistou ali a figura de Pritchard, de camisa clara e calças escuras. O sujeito olhou para ambos os lados, iluminou o pátio com a lanterna, fitou a estrada e em seguida desceu os poucos degraus que levavam ao gramado. Foi direto ao lago, espiou e depois virou-se em direção à casa.

— ... lago... — Essa palavra veio claramente da boca de Pritchard, seguida por um som áspero, talvez uma imprecação. — ... tou... eu... do *jardim*, Jan!

Janice apareceu no alpendre, vestida com calças claras e uma blusa.

— ... que... eu? — perguntou.

— Não... o... com o gancho!

Uma brisa favorável carregou essas palavras diretamente a Ed e Tom.

Tom tocou o braço do amigo e o sentiu rígido de tensão.

— Acho que ele vai tentar apanhar com um gancho! — sussurrou, abafando um surto de riso nervoso.

— Não é melhor irmos embora, Tom?

Naquele momento, Janice reapareceu, quase correndo, e contornou o canto da casa com uma haste na mão. Inclinado, aguçando o olhar por entre os arbustos agrestes que cresciam na orla do gramado, Tom percebeu que não era o rastelo com gancho, mas um ancinho com três pontas, talvez do tipo usado por jardineiros para tirar folhas e ervas de lugares difíceis de alcançar. Ele próprio tinha uma ferramenta semelhante, com menos de dois metros de comprimento, e aquela parecia mais curta.

Pedindo algo aos resmungos, talvez a lanterna, a essa altura jogada no gramado, Pritchard pegou a ferramenta e pareceu submergir a ponta na água do lago.

— E se ele *conseguir* mesmo pegar? — murmurou Tom para Ed, andando de lado em direção ao carro.

Ed estava logo atrás.

A um gesto súbito de Tom, fizeram uma pausa. Entre os arbustos, ele avistou Pritchard, cuja figura estava curvada para a frente, estendendo a mão para apanhar algo que Janice lhe estendia. No instante seguinte, a camisa branca de Pritchard sumiu.

Ouviram um grito de Pritchard e depois um barulho de queda na água.

— David!

O vulto de Janice correu ao redor do lago, fazendo metade da volta.

— Daaavid!

— Por Deus, ele caiu na água! — exclamou Tom.

— Me... aaaaaa... uaaaa...

Era Pritchard vindo à superfície, e então:

— Ptu!

O som de uma cusparada. Em seguida, o espadanar de um braço que se debatia na água.

— Onde está o *gancho*? — gritou Janice com voz aguda. — Mão...

Pritchard perdera o gancho na queda, adivinhou Tom.

— Janice... Aqui... *lama* embaixo! Sua mão!

— Melhor uma *vassoura*... ou uma *corda*...

Janice disparou em direção ao alpendre iluminado, depois rodopiou como louca e voltou ao lago.

— O cabo do gancho... não consigo ver!

— ... sua mão... esses...

As palavras de David Pritchard se perderam, e ouviu-se outro espadanar na água.

A figura pálida de Janice pairava na borda do lago como um fogo-fátuo.

— David, *cadê* você? Ah!

Ela avistara alguma coisa, e então se inclinou.

O borbulhar das águas chegava claramente aos ouvidos de Tom e Ed.

— … minha *mão*, David! Agarre a *borda*!

Alguns segundos de silêncio, e então um grito de Janice e outro espadanar de água.

— Céus, os *dois* caíram! — alardeou Tom, com um divertimento que beirava a histeria. A intenção fora sussurrar, mas falara em um tom de voz quase normal.

— Qual a profundidade daquele lago?

— Não sei. Uns dois metros? Só um chute.

Janice gritou alto, mas foi sufocada pela água.

— Será que a gente não devia… — começou a dizer Ed, com um olhar nervoso para Tom. — Talvez…

A tensão dele era perceptível. Tom transferiu o peso do pé esquerdo para o direito, e de volta ao esquerdo, como que sopesando ou debatendo alguma coisa, sim ou não. Era a presença de Ed que mudava tudo. As pessoas na água eram inimigas de Tom. Se estivesse a sós, ele teria ido embora sem hesitar.

O espadanar havia cessado.

— *Eu* não os empurrei para dentro daquele lago — declarou Tom de forma um tanto severa, no mesmo instante em que um vago som, como o de uma mão solitária batendo nervosamente na superfície, vinha do lago. — Agora, vamos embora enquanto podemos.

Só havia mais quinze passos a percorrer em meio à penumbra. Um golpe de sorte, achava Tom, que ninguém tivesse passado pela estrada nos últimos cinco ou seis minutos. Entraram no carro e Tom voltou de ré até a viela mais próxima, com a intenção de seguir alguns metros e dobrar à esquerda, o que lhe permitiria voltar pelo mesmo caminho de antes. Acendeu o farol alto.

— Que sorte! — exclamou Tom, sorrindo.

Lembrou-se da euforia que sentira diante do apático Bernard Tufts, quando ambos haviam jogado, sim, os mesmos ossos, os ossos de Murchison, no rio Loing, em Voisy. Tivera vontade de cantar. Ali, no carro, ele se sentia apenas alegre e aliviado, mas percebeu que Ed Banbury não compartilhava o mesmo sentimento. Por isso, Tom dirigiu com cuidado e não disse mais nada.

— Sorte?

— Ah…

Avançavam por uma escuridão cada vez mais densa. Ele não sabia ao certo onde apareceria a próxima encruzilhada ou sinalização. Contudo, acreditava que o caminho poderia desembocar na região sul de Villeperce propriamente dita, cortando a rua principal. O bar-tabacaria de Marie e Georges provavelmente estaria fechado, mas Tom não queria sequer ser visto na rua.

— Uma sorte… que nenhum carro tenha passado por lá naqueles últimos minutos! Não que eu me importasse muito. O que eu tenho a ver com os Pritchard ou com os ossos dentro do lago… os quais, presumo, serão encontrados amanhã?

A imaginação dele conjurou imagens vagas de dois corpos emborcados na superfície do lago. Depois de soltar uma risada, olhou para Ed.

O amigo, que estava fumando um cigarro, devolveu a olhadela, depois baixou a cabeça e apoiou a testa na mão.

— Tom, não consigo…

— Está se sentindo mal? — perguntou Tom, preocupado, tirando o pé do acelerador. — Podemos parar…

— Não, mas estamos indo embora enquanto aqueles dois se afogam lá atrás.

Já se afogaram, pensou Tom. Lembrou-se de David Pritchard clamando pela mão da esposa, como se quisesse puxar Janice de propósito, em um ato final de sadismo, mas a verdade era que Pritchard estava afundando e queria sobreviver. Tom percebeu, com certa frustração, que Ed não entendia a situação da mesma forma que ele.

— São dois intrometidos, Ed.

Ele voltou a se concentrar na estrada, na faixa cor de areia que continuava a correr para baixo do carro.

— Por favor, não se esqueça de que a noite de hoje teve a ver com *Murchison*. Quer dizer...

Ed apagou o cigarro no cinzeiro. Ainda esfregava a testa.

Também não gostei de ver a cena, queria dizer Tom, mas não seria um pouco inverossímil, sendo que minutos antes estava rindo? Respirou fundo.

— Aqueles dois teriam adorado expor as falsificações... expor a Galeria Buckmaster, expor *todos nós* por meio da Sra. Murchison... provavelmente — prosseguiu Tom. — Pritchard estava atrás de mim, mas as falsificações viriam à tona. Os dois tiveram o que mereciam, Ed. Eram forasteiros intrometidos, e ponto final — declarou com determinação.

Estavam quase em casa, e as poucas luzes bucólicas de Villeperce piscavam à esquerda. Avançavam pela estrada que os levaria a Belle Ombre. Tom já começava a avistar a grande árvore em frente aos portões de Belle Ombre, que, aos olhos dele, parecia estar sempre debruçada de forma protetora sobre a casa. Os grandes portões ainda estavam abertos. Por uma janela à esquerda da porta principal, entrevia-se uma débil luz na sala de estar. Ele estacionou o carro na parte vaga da garagem.

— Vou usar a lanterna — avisou.

Com a parte áspera de um pano encontrado em um canto da garagem, Tom espanou alguns grãos de areia do porta-malas do carro, cinzentos farelos de terra. Terra? Ocorreu a Tom que aqueles farelos deveriam ser, tinham que ser, restos de Murchison, restos (indescritíveis, para ele) de carne humana. Havia pouquíssimos, e Tom os varreu, com a ponta do pé, para fora do piso cimentado da garagem. Minúsculos como eram, desapareciam no cascalho, invisíveis, pelo menos a olho nu.

Tom ergueu a lanterna conforme se aproximavam da porta da frente. Percebeu que Ed tivera um dia agitado, no qual experimentara um antegosto ou um vislumbre do que era a vida de Tom, todas as coisas que precisavam ser feitas, de tempos em tempos, para garantir a segurança de todos eles. Tom, entretanto, definitivamente não estava com ânimo para fazer um discurso para convencer Ed, nem mesmo uma curta afirmação. Não acabara de fazer isso no carro?

— Vá na frente, Ed — ofereceu Tom, abrindo a porta e deixando que ele se adiantasse.

Acendeu a luz da sala de estar. Horas antes, Madame Annette fechara as cortinas. Ed precisou ir ao banheiro do térreo, e Tom torceu para que o inglês não fosse vomitar. Enquanto isso, ele se lavou na pia da cozinha. O que podia oferecer a Ed? Chá? Uísque puro? Ed não preferia gim? Ou um chocolate quente e, depois, cama? Ed juntou-se a Tom na sala de estar.

O londrino tentava assumir uma expressão normal, até simpática, embora o rosto contivesse um elemento de perplexidade ou preocupação.

— Quer alguma coisa, Ed? — perguntou Tom. — Vou tomar um *pink gin*, sem gelo. Pode me dizer o que prefere. Chá?

— Vou querer o mesmo que você.

— Sente-se.

Tom foi ao carrinho de bebidas e balançou a garrafa de Angostura. Voltou com dois drinques idênticos.

Depois de brindarem e bebericarem, Tom continuou:

— Muito obrigado, Ed, por ter me acompanhado esta noite. Sua presença foi de grande ajuda.

Ed tentou sorrir, mas não conseguiu.

— Se me permite a pergunta... o que vai acontecer agora? O que vem em seguida?

Tom hesitou.

— Com respeito a nós? Por que algo deveria acontecer?

Ed bebericou de novo, engolindo a bebida com aparente dificuldade.

— Naquela casa...

— A casa dos Pritchard! — disse Tom em voz baixa, ainda de pé, com um sorriso. A pergunta o divertia. — Bem... as coisas devem correr mais ou menos assim amanhã: o carteiro chegará provavelmente... às nove, digamos. Talvez ele perceba o gancho de jardim, o cabo de madeira para fora da água, e se aproxime para olhar melhor. Ou talvez não. Pode ser que veja a porta da casa aberta, a menos que o vento a feche, talvez repare nas luzes acesas... ou na luz do alpendre.

Ou o carteiro poderia vir da rampa em direção aos degraus do alpendre. E a ferramenta com o gancho, tendo apenas uns dois metros de comprimento, talvez não se projetasse da superfície do lago, já que o fundo era lodoso. Poderia se passar um dia antes que os Pritchard fossem encontrados, acreditava Tom.

— E depois?

— É muito provável que sejam descobertos em menos de dois dias. E daí? Murchison não pode ser identificado, aposto qualquer coisa! Nem mesmo pela esposa.

De repente, Tom se lembrou do anel de Murchison. Bem, ele daria um jeito de esconder o anel em algum lugar da casa ainda naquela noite, para o caso de acontecer algo muito improvável: uma visita da polícia pela manhã. As luzes na casa dos Pritchard permaneceriam acesas, percebeu Tom, mas o estilo de vida deles era tão estranho que dificilmente algum vizinho pensaria em bater na porta só porque as luzes tinham permanecido acesas.

— Acho que esta é a coisa mais simples que já fiz, Ed... — admitiu Tom. — Percebe que não precisamos levantar um só dedo?

Ed o encarou. Estava sentado em uma das cadeiras amarelas, inclinado para a frente, com os cotovelos nos joelhos.

— Sim. Bem, isso é verdade.

— Com toda a certeza — insistiu Tom com firmeza, sorvendo mais um reconfortante gole da bebida. — Não sabemos nada sobre o lago. Nem sequer nos aproximamos da casa dos Pritchard — acrescentou em tom baixo. — Quem sabe que aquele embrulho esteve aqui? Quem iria *nos* questionar? Ninguém. Você e eu fomos de carro a Fontainebleau, então decidimos... talvez, no fim das contas, tenhamos decidido não entrar em um bar e voltado para casa. Ficamos fora... por menos de quarenta e cinco minutos. E isso é tudo.

Ed assentiu, erguendo os olhos para Tom, e disse:

— É verdade.

Tom acendeu um cigarro e se sentou em outra das cadeiras.

— Sei que é perturbador. Tive que fazer coisas muito piores — revelou, com uma risada. — Agora, me diga que horas prefere que o café seja levado ao seu quarto amanhã de manhã? Ou gosta mais de chá? Pode dormir até a hora que quiser, Ed.

— Chá, eu acho. Seria elegante... primeiro chá... depois, alguma outra coisa, aqui embaixo — respondeu Ed, tentando sorrir. — Digamos... nove, quinze para as nove?

— Certo. Madame Annette adora mimar os hóspedes, sabia? Deixarei um bilhete para ela, mas provavelmente estarei acordado antes das nove. Madame Annette acorda pouco depois das sete, por princípio — disse Tom alegremente. — Assim pode ir andando à padaria buscar *croissants* frescos.

A padaria, pensou Tom, aquele centro de informações. Que notícias Madame Annette traria às oito da manhã?

22

Tom acordou pouco depois das oito. Pássaros cantavam além da janela entreaberta, e no lado de fora parecia haver mais um dia ensolarado. Tom se levantou de repente, tendo a impressão de que agia de forma compulsiva, como um neurótico, abriu a gaveta das meias, a última no baú de capitão, e apalpou uma meia de lá preta, buscando o volume duro que era o anel de Murchison. Estava lá. Voltou a fechar a gaveta com detalhes de latão. Escondera o anel ali na noite anterior, pois se o tivesse deixado no bolso da calça não teria conseguido dormir. Bastava pendurar as calças em uma cadeira, em um momento de distração, e pronto: o anel rolaria no chão e todos o veriam.

Com a mesma calça jeans da noite anterior, mas outra camisa, Tom desceu as escadas em silêncio, após tomar banho e se barbear. A porta de Ed estava fechada, então ainda devia estar dormindo.

— *Bonjour*, Madame! — saudou Tom, logo percebendo que falara com mais entusiasmo do que o habitual.

Madame Annette retribuiu o cumprimento com um sorriso e comentou que teriam mais um dia de clima excelente.

— E aqui está seu café, Monsieur.

Com isso, foi à cozinha.

Se houvesse alguma notícia terrível, a governanta já a teria anunciado, imaginava Tom. Talvez ela ainda não tivesse ido à padaria, mas, em todo caso, uma amiga poderia ter lhe telefonado, se houvesse algo importante a contar. *Paciência*, disse Tom para si próprio.

Assim, a notícia seria mais surpreendente quando a recebesse, e ele certamente teria que parecer surpreso.

Após o primeiro café, Tom foi ao pátio, colheu duas dálias frescas e três rosas interessantes e depois as arranjou em vasos na cozinha, com a ajuda de Madame Annette.

Em seguida, apanhou uma vassoura e foi à garagem. Começou por varrer o assoalho com força, constatando que quase não havia folhas ou poeira, de forma que o material varrido simplesmente desaparecia nos cascalhos no lado de fora. Abriu o porta-malas do furgão e varreu as partículas cinzentas, tão escassas que nem se deu ao trabalho de contar quantas eram, e também as lançou nos cascalhos do pátio.

Talvez fosse uma boa ideia ir a Moret naquela manhã. Um pequeno passeio para Ed, e Tom poderia se livrar do anel por lá. Além disso, tinha esperança de que Heloise já houvesse telefonado antes de partirem, para informar sobre o horário do trem. Poderia combinar todas essas coisas, o passeio a Moret, uma passada em Fontainebleau e a volta para casa, pois o furgão era grande o bastante para abrigar todas as malas sobressalentes de Heloise.

Pouco após as nove e meia, o carteiro entregou um cartão de Heloise, datado de dez dias antes, de Marraquexe. Típico. Que agradável teria sido receber aquela mensagem na desértica semana anterior, quando nenhuma palavra da esposa chegara até ele! A fotografia no cartão mostrava um bazar com mulheres usando xales listrados.

> Querido Tom,
>
> Mais e mais camelos, mas muito mais diversão! Conhecemos dois homens de Lille! *Amusants* e ótimos para jantar. Estão tirando férias das esposas.
>   *Bises* de Noëlle.
>   *Je t'embrasse!*
>
>   H.

Pelo jeito, estavam tirando férias das esposas, mas não das mulheres em geral. "Ótimos para jantar" dava a impressão de que Heloise e Noëlle haviam devorado os dois homens.

— Bom dia, Tom.

Ed desceu as escadas, sorridente e com as faces rosadas, como às vezes lhe acontecia sem qualquer razão aparente, conforme Tom havia notado, e só lhe restava acreditar que fosse uma peculiaridade inglesa.

— Bom dia, Ed. Mais um belo dia! Estamos com sorte.

Com um gesto, indicou o vão reentrante em que ficava a mesa, arrumada para que duas pessoas tomassem café, com bastante espaço e conforto.

— O sol o incomoda? Posso fechar as cortinas.

— Gosto assim — respondeu Ed.

Madame Annette veio da cozinha trazendo suco de laranja, *croissants* quentes e café recém-coado.

— Aceita um ovo cozido, Ed? — ofereceu Tom. — Um ovo escalfado? Gosto de imaginar que, nesta casa, podemos fazer qualquer coisa.

Ed sorriu.

— Nada de ovos, obrigado. Sei por que você está de bom humor: Heloise está em Paris e provavelmente voltará para casa hoje, certo?

O sorriso de Tom se ampliou.

— Espero que sim. Creio que sim. A menos que algo muito tentador esteja acontecendo em Paris. Não posso imaginar o que seria. Nem mesmo um bom espetáculo de cabaré... ela gosta dessas coisas e Noëlle também. Acho que Heloise deve ligar a qualquer minuto. Ah! Recebi um cartão-postal dela agora há pouco. Levou dez dias para vir de Marraquexe até aqui. Dá para acreditar? — perguntou Tom, aos risos. — Experimente a geleia. É Madame Annette quem faz.

— Obrigado. O carteiro... ele virá aqui depois de passar naquela casa? — questionou Ed, a voz pouco audível.

— Não sei, não mesmo. Acho que ele passaria aqui antes. Do centro em direção ao bairro. Não tenho certeza.

Tom viu a preocupação no rosto do amigo.

— Pensei em fazermos um passeio esta manhã. Assim que recebermos notícias de Heloise... poderíamos ir de carro a Moret-sur-Loing. Cidade adorável.

Fez uma pausa e estava prestes a dizer que gostaria de aproveitar a viagem para jogar o anel no rio Loing, mas pensou melhor e ficou calado: quanto menos motivos Ed tivesse para se preocupar, melhor.

Os dois deram uma volta no gramado em frente às portas-janelas. Melros ciscavam, quase alheios à presença dos humanos, e um tordo os encarava nos olhos. Um corvo preto os sobrevoou, soltando um grasnado feio que fez Tom se retrair, como se tivesse acabado de ouvir notas cacofônicas em uma melodia.

— Crá-crá-crá! — Tom imitou a ave. — Às vezes, são só dois em vez de três, o que é pior. Fico esperando pelo terceiro, como se estivesse faltando alguma coisa. O que me lembra de algo...

O telefone tocou e o som os alcançou vagamente, vindo da casa.

— Deve ser Heloise. Com licença.

Tom se afastou depressa. Já dentro de casa, disse:

— Tudo bem, Madame Annette, eu mesmo atendo.

— Alô, *Tom*? Aqui é Jeff. Achei melhor telefonar para ver como andam as coisas.

— Gentileza sua, Jeff! As coisas estão... bem... — respondeu Tom, e viu Ed entrando discretamente pela porta-janela da sala. — Muito tranquilas, até agora.

Piscou de forma teatral para Ed e manteve o rosto sério.

— Nada de surpreendente a relatar — acrescentou. — Gostaria de falar com Ed?

— Sim, se ele estiver por perto. Mas antes de desligar... não se esqueça de que estou disposto a ir ajudar, *a qualquer momento*. Espero que me avise, se precisar... não hesite.

— Obrigado, Jeff. Agradeço muito. Aqui está Ed.

Tom pousou o fone no aparador do vestíbulo.

— Passamos o tempo todo em casa... Nada aconteceu — sussurrou ele para Ed, quando se cruzaram. — Melhor assim — explicou enquanto Ed pegava o fone.

E seguiu andando até o sofá amarelo, passou reto e se posicionou junto às altas janelas, onde mal podia ouvir a conversa. No caminho, escutou Ed afirmar que tudo estava calmo no *front* de Ripley e que a casa era tão agradável quanto o clima.

Tom conversou com Madame Annette sobre o jantar. Pelo visto, a governanta não chegaria a tempo para o almoço, então seriam apenas ele mesmo e Monsieur Banbury. Disse a ela que iria telefonar a Madame Heloise, que estava hospedada no apartamento de Madame Hassler em Paris, e perguntaria sobre os planos dela.

Naquele momento, o telefone tocou.

— Deve ser Madame Heloise! — exclamou Tom, e foi atender. — Alô?

— Alou, Tome! — saudou a voz familiar de Agnès Grais. — Já ouviu as *notícias*?

— Não. Que notícias? — perguntou Tom, e notou que Ed estava prestando atenção.

— *Les* Prichar. Foram encontrados mortos esta manhã no lago do jardim!

— Mortos?

— Afogados. É o que parece. Foi... bem, foi uma manhã bem perturbadora aqui em casa! Sabe Robert, filho dos Leferre?

— Acho que não.

— Estuda na mesma escola que Edouard. Enfim, Robert apareceu esta manhã vendendo bilhetes para uma rifa... ele e um amigo, outro menino, cujo nome não sei, não importa, então, claro, compramos dez bilhetes para fazer um agrado, e eles foram embora. Isso foi há mais de uma hora. A casa ao lado está desocupada, você sabe, por isso os dois foram direto até a casa dos Prichar, que… bem, eles voltaram correndo para a *nossa* casa, *mortos de medo*! Disseram que a casa estava aberta… as portas. Ninguém atendeu à campainha, a luz estava acesa, e eles foram… por pura curiosidade, tenho certeza… dar uma olhada no laguinho ao lado da casa, sabe?

— Sim, já o vi — confirmou Tom.

— Como a água estava muito transparente, pelo que disseram, os dois avistaram… avistaram dois corpos… não exatamente boiando. Ah, é *horrível*, Tom!

— *Mon Dieu, oui!* Acham que foi suicídio? Quer dizer, a polícia…

— Ah, sim, a polícia, claro, ainda está na casa, e um policial inclusive veio conversar conosco. Nós dissemos apenas que… — Agnès soltou um forte suspiro. — *Alors*, o que poderíamos dizer, Tome? Que aqueles dois ficavam acordados até tarde, ouvindo música com volume alto. Eram recém-chegados na vizinhança, jamais nos visitamos, jamais estivemos na casa deles. O pior é que… ah, *nom de Dieu*, Tome… parece magia negra! Horrendo!

— O que é? — perguntou Tom, já sabendo a resposta.

— Embaixo deles… na água… a polícia achou ossos, sim…

— Ossos? — repetiu ele em francês.

— Restos de… ossos *humanos*. Embrulhados, um vizinho nos contou, porque algumas pessoas foram lá olhar, por curiosidade, sabe?

— Gente de Villeperce?

— *Sim*. Até que a polícia isolou o local. *Nós* não fomos, não sou *assim* tão curiosa! — acrescentou Agnès e riu, como que para aliviar a tensão. — O que dizer? Eram loucos? Cometeram suicídio? Será que Prichar pescou aqueles ossos? Não temos nenhuma resposta por enquanto. Quem sabe como funcionava a mente deles?

— Verdade.

Pensou em perguntar de quem eram os ossos, mas Agnès diria apenas que não sabia, e por que ele deveria demonstrar curiosidade? Como Agnès, Tom estava chocado, e nada mais.

— Agnès, obrigado por me contar. É realmente... inacreditável.

— Uma bela impressão de Villeperce para seu amigo inglês! — comentou ela, com mais uma risada reconfortante.

— E como! — concordou Tom, sorrindo. Uma ideia desagradável lhe viera à mente nos últimos segundos.

— Tom... estaremos aqui, Antoine fica até a manhã de segunda-feira, tentando esquecer os horrores que se passaram ao nosso lado. É bom falar com amigos. E teve alguma notícia de Heloise?

— Ela está em Paris! Recebi um telefonema dela ontem à noite, disse que chegará ainda hoje. Passou a noite com uma amiga, Noëlle, que tem um apartamento em Paris, sabe?

— Sei, sim. Dê um abraço em Heloise, certo?

— Com certeza!

— Se eu descobrir mais alguma coisa, ligarei amanhã. Afinal de contas, estou mais perto, infelizmente.

— Ah! Entendo. Mil vezes obrigado, querida Agnès, e meus melhores votos a Antoine... e às crianças.

Tom desligou.

— Minha nossa!

Ed estava um pouco distante, perto do sofá.

— Foi lá que tomamos uns drinques ontem à noite... Agnès...

— Sim, isso mesmo — confirmou Tom. Explicou que dois garotos, vendendo bilhetes de rifa, haviam espiado o pequeno lago e avistado dois corpos.

Mesmo já ciente de tudo, Ed contraiu o rosto.

Tom narrou os acontecimentos como se, de fato, fossem novidade para ele.

— É terrível que duas crianças tenham visto aquilo! Devem ter uns 12 anos, no máximo. A água do laguinho era bem transparente, pelo que me lembro. Muito embora o fundo seja de lama. E aquelas bordas estranhas...

— Bordas?

— As bordas do lago. Cimento, acho que alguém disse... provavelmente não muito espesso. Mas não dá para ver o cimento do gramado, porque não é tão alto. Então talvez seja fácil escorregar e cair... especialmente quando se carrega alguma coisa. Ah, sim, Agnès disse que a polícia encontrou um saco de ossos humanos no fundo.

Ed o encarou, em silêncio.

— Também disse que a polícia ainda está lá. Aposto que sim — continuou Tom, e respirou fundo. — Acho que vou falar com Madame Annette.

Bastou uma olhadela para constatar que a grande cozinha retangular estava deserta, e Tom acabava de dobrar à esquerda, com o intuito de bater na porta da governanta, quando ela apareceu no pequeno corredor.

— Ah, Monsieur Tome! Que história! *Une catastrophe! Chez les Prichar!*

Estava pronta para narrar a tragédia toda. Madame Annette tinha um telefone no quarto, com número próprio.

— Nem me fale, Madame! Madame Grais acaba de me contar a história! Realmente chocante! Duas mortes... e tão perto de nós! Estava vindo lhe contar.

Foram ambos à cozinha.

— Madame Marie-Louise me contou agorinha mesmo. Ficou sabendo por Madame Geneviève. *Toda* a aldeia já sabe! Duas pessoas *afogadas*!

— Um acidente... é o que acham?

— As pessoas acham que os dois estavam brigando... e um deles escorregou e caiu, talvez. Viviam brigando, sabia, Monsieur?

Tom hesitou.

— Acho que... ouvi alguém mencionar.

— Aqueles ossos no laguinho!

A voz dela se transformou em um sussurro.

— Estranho, Monsieur Tome, *muito* estranho. Gente *estranha*.

A julgar pelas palavras de Madame Annette, os Pritchard pareciam ser criaturas do espaço sideral, muito além da compreensão humana.

— Disso não há dúvida — concordou Tom. — *Bizarro*... é o que todos dizem, Madame. Agora, preciso telefonar para Madame Heloise.

Mais uma vez o telefone tocou bem quando Tom estava prestes a pegá-lo, e ele praguejou em silêncio, frustrado. Seria a polícia?

— Alô?

— Alô, Tome! *C'est* Noëlle! *Bonnes nouvelles pour vous...* Heloise *arrive...*

Heloise deveria chegar em menos de quinze minutos. Estava de carona com um jovem amigo de Noëlle chamado Yves, que havia acabado de comprar um carro e queria fazer alguns testes na estrada. Além disso, o veículo tinha espaço de sobra para a bagagem de Heloise e era mais conveniente do que um trem.

— Menos de quinze minutos! Obrigado, Noëlle. Você está bem? E Heloise?

— Ambas estamos saudáveis como exploradoras veteranas!

— Espero ver você em breve, Noëlle.

Desligaram.

— Heloise está vindo de carro... chega a qualquer momento — anunciou Tom a Ed, com um sorriso.

Depois, foi transmitir as notícias a Madame Annette. O rosto da governanta se iluminou de imediato. A presença de Heloise era mais animadora do que ficar pensando nos Pritchard mortos no lago, disso Tom tinha certeza.

— Para o almoço... um prato de frios, Monsieur Tome? Trouxe um excelente patê de fígado de galinha esta manhã...

Tom garantiu que a ideia parecia excelente.

— E para o jantar... filé-mignon... para três. Eu sabia que Madame estaria em casa hoje à noite.

— E batatas assadas. Pode prepará-las? Aliás, bem assadas. Não! Eu mesmo posso fazer isso lá fora, na grelha!

Certamente, era a maneira mais saborosa de assar batatas e grelhar filés.

— E um bom molho *béarnaise*?

— *Bien sûr*, Monsieur. *Et...*

À tarde ela iria comprar vagens frescas e talvez algo mais, quem sabe algum dos queijos favoritos de Madame Heloise. A governanta estava nas nuvens.

Tom voltou para a sala de estar, onde Ed folheava o exemplar da *Herald's Trib* daquela manhã.

— Tudo certo — anunciou Tom. — Quer dar uma volta comigo?

Sentia uma vontade repentina de correr ou saltar cercas.

— Ótima ideia! Esticar as pernas!

Ed estava pronto.

— E talvez encontrar Heloise naquele carro em alta velocidade? Ou será que Yves está economizando o carro novo? Seja como for, está na hora.

Tom voltou à cozinha, onde Madame Annette trabalhava serenamente.

— Madame, Monsieur Ed e eu vamos fazer um pequeno passeio. Voltamos em quinze minutos.

Depois, Tom foi encontrar o amigo no vestíbulo. Novamente pensou na deprimente possibilidade que lhe ocorrera naquela manhã, e então se deteve, com a mão na maçaneta.

— O que houve?

— Nada de específico. Já que lhe fiz tantas confidências... — respondeu Tom, passando os dedos pelos cabelos castanhos e lisos. — Bem, me ocorreu que o velho Prichato talvez mantivesse um diário ou mesmo a mulher dele, o que é mais provável. Podem ter escrito que encontraram os ossos — continuou Tom, abaixando a voz e espiando o vão da sala de estar — e os largaram diante da porta da minha casa ontem.

Nesse ponto Tom abriu a porta, sentindo a necessidade de sol e ar fresco.

— E que esconderam a cabeça em algum lugar da propriedade.

Ambos saíram para o adro coberto de cascalhos.

— Se o diário existe, a polícia vai encontrar — prosseguiu Tom. — E logo vão descobrir que um dos passatempos de Pritchard era me atormentar a paciência.

Tom não gostava de revelar as angústias que sentia, pois quase sempre eram passageiras. Lembrou a si mesmo, porém, que certamente podia confiar em Ed.

— Mas aqueles dois eram tão malucos! — respondeu Ed, com a testa franzida e um sussurro um pouco mais alto do que o som dos passos que dava no cascalho. — Seja lá o que tenham escrito… poderia ser fantasia ou não necessariamente verdade. E mesmo assim… é a palavra deles contra a *sua*.

— Se tiverem algum registro de que largaram uns ossos aqui, vou simplesmente negar — confessou Tom em entonação baixa e firme, como se aquilo encerrasse o assunto. — Não acho que isso vá acontecer.

— Certo, Tom.

Deram continuidade à caminhada, como que para se livrar de uma energia nervosa, e àquela hora podiam andar lado a lado, pois quase não havia carros na rua. Qual seria a cor do carro de Yves, perguntava-se Tom, e por que as pessoas insistiam em economizar os motores dos carros novos? Imaginou que o carro fosse amarelo, *très sportif*.

— Acha que Jeff gostaria de vir até aqui, Ed? Só por diversão? — perguntou Tom. — Ele disse que conseguiria algum tempo livre. Aliás, espero que você possa ficar mais uns dois dias, pelo menos, Ed. Acha possível?

— Posso ficar, sim.

Ed observou Tom de esguelha. O rosa inglês retornara ao rosto dele.

— Você poderia telefonar e convidar Jeff. É uma boa ideia, Tom.
— Ele pode dormir no sofá do ateliê. É bem confortável.

Tom bem que gostaria de desfrutar dois dias de folga em Belle Ombre com os velhos amigos, e ao mesmo tempo não parava de imaginar se o telefone de casa estaria tocando àquela hora, meio-dia e dez, sinal de que a polícia o procurava para discutir algum assunto.

— Ali! Olhe! — exclamou Tom, aos pulos, conforme apontava. — O carro amarelo! Aposto!

O carro chegava cada vez mais perto, com a capota baixada, de modo que viam Heloise acenar do banco do carona. Estava tão inclinada quanto o cinto de segurança permitia, e os cabelos louros ondulavam ao vento.

— Tome!

Os dois estavam no mesmo lado da estrada que o carro.

— Oi! Olá!

Tom acenou com ambos os braços. Heloise parecia muito bronzeada.

O motorista freou, mas mesmo assim passou por Tom e Ed, que deram uma corridinha para alcançar o carro.

— Olá, querida!

Tom beijou Heloise na bochecha.

— Este é Yves! — anunciou ela, e o jovem de cabelos escuros sorriu e disse:

— *Enchanté*, Monsieur Ripley!

Estava dirigindo um Alfa Romeo.

— Gostaria de entrar? — convidou em inglês.

— Este é Ed — disse Tom, com um gesto. — Não, obrigado, vamos andando — respondeu em francês. — Vemos você em casa!

O banco traseiro do carro estava carregado de malas pequenas, uma delas nunca antes vista por ele, e ali não parecia haver espaço vago nem mesmo para abrigar um cachorrinho. Ele e Ed saíram trotando, depois correndo, rindo, e estavam menos de cinco metros atrás do Alfa Romeo quando o carro dobrou à direita e passou pelos portões de Belle Ombre.

Madame Annette apareceu. Muitos assuntos e cumprimentos e apresentações. De alguma forma, todos ajudaram a descarregar a bagagem, pois havia incontáveis objetos pequenos em sacolas plásticas no porta-malas. Pelo menos dessa vez Madame Annette teve a permissão de levar os itens mais leves para o segundo andar. Heloise andava para lá e para cá, apontando certas sacolas plásticas que continham "*pâtisserie et bombons de Maroc*" e as quais ninguém deveria amassar.

— Não vou amassar nada — garantiu Tom. — Só quero guardar tudo na cozinha.

Fez isso e logo voltou.

— Posso lhe oferecer algo para beber, Yves? Também está convidado para almoçar conosco.

Yves recusou ambos os convites com a justificativa de que tinha um encontro marcado em Fontainebleau e já estava um pouco atrasado. Despedidas e agradecimentos entre Heloise e Yves.

Em seguida, Madame Annette serviu duas doses de Bloody Mary, a pedido de Tom, uma para ele próprio e a outra para Ed, e um suco de laranja para Heloise, que assim escolhera. Tom não queria parar de admirar a esposa. Ela não havia ganhado nem perdido peso, pensou ele, e as curvas das coxas sob a calça azul-clara pareciam objetos de beleza, obras de arte. Enquanto falava sem parar sobre Marrocos, em francês e inglês, a voz dela soava como música aos ouvidos dele, mais deliciosa do que Scarlatti.

Quando Tom se voltou para Ed, que estava de pé segurando o drinque cor de tomate, percebeu que o amigo também contemplava Heloise com a mesma intensidade, atento ao olhar dela em direção às portas-janelas. Heloise perguntou por Henri e quando havia chovido pela última vez? Tinha deixado outras duas sacolas plásticas no vestíbulo, as quais pegou e levou para a sala. Uma delas continha uma tigela de latão, simples e lisa, como Heloise observou com prazer. Mais um objeto para Madame Annette polir, sabia Tom.

— E isto! Olhe, Tome! É tão bonito e saiu tão barato! Uma pasta para sua mesa de trabalho.

Ela tirou da sacola um retângulo de couro marrom-claro, discretamente cinzelado nas orlas.

Que mesa de trabalho?, pensou Tom. Ele tinha uma escrivaninha no quarto, mas...

Heloise abriu a pasta e começou a mostrar os quatro bolsos, dois em cada lado, também feitos de couro.

Ainda assim, Tom preferia admirar a esposa, tão próxima que ele imaginava poder sentir o cheiro do sol na pele dela.

— É lindo, querida. Se for para mim...

— Claro que é para *você*!

Heloise riu, lançou uma olhadela para Ed e jogou o cabelo louro para trás.

Novamente a pele dela parecia um pouco mais escura que o cabelo. Tom já vira esse fenômeno algumas vezes.

— É uma carteira, querida... certo? Acho que não é uma pasta, pois não tem alça.

— Ah, Tome, você é tão sério!

Ela lhe deu um empurrãozinho brincalhão na testa.

Ed riu.

— Como você chamaria isto, Ed? Um porta-cartas?

— A língua inglesa... — ensaiou ele dizer, mas não terminou. — Seja como for, não é uma pasta portfólio. Eu diria que é um porta-cartas.

Tom concordou.

— É *realmente* lindo, querida, muito obrigado — elogiou, depois tomou a mão direita da esposa e lhe deu um breve beijo. — Vou cuidar dela com todo o amor e manter a superfície bem polida e em ótimo estado.

Os pensamentos de Tom já começavam a se afastar. Onde e quando ele poderia contar a Heloise sobre a tragédia dos Pritchard? Madame Annette não mencionaria o assunto nas próximas duas horas, pois estava ocupada com o almoço. O telefone, entretanto, poderia tocar a qualquer minuto com mais notícias transmitidas por algum vizinho, talvez os Grais, ou mesmo os Clegg, se as notícias já houvessem corrido alguns quilômetros. Tom decidiu que, de um jeito ou de outro, só lhe restava desfrutar um agradável almoço enquanto ouvia relatos sobre Marraquexe e os dois cavalheiros franceses que eram bons para jantar, André e Patrick. Houve muitas risadas.

Heloise disse a Ed:

— Estamos tão felizes com sua visita! Espero que aproveite seus dias por aqui.

— Obrigado, Heloise — respondeu Ed. — É uma linda casa, *muito* confortável.

Ed espiou Tom pelo canto do olho.

Naquele momento, Tom estava pensativo, mordendo o lábio inferior. Talvez Ed tivesse adivinhado os pensamentos do amigo: sabia que, em breve, teria que contar a Heloise sobre os Pritchard. Se Heloise tivesse perguntado sobre os vizinhos durante o almoço, Tom estaria preparado para desconversar. Ficou feliz por ela nem chegar a tocar no assunto.

23

Após o almoço, ninguém quis tomar café. Ed externou a vontade que sentira de dar uma caminhada mais longa, "atravessando a aldeia".

— Está mesmo cogitando ligar para Jeff? — perguntou.

Tom explicou a Heloise, entretida com um cigarro à mesa, que ele e Ed achavam que o velho amigo Jeff Constant, um fotógrafo, talvez quisesse passar alguns dias em Belle Ombre.

— Sabemos que ele está desimpedido no momento — continuou Tom. — É autônomo, como Ed.

— *Mais oui*, Tome! Por que não? Onde ele vai dormir? No seu ateliê?

— Pensei nisso. A menos que eu durma com você por uns dias e deixe meu quarto para ele.

Tom sorriu.

— Como quiser, querido.

Já tinham feito isso muitas vezes, como Tom bem se lembrava, por algum motivo, era mais fácil ele ir dormir *chez* Heloise do que ela transferir os pertences para o quarto do marido. Os aposentos de ambos tinham camas de casal.

— Mas é claro, Tome — acrescentou Heloise em francês. Levantou-se, e os dois a imitaram.

— Se me derem licença por um segundo — pediu Tom, dirigindo-se sobretudo a Ed.

Ele foi à cozinha.

— Madame, o almoço estava excelente, obrigado. E duas coisas — continuou Tom, em voz baixa: — Agora vou contar a Madame Heloise sobre o caso Pritchard... para que ela não receba a notícia de algum estranho, na... bem, para que não fique tão chocada.

— *Oui*, Monsieur Tome. Vai ser melhor assim.

— E a segunda coisa. Vou convidar outro amigo inglês para fazer uma visita a Belle Ombre amanhã. Ainda não sei se ele poderá vir, mas vou manter a senhora informada. Se vier, ficará no meu quarto. Dentro de alguns minutos vou telefonar para Londres, e lhe digo.

— Tudo bem, Monsieur. E quanto às refeições... *le menu*?

Tom sorriu.

— Se houver alguma dificuldade, jantaremos fora amanhã.

Seria domingo, percebeu Tom, mas o açougue da aldeia estaria aberto pela manhã.

Em seguida, subiu rapidamente as escadas, pensando que a qualquer momento alguém poderia telefonar e mencionar o acidente dos Pritchard. Os Grais, por exemplo, sabiam que Heloise estava em casa. O telefone do segundo andar estava no quarto de Tom e não nos aposentos de Heloise, como de hábito, mas ela provavelmente atenderia se o ouvisse tocar.

Heloise estava no quarto dela, desfazendo as malas. Tom reparou em algumas blusas de algodão que nunca vira antes.

— Gostou, Tome?

Ela segurou uma saia com listras verticais junto à cintura. As faixas eram roxas, verdes e vermelhas.

— É peculiar.

— Sim! Por isso eu comprei. E este cinto? Também tenho algo para Madame Annette! Onde será que...

Tom a interrompeu:

— Querida, preciso lhe contar uma coisa... um tanto desagradável.

Heloise ficou atenta.

— Deve se lembrar dos Pritchard...

— Ah, os *Prichar* — repetiu ela, como se os achasse as pessoas mais chatas e sem graça do mundo. — *Alors?*

— Eles...

Parecia quase doloroso pronunciar aquelas palavras, mesmo sabendo que Heloise não gostava dos Pritchard.

— Eles sofreram um acidente... ou cometeram suicídio. Não sei qual dos dois, mas a polícia decerto sabe.

— Estão mortos?

Os lábios de Heloise estavam entreabertos de surpresa.

— Agnès Grais me contou hoje de manhã, ao telefone. Foram encontrados naquele lago, no gramado. Lembra? O lago que vimos quando fomos conhecer a casa...

— Ah, sim, me lembro.

Estava de pé, com o cinto marrom nas mãos.

— Talvez tenham escorregado... um pode ter arrastado o outro, não sei. Além disso, a água é lamacenta... *de la boue*... talvez não seja fácil sair de lá.

Tom contraiu o rosto enquanto falava, como se tivesse pena dos Pritchard, mas o que o perturbava era imaginar o puro horror daquele afogamento na lama, o barro instável sob os pés, o lodo nos sapatos. Detestava afogamentos. Prosseguiu contando a Heloise sobre os dois garotos que vendiam bilhetes de rifa e tinham corrido à casa dos Grais, assustados, com a notícia das duas pessoas encontradas no lago.

— *Sacrebleu* — sussurrou Heloise, sentando-se na beira da cama. — E Agnès chamou a polícia?

— Com certeza. E então... não sei quem contou isso a ela, ou me esqueci, mas a polícia encontrou, *sob* os Pritchard, um saco de ossos humanos.

— *Quoi?* — Heloise se engasgou com o susto. — Ossos?

— Eles eram esquisitos... excêntricos. Os Pritchard — continuou Tom, acomodado na cadeira. — Tudo isso aconteceu há algumas poucas horas, querida. Teremos mais informações em breve, imagino. Só queria lhe contar antes de Agnès ou de alguma outra pessoa.

— Acho que devo ligar para Agnès. Eles moram *tão perto* daquela casa. Não consigo imaginar como... um saco de ossos! O que estavam fazendo com isso?

Tom balançou a cabeça e se levantou.

— E o que mais vão encontrar naquela casa? Instrumentos de tortura? Correntes? Aqueles dois deviam estar em Krafft-Ebing! Talvez a polícia encontre *mais* ossos.

— Que horror! Pessoas que eles *mataram*?

— Quem sabe?

Tom não sabia, de fato, mas achava possível que David Pritchard guardasse, entre os tesouros dele, algumas ossadas que tivesse escavado em algum lugar, ou talvez até de pessoas que ele próprio matara, pois Pritchard era um bom mentiroso.

— Não se esqueça, David Pritchard gostava de bater na esposa. Talvez tenha batido em outras mulheres.

— Tome!

Heloise cobriu o rosto com as mãos.

Tom se aproximou, puxou a esposa para ele e envolveu-lhe a cintura com os braços.

— Eu não deveria ter dito isso. Mas é uma possibilidade, sim.

Ela o abraçou com força.

— Achei que... esta tarde... seria só nossa, mas não com essa história horrível!

— Mas ainda temos hoje à noite... e tempo de sobra pela frente! Sei que você quer ligar para Agnès, querida. E eu vou ligar para Jeff — avisou Tom, e se afastou. — Não encontrou Jeff certa vez em Londres? Um pouco mais alto e pesado que Ed? Louro também.

Naquele momento, não queria lembrar Heloise de que Jeff e Ed estavam entre os sócios-fundadores da Galeria Buckmaster, assim como o próprio Tom, pois isso a faria pensar em Bernard Tufts, com quem ela jamais se sentira confortável, pois Bernard sempre fora visivelmente estranho e perturbado.

— O nome não me é estranho. Você deveria ligar antes. Se eu telefonar mais tarde, Agnès terá mais informações.

Tom deu risada.

— É verdade! Aliás... Madame Annette ouviu as notícias sobre o lago esta manhã, claro, acho que pela boca de uma amiga, Marie-Louise — contou, sem conter o sorriso. — Com a rede de contatos telefônicos dela, a essa altura Madame Annette já deve ter mais informações do que Agnès!

Ao constatar que agenda de endereços dele não estava no quarto, Tom pensou que só poderia estar na mesa do vestíbulo, no térreo. Desceu as escadas, procurou o número de Jeff Constant e discou. Ao sétimo toque, teve sorte.

— Alô, Jeff, aqui quem fala é Tom. Sabe, por enquanto está tudo tranquilo, então por que não vem passar uns dias comigo e com Ed... ou vários dias, se puder. Que tal amanhã?

Tom percebeu que estava falando de forma muito cautelosa, como se a linha pudesse estar grampeada, mas até então isso jamais acontecera.

— Ed acabou de sair para dar uma volta.

— Amanhã? Bem, sim, amanhã acho que posso. Com prazer, se as companhias aéreas deixarem. Tem certeza de que há espaço para mim?

— Certeza absoluta, Jeff!

— Obrigado, Tom. Vou dar uma olhada no horário dos voos e depois ligo de volta. Em menos de meia hora, espero. Tudo bem?

Tudo ótimo, claro. E Tom não deixou dúvidas de que seria um prazer buscar o amigo no aeroporto.

Em seguida, informou a Heloise que o telefone estava livre e que Jeff Constant, pelo visto, chegaria no dia seguinte a Belle Ombre para uma breve visita.

— Ótimo, Tome. Então agora vou telefonar para Agnès.

Tom se afastou e voltou a descer as escadas. Queria dar uma olhada na grelha de carvão e deixar tudo pronto para a noite. Enquanto dobrava a cobertura à prova d'água e empurrava a grelha até um lugar adequado, ia pensando: e se Pritchard tivesse informado a Sra. Murchison sobre a descoberta, afirmando que os ossos eram mesmo do marido dela, por causa do anel no dedo mínimo da mão direita?

Por que a polícia ainda não ligara para ele?

Talvez os problemas de Tom ainda estivessem longe de acabar. Se Pritchard tivesse conversado com a Sra. Murchison e, céus, talvez até mesmo com Cynthia Gradnor, talvez houvesse comentado que havia largado ou pretendia largar os ossos no alpendre de Tom Ripley. Não diria "largar", achava ele, mas entregar ou depositar, especialmente ao falar com a Sra. Murchison.

Em contrapartida, e os pensamentos divagantes o fizeram sorrir, ao conversar com a Sra. Murchison, Pritchard talvez não houvesse dito que pretendia depositar os ossos em lugar nenhum, pois a ação seria um tanto desrespeitosa: Tom presumia que a coisa certa a fazer seria Pritchard ter levado os ossos para a própria casa (como de fato fizera) e, em seguida, chamado a polícia. Tendo em vista que as velhas cordas do embrulho permaneciam intocadas, talvez Pritchard não tivesse procurado anéis.

Contudo, tinha feito pequenos rasgos na velha lona, então havia a possibilidade de ter mesmo removido a aliança e a guardado em algum lugar da casa, e, nesse caso, a polícia poderia encontrar a joia. Caso Pritchard tivesse informado a Sra. Murchison sobre os ossos, ela poderia mencionar que o marido sempre usava dois anéis, e talvez pudesse identificar a aliança, se a polícia a encontrasse.

Com os pensamentos cada vez mais esgarçados e rarefeitos, Tom já não conseguia acreditar na teoria mais recente que desenvolvera, pois, caso Pritchard tivesse escondido o anel em um lugar que apenas ele conhecia (presumindo que o acessório não tivesse caído no rio Loing), tal esconderijo poderia ser tão inusitado que ninguém jamais o encontraria, a menos que a casa fosse queimada e as cinzas, peneiradas. Seria possível que Teddy...

— Tom?

Com um sobressalto, ele se virou.

— Ed! Oi!

O amigo acabava de contornar a casa, com o suéter atado em torno do pescoço, e se posicionara logo atrás de Tom.

— Não queria assustar você!

Tom teve que rir. Dera um pulo, como se tivesse levado um tiro.

— Estava perdido em pensamentos. Consegui falar com Jeff, e parece que ele pode vir amanhã. Não é ótimo?

— É? Para mim, é. E quais as novas? — perguntou em voz baixa. — Alguma notícia?

Tom carregou o saco de carvão até um canto do terraço.

— Acho que as moças estão trocando informações agora.

Dava para ouvir as vozes de Heloise e Madame Annette em vívida conversa, perto do vestíbulo. Falavam ao mesmo tempo, mas Tom sabia que se entendiam à perfeição, embora às vezes uma precisasse repetir o que dissera.

— Vamos dar uma olhada.

Entraram na sala de estar por uma porta-janela.

— Tome, eles vasculharam... Olá, Monsieur Ed.

— Só Ed, por favor.

— Os policiais vasculharam a casa — continuou Heloise, enquanto Madame Annette parecia escutar, embora a patroa falasse em inglês.

— Agnès me contou que a polícia ficou lá até as três da tarde. E ainda voltaram para falar com os Grais.

— Isso era de esperar — respondeu Tom. — Disseram que foi um acidente?

— Não havia bilhete de suicídio! — explicou Heloise. — A polícia... acha que talvez tenha sido um acidente, foi o que Agnès disse, enquanto eles jogavam os... os...

Tom lançou uma olhadela para Madame Annette.

— Ossos — concluiu em voz baixa.

— Isso, os ossos... no lago. Argh!

Heloise abanou as mãos, com repugnância nervosa.

Madame Annette se afastou, com ar de quem voltava ao serviço, como se não tivesse entendido a palavra "ossos", o que podia muito bem ser verdade, porque Tom a dissera em inglês.

— A polícia ainda não descobriu de quem são os ossos? — perguntou ele.

— Ainda não sabem... ou não querem dizer.

Tom franziu a testa.

— Agnès e Antoine por acaso *viram* o saco de ossos?

— *Non*... mas os filhos deles foram até lá e viram... no gramado... antes que a polícia os mandasse embora. Acho que tem um cordão de isolamento ao redor da casa e uma viatura estacionada na frente. Ah... Agnès contou que os ossos eram velhos. Ouviu a informação de um policial. A ossada tem alguns anos... e esteve debaixo d'água.

Tom se virou para Ed, que escutava com admirável seriedade e interesse.

— Talvez os dois tenham caído no lago enquanto tentavam tirar os ossos, não?

— Ah, *oui*! Agnès disse que a polícia acredita nessa hipótese, porque havia um... utensílio de jardim... com um *crochet*, no lago, junto aos corpos.

Ed se pronunciou:

— Imagino que pretendam levar os ossos para Paris... ou a algum outro lugar, para identificação. Quem foram os proprietários anteriores da casa?

— Não sei — respondeu Tom —, mas é fácil descobrir. Tenho certeza de que *isso* a polícia já averiguou.

— A água era tão clara! — exclamou Heloise. — Eu me lembro de quando vi o lago. Pensei que até daria para criar uns peixinhos bonitos lá dentro.

— Mas o fundo é lamacento, Heloise. Qualquer coisa pode afundar ali... — contrapôs Tom. — Que tragédia! E a vida por aqui era sempre tão tranquila.

Estavam de pé junto ao sofá, mas ninguém se sentou.

— Noëlle já sabe de tudo, Tome, acredita? Soube pelo noticiário vespertino da rádio, não na televisão.

Heloise jogou o cabelo para trás.

— Tome, acho que um chá cairia bem. Talvez Monsieur Ed também aceite uma xícara? Pode pedir a Madame Annette, Tome? Agora, quero dar uma volta sozinha no jardim.

Aquilo agradou a Tom, pois alguns momentos a sós ajudariam Heloise a relaxar.

— Boa ideia, meu amor! Claro, vou pedir que Madame Annette faça um pouco de chá.

Heloise saiu da casa, de calça branca e tênis, e desceu correndo os últimos degraus que a separavam da grama.

Tom foi procurar a governanta, e acabava de lhe dizer que todos gostariam de tomar chá, quando o telefone tocou.

— Deve ser nosso amigo de Londres — comentou Tom com Madame Annette, e atravessou a sala de estar para atender.

No momento, Ed não estava à vista.

Era Jeff, para informar o horário em que chegaria no dia seguinte: às onze e vinte e cinco, voo 826 da British Airlines.

— Comprei só a passagem de ida — disse Jeff. — Nunca se sabe.

— Obrigado, Jeff. Estamos todos ansiosos por sua visita! O clima está ótimo, mas traga um suéter.

— Quer que eu leve algo para você, Tom?

— Só você mesmo — respondeu, aos risos. — Ah! Meio quilo de cheddar, *se* não for atrapalhar. O londrino é sempre melhor.

Os três desfrutaram o chá na sala de estar. Heloise ficou sentada a um canto do sofá, xícara na mão, mal e mal conversando. Tom não se importou. Estava com os pensamentos voltados para o noticiário televisivo das seis horas, que começaria dali a uns vinte minutos, quando avistou a imensa figura de Henri no canto da estufa.

— Ora, ora, é Henri — anunciou Tom, pousando a xícara. — Vou ver o que ele quer... isso se quiser alguma coisa. Com licença, por favor.

— Tem um *rendez-vous* marcado com ele, Tome?

— Não, querida, não tenho.

Em seguida, explicou a Ed:

— É meu jardineiro informal, o gigante amistoso.

E saiu da casa. Como imaginara, Henri não pretendia começar a trabalhar em pleno sábado à noite, mas queria conversar sobre *les événements* na *maison Prichar*. Pelo que Tom via, nem mesmo um duplo suicídio (para usar as palavras do próprio Henri) era capaz de incutir alguma agitação, nem sequer causar um pouco de tensão, naquele corpanzil.

— Sim, de fato, ouvi a notícia — disse Tom. — Madame Grais me telefonou esta manhã. Uma história realmente chocante!

As botas de sola grossa de Henri se moviam da esquerda para a direita e para a esquerda outra vez. Nas grandes mãos, rodopiava uma haste de trevo em cuja ponta balançava uma flor arredondada e cor de lavanda.

— E os ossos encontrados no fundo — continuou o grandalhão em voz ominosa, como se a ossada de alguma forma selasse o julgamento dos Pritchard. — Ossos, Monsieur! — acrescentou, e a flor rodopiava e rodopiava. — Que gente estranha... e bem *aqui*! Debaixo do nosso nariz!

Tom nunca o tinha visto transtornado daquele jeito. Contemplou o gramado e em seguida voltou a fitar Henri.

— Acha que... os dois realmente cometeram suicídio?

— Quem sabe? — perguntou Henri, erguendo as sobrancelhas farfalhudas. — Talvez seja uma espécie de jogo esquisito. Estavam tentando fazer alguma coisa... mas o quê?

Muito vago, achava Tom, mas as ideias de Henri talvez fossem um reflexo do que a aldeia inteira pensava.

— Seria interessante saber a opinião da polícia.

— *Bien sûr!*

— E de *quem* são os ossos? Alguém sabe?

— *Non*, Monsieur, mas a ossada tem alguns anos! Como se... *alors*... o senhor sabe... todo mundo sabe... Prichar andou dragando os canais e rios nas vizinhanças! Para quê? Por diversão? Algumas pessoas teorizam que são ossos que Prichar encontrou em algum canal, e ele e a esposa... estavam *brigando* por causa da ossada!

Henri olhou para Tom como se houvesse revelado um segredo desagradável a respeito do casal.

— Brigando por causa da ossada — repetiu Tom, em estilo realmente interiorano.

— Estranho, Monsieur.

Henri meneou a cabeça.

— *Oui*, ah, *oui* — disse Tom com voz resignada, suspirando em seguida, como se não houvesse nada a fazer em relação aos enigmas que a vida apresentava a cada dia. — Talvez o noticiário da noite esclareça alguma coisa... se é que vão se dar ao trabalho de noticiar algo sobre um lugar pequeno como Villeperce, não é? Bem, Henri, preciso voltar à companhia de minha esposa, pois temos um hóspede de

Londres e estamos esperando outro, que chegará amanhã. Imagino que não queira começar algum trabalho a esta hora, certo?

Não, ele não queria, mas aceitou uma taça de vinho na estufa. Tom sempre mantinha uma garrafa lá, e a mudava regularmente, a fim de que o vinho não ficasse azedo, para usufruto de Henri, além de um par de taças. Não estavam muito limpas, mas os dois as ergueram e fizeram um brinde.

Henri disse em voz baixa:

— É bom que esses dois sejam removidos da aldeia... e aqueles ossos também. Essa gente é esquisita.

Tom concordou com um aceno solene.

— *Salutation à votre femme*, Monsieur — despediu-se Henri, e afastou-se pelo gramado, dirigindo-se à viela lateral.

Tom voltou à sala de estar para tomar o chá.

Ed e Heloise estavam conversando, entre todos os assuntos possíveis, sobre Brighton.

Tom ligou o televisor. Estava quase na hora.

— Vai ser interessante descobrir se Villeperce merece um minuto no noticiário internacional — comentou, principalmente para Heloise. — Ou mesmo no noticiário nacional.

— Ah, sim!

Heloise se empertigou no assento.

Tom havia empurrado o móvel do televisor para o centro da sala. A primeira notícia foi sobre uma conferência em Genebra, depois veio a reportagem sobre uma corrida de barcos em algum lugar. O interesse dos três se dissipou, e então Ed e Heloise voltaram a conversar, em inglês.

— Aí está. Vejam — chamou Tom, bastante calmo.

— A casa! — exclamou Heloise.

A atenção deles retornou ao televisor. O sobrado branco dos Pritchard servia de pano de fundo para a voz do locutor. Era evidente que o fotógrafo só conseguira chegar até a beira da estrada e talvez tivesse tirado apenas uma foto, achava Tom. A voz do locutor anunciou:

— Um estranho acidente foi descoberto esta manhã na aldeia de Villeperce, perto de Moret. Os corpos de dois adultos, David e Janice Prichar, americanos, ambos na casa dos 30, foram encontrados em um lago de dois metros de profundidade na residência do casal. Ambos estavam vestidos e calçados, e acredita-se que a morte tenha sido acidental... Monsieur e Madame Prichar recentemente compraram a casa...

Nenhuma menção aos ossos, percebeu Tom enquanto o locutor chegava ao fim da reportagem. Olhou para Ed e, a julgar pelas sobrancelhas levemente erguidas, imaginou que ele estivesse pensando a mesma coisa.

Heloise rompeu o silêncio:

— Não disseram nada sobre... sobre aqueles ossos.

Olhou nervosamente para Tom. Parecia perturbada sempre que precisava mencionar os ossos.

Tom colocou os pensamentos em ordem.

— Imagino que... a polícia os tenha levado a algum lugar... para determinar a idade, por exemplo. Provavelmente por isso a polícia não permitiu que fossem mencionados.

— Interessante — disse Ed — a forma como isolaram a área, não acham? Não há sequer uma foto do lago, apenas da casa. A polícia está tomando precauções.

Com isso, parecia sugerir que a investigação ainda estava em andamento.

O telefone tocou e Tom se levantou para atender. O palpite dele estava correto: era Agnès, que tinha acabado de ver as notícias.

— Antoine disse "Já vão tarde" — contou Agnès. — Ele acha que aqueles dois eram malucos e pescaram uns ossos por aí, ficaram... entusiasmados demais... e acabaram caindo na água.

Agnès parecia à beira de soltar uma gargalhada.

— Gostaria de falar com Heloise?

Sim, ela gostaria.

Heloise pegou o telefone e Tom voltou para perto de Ed, mas permaneceu de pé.

— Um acidente — murmurou ele, com ar pensativo. — E, de fato, foi isso mesmo!

— É verdade — concordou Ed.

Nenhum deles escutava, ou tentava escutar, a conversa animada entre Heloise e Agnès.

— Vou subir para relaxar um pouco, e quinze para as oito volto para dar um jeito no carvão — avisou Tom, com um sorriso. — Ali na varanda. Vai ser uma noite agradável.

24

Tom acabava de descer as escadas, vestido com uma camisa limpa e um suéter por cima, quando o telefone tocou. Atendeu no vestíbulo.

Uma voz masculina identificou-se como Commissaire de Police Divisionnaire, ou algo assim, Etienne Lomard, de Nemours, e será que poderia ir até lá conversar com Monsieur Ripley por um momento?

— Será breve, acredito, Monsieur — explicou o comissário —, mas é de suma importância.

— É claro — concordou Tom. — Agora? Tudo bem, Monsieur.

O agente da polícia devia saber onde ficava a casa, presumia Tom. Após a conversa com Agnès Grais, Heloise lhe dissera que a polícia ainda estava na residência dos Pritchard e que havia duas viaturas estacionadas na estrada, bem em frente. Tom teve o impulso de subir e avisar Ed, mas decidiu não dizer nada — Ed sabia qual história Tom pretendia contar à polícia, e a presença dele não seria necessária durante a conversa com o comissário. Em vez disso, Tom foi à cozinha, onde Madame Annette estava lavando verduras, e contou que um policial lhes faria uma visita dali a uns cinco minutos.

— *Officier de police* — repetiu ela, apenas com uma leve surpresa, pois aquilo não era da área de conhecimento da governanta. — Tudo bem, Monsieur.

— Vou receber o sujeito. Não deve demorar muito.

Em seguida, Tom pegou um dos aventais que apreciava, pendurado em um gancho atrás da porta da cozinha, colocou-o ao redor do pescoço e o prendeu na cintura. SAÍ PARA ALMOÇAR, estava escrito em letras pretas no bolso vermelho frontal.

Quando Tom voltou à sala de estar, Ed estava descendo as escadas.

— Um comissário de polícia chegará a qualquer minuto — informou Tom. — Provavelmente porque alguém lhe disse que nós... Heloise e eu... conhecíamos os Pritchard — acrescentou, indiferente. — E porque falamos inglês. Isso é raro por aqui.

Ouviu a aldrava da porta. Havia tanto uma aldrava quanto uma campainha, mas Tom não fazia julgamentos quanto às escolhas dos visitantes.

— Devo sumir? — perguntou Ed.

— Prepare um drinque. Faça o que quiser. Está aqui como hóspede.

Assim, Ed foi até o carrinho de bebidas, no canto da sala.

Tom abriu a porta e cumprimentou os policiais: eram dois, e ele não se lembrava de ter visto a dupla antes. Ambos disseram os respectivos nomes, tocaram nos quepes e foram convidados a entrar.

Os dois preferiram se sentar nas cadeiras, em vez do sofá.

Ed apareceu e Tom, ainda de pé, apresentou-o como Edward Banbury, de Londres, um velho amigo que viera passar o fim de semana. Em seguida, Ed foi para a varanda com um drinque.

Os policiais tinham a mesma idade e talvez o mesmo cargo. De todo modo, ambos falaram, e a questão era a seguinte: uma certa Sra. Thomas Murchison telefonara à casa dos Pritchard, de Nova York, com o intuito de falar com David Pritchard ou a esposa, e um policial havia atendido. Sra. Murchison, por acaso Monsieur Ripley a conhecia?

— Pelo que me lembro — respondeu Tom com voz sincera —, ela esteve nesta casa por cerca de uma hora... alguns anos atrás... após o desaparecimento do marido.

— *Exactement!* Foi o que ela nos disse, Monsieur Ripley! *Alors...*
— O oficial prosseguiu em francês, com gravidade e segurança: — Madame Mourchisson nos informou que ontem, sexta-feira, recebeu a notícia de que...

— Foi na quinta — corrigiu o outro policial.

— Pode ser... o primeiro telefonema, sim. David Prichar disse a ela que havia encontrado os... os ossos, sim, do marido dela. E que ele, Prichar, pretendia conversar com o senhor sobre esse assunto. Queria lhe *mostrar os ossos*.

Tom franziu a testa.

— Mostrar os ossos para mim? Não entendo.

— Entregá-los — disse o outro policial ao colega.

— Ah, sim, *entregar* a ossada ao senhor.

Tom respirou fundo.

— O Sr. Pritchard nada me disse sobre isso, garanto. Madame Murchison disse que ele telefonou para *mim*? Isso não é verdade.

— Ele *pretendia* entregar os ossos, *n'est-ce pas*, Philippe? — perguntou o outro policial.

— Sim, mas na sexta-feira, segundo Madame Mourchisson. Ontem pela manhã.

Ambos estavam empertigados, com os quepes no colo.

Tom balançou a cabeça.

— Nada foi entregue aqui.

— Conhecia Monsieur Prichar?

— Ele se apresentou para mim no bar-tabacaria da aldeia. Fui uma vez à casa dele, tomar um drinque. Semanas atrás. Minha esposa e eu fomos convidados. Fui sozinho. Os dois jamais estiveram em minha casa.

O policial mais alto e de cabelo castanho pigarreou e disse ao colega:

— As fotografias?

— Ah, *oui*. Monsieur Riplí, encontramos duas fotografias de sua casa na residência de Prichar. Tiradas pelo lado de fora.

— É mesmo? De minha casa?

— Sim, com certeza. Essas fotografias estavam à mostra na cornija da lareira de Prichar.

Tom olhou os dois instantâneos na mão do policial.

— Muito estranho. Minha casa não está à venda — disse Tom, e sorriu. — No entanto... sim! Agora me lembro de ter visto Pritchard certa vez, na estrada aqui em frente. Algumas semanas atrás. Minha governanta me alertou... alguém estava tirando fotos da casa... com uma câmera pequena e bastante comum.

— E reconheceu Monsieur Prichar?

— Ah, sim. Não gostei de saber que havia tirado fotos, mas decidi ignorar. Minha esposa também viu... e uma amiga, que estava de visita naquele dia.

Tom franziu a testa e puxou pela memória.

— Lembro-me de ter visto Madame Pritchard em um carro... veio buscar o marido alguns minutos depois, e ambos foram embora juntos. Estranho.

Nesse instante, Madame Annette entrou na sala e Tom dirigiu a atenção para ela. Viera perguntar se os cavalheiros gostariam de alguma coisa? Tom sabia que ela pretendia pôr a mesa em breve.

— Uma taça de vinho, Messieurs? — ofereceu Tom. — *Un pastis?* Ambos recusaram com educação, pois estavam ali a trabalho.

— Nada para mim por enquanto, Madame — disse Tom. — Ah, Madame Annette... recebemos algum telefonema na quinta... ou na sexta-feira? — perguntou, lançando uma olhadela rápida a um dos policiais, que assentiu com a cabeça. — De Monsieur Prichar, dizendo que queria me entregar alguma coisa?

Tom fez a pergunta com interesse legítimo, pois Pritchard talvez tivesse falado com a governanta sobre uma entrega e ela poderia ter se esquecido de avisar Tom, embora isso fosse bastante improvável.

Madame Annette negou com a cabeça.

— *Non*, Monsieur.

Tom se dirigiu aos dois:

— Naturalmente, minha governanta foi informada sobre a tragédia, esta manhã.

Murmúrios dos policiais. Claro, notícias como aquela se espalhavam depressa!

— Podem perguntar a Madame Annette se algo foi entregue aqui em casa — sugeriu Tom.

Um dos policiais perguntou, Madame Annette disse que não e balançou a cabeça mais uma vez.

— Nenhuma entrega, Monsieur — declarou a governanta, com firmeza.

Tom escolheu as palavras com cuidado.

— Esse assunto também diz respeito a Monsieur Mourchisson, Madame Annette. Lembra-se dele? O cavalheiro que desapareceu no aeroporto de Orly? O americano que passou a noite aqui, alguns anos atrás?

— Ah, *oui*. Um homem alto — disse Madame Annette, um tanto vaga.

— Sim, isso mesmo. Conversamos sobre quadros. Meus dois Derwatts...

Com um gesto, Tom indicou as paredes, para que os policiais soubessem a que se referia.

— Monsieur Murchison também tinha um Derwatt, que infelizmente foi roubado em Orly. No dia seguinte, fui de carro até lá... por volta do meio-dia, pelo que me recordo. Lembra-se, Madame?

Tom falara de forma casual, sem ênfase, e Madame Annette, por sorte, retribuiu na mesma moeda, replicando em entonação idêntica.

— *Oui*, Monsieur Tome. Lembro-me de que o ajudei a carregar as malas... até o carro.

Isso bastava, acreditava Tom, embora ela tivesse comentado, em outra ocasião, que se lembrava de ver Monsieur Murchison saindo da casa e entrando no carro.

Heloise desceu as escadas. Tom se levantou e os policiais o imitaram.

— Minha esposa — anunciou Tom. — Madame Heloise.

Mais uma vez, os policiais se apresentaram.

— Estamos falando sobre a casa dos Prichar — explicou Tom à esposa. — Aceita uma bebida, querida?

— Não, obrigada. Vou esperar.

Heloise parecia querer sair dali, talvez ir ao jardim.

Madame Annette voltou à cozinha.

— Diga-me, Madame Riplí... por acaso viu um embrulho, mais ou menos deste tamanho, ser entregue ou ser deixado em qualquer ponto de sua propriedade?

O policial abriu os braços para indicar o comprimento.

Heloise parecia confusa.

— Uma entrega de uma floricultura?

Os policiais tiveram que sorrir.

— *Non*, Madame. Um embrulho de lona... amarrado com uma corda. Na última quinta... ou sexta?

Tom deixou que Heloise explicasse que só voltara de Paris naquele dia, na hora do almoço. Passara a noite de sexta-feira por lá, mas na quinta ainda estava em Tânger, contou. Isso encerrava o assunto.

Os policiais confabularam e, em seguida, um deles perguntou:

— Podemos conversar com seu amigo de Londres?

Ed estava de pé junto às roseiras. Tom o chamou com um grito e ele veio correndo.

— A polícia quer lhe perguntar sobre um embrulho que teria sido entregue aqui — explicou Tom, nos degraus da varanda. — Não vi nada desse tipo, nem Heloise.

Falava com voz tranquila, sem saber se havia algum policial atrás dele, na varanda.

Os policiais ainda estavam na sala de estar quando Ed entrou.

Perguntaram a Ed se por acaso tinha visto um embrulho acinzentado, mais ou menos com um metro de comprimento, na rampa, debaixo da sebe, em qualquer lugar, mesmo em frente aos portões.

— *Non* — respondeu Ed. — *Non*.

— Quando chegou aqui, Monsieur?

— Ontem... sexta-feira... ao meio-dia. Almocei aqui.

As sobrancelhas louras e sérias de Ed davam-lhe ao rosto uma expressão de pura honestidade.

— Monsieur Ripley foi me buscar no aeroporto.

— Obrigado, senhor. Qual sua profissão?

— Jornalista.

Em seguida, Ed teve que anotar o nome e o endereço em um caderno oferecido por um dos policiais.

— Por favor, transmitam meus cumprimentos a Madame Murchison, caso voltem a ter contato — pediu Tom. — Tenho uma lembrança agradável dela, embora um tanto vaga — acrescentou e sorriu.

— Voltaremos a falar com ela — confirmou o policial de cabelo castanho. — Ela está... bem... ela acha que os ossos encontrados pela polícia... ou por Prichar... podem ser os do marido dela.

— Os ossos do marido dela — repetiu Tom, incrédulo. — Mas... onde Prichar os encontrou?

— Não sabemos ao certo, mas talvez não muito longe daqui. Dez, quinze quilômetros.

Os habitantes de Voisy ainda não haviam se manifestado, imaginava Tom, isso se tinham visto alguma coisa. E Pritchard não mencionara Voisy... ou mencionara?

— Estou certo de que vão conseguir identificar o esqueleto — declarou Tom.

— *Le squelette est incomplet*, Monsieur. *Il n'y a pas de tête* — explicou o policial louro, com expressão séria.

— *C'est horrible* — murmurou Heloise.

— Primeiro, vamos determinar quanto tempo ficou na água...

— Roupas? — perguntou Tom.

— Ah! Tudo apodreceu, Monsieur. Não resta nem um botão da mortalha original! Os peixes... a correnteza...

— *Le fil de l'eau* — repetiu o outro policial, com um gesto. — A correnteza. Desgasta tudo... roupas, carne...

— Jean!

O outro policial abanou a mão rapidamente, como se tentasse dizer: *Chega! Há uma dama aqui!*

Houve alguns segundos de silêncio, e Jean prosseguiu:

— Monsieur Riplí, sabe dizer se viu Monsieur Mourchisson passar pelo portão do aeroporto, naquele dia tão longínquo?

Sim, Tom sabia dizer.

— Naquele dia não estacionei o carro... parei junto ao meio-fio, ajudei Monsieur Murchison a sair com a bagagem... e um quadro embrulhado... e fui embora. Foi na calçada em frente ao portão de embarque. Ele podia carregar as malas sozinho, facilmente. Por conta disso... não o vi passar pelo portão.

Os policiais conversaram entre eles, aos murmúrios, e olharam as anotações.

Tom imaginou que estivessem verificando se, anos antes, ele dissera a mesma coisa à polícia, ou seja: que deixara Murchison e a bagagem dele na calçada em frente ao portão do aeroporto. Tom decidiu não enfatizar que o depoimento que dera certamente ainda estava nos registros das autoridades, assim como estivera durante todos aqueles anos. Tampouco pretendia mencionar que lhe parecia estranha a ideia de que alguém houvesse trazido Murchison de volta àquela região apenas para assassiná-lo, ou que Murchison pudesse ter cometido suicídio naquelas redondezas. De repente, Tom se levantou e foi até a esposa.

— Está bem, querida? Acho que os cavalheiros já estão terminando. Não quer se sentar?

— Estou ótima — respondeu Heloise com certa frieza, como se quisesse dizer que as atividades estranhas e obscuras de Tom haviam atraído a polícia àquela casa e que a presença dos policiais não era nada agradável. Estava de braços cruzados, o corpo apoiado no tremó, a uma boa distância dos sujeitos.

Tom voltou aos policiais e se sentou, para não dar a impressão de que desejava apressar-lhes a partida.

— Por favor, se entrarem em contato com Madame Murchison, poderiam lhe dizer que estou disposto a conversar com ela novamente, ainda que não tenha nada a dizer que ela já não saiba...

Fez uma pausa.

O policial louro, que se chamava Philippe, respondeu:

— Claro, Monsieur, vamos repassar o recado. Ela tem seu número?

— Costumava ter — disse Tom, simpático. — E o número não mudou.

O outro policial ergueu um dedo, como se pedisse a palavra, e perguntou:

— E quanto a uma certa Cynthia, Monsieur... uma mulher que vive na Inglaterra? Madame Mourchisson a mencionou.

— Cynthia... sim — respondeu Tom, fingindo se lembrar aos poucos. — Eu a conheço, mas não muito bem. Por quê?

— Creio que o senhor a encontrou recentemente em Londres, não?

— Sim, é verdade. Tomamos um drinque em um pub *anglais* — contou Tom, sorridente. — Como sabem disso?

— Madame Mourchisson nos contou que mantém contato com Madame Cynthia...

— Gradnour — completou o policial do cabelo castanho, após consultar o bloco de notas.

Tom começou a se sentir inquieto. Tentou se adiantar aos interrogadores. Quais perguntas viriam em seguida?

— O senhor a encontrou em Londres... e falou com ela... por alguma razão em particular?

— Sim — confirmou Tom enquanto se virava na poltrona, voltando o olhar para Ed, que estava apoiado no espaldar da cadeira. — Lembra-se de Cynthia, Ed?

— Hum, vagamente — respondeu ele em inglês. — Há anos não a vejo.

— Minha razão — continuou Tom, dirigindo-se aos policiais — era perguntar a ela o que Monsieur Pritchard queria comigo. Vejam bem, eu sempre achei Monsieur Pritchard... excessivamente amigável, digamos assim. Por exemplo, queria ser convidado a visitar nossa casa... e eu sabia que minha esposa não queria isso!

Nesse ponto, Tom riu.

— Na minha única visita à casa dos Pritchard, para tomar um drinque, Monsieur Pritchard mencionou Cynthia...

— Gradnour — repetiu o policial.

— Isso. Quando estive por lá, Monsieur Pritchard sugeriu que essa Cynthia não gostava de mim... tinha algo contra a minha pessoa. Perguntei a ele o que era, mas não quis responder. Não foi nada gentil, mas era típico de Pritchard! Assim, quando fui a Londres, consegui descobrir o número de Madame Gradnour e lhe perguntei: qual é o problema com Pritchard?

Tom rapidamente recordou que Cynthia Gradnor pretendia, na opinião dele, impedir que Bernard Tufts fosse rotulado como falsário.

— E o que mais? O que descobriu? — perguntou o policial de cabelo castanho, com ar de interesse.

— Nada muito relevante, infelizmente. Cynthia me disse que não conhecia Pritchard pessoalmente... jamais o encontrara. Um dia, sem mais nem menos, ele havia telefonado para ela.

De súbito, Tom recordou o intermediário, o tal George, que estivera presente na grande festa para jornalistas em Londres, na qual Pritchard e Cynthia também haviam comparecido. Após ouvir Pritchard comentar sobre Ripley, o intermediário lhe dissera que lá havia uma mulher que detestava Ripley. Assim Pritchard tomara conhecimento da existência dela (e Cynthia da existência dele, ao que tudo indicava), mas os dois não haviam atravessado o cômodo para conversar. Tom não iria fornecer essa informação à polícia.

— Estranho — murmurou o policial louro.

— Pritchard *era* estranho!

Tom se levantou, como se estivesse dolorido após tanto tempo sentado.

— Como já são quase oito da noite, acho que vou preparar minha dose de gim-tônica. E para vocês, cavalheiros? *Un petit rouge?* Um uísque? O que preferirem.

Tom falava como se estivesse certo de que os cavalheiros aceitariam alguma bebida, e de fato aceitaram: ambos escolheram *un petit rouge*.

— Pedirei a Madame Annette — avisou Heloise e foi à cozinha.

Os dois policiais elogiaram os quadros de Derwatt, especialmente o que estava acima da lareira, pintado por Bernard Tufts. Também elogiaram o Soutine.

— Que bom que gostaram — disse ele. — Tenho muito orgulho em ser dono dessas peças.

Ed havia preparado mais um drinque no bar e Heloise fora se juntar a eles. Como a essa altura todos tinham um copo na mão, o clima ficou mais leve.

Em voz baixa, Tom se dirigiu ao policial de cabelo castanho:

— Duas coisas, Monsieur. Também estou disposto a conversar com Madame Cynthia… se ela quiser falar comigo. E a segunda: por que vocês acham que…

Tom olhou ao redor, mas ninguém o escutava.

Philippe, o policial louro, com o quepe sob o braço, parecia estar fascinado por Heloise e muito contente em ficar em silêncio, após todo aquele falatório sobre ossos e carne podre. Ed também estava perto de Heloise.

Tom prosseguiu:

— O que acham que Monsieur Pritchard pretendia fazer com os ossos no lago do jardim?

O policial Jean pareceu refletir sobre o assunto.

— Se haviam tirado a ossada de um rio… por que iriam atirá-la na água novamente e, em seguida… talvez de forma deliberada… matarem-se afogados?

O policial encolheu os ombros.

— Talvez tenha sido um acidente… um deles pode ter escorregado, depois o outro, Monsieur. Com aquela ferramenta de jardim, parece que estavam tentando tirar alguma coisa da água. O televisor estava ligado… e na mesa da sala havia café… bebida — contou, e tornou a encolher os ombros. — As duas coisas foram largadas pela metade. Talvez a intenção fosse esconder os ossos temporariamente. Pode ser que a polícia descubra algo amanhã ou depois de amanhã, ou talvez não.

Os policiais estavam de pé, com as taças na mão.

Tom teve outra ideia: Teddy. Decidiu mencionar o rapaz, e se aproximou do grupo de Heloise.

— Monsieur — disse a Philippe. — Monsieur Pritchard tinha um amigo… ou, em todo caso, um companheiro com quem pescava nos canais. Todos dizem isso.

Tom usara a palavra *pêcher*, "pescar", em vez de "vasculhar".

— Ouvi, em algum lugar, que o nome dele é Teddy. Por acaso falaram com o sujeito?

— Ah, Teddy, Théodore — confirmou Jean, e os dois policiais se entreolharam. — *Oui, merci*, Monsieur Riplí. Seus amigos, os Grais, pessoas muito gentis, nos falaram sobre ele. Então encontramos o número de Teddy em uma agenda junto ao telefone na casa dos Prichar. Hoje à tarde, um policial foi conversar com ele em Paris. Segundo disse, o trabalho com Prichar terminou no dia em que os ossos foram encontrados no rio. Depois disso, ele...

O policial hesitou.

— Ele foi embora — concluiu Philippe. — *Pardon*, Jean.

— Foi embora, sim — disse Jean, com uma olhadela para Tom. — Ao que parece, ficou surpreso ao descobrir que o objetivo de Prichar era encontrar aqueles ossos... o esqueleto — acrescentou, e cravou os olhos em Tom. — E depois de ver os ossos... o tal Teddy logo voltou para Paris. É estudante. Só queria ganhar um dinheiro. Nada mais.

Philippe fez menção de dizer alguma coisa, mas Jean o silenciou com um gesto.

Tom arriscou-se:

— Acho que ouvi uma história assim, no bar-tabacaria da aldeia. O tal Teddy ficou espantado... e resolveu dizer adeus a Pritchard.

Foi a vez de Tom encolher os ombros, levemente.

Os policiais não teceram qualquer comentário. Tom os convidou para jantar, mesmo sabendo que não aceitariam, e de fato recusaram. Também não quiseram completar as taças.

— *Bon soir*, Madame, *et merci* — disseram ambos a Heloise, cordialmente, fazendo mesuras.

Perguntaram por quanto tempo Ed ficaria hospedado ali.

— Pelo menos mais três dias — respondeu Tom, sorrindo.

— Ainda não decidi — explicou Ed, com voz afável.

— Estaremos aqui — declarou Tom, com firmeza, a ambos os policiais —, minha esposa e eu, em todo caso, se precisarem de mais alguma ajuda.

— Obrigado, Monsieur Riplí.

Os policiais lhes desejaram uma noite agradável e retornaram ao carro, que estava estacionado no adro.

Tom, voltando da porta, comentou:

— Rapazes muito gentis! Não achou, Ed?
— Sim... sim, com certeza.
— Heloise, querida, quero que *você* acenda o fogo. Agora. Está ficando tarde... mas teremos uma excelente refeição.
— Eu? Que fogo?
— O carvão na grelha, querida. Na varanda. Aqui estão os fósforos. É só ir à varanda e riscar um deles.

Heloise pegou a caixa de fósforos e saiu para a varanda, muito elegante em uma longa saia listrada. Usava uma blusa de algodão verde, com as mangas parcialmente dobradas.

— Mas é sempre você que acende — comentou ela e riscou um fósforo.

— Esta é uma noite especial. Você é a... a...
— A deusa — completou Ed.
— A deusa da casa — confirmou Tom.

O carvão pegou fogo. Chamas curtas, amarelas e azuis, dançavam nos tições. Madame Annette havia enrolado pelo menos meia dúzia de batatas em papel-alumínio. Tom voltou a vestir o avental e pôs-se a trabalhar.

De repente, o telefone tocou.

Tom grunhiu.

— Heloise, pode atender, por favor? Ou são os Grais ou é Noëlle, eu aposto!

Eram os Grais, ele percebeu assim que entrou na sala de estar. Heloise, claro, contava aos dois tudo o que os policiais tinham dito e perguntado. Na cozinha, Tom conversava com Madame Annette: o molho *béarnaise* estava indo bem, assim como os aspargos que compunham o primeiro prato.

A refeição foi de fato deliciosa e memorável, nas palavras de Ed. O telefone não tocou e ninguém o mencionou. Tom disse a Madame Annette que, na manhã seguinte, ela poderia arrumar o quarto para o novo hóspede inglês, Monsieur Constant, que chegaria às onze e meia no aeroporto Charles de Gaulle.

A expressão da governanta refletia o prazer que ela sentia ante aquela perspectiva. Era como se, para Madame Annete, hóspedes e amigos enchessem a casa de vida, assim como outras pessoas gostavam de animar a residência com flores e música.

Enquanto tomavam café na sala de estar, Tom arriscou-se a perguntar a Heloise se Agnès ou Antoine Grais tinham alguma notícia.

— *Non*... Só me disseram que as luzes ainda estão acesas naquela casa. Uma das crianças levou o cachorro para passear e passou por lá. A polícia ainda está procurando... alguma coisa.

Heloise parecia entediada com o assunto.

Ed esboçou um sorriso ao olhar para o anfitrião. Tom se perguntava se Ed estaria pensando que... bem, não conseguiria pôr os pensamentos em palavras, nem mesmo mentalmente, não na presença de Heloise! Considerando as peculiaridades dos Pritchard, nenhuma ideia era extrema demais quando se tratava de imaginar o que a polícia poderia estar procurando, ou o que poderiam encontrar.

25

Na manhã seguinte, após a primeira xícara de café, Tom pediu que Madame Annette, por gentileza, comprasse todos os jornais disponíveis (era domingo) quando fosse à aldeia.

— Posso ir agora mesmo, Monsieur Tome, a menos que...

Tom sabia que ela estava se referindo ao chá e ao suco de toranja que constituíam o desjejum de Heloise. Tom ofereceu-se para preparar tudo, caso Heloise acordasse antes que Madame Annette estivesse de volta, o que ele achava improvável. Quanto a Monsieur Banbury, Tom simplesmente não podia prever coisa alguma, pois os dois tinham ficado acordados até tarde na noite anterior.

Madame Annette saiu, e Tom sabia que, além de comprar os jornais, ela haveria de escutar todas as fofocas locais na padaria. Qual das fontes era mais confiável? As notícias da padaria eram sempre exageradas e joviais, mas era possível podar os excessos e chegar à verdade, talvez várias horas à frente da imprensa.

Quando Tom terminou de podar as rosas e as dálias, colhendo uma sinuosa flor laranja e duas amarelas, Madame Annette já estava de volta. Ele escutou o ferrolho da porta estalar.

Na cozinha, Tom olhou os jornais. A governanta retirava alguns *croissants* e um pão em forma de *flûte* da cesta.

— A polícia... está procurando pela *cabeça*, Monsieur Tome — sussurrou ela, embora não houvesse mais ninguém ali para ouvir tais palavras.

Tom franziu a testa.

— Na *casa*?

— Por todo lado!

Mais uma vez, ela falou aos cochichos.

Tom leu os jornais: as manchetes diziam algo sobre "uma extraordinária residência nas vizinhanças de Moret-sur-Loing", e o texto informava que David e Janice Pritchard, americanos na casa dos 30, ou haviam escorregado para dentro de um lago, na propriedade deles, e morrido por acidente, ou haviam cometido uma forma bizarra de suicídio. Já estavam na água havia cerca de dez horas, disseram os policiais, quando foram encontrados por dois garotos, com cerca de 14 anos de idade, que relataram a descoberta a um vizinho. Do lamacento subsolo do lago, a polícia havia retirado um saco de ossos humanos, um esqueleto parcial, ao qual faltavam a cabeça e um dos pés. O esqueleto era de um homem em idade madura, ainda não identificado. Nenhum dos Pritchard trabalhava, e a renda de David Pritchard vinha da família dele, nos Estados Unidos. O parágrafo seguinte informava que o esqueleto incompleto estivera na água por indeterminado número de anos. Vizinhos relatavam que Pritchard estivera explorando o leito dos canais e dos rios na região, aparentemente em busca desse tipo de artefato, pois as explorações haviam cessado na última quinta-feira, com a descoberta do esqueleto parcial.

O segundo jornal noticiava essencialmente a mesma coisa, de maneira mais sucinta, e dedicava uma frase inteira à sugestão de que, durante os três meses que haviam morado naquela casa, os Pritchard haviam se comportado de forma invulgarmente reservada, sem interagir com os vizinhos, sendo que, aparentemente, a única diversão deles era ouvir música alta até tarde da noite no isolado casarão de dois andares, até que, finalmente, adquiriram o hábito de dragar canais e rios. A polícia conseguira entrar em contato com as respectivas famílias de David e Janice Pritchard. Quando os corpos foram encontrados, as luzes da casa estavam acesas e havia copos de bebida ainda pela metade na sala de estar.

Nada de novo, percebia Tom, mas sempre se sentia um tanto chocado quando lia a respeito do assunto.

— O que a polícia realmente está procurando agora, Madame? — perguntou ele, na esperança de descobrir alguma coisa e também fazer um agrado à governanta, que adorava demonstrar conhecimento.

— Certamente não é a cabeça — sussurrou Tom com seriedade. — *Pistas*, talvez... para saberem se foi suicídio ou acidente.

Junto à pia, com as mãos molhadas, Madame Annette se inclinou na direção dele.

— Monsieur... esta manhã, ouvi dizer que a polícia encontrou um *chicote*. Outra pessoa... Madame Hubert, o senhor sabe, esposa do eletricista, ela disse que também encontraram uma *corrente*. Talvez não uma corrente grande, mas mesmo assim uma corrente.

Ed desceu as escadas, Tom saudou o amigo e em seguida lhe entregou os dois jornais, na sala de estar.

— Chá ou café? — perguntou Tom.

— Café com um pouco de leite morno. Pode ser?

— Claro. Sente-se à mesa, é mais confortável.

Ed pediu um *croissant* com geleia.

Supondo que a polícia de fato encontrasse a cabeça na casa dos Pritchard, ponderava Tom, enquanto ia à cozinha para transmitir o pedido de Ed. Ou que achassem a aliança, escondida em algum lugar extraordinário, por exemplo, enfiada a marteladas em uma fresta entre as tábuas do assoalho... Uma aliança com iniciais? E a cabeça em algum outro lugar... e talvez essa tenha sido a gota d'água para Teddy?

— Posso ir junto ao aeroporto? — perguntou Ed, quando Tom retornou da cozinha. — O passeio de carro me faria bem.

— Claro! E eu adoraria sua companhia. Vamos no furgão.

Ed retomou a leitura do jornal.

— Não há nada de novo aqui, não é, Tom?

— Para mim, não.

— Sabe, Tom... bem...

Ed se interrompeu, sorrindo.

— Isso mesmo! Quero ouvir algo alegre!

— Vai ouvir, sim... e lá vou eu estragar a surpresa. Eu *acho* que Jeff vai lhe trazer o desenho do pombo, na mala. Conversamos sobre isso antes de eu vir para cá.

— Ora, isso seria ótimo! — exclamou Tom, com uma espiadela em direção às paredes da sala. — Será uma grande inspiração!

Madame Annette entrou na sala, com uma bandeja.

Menos de uma hora depois, Tom e Heloise já haviam conferido a arrumação do quarto em que Jeff se hospedaria, adornado com uma rosa vermelha, enfiada no vaso de vidro alongado sobre a cômoda. Em seguida, Tom e Ed partiram. Voltariam a tempo de almoçar, disse ele à governanta, se tivessem sorte.

Tom pegara o anel de Murchison, até então escondido em uma meia de lã preta, na gaveta do quarto em que dormia, e o guardara no bolso esquerdo da calça.

— Vamos por Moret. A ponte é tão bonita, e não precisamos nos desviar muito do caminho.

— Tudo bem — concordou Ed. — Seria muito agradável.

O dia também estava muito agradável. A julgar pela paisagem, devia ter chovido cedo naquela manhã, por volta das seis, o que era muito conveniente, pois o jardim e o gramado estavam frescos e molhados, poupando Tom do trabalho de regar as plantas.

As torres de Moret surgiram ao longe conforme se aproximavam, uma construção robusta em cada margem, de uma cor castanho-rosada, ambas veneráveis e protetoras.

— Vamos tentar nos aproximar das águas... de algum jeito — sugeriu Tom. — A ponte é de mão dupla, mas o arco das torres é estreito, por isso às vezes é necessário esperar e revezar com outros carros.

Cada torre abrigava uma passagem arqueada, que permitia a passagem de apenas um carro de cada vez. Tom precisou parar por alguns segundos, para dar passagem a outros dois automóveis, e, em seguida, o carro deles cruzou o Loing, em cujas águas Tom queria muito jogar o anel, mas não era possível estacionar na ponte. Assim que passaram pela segunda torre, ele dobrou em uma rua à esquerda e, apesar da linha amarela no pavimento, estacionou junto ao meio-fio.

— Vamos caminhar até a ponte e pelo menos dar uma olhada — disse Tom.

De fato, caminharam até a ponte, Tom com as mãos nos bolsos, a esquerda agarrando o anel. Tirou a mão do bolso e apertou o anel no punho fechado.

— Há muita arquitetura do século XVI por estas bandas — comentou. — E Napoleão passou a noite aqui, no retorno de Elba. Se não me engano, há uma placa para assinalar a casa em que ele dormiu.

Tom pressionou uma palma na outra e transferiu o anel para a mão direita.

Ed não disse nada, mas parecia estar absorvendo tudo. Tom parou em frente à grade que margeava a ponte, enquanto dois carros passavam logo atrás. Alguns metros abaixo, corria o Loing, que, aos olhos de Tom, parecia confortavelmente profundo.

— Monsieur...

Tom se virou, surpreso, e viu um policial de calças azuladas, camisa azul-clara de mangas curtas e óculos escuros.

— *Oui* — respondeu.

— É proibido estacionar ali... onde está seu carro.

— Ah, *oui! Excusez-moi!* Já estamos indo! Obrigado, policial.

O sujeito se despediu e seguiu em frente, com uma arma no coldre branco acima do quadril.

— Ele reconheceu você? — perguntou Ed.

— Não tenho certeza. Talvez. Foi legal da parte dele não me aplicar uma multa — disse Tom e sorriu. — *Algo* me diz que não vai me multar. Vamos embora.

Tom jogou o braço para trás e arremessou o anel, mirando bem no meio do rio, apenas parcialmente cheio naquela época do ano. O anel produziu um sonzinho aquoso ao atingir a superfície, não exatamente no meio, mas perto o bastante para deixá-lo satisfeito. Após sorrir para Ed, caminharam juntos até o carro.

Pelo que Ed sabia, ele poderia muito bem ter atirado apenas uma pedra no rio, pensava Tom, e isso já estava de bom tamanho.

- intrinseca.com.br
- @intrinseca
- editoraintrinseca
- @intrinseca
- @editoraintrinseca
- intrinsecaeditora

1ª edição	JULHO DE 2025
impressão	IMPRENSA DA FÉ
papel de miolo	IVORY BULK 65 G/M²
papel de capa	CARTÃO SUPREMO ALTA ALVURA 250 G/M²
tipografia	ADOBE GARAMOND PRO